# *Chassé-croisé*

Du même auteur
*aux Éditions J'ai lu*

La captive d'Istanbul, *J'ai lu* 3613
La libertine, *J'ai lu* 5697
Dans l'ombre du harem, *J'ai lu* 5784
L'héritage d'Éléonore, *J'ai lu* 5869
La perle d'Orient, *J'ai lu* 5994
Dans les bras d'un autre, *J'ai lu* 6294
Délices interdites, *J'ai lu* 7460
Plaisirs secrets, *J'ai lu* 7523
Les maîtresses audacieuses, *J'ai lu* 7524

BERTRICE SMALL ET ROBIN SCHONE
Extases, *J'ai lu* 7522

BERTRICE SMALL ET THEA DEVINE
Caresses interdites, *J'ai lu* 7694

Bertrice Small

# *Chassé-croisé*

*Traduit de l'américain*
*par Elizabeth Clarens*

J'ai lu

*Titre original :*

LOVE WILD AND FAIR

Published by arrangement with Avon Books,
a division of the Hearst Corporation, N.Y.

# PREMIÈRE PARTIE

## LE COMTE DE GLENKIRK

### 1

— J'aimerais bien que vous ne portiez pas de pantalons quand vous montez à cheval, Lady Catriona, déclara Ellen More d'un air sévère. Cela fait très mauvais genre.

— Mais tellement plus confortable, soupira la belle jeune fille. Cesse de me gronder, Ellen, ou je t'obligerai à épouser ce gentil fermier que ta mère apprécie tant.

— Par tous les saints, vous n'oseriez pas ! s'exclama la servante.

— Non, pas vraiment, admit Catriona en riant. A moins, bien entendu, que tu ne le désires. C'est un homme droit et intègre. Pourquoi le rejettes-tu ?

— Ce fermier me déplaît. Allons, mademoiselle, retirez vite vos habits d'équitation. Vous sentez aussi mauvais qu'une écurie et vous savez bien que le comte vient dîner ce soir pour fêter votre anniversaire. Je n'arrive pas à croire que vous avez déjà quinze ans. Je me souviens comme si c'était hier de cette nuit de décembre où vous êtes née. Il y avait une de ces tempêtes !...

Catriona commença à se déshabiller lentement ;

elle avait maintes fois entendu raconter cette histoire.

— Le vent hurlait et la neige tourbillonnait autour de Greyhaven, poursuivit Ellen. Votre arrière-grand-mère, la vieille comtesse, avait insisté pour rester auprès de votre mère. Je venais d'avoir dix-sept ans. Etant la plus jeune de ma famille, j'avais été très gâtée et comme je n'avais pas envie de me marier, on avait décidé que je m'occuperais du nouveau-né. Dès qu'elle vous a vue, la vieille Lady Leslie a déclaré : « Celle-ci est destinée à mon jeune Glenkirk. » A peine étiez-vous sortie des langes qu'elle vous fiançait déjà ! Si seulement elle avait vécu pour vous voir adulte et mariée...

Tout en bavardant, Ellen préparait le bain dans une grande baignoire en chêne placée devant le feu. Versant de l'huile parfumée dans l'eau chaude, elle appela :

— C'est prêt, mademoiselle. Venez vite !

Plus tard, devant le feu, Ellen brossa longuement l'épaisse chevelure de Catriona afin de la faire briller. Relevant la masse blonde avec des épingles, la servante fit ensuite étendre la jeune fille et la massa avec une crème vert pâle, puis elle lui tendit sa lingerie en soie. Lorsque sa mère entra, Catriona ne portait que son jupon et sa camisole.

A trente-six ans, Heather Leslie Hay avait atteint la pleine maturité de sa beauté. Dans une robe de velours bleu nuit, ses cheveux dissimulés sous une coiffe bleu et or, avec les merveilleuses perles de sa grand-mère autour du cou, elle était radieuse.

— Ton père et moi souhaitons te parler avant l'arrivée de nos invités. Dès que tu seras prête, je te prie de venir directement à nos appartements.

— Oui, maman, fit poliment Catriona.

La jeune fille laissa Ellen l'habiller, tout en réfléchissant à ce que lui voulaient ses parents. Elle était l'unique fille d'une famille de cinq enfants : Jemmie, son frère aîné, avait dix-huit ans, Colin en avait douze et les jumeaux, Charlie et Hughy, dix. Obnubilés l'un par l'autre, leurs parents n'avaient eu que peu de temps à leur consacrer, préférant les laisser grandir en compagnie de gouvernantes et de tuteurs. Ainsi, depuis sa plus tendre enfance, Catriona avait pris sa destinée en main.

On avait certes engagé des précepteurs pour Jemmie, mais personne n'avait pensé à enseigner la lecture et l'écriture à la jeune fille jusqu'à ce qu'elle s'immisçât dans les leçons de son frère. Lorsque le précepteur stupéfait avait déclaré à ses parents que leur fille apprenait plus vite que leur héritier, ils lui avaient donné la permission de continuer. Catriona avait ainsi reçu l'éducation d'un garçon. Mais quand Jemmie était parti pour l'école, elle avait dû se débrouiller seule.

Désirant apprendre le français, Catriona avait insisté pour que ses parents engagent un professeur qui possédât parfaitement cette langue, ainsi que l'italien, l'espagnol et l'allemand. Ses parents étant des gens très cultivés, Catriona tenait à recevoir une excellente éducation.

Vingt ans après leur mariage, Heather et James Hay étaient plus amoureux que jamais. Le manque d'attention envers leurs enfants relevait d'une négligence innocente. Aux yeux du chevalier de Greyhaven et de son épouse, ceux-ci ne manquaient de rien puisqu'ils étaient bien nourris, habillés et logés. Entourés de la chaude affection de leurs gouvernantes, les garçons avaient grandi heureux, pourtant la petite fille avait toujours désiré davantage. Attentive, Ellen More avait essayé de combler ce manque de tendresse, mais en grandissant, sans vraiment quelqu'un pour maîtriser ses caprices, Cat Hay était devenue une enfant gâtée et obstinée.

Devant son trumeau, la jeune fille étudiait son image reflétée par le miroir. Ce soir, pour la première fois depuis des années, elle reverrait son fiancé. A vingt-quatre ans, il avait terminé ses études à l'université d'Aberdeen, longuement voyagé en Europe, visité Paris et passé du temps à la cour de la reine Elizabeth en Angleterre. Catriona le savait séduisant et charmeur. Il était aussi sur le point de voir son amour-propre sérieusement battu en brèche...

Satisfaite de sa fine silhouette enserrée dans une robe en velours vert foncé, elle se rendit chez ses parents. A sa grande surprise, elle y trouva son frère aîné.

— Il a été décidé depuis longtemps que tu épouserais Glenkirk à ton seizième anniversaire, déclara aussitôt son père. Or, avec la mort prématurée de son père l'été dernier et l'investiture du jeune Patrick comme quatrième comte de Glenkirk, la date de la cérémonie a été avancée : ton mariage sera célébré à Noël.

— Qui a décidé cela, père ? s'étonna Catriona, les yeux agrandis de surprise.

— Le comte et moi.

— Sans me demander mon avis ?

— Ton avis ? Allons, ma fille, tu as été fiancée il y a onze ans, répliqua James Hay, agacé par sa fille qui avait le don de l'irriter.

— Vous auriez pu me demander si je voulais me marier une année plus tôt ! s'écria Cat, furieuse. Je ne me sens pas prête... Et quoi qu'il en soit, vous perdez votre temps, car je n'ai pas l'intention d'épouser Patrick.

— Et pourquoi pas, très chère ? intervint Heather. C'est un jeune homme très bien. Et tu deviendras comtesse.

— C'est un coureur de jupons, maman ! Depuis

son retour, il ne se passe pas un jour sans qu'on me parle de ses conquêtes. La région entière vante ses prouesses au lit, dans une meule de foin, sous une haie... Je n'épouserai jamais cet affreux débauché !

Cette virulence surprit le chevalier de Greyhaven et le rire de Jemmie fut coupé net par un regard glacial de sa mère. A son grand regret, Heather venait de s'apercevoir qu'elle avait négligé une partie primordiale de l'éducation de sa fille.

— Laissez-nous, ordonna-t-elle à son mari et à son fils. Quant à toi, Catriona, assieds-toi. As-tu une idée quelconque de ce qui se passe entre un homme et une femme dans le lit matrimonial ?

— Oui, répliqua Cat sèchement. Je ne suis pas niaise : j'ai regardé les animaux. Le mâle entre dans la femelle qui met un bébé au monde.

Fermant les yeux un court instant, Heather soupira. Pauvre enfant ! Dans son amour passionné pour son mari, elle avait oublié que sa fille était aussi une femme. Catriona ne devinait rien des joies que partagent les amants, et sa mère ignorait comment trouver les mots pour lui en parler...

— Je comprends, reprit patiemment Heather. Mais l'acte d'amour entre un homme et une femme n'entraîne pas à chaque fois la naissance d'un bébé. Il y a des moyens pour empêcher la conception. Je serai heureuse de t'enseigner ces méthodes avant ton mariage.

La jeune fille semblait intéressée.

— L'amour peut être très agréable, Catriona.

— Vraiment ? Et comment cela, maman ? rétorqua-t-elle, moqueuse.

— Est-ce qu'on t'a déjà embrassée, mon enfant ? Un de tes jeunes cousins a-t-il essayé de te dérober un baiser lors d'un bal ?

— Ils ont essayé, mais je les ai giflés si fort qu'ils n'ont jamais recommencé.

— Embrasser est une chose merveilleuse, Catriona, continua Heather que l'attitude prétentieuse de sa fille commençait à agacer. Les caresses le sont aussi, d'ailleurs.

— Je ne vois rien d'agréable à ce qu'un homme et une femme frottent leurs corps l'un contre l'autre.

— Je le sais mieux que toi ! Tu es tellement ignorante, ma pauvre enfant. Tu n'as aucune idée de la féminité et c'est de ma faute. Je t'apprendrai ce qu'il faut pendant les quatre semaines et demie qui nous restent et tu épouseras ton cousin Glenkirk à Noël ainsi que nous l'avons décidé. C'est un merveilleux mariage, tu as de la chance d'avoir un fiancé aussi prometteur.

— Je ne l'épouserai pas, maman !

— Et alors que feras-tu ? demanda sa mère, changeant de tactique.

— Il y a d'autres hommes. Ma dot est suffisamment importante pour les attirer.

— Détrompe-toi, ma chère. Le montant de ta dot dépend entièrement de ton mariage avec Glenkirk. Ton arrière-grand-mère l'a voulu ainsi. Si tu épousais quelqu'un d'autre, ta dot serait beaucoup plus modeste.

— Mais Mam n'avait-elle pas prévu que Patrick pouvait mourir ou rompre les fiançailles ?

— Dans ce cas, tu aurais épousé son frère cadet. Mam désirait à tout prix que tu deviennes un jour comtesse de Glenkirk. Allons, mon enfant. Patrick est un homme charmant et cultivé. Il sera un mari délicieux.

— Je ne l'épouserai pas !

— Tu n'as pas le choix, ma chère. Et maintenant, cesse de bouder. Nos invités doivent être arrivés. Tes cousins veulent sûrement te souhaiter un bon anniversaire.

« Les cousins ! » pensa Cat en esquissant une grimace. Les garçons n'étaient pas si déplaisants, mais ces six filles et leurs minauderies ! A dix-neuf ans, la pulpeuse Fiona, avec ses longues tresses auburn, sa bouche en cœur et ses décolletés audacieux, était déjà veuve. Le pauvre Owen Stewart n'avait pas survécu aux ardeurs du lit conjugal. Ensuite venait Janet qui, à seize ans, devait épouser au printemps le frère de Fiona, le cousin Charles. Cette idiote de Janet ne se tenait plus de joie de devenir comtesse de Sithean. A quinze ans, Ailis Hay était fiancée à James, le frère cadet de Glenkirk, mais le mariage n'aurait pas lieu avant deux ans. Quant à Beth, elle entrerait bientôt au couvent en France, et pour qu'elle ne fût pas trop dépaysée dans ce pays étranger, elle serait accompagnée par sa sœur Emily, fiancée à leur cousin français, Jacques de Valois-Leslie. Enfin Mary, du haut de ses treize ans, attendrait encore trois ou quatre années avant d'épouser Jemmie, le frère de Cat.

Catriona pénétra dans le hall avec sa mère. Aussitôt, elle fut entourée et fêtée par ses cousins, et sa mauvaise humeur s'évapora.

— Cat, ma chérie, voici ton fiancé, annonça brusquement Fiona d'une voix de velours. N'a-t-elle pas grandi, Patrick ? Elle est presque déjà une femme.

Jetant un regard noir à sa cousine, Catriona croisa celui amusé de Patrick, comte de Glenkirk.

— Cousine, dit-il en portant sa petite main à ses lèvres. Vous avez toujours été belle, Catriona, mais ce soir votre beauté éclipse toutes les autres.

Il avait une voix profonde, agréable à l'oreille. Lui prenant le bras, il entraîna la jeune fille vers la table d'honneur.

— Pourquoi êtes-vous en colère contre moi? demanda-t-il soudain.

— Je ne le suis pas.

— Alors, offrez-moi un sourire.

Mais Catriona l'ignora délibérément, ce qui irrita le comte. A la fin du repas, alors que les couples commençaient à envahir la piste de danse, il alla trouver sa tante et lui demanda audience dans le calme de la bibliothèque afin de savoir ce qui troublait Catriona.

— C'est entièrement de ma faute, Patrick, se lamenta-t-elle. J'en suis désolée. Sans le vouloir, j'ai ignoré une partie importante de l'éducation de Catriona. A cause de cela, nous sommes en présence d'une jeune fille insensible.

— En d'autres termes, belle et farfelue tante, vous avez été si préoccupée par votre mari que vous avez oublié d'aimer Cat.

— Mais j'aime Cat!

— Le lui avez-vous jamais dit? Quand elle était encore un bébé, l'avez-vous bercée et choyée dans vos bras? Et quand elle est devenue une enfant, puis une petite fille? Non, ma tante. Vous n'en aviez pas le temps. Vous étiez trop occupée à mettre en pratique avec votre mari toutes ces délices de l'amour que Mam vous avait enseignées!

— Patrick! s'emporta Heather en rougissant comme une jeune fille. Que savez-vous de ces choses-là?

— Ce que ma mère m'a appris, dit-il en souriant. Elle m'avait assuré que ma femme serait accueillante et éduquée. Mais je m'aperçois que je dois tout d'abord séduire cette princesse de glace.

— Elle refuse de se marier, murmura sa tante d'un air contrit.

— Et pour quelle raison?

— Je n'en sais rien, mentit-elle afin de ne pas le vexer. Quand son père lui a annoncé ce soir qu'on avait avancé la date du mariage, Cat s'est mise en colère. Elle a déclaré que personne ne lui avait demandé son avis, mais que cela n'avait guère d'importance, vu qu'elle n'allait pas vous épouser.

— Avez-vous parlé à quiconque de cette nouvelle date ?

— Nous comptions l'annoncer ce soir.

— Ma tante, allez discrètement chercher mon oncle, s'il vous plaît.

« Pauvre petite Cat, pensa Patrick. Depuis sa naissance, elle n'a connu que des parents indifférents et brusquement le moment le plus important de sa vie est décidé pour elle. Pas étonnant qu'elle soit en colère... »

Cependant, une fois que Cat aurait découvert le monde des plaisirs sensuels, il savait qu'elle s'épanouirait. Par nature, les femmes Leslie avaient le sang chaud. Il faudrait du temps et de la patience, mais Patrick était lassé des conquêtes faciles et il possédait ce luxe qu'était le temps.

— Alors, mon neveu ! déclara James Hay en revenant avec sa femme. Qu'y a-t-il de si important que je doive abandonner mes invités ?

— Je crois que nous devrions retarder l'annonce de la date du mariage, mon oncle. Catriona est visiblement mécontente et effrayée.

— Des bêtises de jeune fille !

— Ma tante était-elle ainsi avant votre mariage ?

— Non, se rappela avec émotion James Hay. Elle était ardente et désireuse de me connaître.

— Je vous en félicite. Voulez-vous me priver de cette joie ? Je me suis absenté depuis six ans, voyageant et menant à bien mes études. A mon départ, Cat n'avait pas neuf ans. Elle ne me connaît pas et pourtant voilà qu'on lui annonce que dans quatre semaines elle sera mariée et partagera la couche d'un parfait étranger. Allons, mon oncle ! Vous qui avez eu la chance de vivre un mariage béni, laissez-moi le temps de séduire votre fille afin de réussir le mien.

— De toute façon, le mariage n'était pas prévu avant l'année prochaine, acquiesça le chevalier de Greyhaven. Mais si d'ici là Catriona n'est pas convaincue, qu'elle le veuille ou non, elle ira jusqu'à l'autel !

— Parfait, déclara Patrick. Ne vous inquiétez pas si, par moments, ma manière de lui faire la cour vous semble étrange et même cruelle. Quoi qu'il arrive, j'ai la ferme intention d'épouser Catriona. Ne l'oubliez pas.

— C'est bon, approuva le chevalier de Greyhaven, mais sa femme frémit aux paroles de son neveu.

« Patrick l'aime déjà, s'étonna-t-elle. Probablement depuis son enfance. Il commencera par lui faire une cour délicate, mais si cela ne l'avance à rien, il n'hésitera pas à se montrer plus brutal, car il la veut ! Ma pauvre et innocente petite fille... je dois vite t'enseigner ce que je sais avant que ton amant impatient ne te mette enceinte... »

— Je lui révélerai moi-même le changement de date, dit Patrick. Elle ne doit pas savoir que nous en avons discuté.

Dans le hall, Catriona dansait avec Adam. Les joues roses, la jeune fille riait de bon cœur. Prenant la place de son jeune frère, Patrick termina la danse avec elle puis l'attira vers une alcôve discrète.

— J'ai pensé que ce serait une meilleure idée d'attendre l'année prochaine pour nous marier, annonça-t-il. Quand j'ai quitté Glenkirk, vous n'étiez qu'une enfant. Et voici qu'à mon retour je découvre une ravissante jeune femme. J'ai hâte que vous deveniez mon épouse, ma chérie, mais je m'aperçois que je suis un étranger pour vous. Si vous le voulez bien, nous pourrions faire un peu connaissance.

— Ce serait une bonne chose, milord, répondit-elle en lui souriant pour la première fois de la soirée. Mais si nous ne nous apprécions pas ?

— Ronflez-vous, Catriona ? Ou mangez-vous de cet affreux bétel qu'on trouve dans les pays lointains ?

Elle secoua la tête en riant.

— Aimez-vous alors la musique, la poésie et la mélodie des langues étrangères ? reprit-il. Aimez-vous les promenades à cheval par une matinée brumeuse de printemps ou au clair de lune en automne ? Souriez-vous en voyant les premières neiges ? Aimez-vous vous baigner nue dans une rivière discrète, par une chaude journée d'été ?

— Oui, murmura-t-elle, le cœur battant. J'aime tout cela, milord.

— Alors, vous m'aimerez aussi, car j'apprécie ces choses autant que vous.

Rougissante, Catriona ferma les yeux et Patrick sourit en voyant battre le pouls sur son cou délicat.

— Voulez-vous conclure notre pacte par un baiser ?

Elle le laissa déposer un baiser sur ses lèvres chastes.

— Merci, Catriona, pour votre premier baiser.

— Comment savez-vous que c'est mon premier ?

— L'innocence est une fleur qui se reconnaît entre toutes, ma chère. Allons rejoindre vos invités.

Lorsqu'ils apparurent dans le hall, Heather fut soulagée de les voir sourire. « Il saura la convaincre. Et quelle belle aventure t'attend, ma chérie... » pensa-t-elle en détaillant Glenkirk avec l'œil d'une femme avisée.

## 2

Etendue sur son lit, Fiona Leslie rêvassait en pensant à son cousin Patrick, le comte de Glenkirk. Elle aurait été enchantée de devenir sa femme, or ce privilège revenait à cette petite dinde de Catriona Hay !

Autrefois, l'on avait pourtant parlé d'une union entre Glenkirk et Fiona, mais Mam était intervenue et Fiona avait dû épouser ce médiocre Owen Stewart. Elle en avait conçu une haine farouche pour la vieille dame et Mam l'avait deviné.

Bien que désirant ardemment sa jeune épouse de dix-sept ans, Owen avait été malade et n'avait pu consommer le mariage. Ayant perdu sa virginité dès l'âge de treize ans, Fiona avait rapidement trouvé ce qu'elle désirait sur les domaines de son mari.

Le garde-chasse s'appelait Fionn. Puissant, brutal, il ne connaissait rien aux raffinements de l'amour mais ses ardeurs avaient enthousiasmé Fiona. Malheureusement, l'impossible était survenu : elle s'était trompée dans ses calculs. Lorsqu'elle avait réalisé qu'elle était enceinte, il était trop tard pour se débarrasser du marmot.

Fiona en avait parlé à son mari, s'attendant à ce que ce dernier se résignât, mais se dressant sur son lit de grabataire, il l'avait traitée de tous les noms de la terre, jurant de proclamer le lendemain qu'elle n'était qu'une catin. En la menaçant, Owen Stewart avait commis une grave erreur : pendant son sommeil, sa femme l'avait étouffé avec un oreiller. Le médecin avait attribué le décès à une attaque d'asthme et l'on avait entouré de sollicitude la jeune veuve enceinte.

Lorsque l'enfant était venu au monde, seule la servante de Fiona, la brave Flora, était présente. Le vigoureux petit garçon avait été donné en cachette à un couple de paysans qui venaient de perdre leur propre enfant. Fiona n'avait pas voulu encombrer sa vie. Un enfant mort-né avait été substitué au sien et enterré avec force larmes et gémissements dans le caveau familial.

La naissance ayant été difficile, Fiona n'en était pas sortie indemne. Le médecin et la sage-femme qui l'avaient examinée avaient déclaré que Lady Stewart ne pourrait plus avoir d'enfant. Mais son secret était sauf, voilà l'essentiel. Seule Flora connaissait la vérité et elle était dévouée à Fiona, ayant veillé sur elle depuis sa naissance.

Cette nuit-là, Fiona ne se tenait plus de joie car elle avait découvert un secret. Pour fuir les demandes pressantes de son cousin Adam Leslie qui la désirait depuis plusieurs années, elle s'était cachée dans la bibliothèque de Greyhaven. Dissimulée derrière les rideaux, elle avait entendu la conversation entre Patrick et le chevalier de Greyhaven.

Cat, cette petite vierge, craignait l'amour ! Glenkirk s'en lasserait vite et Fiona avait l'intention d'en profiter… tout en veillant à ce que Cat continuât d'avoir peur.

— Quand vous souriez ainsi, madame Fiona, je sais que vous avez une idée en tête. Quelle bêtise allez-vous encore inventer ?

— Aucune, Flora. Je réfléchissais simplement aux robes à emporter pour Noël à Glenkirk.

— Noël à Glenkirk… dit Flora en soupirant d'aise. Il y aura les Leslie de Sithean, les Leslie de Glenkirk, les Hay de Greyhaven… Nous n'avons pas eu un Noël en famille à Glenkirk depuis la mort de votre arrière-grand-mère. Je suis heureuse que le comte ait décidé d'en finir avec le deuil. Puisque le comte Patrick va épouser Lady Catriona au printemps prochain, je suppose que nous aurons régulièrement des fêtes au château.

— Tu as raison, déclara Fiona d'un air suave. Noël sera enchanteur...

Sans le savoir, Cat joua un tour à sa cousine Fiona en arrivant au château dix jours avant les autres, invitée par sa tante Meg, la mère de Patrick, comtesse douairière de Glenkirk. Au courant des réticences de Cat, Meg souhaitait ainsi fournir à son fils aîné l'occasion de faire la cour à sa fiancée.

Un beau temps frais était au rendez-vous et Patrick remporta un franc succès en offrant à Catriona une jument blanche.

— Elle descend de Devilwind qui appartenait à Mam, lui expliqua-t-il. Vous verrez qu'elle est fidèle, rapide et douée. Comment allez-vous l'appeler ?

— Bana. Ce qui veut dire « belle » en gaélique.

— Je sais. Moi aussi, je parle gaélique.

— Oh, Patrick ! s'exclama Cat en se jetant à son cou. Merci mille fois pour Bana.

La journée, tous deux découvraient à cheval les collines qui entouraient Glenkirk et, le soir, Catriona retrouvait sa tante et ses cousins dans la salle à manger du château. Le feu de bois crépitait joyeusement dans l'âtre, tandis que Cat et les jeunes Leslie inventaient des charades ou apprenaient de nouvelles danses. La comtesse douairière était ravie, mais Patrick s'irritait de ne jamais passer une soirée tranquille avec sa fiancée.

Un soir, la chance lui sourit. La veille de l'arrivée de tous leurs cousins, Patrick trouva Catriona seule. Il était tard. Sa mère s'était retirée tôt, et pensant que les autres ne manqueraient pas de l'imiter, Patrick s'était enfermé dans la bibliothèque pour y travailler. En traversant le hall pour aller se coucher, il aperçut une silhouette solitaire assise devant le feu.

— Cat, dit-il, surpris. Je croyais que vous étiez déjà montée.

— J'aime contempler le feu lorsqu'il fait nuit.

— Est-ce que Glenkirk vous plaît, ma chérie ?

— Oui. Dans mon souvenir, le château était beaucoup plus impressionnant et j'avais peur en arrivant. Mais mes souvenirs étaient ceux d'une enfant. En réalité, c'est une demeure charmante.

— Vous serez donc heureuse d'y habiter ?

— Oui, murmura-t-elle. Milord, voulez-vous m'embrasser ? Pas comme la première fois, mais un vrai baiser. J'ai parlé avec maman et ma servante Ellen. Elles disent que le baiser que vous m'avez donné pour sceller notre pacte était parfaitement digne, mais qu'un véritable baiser est plus... substantiel.

— Substantiel ? répéta-t-il, amusé.

— C'est le mot qu'elles ont employé.

Lentement, il se pencha et posa ses lèvres sur les siennes, puis augmenta la pression, jusqu'à ce que les bras de Cat se glissent sur ses épaules.

— Oh... souffla-t-elle quand ils se séparèrent. C'était tellement mieux ! Je vous en prie, recommençons !

Patrick lui obéit volontiers et fut étonné de sentir la langue de Catriona lui effleurer les lèvres.

— Est-ce que vous aimez cela, milord ? Maman dit que c'est une sensation agréable.

Brusquement, il comprit que Cat expérimentait les conseils de sa mère mais ne ressentait rien elle-même. Au risque de la mettre en colère, il l'enlaça et la pressa contre lui comme si leurs corps ne faisaient qu'un. Avec force, il s'empara de sa bouche, l'obligeant à ouvrir les lèvres. La langue de Patrick caressa celle de sa bien-aimée et il se réjouit de sentir la jeune fille frissonner. Inquiète, elle commença à se débattre, mais il ne la relâcha pas aussitôt.

— Patrick ! s'exclama-t-elle enfin en éclatant en sanglots.

— Allons, ma petite, allons, murmura-t-il en lui caressant les cheveux. Ne soyez pas triste, ma jolie.

— Pourquoi avez-vous fait ça ?

— Parce que vous vous contentiez de mettre en pratique les préceptes de votre mère. Il ne faut jamais faire l'amour sans en ressentir l'envie, ma petite Cat.

— Mais j'ai ressenti quelque chose.

— Quoi donc ?

— C'était... c'était comme... Oh, je n'en sais rien, mais je ne voulais pas que vous cessiez de m'embrasser et quand vous l'avez fait, j'étais toute...

Confuse, elle se tut. Posant les mains sur ses fines épaules, il la regarda dans les yeux :

— Voyez-vous, alors que je n'étais qu'un gamin de treize ans, j'ai été officiellement fiancé à une enfant de quatre ans. Après la cérémonie religieuse, nous nous sommes installés à la table d'honneur et une servante nous a apporté des rafraîchissements. La blouse de la domestique était décolletée et je commençais à m'intéresser au corps féminin. Je ne pouvais détacher mes yeux de ces douces rondeurs blanches. Brusquement, la petite fille à mes côtés a versé son vin dans le décolleté de la servante avant de me réprimander vertement. A cet instant-là, je suis tombé éperdument amoureux et je n'ai jamais cessé de l'être.

Catriona esquissa une moue sceptique.

— On me parle tout le temps de vos conquêtes. Comment pouvez-vous m'aimer si votre vie est remplie par tant d'autres femmes ?

— Un homme est guidé par les pulsions de la nature. S'il ne possède pas une épouse pour combler ses désirs, il doit chercher satisfaction ailleurs.

— Cherchez-vous ailleurs en ce moment ?

— Plus que jamais. Enfin, Cat, je vous désire ! Je vous veux nue dans mon lit, avec vos merveilleux cheveux éparpillés et votre visage épanoui par l'amour.

— Si vous renoncez à vos autres femmes, Patrick, dit-elle, remuée par l'intensité du jeune homme, je vous épouserai le jour de la Saint-Valentin. Si vous souhaitez avoir votre véritable amour matin et soir près de vous, il vous faudra dire adieu à vos autres distractions.

— Seriez-vous en train de me donner un ordre, ma chérie ?

— Je ne vous partagerai avec personne, Patrick. Je viens à vous vierge et je m'offre volontiers à vos caresses, mais je veux être votre seul amour.

— Lorsque nous serons mariés, j'y réfléchirai, déclara-t-il en riant. Et maintenant filez au lit, adorable petit tourment, sinon je risque de perdre la maîtrise de moi-même !

Avec un regard froid, Cat quitta la pièce. Quel tempérament, cette petite Cat Hay ! songea Patrick en souriant. Ils n'étaient pas encore mariés et elle cherchait déjà à diriger sa vie. Désormais, il avait deux certitudes : sa fiancée n'avait rien d'une femme frigide et leur vie promettait d'être mouvementée !

# 3

Le lendemain après-midi, le château de Glenkirk résonnait des appels joyeux des Leslie et des Hay. Parce qu'elle était fiancée au comte, Catriona ne partageait pas le dortoir avec ses cousines. Pour son bonheur, Fiona y échappait aussi car elle était plus âgée et veuve.

En apprenant que Catriona se trouvait au château depuis dix jours, Fiona se dépêcha de la trouver pour commencer son plan de bataille. Seule dans le salon, Cat brodait un linge.

— Alors, petite cousine ! lança Fiona. Aimes-tu le château de Glenkirk ?

— Je m'y sens très bien et je me réjouis d'en être un jour la maîtresse de maison, répliqua Cat d'un air pointu.

— Tu es bien courageuse d'entrer aussi calmement dans la gueule du loup.

— Que diable veux-tu dire ?

— Enfin, mon enfant ! Tu connais la réputation de Glenkirk, non ?

— Ces femmes... acquiesça Cat en feignant l'indifférence. Tout le monde sait que Patrick a du succès. N'as-tu rien de nouveau à m'apprendre ?

— Puisque tu le désires, très chère, dit Fiona en baissant la voix. On raconte que Glenkirk a les proportions d'un taureau. Ayant déjà été mariée, je peux te dire que nous autres Leslie sommes des femmes très étroites. Un tel homme pourrait nous déchirer de part en part. Mon pauvre mari, Lord Stewart, était de taille normale et pourtant, le soir de nos noces, quand il m'a pénétrée...

Fiona s'interrompit un instant, savourant la

pâleur qui avait envahi le visage de sa jeune cousine.

— Ah, cousine... reprit-elle. La douleur fut terrible et empira à chaque fois. Que Dieu me pardonne, mais j'ai été soulagée quand il est mort.

— Mais je suis une Hay, Fiona. Je dois être différente de vous autres.

— Ta mère est une Leslie, cousine. Les filles ressemblent aux mères. Je ne t'envie guère...

Terrifiée, Cat répéta la conversation à sa fidèle Ellen.

— Balivernes ! décréta la servante. Cette Fiona Stewart cherche à vous effrayer. Quand une jeune fille est pénétrée pour la première fois et que sa virginité est rompue, elle éprouve en effet une brève douleur, mais ensuite vient le plaisir. Cette méchante dévergondée est attirée par le comte. Petite naïve, elle veut vous faire fuir. Réfléchissez : votre mère ne quitte jamais votre père, est-ce l'attitude d'une femme qui souffre ?

Agacée d'avoir été si facilement bernée par sa perfide cousine, Cat surveilla attentivement les faits et gestes de Fiona qui ne manquait jamais une occasion pour se rapprocher de Patrick, arborant des robes audacieuses afin de mettre en valeur ses charmes opulents.

— Jemmie, dit un jour Cat à son frère. Que saistu de notre cousine Fiona ?

— On raconte qu'elle est très libre de ses faveurs et que son enfant n'était pas de Stewart. Ce gringalet était soi-disant impuissant. Si tu aimes bien Glenkirk, ma petite Cat, méfie-toi de notre cousine Fiona, car il est évident qu'elle le poursuit de ses assiduités, bien que Glenkirk semble l'ignorer.

Mais Patrick était parfaitement conscient du petit jeu de Fiona et si Cat n'avait pas habité le château, peut-être se serait-il diverti quelque peu avec sa cousine au tempérament de feu. Les rumeurs qui circulaient à propos de Fiona étaient probablement vraies, mais il aurait été amusant de les vérifier.

Une nuit après Noël, Fiona essaya de forcer la main du comte.

Alors que les autres s'étaient retirés, Patrick discutait avec son frère Adam dans l'espoir de le convaincre d'épouser l'héritière Forbes, mais Adam plaida avec ardeur la cause de leur jeune frère Michael :

— Je veux me marier bientôt, et je ne veux pas d'une fillette. Michael a dix-sept ans. Il ne sera donc pas prêt avant quelques années et la jeune demoiselle Forbes sera alors mûre pour ce mariage. Tu n'as qu'à organiser leurs fiançailles. Elle sera certainement séduite par son joli visage poupin.

— Très bien, répliqua Patrick en riant. Mais quelle jeune fille as-tu en vue ?

— Je n'ai pas encore commencé à lui faire la cour, mais ça ne va pas tarder.

Les deux frères restèrent encore un bon moment ensemble, dégustant le vin épicé, réservé à cette saison hivernale. Elancé comme leur père, Patrick avait cependant hérité des cheveux noirs de sa mère et des yeux verts des Leslie, alors qu'Adam possédait la chevelure rousse des Leslie et le regard ambre des Stewart.

Réchauffés par le vin, ils se dirigèrent finalement vers leurs chambres.

— J'ai reçu du bon whisky de chez MacBean, dit Patrick. Viens donc en boire une goutte avant d'aller dormir.

— Ça alors ! s'exclama Adam quelques secondes plus tard en voyant Fiona nue sur le lit de Patrick, ses douces rondeurs rehaussées par la lumière dorée du feu. Voilà le plus joli spectacle qu'il m'ait été donné de voir ce soir!

— Que diable fais-tu ici? lança Patrick d'un air méfiant.

— Tu ne venais pas à moi, Patrick. Alors j'ai fait le premier pas.

— Je paie toujours pour les faveurs d'une prostituée, répliqua Patrick ironique. Combien demandes-tu?

— Patrick, je t'en prie! Je suis folle de toi. Epouse cette petite dinde si tu le désires vraiment, mais deviens mon amant... tu ne le regretteras pas, je te le promets.

— Quel est ton secret, mon frère? s'amusa Adam. Aucune femme ne m'a jamais fait pareille proposition.

— Tu la veux?

— J'en ai envie depuis longtemps, admit Adam.

— Alors prends-la. Je dormirai dans ta chambre ce soir.

— Non! s'écria Fiona, furieuse. C'est toi que je désire, pas ce petit poseur...

— Ma chère cousine, reprit sèchement Patrick. Selon les rumeurs, tu as déjà beaucoup d'expérience. Tu dois donc savoir que faire l'amour à quelqu'un qu'on ne désire pas est non seulement esthétiquement déplaisant, mais parfaitement ennuyeux.

Lorsqu'il eut quitté la chambre, Adam s'empressa de verrouiller la porte.

— Alors, ma chère Fiona. Cela faisait longtemps que j'avais envie de te voir dans cette position.

— Va au diable! lança-t-elle en se relevant.

— Non, non. Ce soir, tu ouvriras les jambes pour m'accueillir.

Il la rejeta sur le lit et Fiona fut brusquement effrayée.

Depuis qu'elle s'était offerte à un palefrenier alors qu'elle n'avait que treize ans, Fiona avait toujours maîtrisé les situations avec ses amants. Pour la première fois prise au piège, elle regarda Adam se déshabiller. Ses épaules et son dos étaient musclés, sa taille fine, ses hanches étroites et ses fesses joliment fermes... Lorsqu'il se tourna pour lui faire face, Fiona retint son souffle : il était bâti comme un étalon !

— Mais oui, ma chère, dit Adam en riant. Depuis cinq ans, tu fuis ce que tu désires depuis toujours.

Avec un cri, elle lui tendit les bras...

Une heure plus tard, Adam s'allongea sur le dos afin de reprendre son souffle.

— Pour une gamine qui ne cesse de courir les hommes depuis son adolescence, tu n'es pas très experte et c'est entièrement de ta faute ! Tu t'es contentée d'amateurs. Tandis que moi j'ai été éduqué par les meilleures catins de Paris, de Londres et d'Aberdeen. Je serais heureux de t'apprendre ce que je sais.

— Petit vaniteux, je n'ai pas dit que je deviendrais ta maîtresse, lança-t-elle d'un air moqueur.

— Je ne te l'ai pas demandé. Je suis certain que l'Eglise a maintenant l'habitude d'accorder des dispenses pour que des cousins Leslie se marient.

— Mais je suis plus vieille que toi...

— De cinq semaines, ma chère. J'aurai vingt ans la semaine prochaine.

— Je ne te veux pas, protesta-t-elle alors qu'il l'attirait de nouveau à lui. Je veux Patrick !

— Tu ne peux pas l'obtenir, petite. Il ne s'intéresse pas à toi.

— Tu n'as pas d'argent !

— Mam a fait pour moi les mêmes investissements judicieux que pour toi et j'ai des revenus appréciables. Je vaux même plus que certains comtes désargentés. J'ai aussi des parts dans le commerce maritime de la famille et l'élevage de moutons. Quant à toi, tu as hérité d'une maison à Edimbourg. Nous voyagerons quelques années, et quand le petit roi James sera grand, nous reviendrons nous installer à Edimbourg et nous fréquenterons la cour.

— Je ne peux plus avoir d'enfants, avoua Fiona.

— Je sais. La sage-femme qui t'a soignée a mis au monde trois de mes bâtards. Cette information m'a coûté deux pièces d'or. Et je sais aussi que ce n'était pas le fils de Stewart.

Fiona lança un juron qui le fit rire aux éclats.

— Laissons Patrick et les autres perpétuer le nom de famille avec une nuée d'enfants. Quant à moi, je ne désire que toi, mais si jamais je t'attrape avec un autre homme, je te battrai jusqu'au sang et je te priverai de *ça*, ajouta-t-il en la pénétrant brutalement, pendant un bon mois !

Poussant un petit cri de plaisir, Fiona enroula ses jambes autour des reins d'Adam et lui caressa le cou :

— Je serai sage, Adam ! Je te le promets.

Le lendemain, à la surprise générale, Adam annonça qu'il allait épouser sa cousine, Lady Stewart. Puisque ni sa mère, ni les parents de Fiona n'avaient été mis au courant, il y eut un chahut monstre.

— Ils m'avaient demandé la permission, mentit Patrick pour venir en aide à son frère. Et je dois m'excuser, mon oncle, de ne pas vous avoir consulté auparavant. L'approche de mon propre mariage semble me troubler. Quant à toi, Adam, tu aurais dû attendre que j'aie parlé à notre oncle, imbécile !

Adam feignit d'être désolé.

— Venez, oncle Sithean, reprit Patrick. Allons discuter en privé. Même une belle veuve doit avoir une dot.

Avant qu'il pût protester, le comte de Sithean se retrouva dans la bibliothèque où Adam lui rappela que sa fille n'aurait jamais d'enfant et qu'en conséquence il devait s'estimer heureux d'avoir trouvé un autre gendre.

— Mais alors pourquoi la voulez-vous ? interrogea Sithean.

— Parce que j'aime cette coquine, mon oncle.

Connaissant la réputation de sa fille, Sithean s'estima heureux d'en être une nouvelle fois débarrassé et offrit une dot très généreuse qui fut acceptée. On décida que le mariage aurait lieu au printemps.

— Pourquoi ? demanda Patrick à son frère dès qu'ils furent seuls. Tu aurais pu épouser la jolie Isabella Forbes et avoir des fils légitimes.

— J'aime profondément Fiona depuis que nous sommes enfants.

— C'est une catin ! Pardonne-moi, Adam, mais elle couchera avec n'importe qui.

— Pas du tout. Est-ce que tu te souviens de Nelly Baird ?

— Oui, dit Patrick en se rappelant la ravissante jeune femme qu'il avait installée à Edimbourg et qui lui était demeurée fidèle jusqu'à ce qu'il permît à son frère de passer une nuit avec elle.

— Dorénavant, Fiona restera tranquille, déclara Adam en riant. Mais elle a besoin d'un homme suffisamment fourni pour la satisfaire. Avec moi, elle sera tout à fait comblée, fais-moi confiance !

— Mais tu aurais pu avoir des fils légitimes avec la Forbes.

— Vous êtes trois à perpétuer le nom de la famille. Je préfère me contenter de celle-ci.

— Comment puis-je te réprimander, alors que la petite Catriona me mène par le bout du nez ?

— Un conseil de frère et d'ami, Patrick : apprivoise-la vite, sinon tu n'auras jamais la paix dans ton ménage.

La porte s'ouvrit avec fracas et Meg Leslie entra en trombe dans la pièce.

— Comment as-tu pu faire une chose pareille ? lança-t-elle en pointant un doigt accusateur vers son fils aîné. Comment as-tu pu donner la permission à Adam d'épouser cette... cette traînée ? Fiona est peut-être ma nièce, mais je ne permettrai pas à l'un de mes fils d'épouser cette mangeuse d'hommes !

— Je tiens à vous rappeler, madame, déclara Patrick, que c'est moi le chef de famille et non vous. Ici, c'est moi qui prends les décisions. Adam et Fiona sont amoureux l'un de l'autre. En donnant son accord, Sithean a offert une dot importante. Ils se marieront au printemps.

— Je l'aime vraiment, renchérit Adam en prenant gentiment la main de sa mère. Vous avez passé des années heureuses avec papa. Laissez-moi connaître la même chose avec Fiona.

— Vous serez toujours insupportables ! gémit Meg en éclatant en sanglots.

— Madame, nous désirons juste être heureux. Nos parents nous ont donné l'exemple.

— Très bien, dit-elle en s'essuyant les yeux. J'accueillerai Fiona dans la famille mais je persiste à croire que c'est une erreur. Cette petite n'est pas recommandable. Si elle le veut, elle peut être très méchante, vous savez...

# 4

Le comte de Glenkirk fit la cour à sa fiancée avec la grâce et la délicatesse d'un courtisan français. Quand Ellen montait le plateau de petit déjeuner de Cat, celle-ci y découvrait toujours un présent de Patrick. Parfois modeste, comme une pomme de pin attachée avec un ruban de velours, et parfois généreux tel un écrin en ivoire où se nichaient une douzaine de boutons en diamant. Lors de leurs promenades à cheval à travers les neiges de décembre et leurs longues marches dans les jardins endormis, Cat et Patrick apprirent à se connaître.

Patrick Glenkirk était un homme cultivé, et sa jeune fiancée, qui avait tant lutté pour apprendre, l'écoutait discourir avec ravissement. Le comte était agréablement surpris qu'elle fût aussi intelligente ; cependant, il s'inquiétait de son innocence. Elevée dans le monde isolé de Greyhaven, Cat ignorait tout des aspects les plus intimes de la vie.

Après Pâques, Adam et Fiona se marieraient lors d'une cérémonie discrète qui ne serait qu'une formalité : la famille savait qu'ils habitaient ensemble comme mari et femme, et Fiona, qui avait toujours eu tendance à être maigre, s'enrobait de délicieuses rondeurs.

— On dirait un chat qui a découvert une assiette de crème, s'exclama un jour Ailis Hay en riant. J'espère que mon mari sera aussi doué que nos cousins Patrick et Adam dont les servantes vantent les mérites.

— Comment cela, doué ? demanda Cat sans comprendre.

— Oh, Cat... Tu joues toujours à l'innocente.

— Je ne sais pas de quoi tu parles, Ailis. En quoi Jemmie doit-il être aussi bon que Patrick et Adam ?

— Au lit, petite dinde ! répliqua Ailis, exaspérée. On raconte que les hommes de cette famille tournent la tête aux filles... J'ai hâte d'être mariée au mois de juin.

— Enfin, Ailis, tu es aussi dévergondée que Fiona !

— Je suis une vierge comme toi, Catriona Hay ! rétorqua Ailis, blessée, en secouant ses boucles blondes. Mais notre ressemblance s'arrête là. Je me réjouis de découvrir les joies du mariage et je ferai de mon mieux pour plaire à Jemmie. Toi, tu es aussi glaciale qu'une nuit d'hiver et si tu ne changes pas rapidement tes manières, Patrick ira se consoler dans un lit plus accueillant.

La tête haute, Cat quitta sa cousine. Glenkirk et elle n'avaient pas échangé d'autre baiser depuis le fameux soir devant la cheminée, où il avait fait naître en elle des sensations inconnues dont elle craignait la puissance. Et pourtant Cat avait envie de retrouver ces étranges sensations.

Cette nuit-là, vêtue d'une chemise de nuit en lin, elle descendit de son appartement sur la pointe des pieds et se dissimula dans une alcôve près de la chambre de Patrick. Il faisait froid et il monta chez lui fort tard. Elle se dépêcha de le suivre dans sa chambre.

— Cat, ma chérie... Que faites-vous ici ?

Lorsqu'elle frissonna, il lui recouvrit les épaules d'une cape en fourrure.

— Qu'y a-t-il de si grave qui vous amène dans ma chambre au milieu de la nuit ?

Cat se sentit brusquement intimidée. La prenant dans ses bras, il s'assit près du feu et la serra contre sa poitrine comme une enfant.

— Racontez-moi, ma chérie.

— J'aimerais faire l'amour avec vous, murmura-t-elle.

— Je ne crois pas que vous le pensiez vraiment.

— Je vous en prie, Patrick, c'est la vérité ! Je suis si ignorante... Ma mère a essayé de me donner des conseils, mais quand elle parle de l'amour, c'est tellement évasif et détaché. Quant à Ailis, elle rit en parlant de la réputation des Glenkirk et Fiona vit ouvertement avec Adam et semble si heureuse. Je me sens un peu perdue. Je vous en supplie, apprenez-moi quelque chose...

— Très bien, dit-il amusé. Mais si vous avez peur ou si vous désirez qu'on arrête, n'hésitez pas à me le demander.

La chambre se drapa dans un profond silence, rompu par les seuls craquements du feu de bois. D'un bras, Patrick entourait les épaules de Cat. De sa main libre, il repoussa doucement sa chemise de nuit, révélant un ravissant sein d'ivoire dont la pointe rose appelait son baiser. Un instant, il en admira la perfection, puis il le caressa tendrement. Il sentit Cat frémir lorsque son pouce effleura le mamelon jusqu'à ce qu'il se raidît.

Quand il l'embrassa, Cat l'encercla de ses bras. La cape, puis la chemise de nuit tombèrent à leurs pieds. Il caressa sa peau satinée avec une exquise délicatesse. Lorsqu'il s'arrêta brusquement, elle s'exclama, déçue :

— Encore... Je vous en prie, je n'ai pas peur !

— Ma chérie, écoutez-moi bien. Je vous désire ardemment et si je ne vous renvoie pas maintenant, je ne pourrai pas m'empêcher de goûter à votre corps délicieux.

— J'en serais heureuse. Prenez-moi maintenant !

Si Cat avait été une autre, Patrick n'aurait pas hésité à la satisfaire, mais il ne voulait pas brusquer sa fiancée innocente qui s'éveillait à peine aux joies de l'amour.

— Non, ma belle. A la lumière du jour, les choses vous sembleront différentes. Si je dérobais votre virginité ce soir, vous me le reprocheriez.

Avec un soupir, il glissa la chemise de nuit sur sa tête, puis il la porta jusqu'à sa chambre et la borda tendrement dans son lit de jeune fille.

Cat resta immobile en écoutant le vent d'hiver. Le feu s'était presque éteint dans l'âtre. Un hibou hulula et un loup lui répondit dans le lointain. Elle comprenait enfin les paroles énigmatiques de sa mère, mais elle comprenait aussi Ailis, et ressentait une certaine sympathie pour sa cousine Fiona. En repensant à cette dernière demi-heure, ses seins se tendirent et elle rougit. Toute la nuit, la jeune fille alterna entre un sommeil agité et un réveil inquiet. Son corps encore intact souffrait de l'absence de Patrick...

Lorsqu'ils se retrouvèrent le lendemain matin pour leur promenade habituelle, il la salua comme si rien ne s'était passé. Elle adopta la même réserve jusqu'à ce qu'ils se soient éloignés du château.

— Je ne regrette rien, lui dit-elle enfin.

— Il n'y a rien à regretter, douce Cat. Nous nous sommes caressés et embrassés... Le passe-temps favori des amants depuis que le monde existe.

— Je reviendrai...

— Vous resterez sagement au lit, ordonna-t-il, ou je ne réponds plus de mes actes.

— Je reviendrai, insista-t-elle avec une petite moue.

C'est alors que Patrick comprit : sous ses airs angéliques, Cat était une vraie tigresse !

— Si vous me désobéissez, reprit-il fermement,

je prendrai une baguette de noisetier et je battrai votre joli derrière.

Cette nuit-là, Cat apparut dans la chambre de Patrick... une baguette de noisetier à la main. Lorsqu'elle retira sa cape, il s'aperçut avec surprise qu'elle était nue en dessous. Jetant la baguette dans le feu, il l'attira à lui et l'embrassa à perdre haleine. Ses doigts s'égarèrent vers la jointure de ses cuisses... mais il n'alla pas plus loin.

Les festivités de Noël prirent fin et les cousins rentrèrent chez eux. Patrick insista pour que Catriona passât quelques semaines à Greyhaven avant de revenir au château pour le mariage. Cat aurait aimé rester, mais elle venait rejoindre son fiancé toutes les nuits et celui-ci avait besoin d'un répit. La torture qu'elle lui infligeait sans le vouloir risquait de lui faire perdre la tête.

Quinze jours avant le mariage, Cat revint à Glenkirk, apportant sa dot de vêtements, de bijoux, de linges et de meubles. Désolé, Patrick vit qu'on l'installait dans les appartements dévolus au comte et à la comtesse de Glenkirk. Il n'y avait jamais eu de serrure à la porte entre les deux chambres et il ne pouvait en installer une sans faire jaser toute la contrée.

La première nuit, Patrick resta longuement à bavarder avec Adam, dans l'espoir que Cat dormirait quand il monterait se coucher.

Enfin, il quitta son frère et se retira dans sa chambre. La porte communicante était ouverte. Tendant l'oreille, aucun son ne lui parvint et il se dépêcha de se déshabiller en silence.

— Patrick, appela-t-elle d'une voix douce.

Elle se tenait debout dans l'embrasure de la porte, nue comme lui. Elle lui tendit une main :

— Venez, mon amour. Mon lit est déjà chaud.

Patrick ne pouvait détacher les yeux de ses jambes interminables et de sa fière poitrine. Ses longs cheveux blonds lui arrivaient à la taille et ses yeux brillaient comme des pierres précieuses.

— Si je partage votre lit ce soir, Cat, je ne me contenterai plus de nos petits jeux. Je prendrai votre virginité, vous êtes prévenue.

— Venez, Patrick.

— En êtes-vous certaine ?

Lorsqu'elle posa une main sur sa poitrine, il ressentit une irrésistible bouffée de désir.

— Vous ne le regretterez pas ? insista-t-il.

— Non.

Alors il l'étendit sur le grand lit et l'embrassa avec force. Tandis qu'il explorait sa peau de ses lèvres, Cat tremblait comme un animal sauvage pris au piège. Les baisers brûlants de Patrick incendiaient son corps et quand sa bouche se referma sur un mamelon, elle éprouva un délicieux sentiment de joie et d'appréhension mêlées. D'une main, il caressait le triangle doré à la jointure de ses cuisses.

N'ayant aucun besoin de se presser, Patrick voulait exciter Cat jusqu'à ce qu'elle le suppliât d'en finir. Elle n'était pas sa première vierge et il avait compris qu'une jeune fille excitée ressentait moins de douleur. Lui prenant la main, il la guida vers son membre gonflé. Timide, Cat commença à le caresser.

Un frisson le parcourut et il l'embrassa tendrement. Telles des épées de feu, leurs langues se croisaient, s'enlaçaient, se découvraient. Cat ne maîtrisait plus l'excitation de son corps et ses mouvements se faisaient désordonnés, ce qui enchantait le jeune homme. Il glissa le long de son corps jusqu'au grain de beauté qui se dressait au-dessus de son intimité. Puis il baisa le triangle magique. Cat réprima un cri.

Agenouillé au-dessus d'elle, Patrick lui écarta les cuisses et commença à la pénétrer, doucement, délicatement. Une fine couche de sueur faisait briller le corps de Cat et il comprit qu'elle avait peur.

— Tout va bien, mon amour, murmura-t-il en la caressant.

— J'ai mal, Patrick !

— Ce n'est qu'un mauvais moment à passer, chérie. Une brève douleur avant le plaisir.

Pour l'empêcher de protester, il déchira rapidement la barrière de sa virginité. Les yeux écarquillés, Cat poussa un cri qu'il étouffa de ses baisers. Mais Patrick ne lui avait pas menti : la douleur s'apaisa aussitôt. Il commença à bouger lentement et Cat entra dans un monde nouveau en s'accordant au rythme sensuel de son fiancé. Envahie par des vagues de plaisir qui s'intensifiaient, elle se sentit aspirée dans un tourbillon de sensations plus extraordinaires les unes que les autres. Elle entendit une femme crier, sans réaliser que c'était elle-même. Puis, aussi vite que le plaisir avait commencé, il s'arrêta. Elle se retrouva pleurant dans les bras de Patrick.

Honteux, accablé, il s'en voulut aussitôt. Couvrant son joli visage de baisers, il la supplia de lui pardonner sa brutalité, mais Cat rit à travers ses larmes.

— Imbécile ! Pourquoi aurais-je à te pardonner ? Je t'aime ! Je suis folle de toi, Patrick, et je n'en pouvais plus d'attendre. N'oublie pas que je suis une femme très déterminée.

— Ne t'avise pas de me défier, dit-il taquin. Je t'aime de tout mon cœur mais je serai le maître chez moi.

— Tant que je reste ta seule maîtresse ! rétorqua-t-elle.

— Tu es insupportable... Endors-toi, sinon tout le château saura demain comment nous avons passé la nuit. C'est terminé pour ce soir, insatiable enfant ! ajouta-t-il en voyant son visage désolé. Quand nous serons mariés, je t'aimerai des nuits entières. Aucun homme sensé ne pourrait se passer de toi.

Le lendemain matin, Ellen découvrit les taches de sang sur les draps de Cat, mais elle n'en parla à personne. Après tout, les fiancés pouvaient bien prendre un peu d'avance sur leur nuit de noces. Elle était rassurée que Cat fût amoureuse.

Malheureusement, Fiona l'apprit elle aussi. Ou plutôt elle le devina. Trois jours avant le mariage, elle dénicha Catriona qui se trouvait seule.

— Tu en as du courage, cousine, lança-t-elle. Tu as laissé notre cousin te déflorer avant ton mariage ?

Rougissant de savoir son secret découvert, Cat ne voulut pas laisser sa perfide cousine se moquer d'elle impunément.

— Jalouse ? rétorqua-t-elle.

Fiona éclata de rire.

— Chère petite Cat ! Je fais l'amour depuis mes treize ans. Aucun homme ne m'a jamais résisté et cela inclut ton cher Glenkirk.

— Menteuse !

— J'ai connu Patrick et Adam. D'ailleurs, pour effacer le moindre doute à ce sujet...

Et Fiona décrivit à Cat les détails de la chambre de Patrick.

Sans un mot, Cat abandonna sa cousine. Dans sa chambre, elle revêtit un pantalon d'équitation, une chemise en soie, des bottes fourrées et jeta une cape de fourrure sur ses épaules. Elle avait envoyé Ellen donner l'ordre qu'on sellât Bana.

— Mais où allez-vous à cette heure? s'inquiéta la brave servante.

— Je ne sais pas, avoua Cat en montant sur sa jument. Quand le prestigieux comte de Glenkirk reviendra, dis-lui bien que je préférerais épouser le diable plutôt que lui!

D'un geste sec, elle fit pivoter son cheval et lui donna deux coups de talon, traversant le pont-levis au triple galop dans l'obscurité de la fin d'après-midi.

## 5

Relevant ses jupes, Ellen partit en courant vers le château.

— Elle est partie! s'écria-t-elle. Lady Catriona est partie!

— Que s'est-il passé? demanda aussitôt Heather.

— Je ne sais pas, madame. Elle était si heureuse d'être à Glenkirk et se réjouissait de son mariage.

— Et si elle avait fait semblant?

— Non, madame! C'est évident qu'elle est amoureuse du comte. Ils ont...

Horrifiée, Ellen porta la main à sa bouche, mais Heather avait compris.

— Depuis combien de temps? demanda-t-elle.

— La première nuit de notre retour. J'ai trouvé les taches le lendemain matin, mais il s'était passé des choses entre eux dès Noël. Je suis certaine qu'il ne l'a pas forcée, madame!

— Es-tu en train de me dire que Glenkirk a couché avec ma fille ? lança sèchement James Hay.

— Taisez-vous, Greyhaven ! rétorqua son épouse. Cela n'a aucune importance puisqu'ils doivent se marier dans trois jours. Dis-moi, Ellen, qu'a-t-elle fait cet après-midi ?

— Elle a dormi pendant une heure après le déjeuner, comme d'habitude, puis elle est descendue avec sa broderie. Le comte ayant été absent toute la journée, ils n'ont pas pu se disputer.

Après s'être renseignés, ils interrogèrent plusieurs personnes qui avaient parlé à Cat, mais Meg Leslie et sa fille Ailis, ainsi que deux domestiques, l'avaient trouvée joyeuse et pleine d'entrain.

— Je me demande ce qui a bien pu l'effrayer, dit Meg.

— Elle n'avait pas peur, madame, reprit Ellen. Elle était en colère.

L'aboiement de chiens excités et une cavalcade dans la cour signalèrent le retour de Patrick et d'Adam du manoir des Forbes, où ils avaient discuté des fiançailles d'Isabella Forbes. Ils entrèrent gaiement dans le hall, mais le spectacle de leurs proches consternés les alarma.

— Que se passe-t-il ? demanda le comte.

— C'est Cat, répondit sa mère.

— Elle va bien ! précisa aussitôt Heather en voyant Patrick blêmir.

— Alors qu'y a-t-il ?

— Elle est partie sur un coup de tête, cher neveu. Probablement apeurée à l'idée du mariage qui approche.

— Quand ?

— Il y a environ une heure. Elle a passé l'après-midi ici et brusquement elle est montée dans sa chambre enfiler sa tenue d'équitation et elle est sortie en trombe.

— Qui lui a parlé? Comment avez-vous appris ces détails?

— Elle est entrée comme une furie dans la chambre, milord... bégaya Ellen. Elle m'a ordonné d'aller faire seller Bana et quand je lui ai dit qu'il ferait bientôt nuit, elle n'a rien voulu entendre. Oh, milord... je l'ai élevée depuis toute petite et Lady Cat ne m'avait jamais parlé sur ce ton. Elle a dit qu'elle préférait épouser le diable plutôt que le comte de Glenkirk, puis elle s'est enfuie.

— Quelqu'un a dû la troubler, gronda Patrick, l'air furieux.

— Qui est troublé? demanda Fiona en pénétrant dans le hall.

— As-tu vu Cat cet après-midi? interrogea Patrick.

— Oui. Elle brodait tranquillement.

Un regard sévère de Patrick à Adam suffit à convaincre celui-ci d'entraîner sa fiancée dans la bibliothèque. Effrayée, Fiona dévisagea les deux frères.

— Qu'as-tu dit à Cat, chère cousine? reprit alors froidement Patrick.

— Rien! Je le jure... Nous avons parlé de choses de filles...

Saisissant sa fiancée, Adam la renversa brutalement sur une chaise. Avec un cri de douleur, Fiona essaya de lui échapper mais Patrick lui enserra le cou d'une main de fer.

— Chère cousine, siffla-t-il, les dents serrées. Sur mon ordre, Adam t'infligera une raclée si tu ne nous dis pas ce qui s'est passé entre toi et Catriona.

— Je lui ai raconté que nous avions couché ensemble, avoua Fiona en sanglotant.

— Petite garce! jura Patrick. Il m'a fallu des semaines pour gagner la confiance de Cat et tu as tout détruit en trois minutes!

Il quitta la pièce en claquant la porte derrière lui. Adam toisa sa fiancée, dangereusement calme :

— Je t'avais prévenue, ma chérie, que si tu causais des problèmes, je te punirais.

— Non ! s'écria-t-elle, alors qu'il levait sa cravache...

Patrick ne permit qu'au frère d'Ellen, Conall More, de l'accompagner. Avant de partir, il s'adressa à sa mère, à sa tante et à Adam :

— Dieu seul sait où Cat a pu aller. Elle connaît cette région comme sa poche et il me faudra peut-être plusieurs jours pour la retrouver. Puisqu'il est trop tard pour décommander le mariage, Adam et Fiona se marieront à notre place. Veux-tu toujours épouser cette traînée, Adam ?

— Oui, je pense qu'elle a compris la leçon.

— Vous direz aux invités que Cat a attrapé la rougeole et me l'a transmise. Cela devrait suffire à étouffer le scandale.

— Patrick, mon fils, sois doux avec Catriona ! supplia Meg. Elle est jeune et innocente. Les mensonges de Fiona l'ont bouleversée.

— Madame, reprit sèchement Patrick, depuis quinze jours, Catriona partage mon lit. Je l'ai traitée avec une grande tendresse et je ne me suis jamais imposé à elle. Elle n'a même pas daigné m'accuser personnellement : me jugeant aussitôt coupable, elle s'est enfuie. Je ne lui pardonnerai jamais son manque de confiance. Je l'épouserai comme convenu, mais avant cela elle recevra une bonne fessée !

Quelques instants plus tard, il traversait le pont-levis au grand galop en compagnie de Conall More. La nuit était froide, mais la lune éclairait le chemin. Pensant que Cat était peut-être rentrée chez elle, ils se dirigèrent d'abord vers Greyhaven. On ne l'y avait pas vue. Au château de Sithean aussi, ils furent déçus. Ils y passèrent la nuit et, le lendemain matin, écumèrent la région à sa recherche. En vain...

Il semblait que Cat avait disparu de la surface de la terre.

Le jour de la Saint-Valentin, Adam Leslie épousa sa cousine, Lady Stewart. Apprenant que Patrick et Cat souffraient de la rougeole, les invités burent à leur santé. Quelle chance qu'il y eût un autre couple à marier dans la famille ! Ainsi, les festivités purent se dérouler comme prévu.

La fête fut mémorable, mais la nouvelle Lady Leslie semblait fatiguée et sa vivacité avait disparu. Qu'auraient dit les invités s'ils avaient su la raison de la pâleur de Fiona ? Depuis trois nuits, attachée à une chaise, elle était forcée de contempler Adam en train de faire l'amour à une jeune paysanne insatiable. Son propre désir grandissant, Fiona en avait souffert physiquement et avait cru devenir folle.

Le matin de leur mariage, Adam avait décrété que la punition était terminée. Fiona avait promis de ne plus jamais faire de mal à sa cousine et de lui avouer la vérité dès son retour.

Mais Cat restait introuvable. Les giboulées de mars chassèrent février et le printemps arriva avant qu'on apprît des nouvelles.

En visite chez ses parents retraités à Crannog, Ellen eut l'immense surprise d'y découvrir sa jeune maîtresse. Fuyant Glenkirk, Cat s'était aussitôt rendue chez Ruth et Hugh More qui avaient accepté de l'héberger.

— Les voisins ont dû soupçonner quelque chose, dit Ellen, interloquée.

— Pourquoi ? rétorqua Ruth. Ils ne la voient

jamais. Lady Cat promène Bana une heure toutes les nuits, sinon elle ne quitte pas la maison.

— Elle ne peut pas rester ici, maman. A-t-elle dit pourquoi elle s'est enfuie ?

— Oui, à cause de cette odieuse Fiona !

— Mais Fiona a menti et Lady Cat a eu tort de s'enfuir avant de permettre au comte Patrick de se défendre. Son manque de confiance l'a beaucoup heurté et pourtant il l'aime toujours et veut l'épouser.

— Alors nous devons faire en sorte qu'il découvre où elle se trouve. Mais pas ici.

— Que penses-tu de la maison d'A-Cuil, maman ? proposa Ellen. Lady Cat l'a héritée de sa grand-mère. C'est petit et discret, situé dans les collines qui entourent le loch Sithean.

— Est-ce en bon état ?

— La maison est bâtie en pierres avec un toit en ardoises, et elle a été entièrement retapée pour le mariage. Il y a une cuisine, un salon et une chambre au premier.

— C'est parfait, déclara Ruth. Est-ce loin ?

— A une heure de cheval par les collines.

— Je vais convaincre Lady Cat de s'y installer, puis j'irai trouver le comte et lui avouerai la vérité. Dans un endroit calme, loin de leurs familles, ils résoudront leurs problèmes.

Ruth n'eut aucun mal à persuader Cat, qui s'ennuyait à mourir confinée toute la journée dans la maison. Ellen supplia sa jeune maîtresse de lui permettre de l'accompagner, et parce qu'elle se sentait seule, Cat accepta.

La maison d'A-Cuil se dressait isolée dans une forêt de pins près d'une falaise, d'où l'on apercevait les châteaux de Glenkirk, de Sithean et de Greyhaven. Les premiers jours, ne tenant pas en place, Cat parcourut la forêt de long en large. La nuit, elle dormait dans la grande chambre à coucher et Ellen sur un petit lit à côté. Après dix jours, Cat commença à se sentir en sécurité.

Un soir, une tempête se déchaîna au crépuscule et les deux femmes se retirèrent de bonne heure dans leur chambre. Après avoir allumé un joyeux feu de bois, elles partagèrent un repas de pain grillé et de fromage, en buvant du cidre. Les éclairs déchiraient le ciel et le tonnerre éclatait au-dessus de leurs têtes, mais elles s'en moquaient.

Soudain, la porte s'ouvrit et Ellen poussa un cri de terreur. Le comte entra dans la chambre.

— Va rejoindre ton frère en bas, Ellen, ordonna-t-il.

— Ne me laisse pas seule avec lui ! implora Cat.

La servante jeta un regard désespéré à la jeune femme, mais le comte la prit par le bras et la guida jusqu'à la porte.

— A moins d'un tremblement de terre, j'interdis qu'on s'approche de cette chambre. Est-ce clair ?

— Oui, milord.

Derrière elle, Ellen entendit qu'il tirait le verrou.

— Est-il très en colère, Conall ? demanda-t-elle à son frère dès qu'elle l'eut rejoint aux écuries.

— Oui. Il va la battre.

— Mais il est fou amoureux d'elle.

— Il la battra quand même et c'est une bonne chose. Lady Cat a eu tort de s'enfuir ainsi. Si le comte ne s'affirme pas maître chez lui dès le départ, elle lui causera toujours des problèmes.

— Si maman et moi avions deviné qu'il lui ferait du mal, nous n'aurions jamais révélé sa cachette.

— Petite sœur, ne t'inquiète pas. Il va simplement la remettre sur le droit chemin.

Ellen secoua la tête : elle connaissait Cat Hay mieux que personne. Après tout, ne l'avait-elle pas élevée ? Le comte apprendrait à ses dépens qu'il ne servirait à rien de battre sa fiancée pour la dompter.

## 6

Furieuse, Cat défia le comte de Glenkirk du regard. Calmement, Patrick étendit sa cape mouillée sur une chaise et retira sa chemise humide.

— Mes bottes, Cat, ordonna-t-il en s'asseyant.

— Va au diable ! rétorqua-t-elle.

— Mes bottes !

Son cœur battant à tout rompre, Cat s'agenouilla et les lui retira. « Je n'ai pas peur de lui », se répétait-elle en silence. Mais alors pourquoi tremblait-elle ?

Il la saisit brusquement par ses longs cheveux et attira son visage vers le sien, avant de lui arracher sa chemise de nuit.

— Je t'avais prévenue que si jamais tu me défiais, tu serais punie.

Avant qu'elle pût protester, Patrick la poussa sur le lit et abattit sa cravache sur ses fesses. Cat hurla de colère et de douleur, chercha à lui échapper, mais il ne céda pas.

— Vous m'avez mené une jolie danse ces derniers mois, mademoiselle ! Si Adam n'avait pas accepté de se marier à notre place, nous aurions été la risée de toute la région. Cela te fait-il plaisir d'apprendre que Fiona a eu la place d'honneur à *notre* mariage ?

— Mufle ! hurla-t-elle, le visage inondé de larmes. Tu as couché avec elle comme avec moi. Je ne te le pardonnerai jamais ! Jamais !

— Imbécile ! répliqua-t-il, furieux. Comment astu pu la croire ? Une nuit, elle m'a attendu dans ma chambre mais j'étais en compagnie d'Adam. Il l'a dans la peau depuis des années, alors j'ai dormi dans la chambre de mon frère pendant qu'il s'occupait de Fiona. Jamais je n'ai couché avec cette diablesse !

— Pourquoi te croirais-je ? Tes bâtards pullulent dans toute la région. Fiona m'a assuré qu'elle est capable de séduire n'importe quel homme et elle m'a décrit ta chambre dans le moindre détail.

— Pourquoi as-tu plus confiance en elle qu'en moi ? Comment as-tu pu me consacrer tes nuits sans penser que je t'aimais et que je ne ferais jamais rien pour te blesser ?

— Menteur ! Je te déteste... Sors de ma maison !

— Tu te trompes, Cat. Cette maison fait partie de la dot que ton père m'a donnée avec ta main. Désormais, elle m'appartient de la même façon que toi tu m'appartiens. Tu es en ma possession, Cat, ajouta-t-il en se penchant sur elle, comme le sont le château de Glenkirk, mes chevaux et mes chiens. Tu es destinée à satisfaire mon plaisir, à enfanter mes fils. Est-ce que tu me comprends ?

Cat leva un bras. Apercevant l'éclat d'une lame, Patrick fit un bond de côté. Il lui arracha le petit poignard et lui administra une gifle retentissante :

— Le geste d'une catin, ma chérie. Mais c'est peut-être ce que tu veux, être traitée comme une catin ?

— Je préfère être une catin que de devenir ta femme, Glenkirk. Aucun homme ne me possédera jamais !

— Quelle bravoure, petite ! déclara-t-il dans un éclat de rire. Mais puisque tu en as exprimé le souhait, je vais t'enseigner quelques secrets de catins. Tu n'es pas encore très douée au lit. Il te manque de l'entraînement. Pendant les semaines qui viennent, je vais remédier à ce problème.

— Que veux-tu dire ? s'inquiéta Cat.

— Jusqu'à ce que tu attendes mon enfant, tu ne retourneras pas à Glenkirk. A l'évidence, il est impossible de te faire confiance. Quand tu seras enceinte de mon fils, tu ne pourras pas faire autrement que m'épouser, n'est-ce pas ?

Avec un baiser ardent, Patrick se jeta sur elle. Puis, relevant les longues jambes de Cat au-dessus de ses épaules, il but à la source de ce corps splendide.

— Patrick ! Non... s'écria-t-elle, honteuse. Non...

Elle essaya d'échapper à cette langue impertinente, mais les mains de Patrick la tenaient fermement par les hanches, et il se réjouissait de sentir les ondes de plaisir la traverser. Sanglotant, elle tenta de lui cacher sa jouissance, mais il l'emmena par deux fois jusqu'à l'extase. Puis, enchanté, il la pénétra afin de chercher sa propre délivrance...

— Ça, mon amour, dit-il ensuite, c'était la leçon numéro un.

Recroquevillée dans un coin du lit, Cat pleurait. Patrick aurait voulu la prendre dans ses bras pour la consoler, mais il était certain que la moindre faiblesse de sa part ruinerait ses projets. Sans vouloir briser le tempérament de feu de sa bien-aimée, il tenait à affirmer son autorité.

Quant à Cat, encore si jeune et naïve, elle ne connaissait pas les manières subtiles avec lesquelles une femme domine un homme sans même qu'il s'en aperçoive. Patrick aurait été surpris d'apprendre que Cat ne pleurait pas à cause de ce qu'il lui avait fait, mais parce qu'il l'avait soumise.

L'attirant contre lui, il recommença à la caresser.

— Non ! protesta-t-elle.

— Tu as les plus beaux seins que je connaisse, murmura-t-il sans l'écouter.

— Quand je dirai à mon père comment tu m'as violée, il te tuera !

— Non, très chère. Il m'a donné sa bénédiction de me comporter avec toi comme je l'entendais. Il sait que j'honorerai notre contrat et que je t'épouserai. C'est son vœu le plus cher.

Sachant que Patrick avait raison, la colère de Cat grandit, mais quand il l'embrassa, des ondes brûlantes irradièrent son corps et elle s'arqua vers lui.

— Ah, petite Cat, tu es insatiable, plaisanta Patrick. Je me demande si Fiona est aussi ardente que toi.

Elle le frappa de ses poings fermés mais il éclata de rire et s'appliqua à battre en brèche la résistance de la jeune femme.

A l'aube, il la prit une nouvelle fois. Le corps de Cat était endolori par ses assauts répétés. Afin de la soulager, Patrick chercha un tub qu'il plaça devant le feu. Il transporta des seaux d'eau chaude pour le remplir et, comme par magie, trouva un savon au parfum délicat. La prenant dans ses bras, il la déposa dans le bain.

Défaisant le lit, Patrick installa des draps propres qui embaumaient la lavande. Il revint quelques instants plus tard avec un gobelet.

— Bois ! dit-il, alors que Cat se séchait devant le feu.

— Qu'est-ce que c'est ?

— Du vin sucré, un œuf battu et quelques herbes.

C'était délicieux ! Il la borda dans son lit.

— Dors, ma chérie. La nuit a été longue pour toi.

— Où vas-tu ? demanda-t-elle tandis qu'il déposait un baiser sur son front.

Mais avant que Patrick pût répondre, Cat s'était endormie. Il contempla sa bien-aimée assoupie, et se dit qu'il l'aimait plus que sa vie. La fuite de Cat l'avait effrayé, il avait imaginé le pire, avait passé des nuits entières à se torturer l'esprit. Il ne la laisserait pas s'enfuir une nouvelle fois, et ne lui parlerait sûrement pas de son amour. Mieux valait préserver l'incertitude chez les femmes, estimait-il.

Dans la cuisine, Conall se leva en voyant entrer le comte changé et rasé de près.

— Assieds-toi, ordonna Patrick. Chère Ellen, donne-moi un bol de ce que mange ton frère avec tant de gourmandise. Conall, je veux que tu ailles à Glenkirk et que tu rapportes des vêtements pour Lady Cat et moi-même. Nous resterons ici quelques semaines. Ellen nous dira ce dont elle a besoin et je le mettrai par écrit.

— Je sais lire et écrire, milord, répliqua Ellen, vexée. Si vous n'y voyez pas d'inconvénient, je préférerais écrire moi-même à Lady Hay.

— Très bien, Ellen, mais inutile d'arborer cet air mécontent. J'aime cette petite coquine, tu le sais bien.

— L'avez-vous battue, milord ?

— Dix coups de cravache sur son joli derrière. Je serai le maître chez moi, Ellen.

— Dix seulement ?

— Elle en méritait certes davantage, mais je suis un homme indulgent.

— Quand elle était enfant, il ne servait à rien de la battre. Après, elle se montrait deux fois plus indisciplinée.

— Elle n'a pas changé, ajouta Patrick, amusé.

Ellen écrivit à Lady Hay, lui demandant de faire préparer de la lingerie de rechange, deux chemises en lin, une demi-douzaine de déshabillés en soie du trousseau de Cat, une robe de chambre en velours, des pantoufles et des savons parfumés.

— Tout ceci est léger et n'encombrera pas Conall, annonça Ellen.

— Ramène aussi Bana et la jument de ta sœur à Glenkirk, ordonna Patrick à Conall. Je ne veux garder ici que nos deux chevaux.

— Milord, supplia Ellen, pas Bana ! Lady Cat aime tant monter à cheval.

— Elle la retrouvera à notre retour à Glenkirk. Plus je laisse de chevaux dans les parages, plus ses chances de s'échapper augmentent. Nous resterons ici jusqu'à ce qu'elle soit enceinte de mon enfant. Ensuite, je la ramènerai à la maison et je l'épouserai.

— Elle va être très en colère, soupira Ellen.

— Puisque je serai en train de chasser le cerf quand elle se réveillera, j'éviterai le pire, répliqua Patrick sèchement.

Lorsque Cat se réveilla en début d'après-midi, elle aperçut Ellen agenouillée devant le coffre à vêtements.

— Que fais-tu ? demanda-t-elle d'une voix encore ensommeillée.

— Je range vos habits propres. Conall vient de les apporter de Glenkirk.

— Où est Patrick ?

— Il est parti à la chasse au cerf depuis l'aube.

— Donne-moi une chemise propre et mon pantalon, Ellen. Je vais faire ma promenade avec Bana.

— C'est impossible, Lady Cat, et ne vous mettez pas en colère après moi. Monsieur le comte a renvoyé Bana et ma brave Brownie à Glenkirk.

Cat se redressa sur son lit tel un ressort.

— Quel goujat ! Alors je partirai à pied s'il le

faut. Je n'ai pas l'intention de passer une nuit supplémentaire ici.

— Il a aussi donné l'ordre que vous ne quittiez pas la maison. Vous pouvez vous promener nue, a-t-il dit, ou porter l'une de vos chemises de nuit. Mais je n'ai pas le droit de vous donner d'autres vêtements.

Prise d'une rage violente, Cat fit un effort pour se maîtriser : la pauvre Ellen n'était en rien responsable.

— Alors donne-moi n'importe quoi pour me couvrir, dit-elle d'un air las, et ne perds pas ton temps à le choisir. Il me l'enlèvera très vite, puisqu'il ne désire qu'une seule chose de moi.

— Lady Cat ! gronda Ellen. Il est votre fiancé. Si vous aviez eu confiance en lui au lieu de vous enfuir, vous seriez déjà mariée.

— Ainsi, toi aussi, il t'a convaincue par de belles paroles ?

— Je vais vous chercher quelque chose à manger, déclara Ellen en lui tendant un négligé de soie turquoise.

Assise sur son lit, Cat brossa lentement ses longs cheveux blonds. Patrick pensait-il vraiment qu'en lui prenant son cheval et ses vêtements, il la garderait prisonnière ? Elle saurait patienter, mais un jour ou l'autre, il baisserait sa garde et elle en profiterait pour s'enfuir. Qu'il eût couché ou non avec Fiona n'avait plus guère d'importance — bien qu'elle préférât qu'il se fût abstenu —, Catriona Hay ne se laisserait jamais posséder par quiconque ! Tant que Patrick Leslie ne comprendrait pas qu'elle était une personne à part entière, elle se battrait de toutes ses forces…

— Voici du pain frais sorti du four ! annonça Ellen en apportant un plateau. Un peu de ragoût de lapin, du miel et de la bière.

Cat s'y attaqua de bon appétit.

— Si vous avez faim, vous n'êtes pas si mal en point, constata Ellen.

— Seul un imbécile s'arrête de manger lorsqu'il se trouve dans une mauvaise passe, rétorqua la jeune femme. Pour m'échapper, j'ai besoin d'être en forme.

— Le comte doit vous aimer profondément pour supporter vos caprices.

— Balivernes, Ellen ! Il ne m'aime pas. Il croit me posséder et prend plaisir à me prouver sa supériorité en abusant de mon corps.

Jusqu'à la veille au soir, la chambre n'avait été qu'un endroit pour dormir. Désormais, elle s'était transformée en prison. On ne pouvait y accéder que par une porte qui donnait sur l'escalier. Petite, la pièce comportait un mobilier modeste : un grand lit à baldaquin, un coffre à vêtements, une table minuscule près d'une fenêtre et un fauteuil devant la cheminée. Un miroir était accroché au mur.

Cat regarda par la fenêtre. Elle pouvait apercevoir la vallée à ses pieds et une partie de la forêt qui cernait la maison. Soudain, Patrick apparut entre les arbres. Il montait son cheval et un cerf était posé devant la selle. Courant l'accueillir, Conall s'empara de l'animal et l'emporta vers les écuries.

— Ellen, prépare un bain pour le comte dans la cuisine ! Il rapporte un cerf qu'il est allé vider avec Conall. Je ne veux pas de sang dans ma chambre.

Lorsque Patrick entra chez elle une heure plus tard, la taille entourée d'un linge, Cat éclata de rire.

— Voyez-vous, mademoiselle, je vous ai obéi... En récompense, viens me donner un baiser.

Timide, Cat accepta.

— Quelle beauté! murmura-t-il en la serrant contre lui et en explorant son cou parfumé.

— Je t'en prie, Patrick, dit-elle à voix basse.

— Qu'y a-t-il?

Il l'attira vers le miroir, fit glisser la chemise de nuit et prit ses seins entre ses mains. Aussitôt, les mamelons se durcirent.

— Regarde-toi, Cat! Il suffit que je te touche pour que tu réagisses. Tu as envie de moi.

— Non, protesta-t-elle en fermant les yeux.

Avec un léger rire, Patrick commença à lui embrasser le cou, les lèvres, les paupières... Agenouillé, il célébra sa fière poitrine, son ventre concave, le grain de beauté qui protégeait le triangle de sa féminité. Des larmes coulèrent en silence sur les joues de Cat.

— Ne pleure pas, mon amour. Il n'y a aucune honte à être une femme et à prendre du plaisir.

— Tu savais?

— J'ai connu assez de femmes dans ma vie pour savoir quand l'une d'elles passe un bon moment, même si elle se débat comme une diablesse.

— Je te déteste.

— Alors dans les semaines à venir, je te fournirai des raisons pour me détester chaque jour davantage. Ne te débats pas, Cat. Hier soir, je t'ai dit que tu m'appartenais et ce que je tiens, petite, je le garde!

## 7

Le printemps céda la place à l'été, mais le comte de Glenkirk retenait toujours la belle Cat prisonnière à A-Cuil. Souvent, il parcourait les deux heures de cheval qui le séparaient de Glenkirk pour s'occuper de l'intendance de son domaine. La journée, il chassait afin de nourrir la petite maisonnée mais il passait toutes les nuits auprès de Cat.

Bien qu'elle ne l'eût avoué pour rien au monde, Cat se réjouissait de ces moments dans les bras de Patrick. Elle était jeune, en pleine santé et amoureuse de son séduisant fiancé. Quant à Patrick, il était passionnément épris de Cat et aurait tué quiconque lui aurait manqué de respect.

Tandis que les jours s'allongeaient, il la prenait parfois sur son cheval et l'emmenait par-delà les prairies aux herbes hautes. Plusieurs fois, ils s'aimèrent tendrement dans des champs de lavande sous un soleil radieux. Patrick s'émerveillait : lui qui n'avait jamais réussi à rester fidèle à une femme plus de quinze jours redoutait leur retour à Glenkirk, où il devrait partager la tendre et douce Cat avec sa famille.

Pourtant, le retour s'annonçait. Cat n'avait pas encore compris que son retard mensuel avait un rapport avec un enfant, mais Ellen ne s'y était pas trompée. Un matin, la fidèle servante trouva l'occasion d'éclairer sa jeune maîtresse à ce sujet.

Levé à l'aube, le comte s'était rendu à Glenkirk. Ellen entra dans la chambre avec un plateau, sur lequel reposait un pigeonneau en croûte, tout juste sorti du four.

— Votre plat préféré, dit-elle d'un air enchanté. L'odeur n'est-elle pas alléchante ?

Lorsque Ellen lui mit le plateau sous le nez, Cat blêmit. Saisissant un bol en porcelaine, elle fut aussitôt malade.

— Pauvrette, fit la domestique en essuyant le front humide de la jeune femme avec une serviette en lin. Retournez dans votre lit, ma chère petite.

Quel méchant garnement de rendre sa mère si malade !

— Tu divagues, Ellen ? s'étonna Cat. Et retire immédiatement ce plateau, sinon je vais à nouveau me sentir mal. Apporte-moi plutôt de la bière brune et des biscuits.

Revenant quelques instants plus tard, Ellen regarda sa maîtresse avaler quelques gorgées de bière.

— Comment vous sentez-vous ? demanda-t-elle.

— Mieux. Je ne comprends pas pourquoi j'ai été si malade. C'est la troisième fois que cela m'arrive cette semaine. Crois-tu que la nourriture est pourrie ?

— Enfin, Lady Cat... vous êtes enceinte ! Maintenant, nous pouvons enfin rentrer à la maison.

— Non, murmura Cat. Non, c'est impossible...

— Aucun doute là-dessus. Monsieur le comte va être si content.

— Si tu oses lui en parler, je t'arracherai la langue, tu m'entends ! C'est moi qui lui apprendrai la nouvelle, mais pas encore. Je ne veux pas quitter tout de suite A-Cuil. Je t'en prie, Ellen, je ne suis pas encore grosse. C'est tout récent.

Touchée à l'idée que sa jeune maîtresse souhaitât profiter de son intimité avec son fiancé, Ellen acquiesça.

— Quand les avez-vous eues la dernière fois ? interrogea-t-elle.

— Au début du mois de mai.

— Cela fait trois mois, très chère. Le petit sera un enfant de l'hiver.

— Prends garde, Ellen, pas d'insinuations ni de regards malicieux. Je veux faire la surprise au comte moi-même.

Et Cat aurait volontiers suivi son fiancé jusqu'à Glenkirk, si Patrick n'avait pas tout gâché. Obligé de séjourner au château pendant trois nuits à cause d'un problème comptable, il revint à A-Cuil tel un étalon pressé d'en découdre. Enchantée, Cat se précipita vers lui les bras ouverts. Patrick l'emporta dans leur chambre où il la pénétra sans préambule... Cat en fut indignée.

Ayant satisfait son ardeur, Patrick la tint serrée contre lui. Il avait toujours aimé sa poitrine et il lui pétrissait amoureusement les seins. Or depuis le début de la grossesse, ils étaient devenus très sensibles et le geste de Patrick irrita la jeune femme.

— On dirait que mes petits seins s'épanouissent, dit-il amusé. L'amour d'un homme fait des merveilles, n'est-ce pas ?

Patrick aurait dû prendre garde au silence pesant qui accueillit cette remarque, mais il avait faim de Cat et lui fit l'amour une nouvelle fois. Puis, la repoussant du lit, il lui tapota le derrière et demanda son repas.

Cat descendit à la cuisine. Puisque Ellen était couchée depuis longtemps, la jeune femme prépara un plateau avec la moitié d'un pigeon rôti, du pain, du beurre, du miel et un pichet de bière brune auquel elle ajouta une pincée d'herbes. Le comte passerait une excellente nuit.

Elle le servit avec délicatesse et éprouva un certain remords lorsqu'il la complimenta :

— Tu seras la plus belle comtesse que Glenkirk ait jamais connue. Comme je t'aime, ma chérie !

Le soporifique ne tarda pas à faire son effet et Patrick s'endormit rapidement.

Depuis son enfance, Cat avait pu se réveiller sur commande. Il faisait encore nuit lorsqu'elle prépara un petit balluchon et, prenant la cape fourrée de Patrick, descendit l'escalier sur la pointe des pieds. Il lui restait trois heures avant l'aurore. Dans la petite pièce au-dessus des écuries, Ellen ronflait. Conall dormait chez sa maîtresse, à une demi-lieue de la maison. Sans un bruit, Cat sella Dearg, le cheval de Patrick, et saisit la bride de la monture de Conall.

Elle les fit avancer assez loin d'A-Cuil, puis elle monta Dearg, et sans lâcher la bride de Fyne, partit au galop en direction de Greyhaven. Elle voulait y arriver avant le réveil des domestiques pour prendre des vêtements, ses bijoux et de l'or dans la cachette de son père.

Son plan ayant parfaitement réussi, Cat retrouva la grande route, abandonna Fyne et continua en mâchonnant gaiement des biscuits. Elle était plus rusée que Patrick! Ces dernières semaines, il s'était montré si attentionné et affectueux qu'elle avait pensé qu'il l'acceptait enfin comme une égale, mais la veille il avait dévoilé son vrai visage. A ses yeux, Cat n'était que sa chose, destinée à lui donner des fils, point final. Le goujat méritait une bonne leçon. Cat ne serait jamais l'esclave de quiconque.

En lui retirant sa jument Bana, Patrick avait-il vraiment imaginé qu'elle ne pourrait plus s'échapper? S'il s'était donné la peine de découvrir qui était Catriona Hay au lieu de ne s'intéresser qu'à son corps, il aurait appris qu'elle était capable de monter tous les chevaux de la planète...

Patrick se réveilla avec un mal de tête et un goût étrange dans la bouche. On frappa brusquement à sa porte.

— Entrez! grogna-t-il.

Ellen et Conall déboulèrent dans la pièce en parlant en même temps.

— Silence! ordonna Patrick. Chacun son tour. Toi d'abord, Ellen.

— Elle est partie, milord. Lady Catriona s'est enfuie avec les deux chevaux.

— Quand ?

— Pendant la nuit. Je suis désolée, milord. J'ai dormi comme une bûche jusqu'à six heures du matin. Je n'ai rien entendu.

— Et toi, où étais-tu ? demanda Patrick à Conall. Ah oui, tu rendais visite à cette petite bergère... Mon Dieu ! Quand je l'aurai rattrapée, je lui donnerai une bonne correction et elle ne pourra pas s'asseoir pendant un mois !

— Vous ne la toucherez pas ! s'écria Ellen. Mon pauvre petit ange ! Elle est enceinte de trois mois. Elle avait l'intention de vous en parler à votre retour. Qu'avez-vous fait pour qu'elle s'enfuie à nouveau ?

Patrick eut la grâce de rougir.

— Alors ? reprit Ellen de plus belle. Qu'avez-vous fait ?

— Je l'ai aimée, c'est tout. J'étais absent depuis trois jours...

— Si seulement vous les hommes pensiez davantage avec vos têtes... Ainsi, vous l'avez aimée... Sans un mot, vous l'avez emmenée dans cette chambre et vous l'avez aimée. Une fois, deux fois ? Je parie que vous lui avez ensuite demandé votre repas. Mais où avez-vous la tête ? Ce coup-ci, elle a pris une bonne avance et vous ne la retrouverez pas facilement.

— Je suis certain qu'elle est rentrée chez sa mère, rétorqua Patrick.

— Non, milord, dit Ellen tristement. Si elle est passée par Greyhaven, elle a dû chercher ses bijoux et voler peut-être de l'or à son père. Mais elle n'y est sûrement pas restée.

— Je croyais que ses bijoux se trouvaient à Glenkirk.

— Quand Lady Cat s'est enfuie en février, je les ai rapportés à Greyhaven et elle le savait.

Patrick commençait sérieusement à s'inquiéter. Il s'habilla à la hâte.

— Où sont les chevaux les plus proches ? demanda-t-il à Conall.

— Dans la vallée. A la ferme de Gavin Shaw.

— Je t'y retrouverai.

Dans la cuisine, Ellen donna du pain et du jambon à Patrick.

— Vous pourrez le manger en chemin, dit-elle.

— Tu peux tout ranger, Ellen. Je vais envoyer quelqu'un de Glenkirk pour te ramener. Pourrais-tu rester au château jusqu'à ce que je la retrouve ? Elle aura besoin de toi plus que jamais.

— Je resterai. Il faut préparer ses appartements ainsi que ceux du bébé.

Plusieurs heures plus tard, Patrick dut reconnaître que la servante avait raison : Cat n'était pas à Greyhaven, et l'on découvrit qu'il manquait ses bijoux et une grande quantité d'or.

Patrick se dirigea vers Sithean et la maison de Ruth qui l'avait recueillie la première fois : personne ne l'avait vue. A Glenkirk, sa mère le réprimanda vertement et lui ordonna de retrouver Cat et *son* petit-fils.

— James dirigera le domaine pendant ton absence, déclara-t-elle. Malheureusement, Adam et Fiona sont à Edimbourg. Ils comptent bientôt visiter nos cousins en France.

— Mère, je ne sais par où commencer.

— Tu as moins de six mois pour la trouver. Sinon le futur héritier de Glenkirk naîtra bâtard.

Cat Hay aurait été ravie de voir le visage désespéré du comte de Glenkirk à cet instant.

# 8

Ramenant le capuchon pour dissimuler son visage, Fiona poussa la porte de l'auberge.

— Je cherche Mme Abernethy.

— Sur la droite, en haut de l'escalier, répondit l'aubergiste.

Fiona ignorait totalement qui était cette Abernethy, mais lorsqu'un petit mendiant lui avait fourré le papier dans la main, sa curiosité l'avait emporté sur sa méfiance. Frappant deux coups à la porte, elle entendit une voix féminine lui dire d'entrer.

— Cat ! s'exclama Fiona.

— Viens t'asseoir.

Arrangeant les plis de sa jupe noire, Fiona regarda sa belle cousine bouche bée.

— Je croyais que Patrick te retenait prisonnière à A-Cuil. Que fais-tu ici ?

— Je lui ai échappé une nouvelle fois et j'ai besoin de ton aide.

— Tu es folle, Cat, dit Fiona avant de pousser un soupir ennuyé. J'ai promis à Adam de te révéler la vérité. Je n'ai jamais partagé le lit de Patrick. En fait, il n'a pas voulu de moi. J'étais nue sur son lit et il ne désirait que toi. C'est la vérité vraie !

— Merci de me l'avouer, Fiona, répliqua Cat avec un sourire. Patrick m'avait déjà tout expliqué.

— Mais alors que fabriques-tu à Edimbourg ? Je parie que ce pauvre Patrick ignore où tu te caches.

— Il me cherche probablement par monts et par vaux, mais je ne retournerai pas vers lui. Pas avant qu'il me traite comme un être humain et non comme une lapine ! Aide-moi, Fiona… Nous n'avons jamais été très proches, mais j'espérais que tu me comprendrais. Selon Ellen, Adam et toi partez bientôt pour la France. Laisse-moi habiter chez vous. Personne n'a besoin d'être au courant, même pas Adam. J'y serai plus en sécurité que nulle part ailleurs. Patrick ne songera pas à me chercher à Edimbourg et encore moins dans votre maison.

Se mordillant la lèvre, Fiona réfléchit. Bientôt, Cat serait la comtesse de Glenkirk et son amitié lui serait utile. Mais si Adam apprenait qu'elle l'avait aidée contre son frère, il lui infligerait l'horrible punition de la dernière fois. L'obliger à le contempler alors qu'il faisait l'amour à une autre femme était une torture indescriptible.

— Je t'en prie, supplia Cat.

— Mais tu attends son enfant! s'exclama soudain Fiona en remarquant le ventre légèrement bombé de sa jeune cousine.

— Tu sais ce qu'il m'a dit? Que je lui appartenais comme ses chiens lui appartiennent, que je n'étais bonne qu'à lui donner des fils. Je le hais!

Fiona devinait que la haine de Cat n'était que colère, mais elle la comprenait. Ces Leslie étaient vraiment trop arrogants! Cat n'espérait qu'une seule chose de Patrick: être reconnue en tant que personne. Dans quelques mois, il serait désespéré et prêt à tout pour que son fils naquît légitime. L'attente leur ferait du bien à tous deux et Fiona avait un compte à régler avec son beau-frère.

— Ma maison est la tienne, ma chérie, dit-elle gentiment. Mais j'ai déjà donné congé aux domestiques.

— Je n'ai besoin de personne.

— Ne fais pas l'enfant. Bien sûr que tu as besoin d'aide. Je vais envoyer un mot à Mme Kerr. D'habitude, elle veille sur la maison quand je suis absente. Je lui dirai que ma pauvre cousine endeuillée, Kate Abernethy, vient passer quelque temps chez moi. As-tu assez d'argent ?

— Je crois que oui. Et j'ai mes bijoux.

— Va immédiatement voir le docteur Robert Ramsey. Il habite sur High Street. N'oublie pas que tu portes l'héritier de Glenkirk.

— Merci, Fiona, dit Cat en embrassant sa cousine.

— Nous partons demain matin. Viens dans l'après-midi. Mme Kerr te laissera entrer et te donnera la clé. Et réconcilie-toi bientôt avec Patrick, ajouta-t-elle en se levant. Les Leslie sont certes arrogants, mais ce sont de vrais hommes...

Le lendemain en fin de journée, Cat emménagea chez Fiona. Bâtie quelque soixante-dix ans auparavant, avec ses murs en briques roses recouverts de lierre, la maison n'était pas une vaste demeure. Au sous-sol se trouvaient une belle cuisine, un office et une lingerie avec de grands baquets pour laver le linge. Au rez-de-chaussée s'ouvraient une charmante salle à manger, une bibliothèque et deux salons dont l'un donnait sur le jardin. Au premier étage, les quatre chambres à coucher avaient chacune leur antichambre et dans le grenier vivaient les domestiques quand la maison était ouverte.

Cat installa son cheval dans la petite écurie attenante et se réjouit de voir le jardin rempli de fleurs, d'herbes et d'arbres fruitiers. A quelques pas d'une rue commerçante, l'emplacement était calme.

Ronde comme une pomme, le cœur sur la main, la veuve Kerr fut aussitôt touchée par la jeune femme. N'avait-elle pas connu pareille détresse ? Son mari avait été tué lors d'une bataille frontalière avec les Anglais alors qu'elle était enceinte de six mois. Le fils qu'elle avait élevé seule la comblait de joie. Aujourd'hui, il était apprenti boucher.

— Ma cousine vous a-t-elle raconté comment j'avais perdu mon mari ? demanda Cat.

La brave Mme Kerr secoua la tête.

— Une échauffourée frontalière aussi, malheureusement. Dans les monts Cheviot, il y a seulement deux mois.

— Je m'en souviens en effet. Ma pauvre petite...

Cat était enchantée de ses mensonges : très vite, Kate Abernethy aurait une véritable personnalité...

Le lendemain, suivant les conseils de Fiona, Cat se rendit chez le docteur Ramsey.

— A moins d'une urgence, vous n'aurez pas besoin de moi, déclara-t-il après l'avoir examinée. C'est un bel enfant en pleine santé qui grandit là et Mme Kerr devrait pouvoir vous accoucher sans problème...

Installée chez Fiona, Cat s'amusait. Elle n'était plus mal en point le matin et son appétit était revenu. De toute sa vie, elle n'avait jamais été aussi loin de chez elle. Pas de maman. Pas de père. Pas de Patrick. Pas d'Ellen. Personne de qui recevoir des ordres, excepté d'elle-même. Tous les matins, Mme Kerr venait ranger la maison et vérifier si elle se nourrissait convenablement, puis elle repartait en fin de journée.

Alors que l'automne avançait, Cat découvrit les rues élégantes d'Edimbourg. Avec sa robe de coupe modeste mais d'un tissu cher, sa grossesse évidente et ses manières discrètes, personne ne vint l'embêter. Quand les jours se rafraîchirent, elle se contenta de se promener dans le jardin ou de se rendre au marché avec Mme Kerr.

Ces sorties la fascinaient. A Greyhaven, la nourriture avait toujours été à portée de la main. Ici, un nouveau monde s'ouvrait à Cat. Mme Kerr l'emmena également acheter des vêtements pour le bébé.

Comme les jours raccourcissaient, Mme Kerr décida que Cat ne pouvait rester seule pendant les longues soirées. Elle fit venir sa nièce Sally pour lui tenir compagnie. A vingt ans, Sally était aussi rondelette et joyeuse que sa tante. Grâce à sa présence, Cat se sentit moins seule. Les deux jeunes femmes cousaient ou Cat lisait une histoire à voix haute devant le feu de bois. Elle appréciait tellement la gentillesse de Sally qu'elle lui demanda de rester pour s'occuper de l'enfant, ce que la jeune fille accepta avec joie.

A Paris, Fiona et Adam célébrèrent Noël avec leurs cousins Leslie.

— Patrick ne l'a toujours pas trouvée, dit un jour Adam à sa femme. On dirait que la coquine a disparu de la surface de la terre. Serais-tu capable de me jouer un tour pareil, ma chérie ?

— Non, déclara Fiona en détournant rapidement les yeux.

— Mon Dieu ! s'exclama soudain Adam en l'examinant de près. Tu sais où elle est, n'est-ce pas ?

Paniquée par le regard sombre de son mari, Fiona lui avoua la vérité :

— Elle habite chez nous à Edimbourg. Elle m'a fait jurer de garder le secret. Je pensais qu'elle allait très vite se réconcilier avec lui et l'épouser.

— Tu sais comment je vais te punir ? gronda Adam.

Furieuse, elle décida que si Cat pouvait donner une leçon à Patrick, elle en ferait de même avec son frère.

— Si tu oses recommencer, je m'offrirai au premier venu ! s'écria-t-elle. J'en ai assez d'être traitée comme une petite fille désobéissante.

A sa grande surprise, Adam se contenta d'éclater de rire.

— Je ne pensais pas que Cat et toi étiez amies.

— Nous le sommes devenues. Nous devons subir toutes deux l'arrogance des Leslie. Ton imbécile de frère lui a déclaré qu'elle n'était bonne qu'à lui donner des fils. Je ne lui en veux pas de s'être enfuie. Elle a un sacré courage.

— Je dois écrire à Patrick pour le prévenir, sinon ce pauvre enfant naîtra illégitime.

— Dis-lui de traiter Cat avec douceur et respect. Elle l'aime, mais elle souhaite qu'il l'apprécie pour elle-même et pas seulement pour les enfants qu'elle lui donnera.

— Je crois que le mariage te fait du bien, ma chérie, déclara Adam taquin. Tu y gagnes en sagesse.

Il baissa la tête afin d'éviter l'oreiller qu'elle lui lançait à la figure.

— Ecris ta lettre et viens te coucher. La cousine Louise m'a montré des dessins fascinants aujourd'hui, et je voudrais voir si nous pouvons faire les mêmes choses.

— Je serai votre élève le plus ardent et le plus appliqué, madame, plaisanta Adam.

## 9

A cause de la tempête qui sévissait sur la Manche, le courrier n'atteignit Glenkirk que le matin du 2 février.

Après avoir parcouru la lettre de son frère, Patrick quitta aussitôt son château. Il s'arrêta à l'abbaye où il demanda à son oncle, l'abbé Charles Leslie, de l'accompagner jusqu'à Edimbourg.

— Nous devons nous dépêcher, mon oncle. L'enfant ne doit pas naître avant quinze jours, mais comme c'est son premier, on ne sait jamais...

Quelques jours plus tard, ils arrivèrent devant la maison de Fiona. Lorsque Sally ouvrit la porte, elle regarda les deux hommes imposants sans dissimuler son étonnement.

— Est-ce que ta maîtresse est chez elle ? demanda le comte.

— Elle dort, milord, répondit Sally qui, sans connaître l'identité de cet homme, devinait qu'il s'agissait d'un personnage important.

— Nous attendrons, déclara Charles Leslie. Je suis son oncle.

Les ayant installés dans le salon, Sally s'empressa d'avertir Mme Kerr. La gouvernante apporta un plateau avec du vin et des biscuits.

— Je suis madame Kerr. Pourrais-je savoir pourquoi vous désirez voir ma maîtresse ? Elle est dans un état délicat.

— A-t-elle déjà accouché ? interrogea Patrick, anxieux.

— Non, milord, mais cela ne va pas tarder.

— Dites-moi, madame Kerr, intervint l'abbé. Etes-vous de la nouvelle église ou de l'ancienne ?

Des années de querelles religieuses avaient rendu les citadins méfiants, mais pour une raison inconnue Mme Kerr eut confiance en cet homme élancé.

— Je suis fidèle à la vieille église, milord.

— Je suis l'abbé de l'abbaye de Glenkirk et voici mon neveu, le comte de Glenkirk. La jeune femme qui prétend s'appeler Kate Abernethy est en réalité Lady Catriona Hay, la fiancée du comte. Pour des raisons que je ne divulguerai pas, ma nièce s'est enfuie deux fois avant son mariage. Dans quelques jours naîtra le fils du comte. Il doit, bien évidemment, être un héritier légitime. Si vous aviez la bonté de nous montrer la chambre de ma nièce, nous avons à lui parler.

Sans un mot, Mme Kerr les guida jusqu'au premier.

— Voici sa chambre, mais laissez-moi la réveiller d'abord.

Ensuite, elle s'effaça devant les deux hommes puis se précipita dans la cuisine pour raconter ces événements extraordinaires à Sally.

Vêtue d'une robe de chambre vert foncé, Cat Hay tournait le dos à la cheminée où crépitait une belle flambée.

— Alors, mon oncle. Qu'est-ce qui vous amène ici ?

— Je suis venu t'entendre prononcer tes vœux de mariage avec Patrick, répondit-il.

— Quel long voyage pour rien !

— Ma nièce, ton heure approche. Tu portes l'héritier de Glenkirk. Veux-tu le priver de ses droits ?

— C'est inutile, mon oncle. Je n'épouserai jamais Patrick. Il ne veut pas une épouse, mais une lapine. Il s'imagine que je lui appartiens. Il me l'a dit lui-même.

— Je t'en prie, Cat, intervint Patrick, gêné. Je t'aime, mon amour. Je me suis rongé les sangs en pensant à toi et à l'enfant. Je t'en prie... C'est mon fils que tu portes...

— Non, milord. Ce n'est pas votre fils, mais votre bâtard !

Patrick blêmit et l'abbé eut pitié de son neveu.

— Laisse-nous, lui dit-il.

Patrick hocha la tête puis s'éclipsa aussitôt.

— Très bien, Catriona, reprit ensuite l'abbé, je

veux entendre toute l'histoire. Il y a un an, tu étais prête à épouser Patrick. Pourquoi ce malaise entre vous ?

— D'abord, ça a été un malentendu. Fiona m'avait dit qu'elle partageait son lit, j'étais furieuse. Patrick prétendait m'aimer et accordait ses faveurs à une autre femme.

— Tu aurais pu lui en parler, mon enfant.

— Mon oncle ! Il avait une telle réputation et j'étais une jeune fille bien innocente. Quand il m'a découverte à A-Cuil, il m'a frappée et violée ! Il a dit que je n'étais bonne qu'à produire des fils et qu'il ne me laisserait pas partir avant que je sois enceinte, afin de m'obliger à l'épouser.

L'abbé remercia silencieusement le Seigneur de l'avoir guidé vers une vie religieuse. Les femmes, et en particulier celles de sa famille, étaient vraiment des créatures fantasques.

— Il m'a dit que j'étais son bien, poursuivit Cat. Je ne suis le bien d'aucun homme ! Quand Patrick me traitera comme une personne et non une extension de lui-même, je reconsidérerai sa proposition de mariage.

Avec un soupir, Charles Leslie songea que la situation était encore plus délicate qu'il ne l'avait craint. Mais sa nièce était une stratège remarquable. Elle tenait le comte de Glenkirk par la peau du cou. S'il désirait son enfant, Patrick serait obligé d'accepter les conditions de Cat. L'abbé décida de faire appel aux sentiments maternels de sa nièce.

— Est-ce que tu as pensé au bébé ?

— Non, pourquoi ?

— Enfin, tu es une mère indigne ! N'éprouves-tu rien pour lui ?

— Ne soyez pas ridicule, mon oncle. Pourquoi éprouverais-je un sentiment pour quelqu'un que je ne connais pas et que je n'ai jamais vu. Je ne vais tout de même pas rêvasser sur un garçon roux aux yeux bleus, alors qu'il sera peut-être brun aux yeux noirs... ou une fillette blonde! Et n'oublions pas que le père de cet enfant et moi sommes en mauvais termes.

— Tu fais exprès d'être difficile.

— Oui, mon oncle, parce que je suis lasse de porter ce lourd fardeau. Patrick et vous êtes les bienvenus pour passer la nuit. Si vous m'envoyez Mme Kerr, je lui donnerai mes ordres pour préparer vos chambres.

L'abbé se retira avec dignité et rejoignit Patrick dans la bibliothèque.

— Cela va prendre du temps, mon garçon, annonça l'abbé. Elle tient les atouts en main et elle n'est pas prête à te pardonner.

— Mais elle le doit!

— Sois prudent. Tu crois pouvoir domestiquer Cat, or c'est impossible. Elle possède le même caractère indomptable que ma grand-mère, Janet Leslie. Mais elle n'a pas encore acquis la sagesse nécessaire pour tempérer son entêtement. Cat est furieuse de tes paroles malheureuses. Elle pense que tu ne t'intéresses à elle que pour avoir des enfants.

— Je ne comprends pas ce qu'elle veut, grommela Patrick. Je l'aime. Est-ce que cela ne suffit pas?

— Non, mon neveu. Cat voudrait que tu t'intéresses vraiment à elle, à sa propre personnalité. Elle aimerait que tu lui parles, que tu lui demandes son avis sur des sujets qui vous concernent tous les deux. Il ne suffit pas d'imposer ta volonté. Après tout, Cat est une jeune femme bien née et cultivée. Je crois, Patrick, que ton problème vient d'avoir trop couru les femmes d'une condition modeste.

Tu ignores comment traiter une aristocrate. Jusqu'à ce que tu le comprennes, Cat te rejettera.

A cet instant, Mme Kerr vint leur annoncer que le repas était servi.

— Est-ce que Lady Catriona se joindra à nous ? s'enquit l'abbé.

— Non, milord. Elle dormira jusqu'en fin d'après-midi.

Ils prirent leur déjeuner en silence. L'abbé fut content de noter que Cat tenait une bonne table. Après un potage revigorant vinrent des huîtres fraîches, un rôti de bœuf, des artichauts au vinaigre, et quelques pâtés de lapin et de gibier. Pour terminer, on leur servit une tarte aux poires, des pommes, des noix et un bon fromage. Leurs timbales furent constamment remplies de vin rouge capiteux.

— Tu ne mourras pas de faim avec Cat comme maîtresse de maison, fit l'abbé rassasié. Elle sait offrir un bon repas.

— Encore faut-il la convaincre de venir dans ma maison, répliqua Patrick d'un ton attristé.

L'abbé se retira pour réciter ses prières et se reposer. Agité, Patrick partit se promener en ville. Le froid de février transperçait sa cape fourrée et le vent apportait de nouvelles menaces de neige. Patrick avançait sans réfléchir, tentant de calmer la colère qui le taraudait. Soudain, il aperçut un magasin de bijoux. Il en poussa la porte d'un air résolu.

— Avez-vous des bagues à vendre ?

— Oui, milord, répondit le propriétaire en s'inclinant jusqu'au sol.

— Une bague de femme, précisa Patrick.

— Ah, milord désire honorer une bonne amie !

Patrick jeta un coup d'œil dédaigneux sur le plateau que lui présentait respectueusement un commis.

— N'avez-vous rien de mieux ? Je veux une bague pour ma femme, pas pour ma maîtresse.

Aussitôt, on lui apporta un deuxième plateau. Quatre bagues reposaient sur du velours bleu pâle : un diamant poire, un cœur en rubis, un saphir rond et une émeraude carrée. Chaque pierre était enchâssée dans une monture en or. Patrick les examina avec soin.

— Je prendrai le rubis, mais seulement si vous envoyez un commis chez les Kira à Goldsmith's Lane, pour les prévenir que le comte de Glenkirk désire une estimation.

Aussitôt dit, aussitôt fait. Il ne fallut que quelques minutes au commis pour réapparaître en compagnie d'un jeune homme à l'allure élégante.

— Benjamin ! s'exclama le comte.

— Milord, quelle joie de vous revoir ! Quand êtes-vous arrivé à Edimbourg ?

— Aujourd'hui. Mon oncle Charles m'a accompagné et nous habitons chez mon frère près de High Street.

— Je connais la maison, déclara Benjamin Kira. J'ai parlé avec Adam et son épouse avant leur départ pour la France. Ainsi, milord, vous achetez un bijou ?

— Pour Lady Catriona.

— Ah, fit Benjamin qui connaissait déjà toute l'histoire mais n'en dévoila rien. Montrez-moi la bague...

Il fixa un lorgnon sur son œil et examina le rubis.

— Très bien, décréta-t-il, très, très bien. C'est une superbe pierre, bien coupée, joliment montée. Combien en demandez-vous, monsieur Adie ?

Le joaillier lui donna le prix.

— C'est très raisonnable, annonça Benjamin. C'est même une aubaine, monsieur le comte. N'hésitez pas...

D'épais flocons de neige commençaient à tomber lorsque Patrick rentra à la maison.

— Il y a un bon feu dans le salon, milord, dit Sally en lui prenant son manteau. Je vais vous apporter du vin épicé.

Devant la cheminée, Cat et son oncle jouaient aux échecs. Patrick ne dit rien, mais s'assit dans un fauteuil. Il but lentement, savourant la douceur du vin, les épices relevées et la chaleur agréable qui envahissait peu à peu son corps engourdi par le froid.

— Echec et mat ! s'exclama Charles.

— Vous jouez trop bien pour un abbé, se plaignit Cat.

— Quand j'ai décidé de gagner, je ne m'en prive pas.

Cat éclata de rire.

— Vous n'êtes pas un Leslie pour rien !

Puis elle reprit son sérieux :

— J'ai l'impression que vous souhaitez me dire quelque chose, mon oncle.

— Oui, mon enfant. Quel que soit votre malentendu avec Patrick, le bébé est innocent. Ne le laissez pas sans nom.

— Ne vous inquiétez pas, il portera un nom. J'ai l'intention de l'appeler James, comme le roi. J'ai vu le garçon se promener à cheval. Il semble aussi sérieux qu'un pape, mais il est terriblement séduisant.

Glenkirk réprima un rire. La coquine taquinait l'abbé qui se laissa prendre au piège et lança une volée de jurons indignes d'un homme d'Eglise.

— Bonne nuit, mon oncle, fit Cat avec une jolie révérence. Je me sens fatiguée.

Avec superbe, Cat avait ignoré Patrick.

— Quelqu'un devrait lui donner une bonne fessée ! s'irrita l'abbé.

— J'ai essayé, répliqua Patrick. Ça n'a servi à rien.

— Demain, je lui parlerai à nouveau. Je vais maintenant me retirer. Il me faudra toutes mes forces pour l'affronter...

Debout près de la fenêtre, Patrick observa les flocons de neige. La rue déserte était à moitié enfouie sous une cape d'hermine.

— Lady Catriona a pensé que vous auriez faim après votre promenade, dit Sally en lui apportant un plateau. Monsieur l'abbé a déjà dîné.

Affamé, Patrick dévora le potage aux crevettes, les tranches de jambon et vida la chope de bière. Comme dessert, Sally lui offrit des biscuits et des pommes rouges.

— Je suis heureuse de voir que vous avez bon appétit, milord. Dans l'armoire, vous trouverez du whisky. Aurez-vous besoin d'autre chose ?

— Non, merci, petite. Monte te coucher.

Seul, il savoura le délicieux whisky. « Cat, mon amour... Je t'ai fait mal et maintenant tu me punis. Mon oncle peut se montrer le meilleur diplomate au monde, mais moi je dois te parler ce soir. »

Sur la table au pied de l'escalier brûlait une chandelle. Le cœur battant, Patrick gravit les marches. Comment Cat le recevrait-elle ? Il frappa à la porte tout en espérant qu'elle ne l'entendrait pas, mais lorsqu'elle ouvrit, elle portait sa robe de chambre verte et ses cheveux blonds s'éparpillaient sur ses épaules. Bouche bée, il la contempla.

— Patrick, dit-elle d'une voix douce. Entre.

Dans l'âtre, le feu crépitait et jetait des lueurs vives dans la pièce. Cat s'adossa à ses oreillers. Approchant une chaise, il s'assit près d'elle.

— Bien, fit-elle en croisant les mains sur son ventre rebondi. Je ne pense pas que tu sois venu me violer ce soir. Que veux-tu ?

— Discuter. Laissons le tact à notre cher oncle. Nous sommes assez grands pour affronter la vérité. Je suis un imbécile, Cat !

— Je partage ton avis.

— Je t'aime... Ce qui est fait est fait. Si tu ne peux pas me pardonner, peux-tu au moins oublier ma rudesse ? Je suis prêt à tout pour te retrouver.

— Et toi, peux-tu changer ta façon de penser ? Je ne serai jamais ton bien, Patrick. Ni celui de personne, d'ailleurs. Je ne me contenterai pas d'être l'épouse de Glenkirk. Je veux être Catriona Hay Glenkirk, et si tu penses à moi ainsi et me traites en conséquence, les autres t'imiteront. Comprends-tu ou en es-tu incapable ?

— J'essaie, Cat. Est-ce que cela aiderait si je laissais à ta disposition une partie de ta dot ?

— Je vais t'expliquer ce que j'attends de notre entente financière. Les investissements que Mam a faits pour moi sont compris dans ma dot. C'est une erreur. Ils m'appartiennent en propre et je souhaite qu'on me les rende. A-Cuil m'appartient aussi. La maison était celle de ma grand-mère paternelle et elle me l'a donnée. Tu la connaissais comme moi, Patrick, et tu sais qu'elle tenait à ce que les femmes aient des biens indépendamment de leurs maris.

— Tu peux bien sûr avoir A-Cuil, mais quant aux investissements, ma chérie, tu ne connais rien à la finance et je ne voudrais pas te voir gaspiller ton héritage pour un caprice.

— Notre discussion est donc terminée. Bonne nuit, Patrick.

Elle lui tourna le dos. Pourquoi lui dire qu'elle s'occupait de ses investissements depuis deux ans, conseillée par le brillant Benjamin Kira? Des arrière-petits-enfants de Janet Leslie, les revenus de Catriona Hay étaient les plus élevés car elle réfléchissait aux conseils des Kira, tout en possédant un sens aigu de la finance et une rare intuition. Mais elle se refusait à convaincre Patrick. Il devait prendre lui-même la décision de lui rendre ce qui lui revenait de droit.

Cat entendit la porte se refermer doucement. Des larmes salées coulèrent sur ses joues. En dépit de son attitude détachée, elle avait peur. Elle portait l'héritier des Glenkirk et elle voulait que son enfant héritât de leurs deux noms, mais elle ne céderait pas. Avec un geste protecteur, elle porta les mains à son ventre.

— Ne t'inquiète pas, Jamie, murmura-t-elle. Ton père se laissera convaincre.

Et il avait intérêt à se dépêcher car l'enfant ne tarderait pas à naître.

## 10

Toute la nuit, la neige tomba en silence et Edimbourg se réveilla sous un manteau étincelant. Dans la chambre de Cat, Sally attisait le feu de cheminée. Elle lui avait apporté un verre de lait chaud avec un œuf battu et des épices, et une assiette de petits pains sucrés dégoulinants de beurre et de confiture de fraises.

— Je meurs de faim ce matin, annonça Cat. Y a-t-il du bacon?

— Commencez déjà par ça, Lady Cat, répondit Sally en souriant. Je vais demander à Mme Kerr ce qu'elle peut vous trouver.

Cat attaqua son petit déjeuner avec appétit.

— On dirait une fillette de dix ans plutôt qu'une femme enceinte, déclara Patrick en entrant. Ton visage est barbouillé de confiture. Voici ton bacon.

— Merci, répliqua-t-élle gaiement.

— Puis-je entrer ?

— Si tu veux.

— Sally, apporte mon plateau !

— Tu sembles très sûr de toi, ce matin.

— Arrête de me narguer, Cat. On ne va pas continuer à se quereller pour des broutilles.

— A toi de me rendre ce qui m'appartient.

— Tu me défies, n'est-ce pas ? dit-il, amusé.

— Oui. Et si je gagnais mon pari ?

— Quel est l'enjeu ?

— A-Cuil contre une maison à Edimbourg, mais c'est moi qui la choisis.

— Si tu gagnes, ma chérie.

— Je gagnerai.

Patrick éclata de rire. Décidément, cette Cat déterminée lui plaisait.

— Est-ce que tu accepterais de faire une promenade avec moi aujourd'hui ?

— Avec joie. Je suis si grosse que je n'ai pas osé sortir ces dernières semaines.

Benjamin Kira possédait un traîneau rouge, importé de Norvège et tiré par deux chevaux noirs. Patrick installa Cat de son mieux, l'entourant de couvertures en fourrure. Saisissant les rênes, il lui fit traverser la ville.

Catriona Hay était une femme magnifique et les regards admiratifs des passants agacèrent son fiancé. Il ne cessait de lancer des coups d'œil furibonds pour décourager les séducteurs.

Enveloppée dans une grande cape en velours brun, le capuchon bordé de vison brun foncé rehaussant l'éclat de sa peau diaphane, avec quelques boucles blondes voletant autour de son visage délicat, Cat était à ravir. Patrick se maudit silencieusement. Comment lui résister? Il ne s'agissait pas seulement de donner un nom à son fils, il aimait cette sauvageonne et si elle lui échappait une troisième fois, il risquait de ne jamais la retrouver.

— J'ai faim, déclara Cat.

— Je connais une excellente auberge en bordure de la ville.

Avec dextérité, Patrick guida les chevaux dans la cour et jeta les rênes à un palefrenier. A cause de la neige, il porta Cat jusqu'à l'intérieur.

— Une chambre privée, milord? demanda l'aubergiste.

— Non, merci. S'il n'y a pas trop de monde, la salle commune nous conviendra parfaitement.

On les plaça à une table près de la fenêtre. Cat portait une robe en velours marron, avec une collerette et des poignets en dentelle. Ses cheveux dénoués et une lourde chaîne en or incrustée de topazes atténuaient la sévérité de la robe.

— Je veux ce que vous avez de meilleur, commanda Patrick alors que l'aubergiste leur présentait du vin chaud.

Ils bavardèrent aimablement en attendant l'arrivée de leur repas. En entrée, on leur apporta des crevettes et des huîtres, des artichauts et une salade de choux. Vinrent ensuite un canard rôti avec une sauce au citron, du bœuf braisé, quelques tranches de gigot accompagnées d'une sauce au vin rouge, une truite meunière. Comme dessert, ils eurent une compote de poires et des pommes au sucre. Enfin, un fromage savoureux et des noix. Avec entrain, Cat goûta à tous les plats et le comte s'amusa de son appétit.

— Je suis fatiguée, dit-elle après un dernier biscuit. Rentrons à la maison.

Ravi de leur déjeuner, Patrick rendit le traîneau à Benjamin Kira. Une heure plus tard, ils se retrouvèrent dans la chambre de Cat.

— Je me sens énorme ! Et j'ai l'intention de dormir tout l'après-midi. Merci pour cette promenade, je me suis beaucoup amusée.

— Moi aussi, mon amour, murmura Patrick en l'embrassant gentiment.

Guidé par sa fiancée, il posa la main sur son ventre distendu et tressaillit de joie en sentant le bébé donner un coup de pied.

— Mon Jamie est bien vigoureux ! s'exclama-t-elle en riant.

— *Notre* Jamie, corrigea Patrick, les sourcils froncés. Il est mon fils aussi.

— Je te l'ai dit hier soir. Cet enfant est mon fils et ton bâtard.

— Je vais te laisser dormir, déclara Patrick, attristé.

Cat devinait qu'il était sur le point de céder et elle était prête à tout pour l'y encourager. Patrick la désirait et ne s'intéressait pas seulement à l'enfant, mais elle ne l'épouserait que s'il reconnaissait ses torts.

L'abbé avait passé la matinée dans la bibliothèque en attendant le retour des deux tourtereaux.

— Alors, mon neveu ! fit-il en voyant entrer Patrick. Quand puis-je célébrer le mariage ?

— Pas encore, mon oncle. Elle ne veut toujours pas de moi.

— Mais que veut-elle ? Je ne la comprends pas.

— Elle refuse d'être traitée comme du bétail.

— Balivernes ! Les femmes sont une forme de

bétail, c'est évident. Même les hérétiques protestants le reconnaissent.

— Cat souhaite être considérée comme une égale. Selon elle, ni A-Cuil, ni les investissements dont elle a hérité ne doivent lui être pris. Elle ne m'épousera qu'à cette seule condition.

— Mam, en effet, estimait que les femmes devaient posséder quelque chose. Elle a veillé à ce que ses petites-filles et arrière-petites-filles héritent. Une idée saugrenue ! Aucun juge ne donnerait son aval à une proposition aussi absurde. Si le père de Cat a inclus A-Cuil et les investissements dans la dot, ils t'appartiennent sans aucun doute.

En écoutant tempêter son oncle, Patrick comprit soudain l'injustice du sort réservé aux femmes et la colère de Cat lui sembla justifiée.

— J'ai promis de lui rendre A-Cuil, dit-il. Quant aux investissements, a-t-elle jamais fait autre chose que d'en recevoir les dividendes ?

— Parles-en aux Kira. Ils doivent être au courant.

— Bonne idée, mon oncle. Je vais rendre visite à Benjamin. Si Cat se réveille, dites-lui que je me promène en ville.

Mais lorsque Cat se réveilla, elle n'eut pas une pensée pour Patrick. Son corps tout entier était secoué de spasmes douloureux. En se levant, les eaux se rompirent. Elle poussa un cri et aussitôt Mme Kerr et Sally se précipitèrent dans la chambre.

— Ne vous inquiétez pas, dit Mme Kerr. Le petit a décidé de venir au monde. Cherche vite les linges, Sally ! Souffrez-vous, Lady Cat ?

— Un peu. Par vagues.

— C'est normal. Sally, cours prévenir monsieur

l'abbé que nous aurons besoin de son aide avec la table. Et vous, mademoiselle, au lit et vite !

Devant le feu de bois, l'abbé sommeillait. Sally lui secoua doucement l'épaule :

— Monsieur l'abbé, monsieur l'abbé ! Le bébé arrive. Il faut m'aider à préparer la table d'accouchement.

— Le comte est-il revenu ?

— Non, monsieur.

— Flûte ! Il va falloir le chercher.

— Mon frère est dans la cuisine. Il ira le trouver. Le premier bébé prend toujours du temps à arriver.

— Donne-lui cette pièce. A son retour, il en aura une autre.

Chez Benjamin Kira, Patrick sirotait un café turc en écoutant avec étonnement le financier avisé louer les talents de Cat.

— En deux ans, elle a triplé les revenus de ses investissements, déclara Benjamin.

— En se contentant de suivre vos conseils ?

— Pas du tout, milord. A l'âge de douze ans, Lady Hay m'a écrit pour me demander de lui apprendre les secrets de la finance. J'ai commencé par des choses simples, certain qu'elle s'en lasserait ou qu'elle ne serait pas assez intelligente pour me comprendre. Mais plus elle apprenait, plus sa curiosité grandissait. Il y a deux ans, elle a commencé à gérer ses affaires elle-même. Pendant les six premiers mois, elle a attentivement écouté mes conseils, mais depuis elle se débrouille toute seule. Votre fiancée est futée, milord, très futée. En toute confidence, je vous avouerai même qu'en suivant ses intuitions, j'ai gagné pas mal d'argent.

Patrick n'en croyait pas ses oreilles.

— Savais-tu, Benjamin, que son père m'a donné les investissements de Catriona avec sa dot ?

— Non, milord. Lady Hay continue à mener ses affaires, surtout depuis qu'elle réside à Edimbourg.

— Et elle continuera à le faire. Ton frère Abner est avocat, n'est-ce pas ?

— Oui, milord.

— Je veux qu'il rédige un document où il sera stipulé que les biens de Lady Catriona lui reviennent personnellement. Mais je préfère qu'elle n'apprenne jamais que nous avons eu cette conversation. C'est d'accord ?

— Vous pouvez avoir confiance en ma discrétion, milord.

Tandis qu'on cherchait Abner, un jeune gamin fut introduit dans la pièce.

— Ce garçon prétend devoir parler au comte, annonça le domestique. C'est une question de vie ou de mort.

— Je suis Robbie, le frère de Sally, milord. Lady Cat est en train d'avoir son enfant.

— Mon Dieu ! Est-il déjà né ? interrogea Patrick, soudain complètement paniqué.

— Non, milord.

— Ne vous inquiétez pas, dit Benjamin. Les premières naissances ne sont pas rapides.

Abner Kira rédigea le document selon lequel Catriona Mairi Hay Leslie, comtesse de Glenkirk, devenait la seule propriétaire d'A-Cuil et des investissements que lui avait légués Janet Leslie. Patrick, comte de Glenkirk, y apposa sa signature, avec Benjamin et Abner Kira comme témoins. Une des copies fut placée dans le coffre des financiers et Patrick emporta l'autre.

Serrant le papier sous sa cape pour le protéger de la neige, Patrick regagna à la hâte la maison.

Désormais, Cat ne pourrait plus refuser le mariage.

— Rien encore, déclara Sally en lui ouvrant la porte. Monsieur l'abbé se trouve dans la bibliothèque.

— Venez, oncle Charles, dit Patrick. Nous pouvons procéder au mariage. J'ai accédé aux exigences de Cat.

Montant l'escalier quatre à quatre, il entra dans la chambre de sa bien-aimée. Une longue table inclinée d'un côté avait été placée devant la cheminée et Cat s'y était allongée, appuyée contre des oreillers.

— Une naissance n'exclut pas le sang, milord, expliqua Mme Kerr en remarquant l'étonnement de Patrick. Je ne vois pas l'intérêt de salir un bon matelas et un lit de plumes.

S'approchant de Cat sans un mot, Patrick lui tendit le parchemin. Brisant le sceau, la jeune femme le parcourut et lui sourit, le regard embué de larmes :

— Merci, Patrick.

— Catriona, nous sommes fiancés depuis douze ans, notre bébé va naître d'un instant à l'autre. Epouse-moi.

— Tu m'as certes rendu mes biens, mais ton attitude envers moi a-t-elle changé ?

La question était d'importance. Leur avenir et le sort de leur enfant en dépendaient. Patrick réfléchit avant de répondre :

— En premier lieu, Cat Hay, tu es une belle et compétente jeune femme. J'espère aussi que tu seras une épouse, ma maîtresse, mon amie et la mère de nos enfants. Tu n'es pas qu'une seule femme, mon amour, mais plusieurs. Et il me tarde de les découvrir toutes.

— Je crois que tu commences à me comprendre, Patrick, déclara Cat en souriant malgré la douleur. Cela n'a pas dû être facile et je t'en remercie. Oui, milord... mon amour... mon ami et mon meilleur ennemi... j'accepte de t'épouser.

Au même instant apparut l'abbé avec son petit autel portable.

— Allons, ma nièce, cesse ces balivernes ! lança-t-il fermement. Si tu refuses de te marier, je serai obligé de prononcer tes vœux à ta place.

— Inutile, mon oncle. Je vais épouser Patrick mais j'aimerais me vêtir pour mon mariage. Soyez gentils de vous retirer cinq minutes.

— Les contractions se rapprochent, Lady Cat, s'inquiéta Sally. Je ne crois pas que vous puissiez vous lever.

— Passe-moi ma robe de chambre rouge. Je ne me marierai pas couchée ainsi.

En se levant, Cat grimaça de douleur.

— Lady Cat veut que la cérémonie ait lieu dans le salon, annonça Sally en ouvrant la porte de la chambre.

Alors que Mme Kerr et l'abbé protestaient, Patrick souleva doucement sa fiancée et la descendit dans le salon. Ramenés en chignon, ses longs cheveux blonds étaient retenus par des peignes d'or et de diamant. A son regard, Patrick voyait bien qu'elle souffrait, mais ni l'un ni l'autre ne prononcèrent un mot.

L'abbé Charles ouvrit son livre de prières. Debout devant lui, Patrick et Cat se tenaient par la main. Chaque fois qu'une douleur fulgurante la transperçait, elle lui serrait la main davantage. Il admira son courage et son maintien.

— La bague, siffla l'abbé en gardant un œil sur sa nièce.

Patrick lui donna le rubis. L'ayant béni, l'abbé

permit à Patrick de le glisser au doigt de Cat. Quelques instants plus tard, il les déclara mari et femme.

Aussitôt, Patrick ramena sa nouvelle épouse dans la chambre. Dès qu'elle fut confortablement installée, il s'assit à son côté.

— Vous ne pouvez pas rester, milord ! s'exclama Mme Kerr, outrée.

— Si ma femme veut bien, j'assisterai à la naissance de mon fils.

— Reste près de moi, monsieur mon mari, acquiesça Cat en esquissant un sourire.

Les contractions devenaient plus violentes et le corps de Cat était baigné de sueur. Se forçant à respirer calmement, elle serra les dents.

— Ne vous retenez pas, dit Mme Kerr. Criez, sinon vous souffrirez encore davantage.

— Je ne veux pas que mon fils vienne au monde en entendant la douleur de sa mère.

— C'est ridicule ! Il ne se souviendra de rien et il criera encore plus fort que vous. Mais pourquoi ne pas crier en gaélique ? ajouta Mme Kerr d'un air taquin. Il ne le comprendra pas...

Attendant derrière la porte, l'abbé de Glenkirk fut stupéfait d'entendre les jurons colorés que hurlait sa nièce en gaélique. Dix minutes plus tard, ils furent suivis par un hourra de Patrick et le cri d'un nouveau-né. N'y tenant plus, l'abbé se précipita dans la pièce.

— J'ai un fils, mon oncle ! s'écria Patrick. Le cinquième comte de Glenkirk. James Patrick Charles Adam Leslie !

— Oui, mon oncle, renchérit une petite voix fatiguée mais amusée. Il a un fils. Le quatrième comte a donné naissance au cinquième. Et il l'a fait tout seul...

— Je n'aurais rien pu faire sans toi, mon amour, précisa gaiement Patrick.

— Je suis heureuse que tu le reconnaisses. Quand puis-je voir cette merveille ?

— Une seconde, ma chère, dit Mme Kerr. Enfilez cette chemise de nuit propre. Milord, auriez-vous l'obligeance de transporter madame la comtesse ?

Patrick borda Cat dans son lit et Sally plaça le nouveau-né emmailloté dans les bras de sa mère.

— Il est si petit, s'émerveilla Cat. Et il a tes cheveux, Patrick.

— Sally va l'installer dans son berceau, décréta Mme Kerr. Voulez-vous le nourrir ou préférez-vous que j'appelle une nourrice ?

— Je m'en occuperai, madame Kerr. En tout cas, pour l'instant. Vous veillerez à ce que mon oncle et mon mari aient un bon repas, n'est-ce pas ? Et merci pour tout, madame Kerr. Vous avez été merveilleuse.

— Ce fut un honneur de mettre au monde l'héritier des Glenkirk, dit-elle en rougissant de plaisir.

Resté seul avec sa femme, Patrick lui prit la main.

— Tu es trop fière et trop butée, Cat, mais je t'aime de tout mon cœur. Je suis heureux de t'avoir comme épouse et comme amie...

— Tu me dois une maison à Edimbourg, déclara-t-elle, taquine. Dès que je serai sur pied, j'ai l'intention de la trouver.

Le rire éclatant de Patrick Leslie résonna dans toute la maison.

## 11

James Patrick Charles Adam Leslie vint au monde le 24 février 1578. Un mois plus tard, Adam et Fiona rentrèrent de France. Patrick ayant envoyé un messager pour annoncer l'heureuse nouvelle, ils avaient écourté leur voyage afin d'être les parrains de l'enfant. Le baptême fut célébré sans tarder.

— Je ne pensais pas que tu t'extasierais un jour devant un bébé, remarqua Fiona, amusée de découvrir Cat en mère attentive.

— Moi non plus, avoua celle-ci. C'est un sentiment qui prend par surprise. Mais je n'ai pas l'intention d'en avoir un autre de sitôt.

— Si Patrick est aussi entreprenant qu'Adam, tu n'auras pas le choix.

— Je saurai prendre mes précautions.

— Tu as bien changé, cousine, depuis l'année dernière.

— L'année a été plutôt mouvementée, Fiona...

Cat dénicha la maison de ses rêves. Construite en briques, elle se dressait dans une rue calme, non loin du palais de Holyrood. Elle possédait une grande cuisine claire, un office, une lingerie et des pièces de rangement. Au rez-de-chaussée se trouvaient un hall de réception, un grand salon, une bibliothèque, une salle à manger et des salons de taille plus modeste pour la famille. Au premier, une immense salle de bal invitait à donner de belles fêtes. Six chambres, chacune avec une pièce attenante où se trouvaient des facilités sanitaires, composaient le second étage d'où l'on accédait à la nursery. Les chambres des domestiques se groupaient au grenier.

La demeure offrait aussi des écuries imposantes, un grand jardin et un potager. Lorsque Patrick se plaignit de la taille de la maison, Cat lui rappela qu'ils étaient une nombreuse famille et que les cousins Leslie de passage à Edimbourg pourraient ainsi y séjourner. Quand la cour du roi serait installée, il leur faudrait se montrer dignes de leur position sociale, non ? Cat avait engagé Mme Kerr pour s'occuper de la nouvelle maison mais elle tenait à rester en ville afin de veiller à l'ameublement.

— Pourquoi est-ce que tu ne rentres pas à Glenkirk avec Adam ? protesta-t-elle quand Patrick la pressa de repartir.

— Très chère, fit Patrick en riant. Je ne veux pas te quitter d'une semelle. Tu as le don de disparaître. Nous rentrerons ensemble à la mi-mai à Glenkirk. D'ici là, tu as le temps de terminer l'aménagement de la maison. D'ailleurs, quelle importance si elle n'est pas prête ?

— Je n'ai pas envie de passer l'hiver enfermée à Glenkirk. Nous viendrons fêter Noël ici.

Patrick sourit. Ainsi, Cat avait l'intention de passer les hivers en ville. Pour qu'elle se tînt tranquille, il avait intérêt à lui faire de nombreux enfants...

Au milieu du mois de mai, ils quittèrent Edimbourg, les jeunes gens à cheval, Sally et le bébé confortablement installés dans une carriole. Quelques hommes de Glenkirk les escortaient et plusieurs marchands s'étaient joints à eux, car les routes n'étaient pas sûres et plus on était nombreux, plus les chances d'arriver à bon port augmentaient.

La famille au grand complet les attendait au château.

— Seigneur! fit Cat. C'est le grand chambardement! Il ne manque que notre cousin, l'abbé.

— Non, le voilà! s'écria Fiona. (Il venait de se baisser pour ramasser un gant.) Ce n'est pas nous qu'ils viennent saluer, tu sais, mais l'héritier de Glenkirk.

Hurlant de rage, le pauvre James fut arraché des bras de sa nourrice et passé de main en main, chacun s'extasiant sur sa beauté. Agacée, Cat rattrapa son fils et l'apaisa.

Avant de pouvoir s'échapper, elle dut assister au banquet organisé par sa belle-mère. Quant à Heather, elle s'assura que tout allait pour le mieux entre sa fille et son séduisant gendre Patrick.

Epuisée, Cat ne put retenir un bâillement et sa belle-mère lui permit de se retirer. Dans la nursery, James suçait son pouce, les yeux grands ouverts.

— Il est si adorable, fit Lucy, une jeune domestique, avec un soupir ravi.

Cat le prit dans ses bras et défit son corsage. Aussitôt, James se mit à téter. Rassasié, il ferma les yeux et se laissa bercer.

— Comme il grandit vite, murmura sa mère, attendrie.

— C'est vrai, madame, acquiesça Sally. Et il est déjà dégourdi pour son âge.

— Quand je le vois si fragile, j'ai de la péine à croire qu'il sera un jour un homme impossible comme son père.

Les deux nurses rirent de bon cœur tandis qu'elle recouchait son fils.

Dans les appartements de la comtesse, Ellen avait préparé un bain chaud et Cat se détendit dans l'eau parfumée. Depuis leur départ d'Edimbourg quinze jours plus tôt, c'était son premier bain.

— Ellen, ordonna-t-elle, dis au majordome du comte de lui préparer un bain ce soir. Il en a besoin après ce long voyage !

Ayant lavé ses longs cheveux, Cat s'installa nue devant le feu de cheminée pendant que la servante les brossait pour les sécher. Debout, elle laissa ensuite Ellen lui poudrer le corps.

— Tu es la perfection même, fit Patrick en la voyant.

— Angus t'a préparé un bain, répondit Cat, amusée.

— Tu respires le soleil, ma chérie.

— Et toi, tu sens les chevaux et un voyage de quinze jours !

— Je vais me dépêcher, dit-il en riant. Bonsoir, Ellen.

— Quelle chemise de nuit désirez-vous, Lady Cat ? demanda la servante quand il fut parti.

— Aucune. Donne-moi mon châle et va te coucher.

S'appuyant contre les oreillers, Cat écouta avec amusement les bruits que faisait Patrick en prenant son bain. Il chantait à tue-tête, imitait un canard, riait aux éclats. Nu, il apparut bientôt et grimpa dans le lit où Cat se blottit contre lui.

— Es-tu contente d'être à la maison ? demanda-t-il.

— Pour l'instant, mais j'ai la ferme intention de passer du temps à Edimbourg chaque année. Le petit roi ne tardera pas à être majeur. Une fois marié, il aura une cour comme autrefois. Je ne veux pas être une inconnue à Edimbourg quand les festivités commenceront.

— Ma chérie, nous ne serons pas des courtisans. Mam disait toujours que pour survivre, il ne faut pas se mêler de politique ni des intrigues de la cour. Nous sommes une branche cadette de notre clan, mais nous sommes les plus riches. Nous avons toujours évité les ennuis en adoptant un profil bas, et nous continuerons ainsi.

— Mais alors pourquoi m'avoir acheté cette maison en ville ? s'étonna Cat.

— Parce que j'honore toujours mes dettes.

— J'ai meublé cette maison avec mon argent, répliqua-t-elle, furieuse. Et je ne pourrai donc jamais en profiter ?

— Bien sûr que si. Nous irons chaque année en ville, je te le promets. Tu pourras faire tes courses, aller au théâtre, visiter nos amis, mais nous ne nous mêlerons pas de la cour des Stewart. Chacun sait qu'ils n'ont jamais un sou et on ne peut guère refuser un prêt au roi, ni lui demander ensuite de le rembourser. En un an, nous serions ruinés ! N'en parlons plus ce soir, comtesse de Glenkirk, ajouta-t-il en lui mordillant la pointe d'un sein. Es-tu prête à te montrer douce et obéissante, ma jolie sorcière ?

Attirant Patrick vers ses lèvres, Cat l'embrassa en faisant onduler son corps sous le sien.

— Je ne t'ai jamais appris ça ! fit-il, soupçonneux.

— Vraiment ? répliqua-t-elle d'une voix de velours.

— Non ! Petite coquine... gronda-t-il en enroulant son épaisse chevelure autour de son poignet. Si jamais j'apprenais qu'un autre te désire...

Le défiant du regard, Cat éclata de rire, mais Patrick la pénétra soudain avec une violence qui la surprit.

— Jamais je ne pourrai te posséder entièrement, Cat, tu es insaisissable. Mais j'essaierai quand même.

Elle se débattit mais il se contenta de rire, la couvrant de baisers. Sous ses lèvres, Patrick sentit son cœur battre la chamade et il caressa chaque centimètre de sa peau.

— Patrick ! s'écria-t-elle, apeurée.

Cat s'emballait et elle avait peur. Dans ces instants de passion, chacun perdait son identité.

— Ne t'inquiète pas, mon amour, murmura-t-il. Laisse-toi aller...

C'était plus facile de succomber que de lutter, et la jeune femme se laissa emporter par le tourbillon de plaisir qui s'intensifiait. Elle perdit la notion du temps, bouleversée par la volupté qui la guidait vers des sommets étincelants...

Plus tard, elle se réveilla dans une chambre baignée par la lumière de la lune. Allongé sur le dos, Patrick dormait la bouche ouverte. De longs cils noirs ombraient ses joues. Son nez droit, ses lèvres généreuses, sa poitrine musclée enchantaient la jeune femme qui rougit de plaisir.

C'était un homme étrange. Parfois, il la traitait comme une égale et parfois telle une esclave. Il pouvait être tendre, attentionné, sérieux... cruel et autoritaire. Cat devinait qu'il n'était pas comme les autres, mais elle, n'était-elle pas aussi différente ? Toute jeune, Cat en avait voulu à Mam d'avoir arrangé son mariage. Mais cette femme merveilleuse n'aurait pu mieux choisir. « Nous sommes faits l'un pour l'autre, Patrick et moi », songea Cat avant de s'endormir, heureuse...

## 12

C'était un charmant tableau de famille : la comtesse douairière de Glenkirk brodait des ailes sur un ange — son petit-fils de deux ans, Jamie, qui jouait à ses pieds sous l'œil attentif de Sally Kerr. Son fils Adam vérifiait les comptes du domaine, tandis que Patrick conversait avec Benjamin Kira, son agent venu d'Edimbourg. Ses deux filles — Janet, mariée à l'héritier du comté de Sithean, et la jeune Mary — cousaient une layette pour le bébé qu'attendait Janet.

Dans les appartements de Cat, la comtesse de Glenkirk et sa cousine Fiona s'amusaient à essayer les robes que cette dernière venait de rapporter de Paris. Pendant un an, Adam et Fiona avaient voyagé, découvrant l'Italie, les cours royales de Florence et de Naples, l'Espagne, la France et la cour d'Henri III. Cat enviait sa cousine. Depuis deux ans en effet, elle avait été retenue à Glenkirk, excepté pour un mois de liberté à Edimbourg l'hiver dernier.

Meg savait que sa belle-fille utilisait une méthode de contraception que lui avait apprise Mam, son arrière-grand-mère. Avant de se dévouer à l'éducation de ses enfants, Cat souhaitait découvrir le monde. Ayant été six fois mère, Meg admirait le tempérament de sa bru.

D'un doigt songeur, Cat caressa les merveilleux gants de cuir lilas que Fiona lui avait rapportés d'Italie.

— Je veux voyager, dit-elle plus tard à son mari avant de se coucher.

— Oui, ma chérie, répondit Patrick d'un air absent. Si j'ai le temps, nous retournerons cet hiver en ville.

— Je ne parle pas d'Edimbourg! s'exclama-t-elle en lui lançant les gants à la figure. Fiona a découvert l'Italie, l'Espagne, Paris... Alors qu'elle n'est l'épouse que d'un fils cadet. Moi, je suis la comtesse de Glenkirk et je n'ai jamais dépassé Edimbourg. J'aurais pu accomplir cet exploit toute seule!

— Tu n'as pas besoin de voyager.

— Je le veux!

— Et moi, je veux des fils, madame! Jusqu'à maintenant, vous ne m'avez donné qu'un seul enfant.

— Si je n'ai pas un long voyage, tu n'en auras jamais, menaça Cat.

— Ce n'est pas à toi de prendre cette décision.

— Est-ce vraiment ce que tu crois, Patrick? Parles-en à ta mère, tu verras.

Etonné, Patrick s'en ouvrit le lendemain à Meg qui rit doucement.

— Ainsi, elle t'a déclaré la guerre, mon pauvre fils.

— Elle ne peut pas empêcher les enfants de venir, n'est-ce pas, mère? s'inquiéta-t-il.

— Si, et elle le fait depuis longtemps.

— C'est de la sorcellerie!

— Ne sois pas si naïf, mon chéri. Il n'y a pas une femme de cette famille qui ne connaisse quelques secrets de beauté et de santé que Mam a rapportés d'Orient. Je n'en veux pas à Catriona. On m'a mariée à ton père — Dieu ait son âme — alors que je n'avais que quinze ans. Tu es venu au monde un an plus tard, puis James et Adam, puis Michael et Janet. Je ne le lui ai jamais dit, mais ta petite sœur Mary était un accident. Je ne voulais plus d'enfants après Janet. Sais-tu qu'en vingt-neuf ans passés à

Glenkirk, je n'ai jamais quitté le château excepté pour me rendre à Sithean ou à Greyhaven? Comme j'aurais adoré découvrir le monde...

Patrick fut sincèrement étonné. Ainsi, sa propre mère qui les avait élevés avec une telle tendresse avait été insatisfaite. Mary, un accident! Et Cat pouvait empêcher des enfants de venir au monde...

Le jeune roi d'Ecosse avait maintenant quatorze ans. On parlait d'un mariage entre la reine Elizabeth d'Angleterre et le frère du roi de France, mais Patrick savait que cette union ne verrait pas le jour. D'ailleurs, une femme de quarante-six ans ne pourrait jamais avoir un bébé en bonne santé. Selon toute vraisemblance, leur propre petit roi régnerait un jour à la fois sur l'Ecosse et l'Angleterre.

Combien de temps faudrait-il encore avant que les deux pays soient réunis? Ce jour-là, la capitale deviendrait Londres et Edimbourg ne serait plus qu'une ville de province parmi d'autres. Pour faire fructifier les affaires des Leslie, il faudrait probablement passer du temps en Angleterre. Patrick avait déjà évoqué avec Benjamin Kira la possibilité d'acheter des entrepôts à Londres et d'y descendre quelques-uns de leurs navires marchands. Et s'il se rendait à Londres pour étudier ces projets de près? Il pourrait emmener Cat et sa mère.

Patrick était décidé à investir suffisamment d'argent en Angleterre pour établir les Glenkirk dans ce grand pays qui s'étendrait un jour des Highlands jusqu'au sud de l'île sous la même couronne.

Le lendemain, Patrick s'enferma dans la bibliothèque avec Benjamin Kira et planifia l'achat d'entrepôts et le déplacement de ses navires. Le cousin londonien de Benjamin, Eli Kira, serait chargé de tout superviser.

Puis ils organisèrent un voyage en Angleterre. En cette saison, la voie maritime paraissait la plus sûre et la plus rapide. Patrick envoya un cavalier à Leith pour qu'un navire se préparât à les recevoir. Le jour suivant, Conall More et une troupe de cinquante hommes en armes quittèrent Glenkirk pour Londres où ils attendraient l'arrivée de leur maître. Eli Kira louerait une maison dans le quartier le plus élégant de la ville.

N'ayant pas l'intention d'exposer son fils aux dangers d'un long voyage, Patrick confia l'enfant à Adam, ainsi que la direction du domaine. Satisfait de ses arrangements, il annonça un soir à sa femme et à sa mère qu'ils partaient pour l'Angleterre.

— C'est vrai ! s'exclama Cat qui n'en croyait pas ses oreilles. Mais je n'ai rien à me mettre !

— Merci, mon fils, déclara Meg avec un sourire. Mais je suis trop vieille pour voyager.

— Pas du tout. Nous vous voulons avec nous, mère.

— Oh oui ! s'écria Cat. Je vous en prie, venez avec nous !

— Il est vrai que j'ai toujours rêvé de connaître Londres...

— Alors, pas d'excuses ! décréta Cat en lui prenant les mains. Nous allons tellement nous amuser. Les théâtres, les jardins, les bals masqués à la cour... Nous irons à la cour, n'est-ce pas, Patrick ?

— Oui, ma chère, j'y ai encore quelques amis. Sa Majesté ne sera sûrement pas heureuse de voir arriver deux beautés aussi resplendissantes, mais ces messieurs seront enchantés.

— Et le petit Jamie ? demanda Cat.

— Nous devons le laisser ici. Ce serait trop risqué de l'emmener.

— Mais je ne peux pas abandonner mon fils !

— Il est notre seul enfant, Cat. Sally et Lucy s'en occuperont très bien, ainsi qu'Adam et Fiona. Nous ne nous absentons que quelques mois.

Par une belle journée, ils atteignirent Peterhead où les attendait le *Saint James*. Le voyage fut agréable et rapide et ils furent épargnés par le mal de mer. A l'entrée de la Tamise, leur navire fut accosté par un bateau à l'allure étrange qui ressemblait à celui d'un pirate. Sur le pont se tenait un beau jeune homme barbu.

— Raleigh ! s'écria Patrick, excité. Vieux pirate !

— Glenkirk ! Est-ce vraiment toi ?

— Viens prendre un verre de vin avec nous.

Quelques instants plus tard, l'Anglais serrait la main de son ami.

— As-tu déjà été à la cour ? demanda Patrick.

— Je ne suis pas encore assez riche, alors j'en profite pour délester les bateaux français de leurs marchandises. Quand j'aurai de l'or plein les poches et quelques exploits à mon crédit, je me présenterai à la reine. Je suis un modeste garçon du West Country, tu sais. Jusqu'à présent, je ne peux me vanter que d'être l'arrière-petit-neveu de la gouvernante de la reine. Ce n'est guère suffisant pour être admis à la cour.

— Allons, tu es l'ambition incarnée ! J'aimerais que tu connaisses ma femme et ma mère.

Il guida Raleigh vers une grande pièce superbement meublée dont les hublots s'ouvraient sur la mer.

— Mère, puis-je vous présenter Walter Raleigh, un vieil ami ?

— Je suis votre serviteur dévoué, madame, fit celui-ci en lui baisant la main.

— Et voici mon épouse, Catriona, comtesse de Glenkirk.

— Grands dieux ! s'exclama Raleigh. Aucune épouse ne possède une telle beauté ! Une maîtresse peut-être, et encore faut-il être un roi chanceux !

Ils rirent de bon cœur mais Cat ne perdit pas son sens de la repartie :

— Désolée de vous décevoir, monsieur Raleigh, mais je suis en effet épouse et mère de famille.

— Ayant découvert la perfection et la sachant hors de portée, je serai désormais condamné à rester célibataire, madame.

— Vous êtes un séducteur-né, Raleigh, répliqua Cat en retirant doucement la main qu'il avait emprisonnée dans la sienne. Les filles du West Country doivent craindre pour leur vertu.

Quoiqu'il n'eût jamais été à la cour, Raleigh en connaissait tous les secrets et raconta des anecdotes variées.

Le capitaine vint avertir que la marée tournait et qu'il fallait en profiter pour avancer. Raleigh se leva aussitôt et prit congé, promettant de les revoir avant leur retour en Ecosse. Le *Saint James* commença sa remontée de la Tamise.

## 13

Il suffisait d'un regard pour deviner qu'Elizabeth Tudor frisait la cinquantaine. Mais elle était *reine*, et bien que chacun sût qu'elle ne se marierait pas, les soupirants se pressaient à sa porte. Elle était entourée d'hommes galants et hypocrites, jamais à court de jolis compliments.

C'est ce qui expliquait en partie son attirance pour le comte de Glenkirk. Avec ses cheveux noirs ondulés, sa peau mate et son regard vert, l'Ecossais était beau comme un Dieu. La plupart des courtisans étaient moustachus, barbus et parfumés. Rasé de près, le comte possédait un parfum propre, masculin et agréable. Elancé, il dépassait les autres d'une demi-tête. Et surtout il était cultivé : la reine détestait l'ignorance. Contrairement aux autres, il ne recherchait pas ses faveurs. Certes, Glenkirk ne deviendrait jamais l'un de ses favoris, mais son détachement la fascinait. Bien qu'il n'eût pas été à la cour depuis plusieurs années, elle ne l'avait pas oublié.

A l'époque, il n'était que Lord Patrick et il revenait aujourd'hui comte de plein droit. S'agenouillant, il prit la main qu'elle lui tendait, mais ses yeux ne quittèrent pas le visage royal.

— Majesté, murmura-t-il en se relevant.

Elizabeth était assise sur un trône surélevé, pourtant ils étaient presque à la même hauteur. C'était une position qui déplaisait à la reine, car elle aimait fusiller ses courtisans de son regard hautain.

— Ainsi, l'Ecossais, vous êtes revenu.

— Oui, Votre Majesté.

— Et quelles bêtises avez-vous inventées pendant votre absence ?

— Je me suis marié et je suis père d'un fils.

Quelques courtisans gloussèrent.

— Depuis combien de temps êtes-vous marié, comte ?

— Deux ans, Votre Majesté.

— Et quel âge a votre fils ?

— Deux ans, Votre Majesté.

— Glenkirk ! s'exclama la reine, amusée. Ne me dites pas qu'un père outré vous a forcé la main ?

— Non, madame. J'ai été fiancé à mon épouse alors qu'elle n'était qu'une enfant.

« Il doit y avoir quelque histoire croustillante là-dessous, songea la reine, mais pas pour les oreilles indiscrètes des courtisans. »

— Venez, Glenkirk, dit-elle en se levant. Je désire vous parler en privé.

Dans une pièce attenante, elle lui fit signe de s'asseoir.

— Pas de simagrées, comte ! ordonna-t-elle en servant deux verres de vin. Maintenant, expliquez-moi.

— Cat avait quatre ans et moi treize quand le mariage a été arrangé. Nous sommes restés fiancés pendant onze ans.

— Cat ?

— Catriona, Votre Majesté. C'est le nom gaélique pour Catherine.

— Mais comment se fait-il que votre fils soit né au moment de votre mariage, et non après ? s'impatienta la reine.

— A cause d'un malentendu, Cat s'est enfuie trois jours avant le mariage et il m'a fallu un an pour la retrouver.

— Elle semble avoir du tempérament.

— Elle s'est d'abord cachée dans une petite maison dont elle a hérité. Je l'y ai retrouvée et tout se serait bien passé si...

— Si vous n'aviez pas commis une bévue, interrompit la reine.

— Oui, Votre Majesté, et elle s'est enfuie à nouveau. Cat s'est ensuite réfugiée à Edimbourg chez mon frère et ma belle-sœur qui étaient en voyage. Mais lorsque ma belle-sœur a appris quelques mois plus tard que Cat était sur le point d'accoucher, elle m'a fait prévenir. Je m'y suis précipité avec mon oncle, l'abbé de Glenkirk, qui a pu nous marier.

— Elle n'a pas dû vous faciliter la tâche, Glenkirk, s'amusa la reine.

— C'est vrai. Mon fils est né une heure après la cérémonie.

Riant aux éclats, la reine s'étouffa avec son vin et Patrick, sans réfléchir, lui tapota le dos.

— J'espère que vous avez amené cette sauvageonne, fit la reine lorsqu'elle eut repris son souffle. J'aimerais la connaître.

— Elle est ici, Votre Majesté, avec ma mère, Lady Margaret Stewart Leslie. J'espère que vous leur ferez l'honneur de les recevoir toutes les deux.

— Amenez-les quand vous voulez, Glenkirk. Votre épouse est-elle belle ?

— Oui, madame.

— Aussi belle que moi ?

— On ne peut comparer la beauté d'une enfant à celle d'une femme épanouie, Votre Majesté.

— Bravo, Glenkirk ! s'exclama Elizabeth, enchantée. C'est le premier compliment que j'entends de votre bouche.

Deux jours plus tard, Patrick accompagna son épouse chez la reine. Tandis qu'elle s'avançait vers Sa Majesté, Cat maudissait la simplicité de sa robe. La reine d'Angleterre portait une robe en velours rouge, brodée de bijoux sous une collerette en dentelle d'or. La comtesse de Glenkirk, quant à elle, avait choisi du velours noir dont les manches s'ouvraient sur de la soie blanche décorée d'étoiles dorées. L'encolure était basse mais une dentelle blanche lui enserrait le cou autour duquel scintillaient quatre rangées de perles roses magnifiques. Elle ne portait qu'une seule bague, un rubis en forme de cœur. Ses cheveux, séparés en deux, s'enroulaient en un chignon à la base de sa nuque. Des perles roses pendaient à ses oreilles et une coiffe délicate en dentelle blanche lui couvrait la tête.

Les demoiselles d'honneur trouvaient la robe trop modeste, mais l'un des courtisans se pencha vers son voisin pour lui murmurer à l'oreille :

— Quelle beauté !

— Oui, répliqua l'autre. Pourvu qu'elle ne reste pas longtemps.

Devant la reine, Glenkirk s'inclina et sa femme fit une profonde révérence.

— Vous êtes la bienvenue à la cour, comtesse, dit Elizabeth Tudor.

— Je remercie Sa Majesté pour son accueil généreux, répondit Cat.

— Votre *enfant* est très belle, Glenkirk, déclara sèchement la reine. La prochaine fois, amenez aussi votre mère. J'espère que votre séjour parmi nous sera agréable.

Remerciant la reine, Cat fit une nouvelle révérence et se retira.

Quelques jours plus tard, Meg fut présentée à Elizabeth qui la trouva aussi un peu trop belle, mais la bonté de Meg l'apaisa.

Eli Kira avait loué pour les Glenkirk une superbe maison sur le Strand. Un long jardin se terminait par une terrasse qui dominait le fleuve et ils avaient leur propre bateau. Au cas où ils souhaiteraient quitter la ville, il leur avait aussi trouvé une maison à vingt kilomètres de Londres.

Cat resplendissait. Elle convainquit Patrick de les emmener au théâtre voir une pièce de Shakespeare, mais elle ne comprit pas pourquoi on ne permettait pas à des femmes de tenir les rôles féminins. Elle assista aussi à un combat d'ours, mais le spectacle du pauvre animal attaqué par une douzaine de chiens affamés la révolta.

Ils donnèrent de grandes fêtes dans leurs deux demeures et furent accueillis volontiers à la cour.

Lors d'une visite, la reine, qui méprisait les femmes frivoles, s'adressa à Cat :

— Il paraîtrait que vous êtes cultivée.

— Oui, Votre Majesté. Mon arrière-grand-mère pensait que toutes les femmes méritent une éducation.

— Connaissez-vous les mathématiques ?

— Un peu, Majesté.

— La musique ?

— Oui.

— Les langues ?

— Je parle le français, le gaélique, le latin et le turc. Je comprends aussi le flamand, l'italien, l'allemand, l'espagnol et le grec.

Aussitôt, la reine posa une question en flamand et la termina en latin. Cat répondit en français, grec et espagnol. Enchantée, la reine éclata de rire et lui pinça la joue.

— Vous êtes une petite coquine ! Je ne sais pas pourquoi, mais je vous aime bien !

La popularité des Glenkirk était assurée. Cat se fit une amie de cœur, la belle comtesse de Leicester qui avait épousé en secret le favori de la reine, son cher Robin. La reine avait fulminé pendant six mois et venait à peine de permettre à sa cousine Lettice de revenir à la cour. Ainsi Lettice était-elle constamment sur ses gardes pour ne pas offenser Elizabeth. Généreuse, Cat offrit à son amie un appartement dans sa grande maison londonienne afin qu'elle et son mari puissent s'y retrouver en toute tranquillité. Par jalousie, la reine ne leur avait rien donné.

Les affaires de Patrick étaient retardées car il n'y avait pas d'entrepôts à vendre. Il fallut acheter un terrain sur le fleuve et faire construire. Patrick devait prolonger son séjour pour surveiller les travaux.

Lassée par la grande ville, Meg rentra à Glenkirk, escortée par Conall et la moitié des hommes d'armes. Patrick proposa à sa femme de les accompagner.

— Et te laisser en liberté parmi toutes ces jolies roses anglaises ? Jamais !

— Serais-tu jalouse, ma chérie ?

— Pas plus que tu ne l'es de mes soupirants, rétorqua-t-elle.

Elle le taquinait gaiement et Patrick remercia Dieu d'avoir cette merveille pour épouse.

Mais leur ciel ne tarda pas à s'assombrir. Après Noël, Cat fit une fausse couche. Accablée, elle plongea dans une profonde mélancolie. Pleurant sans cesse, elle ne mangeait ni ne dormait plus. Elle refusait toutes les visites, même celles de Lettice.

— Il n'y a qu'une chose à faire, déclara un jour Ellen. Vous devez permettre au petit Jamie de venir.

— Nous sommes en janvier ! s'écria Patrick, furieux. Conall vient seulement de revenir ici et la neige obstrue tous les chemins dans le Nord.

— Laissez Conall repartir seul. Il parviendra plus vite au château et nous ramènera Sally et l'enfant sains et saufs. Sally a été élevée le long de la frontière, elle monte à cheval comme un soldat.

Bien que l'idée lui déplût, Patrick accepta et Cat reprit goût à la vie. Lorsque son fils arriva, elle était presque redevenue normale. Elle embrassa le petit garçon à perdre haleine.

L'hiver s'intensifia et la neige tomba de plus belle. La construction des entrepôts fut stoppée dans l'attente du dégel.

Au début de l'été, la peste envahit Londres et les Glenkirk durent s'enfuir à la campagne. Lorsqu'ils purent regagner la ville, l'automne était déjà avancé et ils passèrent un deuxième hiver en Angleterre.

Au printemps 1582, Cat réalisa qu'elle était à nouveau enceinte. Elizabeth Leslie, ainsi nommée en l'honneur de la reine, vint au monde le 7 septembre, le jour du quarante-neuvième anniversaire de Sa Majesté. Celle-ci insista pour en être la marraine, et lui offrit une douzaine de timbales en argent incrustées de turquoises et gravées au blason des Leslie.

Après le baptême, la famille quitta l'Angleterre pour l'Ecosse. Le petit Jamie chevauchait fièrement son poney au côté de son père. Ils traversèrent la frontière un mois plus tard. Novembre se montrait clément, les pins semblaient plus verts et les bouleaux plus beaux que nulle part ailleurs.

Cat et Patrick s'arrêtèrent en haut d'une colline. A leurs pieds, la vallée miroitait dans la lumière pourpre de cette fin d'après-midi. A l'ouest se trouvait l'Ermitage, la maison du comte de Bothwell. Devant eux, Jedburgh, où ils passeraient la nuit.

— Est-ce mon imagination, ou l'air est-il plus doux qu'ailleurs ? demanda Patrick.

— Nous sommes presque à la maison, déclara Cat avec un grand sourire. Encore une dizaine de jours.

« Comme elle a changé ! songea Patrick en lui prenant la main. J'ai emmené en Angleterre une jeune fille et je reviens avec une femme, une femme splendide. »

— Vas-tu regretter Londres et la cour ?

— Non, Patrick. Je suis heureuse de rentrer chez nous.

— Glenkirk te paraîtra bien ennuyeux après Londres.

— Mais il y a Edimbourg et le roi aura dix-sept ans l'année prochaine. Dès son mariage, nous aurons aussi notre cour en Ecosse.

— Madame ! rugit-il soudain. Je vous ai dit que nous ne nous mêlerions pas aux Stewart. On ne peut leur faire confiance et ils sont couverts de dettes. Nous n'avons aucun besoin d'eux et vous ne parviendrez pas à me faire changer d'avis.

— Quand le roi sera en âge, j'irai à la cour, se contenta de répondre Cat, un sourire charmant aux lèvres. Avec ou sans toi. Puis-je te rappeler, très cher, que Glenkirk House m'appartient ? Je ne l'ai pas meublée pour n'y passer que quelques semaines par an ou pour que ma nombreuse famille en profite toujours sans moi. Adam a promis à Fiona de l'emmener à la cour du roi James et tu feras de même !

Avec un coup de talons à sa jument, elle partit au galop vers la vallée. Le comte de Glenkirk s'élança à la poursuite de sa belle et indisciplinée épouse.

[illegible]

[illegible] entreprises [illegible]

[illegible] Quatre [illegible]

[illegible] contre [illegible]

[illegible]

## DEUXIÈME PARTIE

# LE ROI

## 14

Affalé sur son trône, James Stewart, sixième du nom et roi d'Ecosse, regardait évoluer les danseurs. Il ne quittait pas des yeux Catriona Leslie, comtesse de Glenkirk, qui dansait avec son mari, Patrick Leslie, l'un de ses cousins éloignés. Catriona Leslie était la plus belle femme à la cour et le roi la désirait ardemment. Or, ce que désirait le roi, il l'obtenait toujours. D'une manière ou d'une autre.

James Stewart n'avait pas connu sa mère qui l'avait abandonné lorsqu'elle s'était enfuie vers l'Angleterre. Il avait été élevé par des nobles protestants qui s'étaient servis de lui afin d'assouvir leurs ambitions personnelles. Ils imaginaient lui avoir appris à haïr sa mère, mais leur plan avait été déjoué par la gouvernante du petit roi.

Nanny avait adoré Mary Stewart et quand le tuteur de James disait du mal de la reine emprisonnée, Nanny s'empressait de détromper l'enfant. Et ses histoires semblaient plus plausibles au petit garçon que celles du tuteur.

Bien qu'il n'eût plus besoin d'elle, James garda longtemps Nanny auprès de lui.

Un jour, elle vit les attentions du jeune garçon suivre une pente dangereuse avec l'arrivée du Français Esmé Stuart, Seigneur d'Aubigny. Heureusement, Nanny aiguilla son protégé vers une vie sexuelle normale en lui présentant une jolie jeune fille, préservée des maladies. La prostituée s'appelait Betty et elle apprit au jeune roi les secrets de l'amour. Il se montra excellent élève...

A vingt-trois ans, James Stewart était donc roi. Le lendemain, il serait marié par procuration à une belle princesse danoise aux yeux bleus qui s'appelait Anna. Mais il lui restait quelques mois avant de rencontrer son épouse qui n'avait que seize ans. Puisqu'il se mariait par procuration, James tenait aussi à profiter de sa nuit de noces par procuration.

Or, aucune catin ne pouvait dignement prendre la place de la fiancée royale. Le regard de James se porta une nouvelle fois sur Catriona Leslie qui riait au bras de son mari. Parfait ! L'épouse la plus vertueuse de la cour serait un agréable substitut pour la princesse.

Malheureusement, il y avait un problème. Par deux fois déjà, James avait approché Catriona. La première fois, elle lui avait rappelé en riant qu'elle était plus vieille que lui, pensant qu'il la courtisait par jeu. La seconde, réalisant que le roi était sérieux, elle avait gentiment évoqué les vœux qu'elle avait prononcés lors de son mariage avec Patrick. Elle se refusait à les rompre. Elle aimait son mari et ne salirait pas son nom.

Un autre homme se serait incliné devant tant d'obstination, mais pas James Stewart. Il savait, bien entendu, qu'il pouvait exiger de Patrick Leslie que celui-ci lui cédât sa femme. Mais James aimait bien son cousin et souhaitait éviter de lui faire de la peine. Le comte de Glenkirk était un homme fier. S'il cédait son épouse au roi, il ne serait plus jamais heureux avec elle.

James agirait alors de manière discrète, afin de ne pas salir la réputation de la comtesse et de préserver l'honneur de son mari.

A la fin de la danse, les courtisans se désaltérèrent avec du vin frais. James les rejoignit.

— Cousins ! dit-il en approchant des Leslie et en embrassant Catriona sur la joue.

— Ainsi, demain tu te maries, James, fit Patrick.

— Oui, mais je regrette qu'elle ne soit pas déjà parmi nous.

— Patience, elle ne tardera pas à arriver et bientôt tu souhaiteras qu'elle rentre chez elle au Danemark !

Ils rirent tous de bon cœur.

— Cat et toi serez-vous mes invités pendant les festivités ? demanda James. Je sais que vous avez une maison en ville, mais j'aime avoir ma famille autour de moi. Je me suis même réconcilié avec Bothwell.

— Comme c'est gentil à toi de nous inviter, déclara Patrick. Nous serions très honorés, n'est-ce pas, ma chérie ?

— Certes, sire, acquiesça Cat. Votre bonté nous honore.

Le lendemain, on célébra le mariage du roi et de la princesse Anna avec une grande liesse.

La nuit tombée, le comte de Glenkirk dut partir pour l'abbaye de Melrose, chargé d'une mission importante. Après une merveilleuse soirée de fêtes et de danses, la comtesse se retira dans ses appartements.

Assistée par Ellen, Cat prit un bain parfumé et revêtit une chemise de nuit en soie vert émeraude.

Installée dans son lit, elle congédia la servante pour la nuit.

En l'absence de Patrick, le lit semblait encore plus vaste. En neuf années de mariage, ils avaient rarement été séparés et Cat n'aimait pas se retrouver seule.

Alors qu'elle s'endormait, elle entendit grincer une porte. Elle se redressa à temps pour voir une porte dérobée s'ouvrir à côté de la cheminée.

— Que faites-vous ici ? siffla-t-elle en apercevant James Stewart.

— Il me semble que la réponse est assez évidente, ma chère.

— Je vais réveiller tout le château !

— Il n'en est pas question. Le scandale ne me toucherait pas, puisque je suis le roi, mais votre famille souffrirait beaucoup si vous osiez me repousser officiellement.

— Je vous ai déjà dit que je ne serai jamais votre maîtresse.

— Votre décision m'indiffère, madame. Aujourd'hui, on m'a marié par procuration et j'ai l'intention de profiter de ma nuit de noces de la même façon. Je vous ai réservé l'honneur d'être ma fiancée.

— Jamais !

— Vous n'avez pas le choix, déclara-t-il d'un air triomphant en enlevant sa robe de chambre. Levez-vous et venez jusqu'à moi !

— Non ! Et si vous me forcez, je le dirai à mon mari.

Ses yeux brillaient de larmes retenues et sa bouche était boudeuse. Cat était la plus belle créature que James eût jamais vue et sa colère ne faisait que l'exciter davantage.

— Si vous le désirez, Cat, j'en parlerai moi-même à Patrick. Mais rappelez-vous une chose : je suis son roi et il me pardonnera. Quant à vous, il vous en voudra jusqu'à sa mort!

Ces paroles bouleversèrent la jeune femme. Effectivement, si son fier mari apprenait qu'un autre homme l'avait touchée, il la rejetterait. Le roi avait gagné, elle était à sa merci...

James tendit la main et Cat fut obligée de se lever. Ses yeux émeraude lançaient des éclairs mais il se contenta de rire doucement. Même si elle le refusait en esprit, il saurait soumettre son corps. Il n'était pas pressé.

— Enlevez votre vêtement, ordonna-t-il.

Il la contempla avec ravissement. Sa gorge était magnifique, ses seins se dressaient fièrement avec leurs mamelons rose foncé. Ses cheveux blonds lui arrivaient au bas des reins. James sentit son sang battre dans ses artères.

— Cousine, tu es splendide...

A la surprise du roi, Cat rougit. Ainsi les rumeurs disaient vrai: elle n'avait jamais connu qu'un seul homme. Pour la récompenser, il en ferait une dame de compagnie de la reine. Catriona exercerait une excellente influence sur la jeune Danoise.

Lui prenant la main, il la fit étendre sur le lit, admirant les lèvres secrètes qui s'offraient à lui, rasées de près comme il convenait à une lady. A la jointure de ses cuisses, il remarqua un grain de beauté.

— La marque de Vénus, murmura-t-il en y déposant un baiser.

Un frisson la parcourut, au grand bonheur de James. Il était décidé à en finir rapidement car une fois la chose accomplie, la résistance de Cat serait réduite à néant. Avec fermeté, il lui écarta les cuisses et la pénétra. La soudaineté de l'attaque empêcha Cat de se défendre et elle préféra rester immobile tandis qu'il satisfaisait son désir.

Mais James était un amant trop doué pour accepter une partenaire passive. Avec volupté, il se mit à onduler, provoquant en elle des sensations agréables qu'elle ne pouvait nier. En enfonçant ses ongles dans la paume de ses mains, elle parvint à demeurer inerte.

— Ah non, ma chérie, dit le roi en riant, et il emprisonna les mains de Cat au-dessus de sa tête.

Puis ses lèvres plongèrent sur sa bouche obstinément fermée. D'une langue experte, il la força à ouvrir les lèvres et elle retint un sanglot. Ses défenses battues en brèche, Cat était sur le point de succomber. Son corps magnifique, habitué aux plaisirs de l'amour, ne pouvait résister à la volupté.

— Abandonne-toi, ma belle...

— Jamais, murmura-t-elle d'une voix tremblante.

— La chose est faite, mon amour. Abandonne-toi et prends ton plaisir comme je prends le mien.

Elle ne répondit pas mais James sentit qu'elle essayait de maîtriser les mouvements de ses reins.

— Serre-moi dans tes bras, ordonna-t-il soudain. Si Patrick entrait dans cette chambre, il ne se demanderait pas si tu étais en train de me résister ou si cela te plaisait. Il ne sert à rien de lutter contre moi, ma chérie, je t'ai déjà séduite.

Les yeux fermés, des larmes coulaient sur les joues de Cat. D'un coup de reins, elle s'arqua vers lui et s'accorda au rythme de ses poussées sensuelles. Victorieux, le roi fut transporté de joie.

— C'est ainsi que j'ai toujours rêvé de te voir, murmura-t-il plus tard. Tes paupières alourdies de passion, les cils mouillés sur tes joues, ton corps alangui d'avoir été aimé et ta bouche froissée par mes baisers.

— Je ne vous le pardonnerai jamais, James Stewart.

— Mais bien sûr que si, mon amour, dit-il d'un air charmant.

— Je vous en prie, sire, supplia-t-elle alors qu'il continuait à la caresser. Vous avez eu ce que vous souhaitiez. Laissez-moi maintenant.

— Allons, Cat, tu ne pensais tout de même pas que j'allais me satisfaire d'une seule fois ! Maintenant que j'ai goûté à ton nectar, j'ai bien l'intention de terminer ma nuit ici.

— Oh non ! s'écria-t-elle en se débattant.

— J'espérais t'avoir convaincue, très chère. Que tu sois mienne une fois ou cent ne changera rien aux yeux de Patrick. Je sais que tu es une épouse fidèle, mais tu ne peux nier que ton corps a répondu au mien. Je suis doux avec toi et réputé pour être un amant hors pair. Pourquoi me résister ?

— Oh James, vous ne comprenez vraiment pas. Je n'ai connu qu'un seul homme, Patrick. Avant notre mariage, je lui ai résisté, mais je l'aimais. Bien sûr que mon corps répond au vôtre. C'est Patrick qui lui a appris le bonheur de la sensualité. Mais voilà que vous réclamez le droit du seigneur. Au lit, mon corps et ma tête ont toujours fonctionné en harmonie car j'étais avec l'homme que j'aime. Avec vous, milord, je ne puis m'empêcher de résister.

— Tu as beaucoup de chance, belle cousine. Moi, je n'ai jamais aimé personne. J'ai grandi parmi des gens qui m'ont nourri, habillé et éduqué. Enfant, je ne me souviens d'aucune parole tendre, d'aucune caresse. La seule à m'avoir aimé était ma vieille gouvernante.

— J'en suis désolée, James, car on ne vit pleinement que si l'on aime. Mais quand la jeune reine sera en Ecosse, les choses changeront. Et quand viendront les enfants... Alors vous aurez une famille à aimer et qui vous aimera.

— Merci, Cat, tu me redonnes espoir. Vraiment, ta place est à la cour car tu sais parler au roi. Je me réjouis de l'arrivée de la reine, mais en attendant...

Il retrouva les lèvres de Cat qui voulut se débattre, mais les dés étaient jetés.

— Je ne vous aimerai jamais, James, et j'ai honte de ce que vous m'obligez à faire, mais je me soumets à mon roi.

— Jusqu'à l'arrivée de la reine, ajouta-t-il.

— Sire! Vous allez détruire mon mariage. Vous ne pourrez cacher à Patrick que vous m'avez séduite.

— Je le pourrai s'il est absent. Aucun homme sain d'esprit ne t'abandonnerait après une seule nuit. Je vais envoyer Patrick chercher la reine au Danemark. Notre liaison restera un secret et ta réputation intacte. L'orgueil de ton mari n'en souffrira pas.

— Merci, sire, murmura-t-elle avec amertume, sachant qu'elle n'obtiendrait rien de plus.

Comme seule réponse, le roi se mit à célébrer le corps magnifique qui était à sa merci, déposant une traînée de baisers brûlants sur la gorge, les seins, les cuisses...

## 15

Devant son miroir, la comtesse de Glenkirk laissait sa servante lui brosser les cheveux. Cat avait peur. De retour au château, Patrick soumettait son rapport au roi. Lorsqu'il viendrait enfin dans leurs appartements, verrait-il un changement chez sa femme ?

Depuis une semaine, James Stewart partageait son lit. Dieu était témoin qu'elle ne l'avait pourtant pas encouragé ! Après leur première nuit, elle avait même fui le palais et s'était réfugiée chez elle, mais il lui avait ordonné de revenir. Désespérée, elle s'était confiée à son beau-frère préféré qui l'avait écoutée attentivement.

— Il n'y a rien à faire, ma pauvre Cat, avait dit Adam. Ce que le roi désire, il l'obtient. Or il se trouve qu'il a jeté son dévolu sur toi.

— Et si je rentrais à Glenkirk ? Il me laisserait sûrement tranquille.

Adam se mordit la lèvre. Obstinée et indomptable, Cat aimait Patrick et ne méritait pas de subir un tel tourment.

— Tu ne peux pas quitter la cour sans la permission de James. Et tu ne dois en aucun cas mettre en péril la famille des Leslie. Le roi t'a choisie et il a eu la bonté de garder votre liaison secrète. Si tu le repousses, il nous anéantira ! Enfin, Cat... tu n'es plus une jeune fille qui veut marchander sa virginité.

Un court instant, Cat détesta son beau-frère pour ces paroles cruelles.

— Tu n'en parleras pas à Patrick ?

— Ne crains rien, répondit Adam plus gentiment. Et je te remercie de t'être confiée à moi. Je suis désolé de ne pouvoir t'aider, mais je serai toujours là si tu veux en parler.

— Toi et Ellen êtes les seuls à savoir, fit-elle.

La fidèle servante était à la fois attristée de voir souffrir sa maîtresse et fière qu'elle fût assez belle pour plaire au roi.

— Si vous ne souriez pas, il se demandera ce qui

se passe, la réprimanda Ellen en continuant à lui brosser les cheveux.

— Mon Dieu, je me sens si sale...

— Ce qui est fait est fait, madame, reprit Ellen en s'agenouillant à côté de Cat. Cessez d'être aussi égoïste et pensez un peu au comte, à votre famille, à vos enfants... Si vous voulez vivre en paix, cet épisode doit rester secret. Et à moins de vous ressaisir, vous allez vous trahir.

D'une main, Ellen essuya les larmes de sa maîtresse.

— Le roi peut prendre votre corps, Lady Cat, mais votre âme demeure libre.

— Depuis quand es-tu aussi sage? murmura Cat.

Aussitôt, la porte s'ouvrit avec fracas et Patrick entra en trombe dans la chambre. Cat se jeta dans ses bras. Il l'embrassa à perdre haleine.

— Patrick, je ne peux pas respirer! s'écria-t-elle en riant.

— Tu m'as terriblement manqué. Pourquoi t'habillais-tu?

— Encore un de ces fichus bals masqués en l'honneur du mariage.

— Vu que j'ai été absent, je pense que James ne nous en voudra pas si nous manquons cette soirée.

Avec un sourire, Cat laissa son époux lui retirer sa robe de chambre...

Mais James remarqua leur absence.

— Je ne vois pas Glenkirk et sa femme, dit-il à son cousin, le comte de Bothwell. Il est pourtant revenu de Melrose.

— A mon avis, Glenkirk a emmené sa femme au lit, plaisanta Bothwell. Si elle était mon épouse et que j'avais été absent une semaine, c'est ce que j'aurais fait. Dommage qu'elle soit la femme la plus vertueuse de la cour, n'est-ce pas, sire?

— Lady Leslie tranche agréablement sur les autres femmes de cette assemblée, rétorqua sèchement le roi. J'ai l'intention d'en faire une dame de compagnie de la reine.

Bothwell réprima un sourire. Parce que le roi se montrait affectueux envers tous ceux qui l'entouraient, et qu'il s'agissait le plus souvent d'hommes, on le disait homosexuel. Or la vérité était plus simple. Jusqu'à récemment, il n'y avait eu aucune femme digne de susciter les attentions du roi.

Dans un joli élan romantique, James s'était déclaré amoureux de la blonde princesse danoise, mais Bothwell savait qu'il avait besoin d'une femme dans son lit. S'il s'agissait de la comtesse de Glenkirk, tant mieux. Elle n'était ni perfide, ni ambitieuse...

La soirée sembla interminable à James. Dès qu'il le put, il se retira dans sa chambre et appela son jeune page. Muet mais non sourd, Barra lui était très précieux et connaissait tous ses secrets.

— Je serai dans le passage secret, annonça le roi. Je vais refermer la porte de la chambre derrière moi. As-tu ta clé ?

Barra la lui montra.

— Parfait. Ne laisse personne me déranger. S'il y a urgence, viens me chercher.

Hochant la tête, le page sortit monter la garde.

Ayant refermé la porte de l'intérieur, James s'approcha de la cheminée et appuya sur un panneau en bois. Prenant une chandelle, il compta six pas, poussa le mur et entra dans le passage secret. Puis il accrocha la chandelle au mur et souleva un morceau de tissu pour regarder dans la chambre.

Nu, Patrick Leslie remplissait deux gobelets de

vin. James admira le corps athlétique de son cousin. Allongée sur le lit, Cat était aussi dénudée.

— Je déteste être loin de toi, ma chérie, fit Patrick en lui tendant le vin.

— Alors rentrons à la maison, supplia-t-elle. Tu avais raison : mieux vaut ne pas se mêler des affaires des Stewart.

Surpris, Patrick la dévisagea.

— Je croyais que tu t'amusais ?

— Ces courtisans m'effraient. Je veux rentrer avec toi maintenant.

— C'est malheureusement impossible, ma chérie. James m'a demandé de me rendre au Danemark avec quelques seigneurs pour ramener la petite reine. Je ne peux le lui refuser. Nous partons dans une semaine.

Cat réprima un juron. Elle savait que le roi avait l'intention d'éloigner son mari, mais elle n'avait pas pensé qu'il agirait aussi vite.

— Tu vas me renvoyer à la maison, n'est-ce pas, Patrick ?

— C'était mon intention, mais le roi préfère te garder à la cour. Il souhaite que tu deviennes une dame de compagnie de la reine. Il te tient en haute estime, mon amour.

Prise au piège ! Une nouvelle fois, elle était prisonnière de James Stewart.

— Il me reste quelques jours avant mon départ, dit Patrick en lui caressant l'épaule. Puis nous serons séparés pendant deux mois…

Cat s'abandonna entre les bras de son époux, sans savoir que le roi les regardait avec avidité.

« Je ne supporterai pas cette torture pendant une semaine, songea James, les yeux rivés sur les corps enlacés. La délégation partira pour le Danemark dès que possible. »

Jouant le marié impatient, James fit partir ses seigneurs trois jours plus tard. Furieuse, Cat devina sans peine pourquoi son mari lui avait été arraché. Le comte de Bothwell le devina aussi et rit de bon cœur.

Craignant la colère de sa maîtresse, James l'évita pendant deux jours, mais le troisième soir Barra apporta une rose à Ellen, lui annonçant ainsi que le roi viendrait cette nuit.

— Je refuse de le recevoir ! s'exclama Cat.

— Silence ! s'emporta Ellen. Voulez-vous alerter tout le palais ?

Cat s'effondra en larmes et la servante envoya chercher Adam, avant de lui faire avaler une bonne rasade de whisky.

— Je vais me tuer, déclara la comtesse.

— Très bien, répliqua Adam. Le scandale sera moins grand que si tu refuses de te soumettre au roi.

— N'as-tu donc aucun respect pour Patrick qui t'aime tant ?

— C'est parce que j'aime mon frère que je dis cela. Je ne voudrais pas qu'à son retour du Danemark il trouve ses biens saisis par la couronne, tout comme la femme qu'il adore. Tu as déjà couché avec le roi, Cat, pourquoi cette crise de nerfs ?

— Je ne serai la catin d'aucun homme et j'ai le droit de disposer de mon corps comme je l'entends.

— Tu appartiens aux Leslie et tu as des devoirs envers ta famille, rétorqua Adam. Je ne suis pas dépourvu de cœur, Cat, et je déteste savoir que James Stewart a une liaison avec ma belle-sœur. Mais tu sais bien que si James avait demandé la permission à Patrick, il aurait été obligé de l'accepter. De cette façon, il peut rester dans l'ignorance. Fais ton devoir, Cat : accepte le roi.

## 16

Le whisky lui avait tourné la tête.

— Quelle heure est-il ? demanda Cat à Ellen.

— Une heure passée.

— Je vais dormir cet après-midi, je ne me réveillerai que pour le dîner. Vers dix heures, prépare-moi un bain, change les draps et vérifie qu'il y a assez de bois pour le feu. Je veux du vin, du fromage et des fruits dans l'armoire.

A onze heures du soir, le roi emprunta le passage secret jusqu'à la chambre de la comtesse de Glenkirk. Elle se leva à son arrivée.

— Reste tranquille ! ordonna James.

La dévorant des yeux, il admira la silhouette parfaite de sa maîtresse dans sa chemise de nuit. En soie vert pâle, celle-ci avait un décolleté plongeant et de longues manches fluides. On aurait dit que le corsage avait été peint sur le corps de la jeune femme, tellement il épousait ses seins magnifiques et sa taille fine. Les centaines de petits plis de la jupe frissonnaient et James devinait les jambes élancées sous la soie transparente.

Ses cheveux étaient ramenés sur sa tête et fixés par des peignes en perles. Elle était si belle qu'il osait à peine la toucher, mais une bouffée de désir l'envahit et il l'attira à lui.

Lorsqu'il sentit Cat trembler, il en fut satisfait et la tint longtemps prisonnière avant de l'embrasser sur les lèvres. En retirant les peignes, il laissa les cheveux s'éparpiller sur ses épaules dans un nuage parfumé.

Il lui suffit de tirer sur une cordelette pour que la robe s'ouvrît. James était si pressé qu'il se jeta sur elle.

— Je ne suis pas une prostituée qu'on prend en quelques secondes, James, dit-elle en le repoussant.

— Je croyais que tu étais en colère après moi.

— Je l'étais ! Ce n'était pas gentil de renvoyer Patrick aussi vite.

— Ma chère Cat, je suis resté dans ce passage pendant trois nuits à vous regarder faire l'amour et je n'en pouvais plus. Aurais-tu préféré que je rentre demander à ton mari de me céder sa place ?

Abasourdie, Cat était furieuse que James les eût observés. « Un jour, tu me le paieras, James Stewart ! » pensa-t-elle.

Le roi prit l'un des mamelons dans sa bouche et se mit à le sucer. La main entre les cuisses de sa maîtresse, il caressait sa peau tendre et en quelques secondes transforma le corps de Cat en un volcan passionné.

Elle comprit alors que la meilleure punition à lui infliger serait de devenir la femme la plus voluptueuse que le roi eût jamais connue. Ainsi, elle lui gâcherait toutes les autres femmes ! Pour se venger de James Stewart, Cat utiliserait toutes les armes à sa disposition. Glissant sous lui, elle entrelaça les bras autour de son cou en murmurant :

— Aime-moi, James, mon amour…

Etonné de la sentir aussi abandonnée, James n'hésita pas un instant à s'emparer de cette bouche offerte. Ils bougeaient à l'unisson, les longues jambes de Cat enserrant les hanches de James. A chaque poussée sensuelle, elle glissait la langue dans sa bouche. Elle murmurait son nom telle une litanie et l'excitation tournait la tête au roi, mais il se retint jusqu'à ce qu'ils trouvent ensemble leur paradis.

— Tu me fais peur, dit-il ensuite, essoufflé. Tu n'es pas humaine. Aucune femme ne peut aimer comme tu viens de le faire.

— Ne vous ai-je pas fait plaisir, milord ?

— Si, mais n'est-ce pas de la sorcellerie ?

Sachant que James était très superstitieux, Cat étouffa un rire.

— Mais non, sire, je n'ai utilisé que la sorcellerie de mon corps.

— Est-ce Patrick qui t'a appris à aimer ainsi ?

— Oui, répondit-elle doucement.

— Tu n'as jamais connu un autre homme ?

— Non. Je suis née dans une demeure isolée, à Greyhaven. Je suis venue vierge à Patrick.

— As-tu une grande famille ?

— J'ai quatre frères et mes parents sont encore en vie.

— Tu as de la chance, soupira le roi.

— Ils ne sont qu'une partie de ma famille, précisa Cat. N'oubliez pas que j'ai aussi un mari et six enfants.

Elle le regarda droit dans les yeux.

— Quand la reine arrivera du Danemark, sire, je retournerai à Glenkirk voir mes enfants. Vous êtes certes le roi, mais je ne vous permettrai pas de détruire mon mariage. J'aime Patrick et j'aime nos enfants. Sinon, je me serais tuée plutôt que de me soumettre à un autre homme !

— Toutes les femmes Leslie sont-elles des parangons de vertu ? demanda-t-il d'un air sarcastique.

— On raconte que c'est le cas. Voyez ma cousine

Fiona. Avant son mariage avec Adam, elle était intenable. Depuis, elle lui est restée fidèle.

— Fiona Leslie... dit lentement le roi. Des cheveux auburn, des yeux gris et une peau qui a la transparence de l'ivoire. Je l'ai déjà repérée, mais j'ignorais votre parenté. Un soir, je vous prendrai peut-être toutes les deux ensemble... ajouta-t-il avant de la forcer une nouvelle fois.

Après quelques heures de sommeil, le roi se réveilla.

— Ce soir, je viendrai vers minuit, dit-il avant de disparaître par la porte secrète.

Epuisée, le corps meurtri, Cat se demanda si elle réussirait à se lever. Mais si elle parvenait à suivre le rythme, elle tenait sa revanche. Elle ne pensa pas que James n'avait peut-être pas l'intention de la laisser partir...

Le matin, Ellen vit que sa maîtresse n'était pas bien. Aux deux femmes de chambre, elle donna une pièce d'argent et leur ordonna de s'amuser à la foire de la ville pendant la journée. Elle voulait être seule pour soigner Cat.

— Quelle heure est-il? demanda celle-ci en se réveillant.

— Deux heures passées. Lady Cat, que vous a-t-il donc fait?

— Tout, ma pauvre Ellen. J'ai besoin d'un bain chaud.

— Vous ne pourrez pas supporter cela toutes les nuits.

— Ne t'inquiète pas. Je crois que le pire est passé. Désormais, les choses seront plus faciles.

Une heure plus tard, la comtesse de Glenkirk partit se promener à cheval avec six hommes armés. Les citadins la montraient en exemple à leurs filles, louant la seule femme vertueuse de la cour.

Pendant cette fin d'été et le début de l'automne, Catriona illumina de sa beauté la cour de James. Il n'y avait pas un courtisan, jeune ou vieux, qui ne la désirât, mais Lady Leslie restait charmante, gaie, amusante... et insaisissable.

— Personne n'a deviné que tu étais la maîtresse du roi, déclara Adam, admiratif. Patrick serait fier de toi.

— J'en doute, rétorqua-t-elle sèchement. Au fait, je te conseille de veiller sur Fiona. James en parle parfois. J'ai l'impression qu'elle lui plaît.

— Quand arrive la petite reine ? fit Adam, mal à l'aise.

— Les tempêtes sont mauvaises. Le navire a tenté la traversée mais a dû rebrousser chemin. Ils attendent une accalmie. On parle aussi de sorcellerie et James s'inquiète. Je ne serais pas étonnée s'il partait la chercher lui-même.

— Et quitter l'Ecosse ? s'étonna Adam. Pourquoi ne pas envoyer le grand amiral ?

— Bothwell refuse de partir. Les amendes que lui a infligées James lors de leur dernière dispute l'ont, paraît-il, tellement appauvri qu'il n'a pas les moyens d'une telle expédition.

— Il a du culot ! s'amusa Adam.

Cat sourit. Depuis dix semaines que le roi partageait son lit, elle était responsable de ses humeurs. C'était la première fois de sa triste vie que James connaissait des nuits remplies de tendresse et de complicité. Sa maîtresse se montrait tendre, généreuse et gentille. Elle l'assurait aussi que son mariage serait heureux. Et puis, il aurait beaucoup d'enfants.

Plus Cat lui vantait les joies du mariage, plus James était impatient de connaître sa femme. N'y tenant plus, il donna des instructions à son gouvernement, laissa comme régent son cousin Francis Stewart-Hepburn, comte de Bothwell, et s'embarqua pour Oslo le 22 octobre 1589. La chance lui sourit. Le vent était vif, le ciel dégagé. Les rivages norvégiens furent bientôt en vue.

En l'absence du roi, Cat put rentrer à la maison, mais elle avait dû lui promettre de revenir à la cour dès son retour. Pensant que la reine la protégerait des assiduités de James, elle avait accepté. Patrick lui manquait cruellement. Se sentait-il aussi triste et désemparé qu'elle ?

## 17

A son arrivée à Oslo début novembre, le roi fut accueilli par les seigneurs de sa cour qu'il avait envoyés pour accompagner la reine. Ils le guidèrent vers la maison où vivait la princesse et James frappa violemment à la porte.

Un serviteur surpris leur ouvrit et le roi gravit l'escalier quatre à quatre, se précipitant dans un salon en s'écriant :

— Annie, mon amour ! C'est moi, ton James ! Un baiser, petite, je suis venu pour te ramener en Ecosse.

La princesse, qui s'était donné le mal d'apprendre l'anglais, comprit à peine les cris du fou qui avait surgi devant elle. Avec dégoût, elle fit un pas en arrière. C'est alors que le comte de Glenkirk proclama lentement dans un anglais parfait :

— Votre Altesse, puis-je avoir l'honneur de vous présenter Sa Gracieuse Majesté, le roi James d'Ecosse.

Une jolie révérence et la princesse conquit aussitôt James Stewart. Avec ses cheveux blonds, ses yeux bleus et sa peau de rose, Anna était encore plus ravissante que son portrait et lorsqu'elle souriait, deux petites fossettes accentuaient sa fraîcheur virginale.

— Sa Majesté aimerait vous embrasser, poursuivit Patrick.

Anna s'adressa à lui sans même regarder le roi :

— Voulez-vous dire à Sa Majesté qu'au Danemark les dames n'embrassent pas un homme avant de l'avoir épousé.

Avec une nouvelle révérence, elle quitta le salon, suivie de ses dames de compagnie.

— Aurais-je épousé une princesse sans cœur ? s'exclama James, mécontent.

— C'est une gentille petite, mon cousin, fit Patrick, mais vous l'avez effarouchée. Peut-être souhaitait-elle vous rencontrer dans ses habits d'apparat, et non vêtue d'une simple robe d'intérieur. En homme marié, je puis vous affirmer que les femmes prêtent attention à ce genre de détails, surtout lorsqu'il s'agit d'une première rencontre.

— Cat t'embrasse, déclara James, quelque peu rasséréné. Je lui ai donné la permission de se retirer à Glenkirk jusqu'à notre retour.

Unis par procuration le 20 août, le roi et la princesse furent officiellement mariés par un pasteur presbytérien venu d'Ecosse. La cérémonie eut lieu dans une église locale, le 29 novembre, et une fête fut donnée en l'honneur des seigneurs danois et écossais. La nouvelle reine d'Ecosse aimait pardessus tout danser et s'amuser. La soirée fut un grand succès.

L'une des dames de compagnie de la reine, une certaine Christina Anders, avait jeté son dévolu sur le comte de Glenkirk. Qu'il fût marié lui importait peu, elle-même en était à son troisième mari, un garçon de douze ans.

Cheveux clairs, yeux couleur saphir, Christina Anders avait dix-sept ans. A dix ans, on l'avait mariée à un vieux comte impuissant qui adorait les petites filles. Veuve à treize ans, elle avait dû épouser un homme qui ne recherchait que les vierges. Lorsque son second mari avait été tué par un père en colère, Christina s'était dépêchée d'épouser son héritier, un garçon de onze ans. Ainsi, elle était financièrement à l'abri. Ayant laissé son jeune mari avec son tuteur dans leur domaine, elle s'était rendue à Copenhague pour renouer des liens avec la princesse Anna, une amie d'enfance.

Bien que plusieurs courtisans aient essayé de prendre Christina pour maîtresse, elle ne voulait pas de liaison sérieuse, prisant trop sa liberté.

Le comte de Glenkirk savait que Mme Anders s'intéressait à lui. Depuis son mariage, il n'avait jamais été infidèle à sa jolie épouse, mais il allait passer un long hiver loin d'elle. Si Patrick Leslie aimait Cat, il n'avait rien d'un saint et la femme qui s'offrait à lui était particulièrement attirante.

Au mariage royal, Christina fut splendide. Elle portait une robe de velours bleu nuit qui rehaussait sa peau diaphane et ses cheveux presque argentés. Plus elle dansait, plus ses joues rosissaient de plaisir. Elle mit un point d'honneur à éviter le comte de Glenkirk, ce qui l'amusa beaucoup car il avait décidé de la séduire.

A la fin d'une danse, Christina se retrouva nez à nez avec Patrick. Lui saisissant la taille, il demanda :

— Prendrez-vous un verre de vin, madame ?

Lorsqu'elle acquiesça, il lui apporta un verre.

— Ce soir ? ajouta-t-il de manière effrontée.

Décontenancée, elle hocha la tête.

— Quelle heure ?

— Onze heures, murmura-t-elle.

Avec un sourire, il s'inclina et se retira.

Christina s'assit pour boire son vin. Cela avait été si facile ! Elle regrettait de ne pas avoir d'appartement où le recevoir. Les dames de compagnie dormaient dans un dortoir non loin de la reine, mais une fois la reine couchée, Christina serait libre de son temps. Son cœur battit la chamade. Elle devinait que Patrick était un amant exceptionnel.

— L'étalon écossais est impatient de monter sa jument, murmura Margaret Olson à son oreille. Il est temps de préparer Sa Majesté.

— Très bien, Margaret ! fit Christina en riant. Moi-même, j'ai rendez-vous avec le séduisant comte de Glenkirk.

— Quant à moi, j'hésite entre Lord Home et Lord Grey. Tous deux me font la cour.

— Choisis-en un pour cette semaine et un pour la semaine prochaine. Bientôt ils rentreront tous en Ecosse et nous resterons seules.

— Pas moi, rectifia Margaret Olson. J'accompagne la reine. Elle me l'a demandé il y a quelques instants et elle a l'intention de t'en parler aussi. Sois gentille avec ton amant si tu tiens à le revoir en Ecosse.

— Il est marié, Margaret.

— Je sais. On dit que son épouse est belle et indépendante d'esprit. On l'appelle la comtesse vertueuse. Incroyable, n'est-ce pas ?

Dans un tourbillon de jupes, la reine Anna et ses suivantes quittèrent la salle de bal, poursuivies par des jeunes gens bruyants. Dans les appartements royaux, elles s'effondrèrent sur les canapés en riant. La comtesse Olafson, qui à vingt-quatre ans était l'aînée de ces dames, essaya de ramener un peu d'ordre.

— Mesdames, mesdames ! Sa Majesté le roi ne va pas tarder et il reste beaucoup à faire. Karen, surveille la porte pour nous prévenir de son arrivée. Inge et Olga, préparez le lit. Margaret et Christina, aidez-moi à déshabiller la reine.

Les draps parfumés furent réchauffés, Anna revêtue d'une chemise de nuit en soie blanche, brodée de fils d'or et d'argent. La comtesse Olafson brossa longuement les cheveux blonds de la jeune reine.

— Ils arrivent ! s'exclama soudain Karen. Le roi et ses compagnons approchent !

La reine fut mise au lit. Adossée à des oreillers, ses longs cheveux blonds dénoués, elle avait un peu peur. La porte s'ouvrit avec fracas et James fut porté dans la chambre par les seigneurs écossais et danois.

— Votre Majesté, Sa Majesté ! déclama Lord Grey qui était complètement ivre.

— Regardez messieurs ! s'exclama James. En bonne épouse, ma gentille Anna m'attend au lit. N'est-ce pas le signe d'un heureux mariage ?

Derrière un paravent, les seigneurs dévêtirent le roi et lui enfilèrent une chemise de nuit. On l'installa à côté de sa femme tandis qu'une servante présentait des timbales en argent aux invités. On but à la santé des jeunes mariés et après quelques blagues corsées, les courtisans se retirèrent.

Désormais tranquille, le roi se tourna vers Anna.

— Maintenant, madame, j'aimerais ce baiser que je vous ai demandé il y a plus de trois semaines.

Timide, Anna offrit ses lèvres à son époux. Il défit la chemise de nuit pour admirer ce corps virginal qui n'appartenait qu'à lui. Les yeux fermés, elle laissa le roi la caresser. Les sensations qu'il éveillait en elle n'étaient pas déplaisantes, songea-t-elle.

D'un geste brusque, James se dévêtit. Anna n'en crut pas ses yeux. Une chose étrange bougeait entre les jambes de son mari et se dressait vers elle. Avec un cri effrayé, elle couvrit son visage de ses mains.

— Mais je ne t'ai pas encore pénétrée, ma chérie, s'étonna James.

— Me pénétrer ? répéta-t-elle. Pourquoi ?

James fronça les sourcils.

— Est-ce que personne ne t'a parlé de tes devoirs conjugaux ?

— On m'a dit que je devais me soumettre à mon seigneur en toute chose.

— C'est juste, très chère. Et tu ne le regretteras pas.

Le roi était excité à l'idée de posséder une vierge.

— Est-ce que j'aurai mal ? demanda-t-elle d'une toute petite voix.

— Oui, mais seulement la première fois.

— Je ne veux pas que vous me fassiez mal avec cette chose, fit-elle, butée.

— C'est le droit d'un époux !

— Non, décréta-t-elle fermement.

— Très bien, ma chère, répliqua James, en changeant de tactique. Nous allons nous câliner un peu.

Embrassant sa femme, James s'employa à éveiller ses sens par des caresses expertes. Lorsqu'il la pénétra, elle essaya en vain de s'échapper. D'un mouvement fluide, James déchira la barrière de sa virginité et étouffa le cri de souffrance de sa femme par un baiser ardent. Tandis que la douleur s'atténuait, la reine commença à prendre du plaisir. Soudain, le corps de son mari fut secoué de spasmes et il s'écroula sur elle. Anna se sentit curieusement attristée. Dans le silence qui suivit, l'horloge sonna onze heures.

De l'autre côté de la maison, dans les appartements du comte de Glenkirk, flambait un feu de cheminée. Patrick Leslie contemplait les flammes en se demandant s'il avait bien fait d'inviter Christina Anders. Il se sentait honteux ; une catin l'aurait soulagé tout aussi bien.

— Entrez, madame, fit-il en se retournant. Désirez-vous un verre de vin ?

— Merci, milord, murmura-t-elle en s'approchant.

Il l'assit sur ses genoux et l'embrassa.

— Ne soyez pas timide, Cairi, fit-il.

— Comment m'appelez-vous ?

— En gaélique, nous disons Cairistiona pour Christina. Cairi signifie petite Christina, et vous êtes toute menue. Quel âge avez-vous ?

— Dix-sept ans.

— C'est affreux, j'en ai trente-sept, je pourrais être votre père !

— Mais vous ne l'êtes pas, Patrick, répliqua-t-elle en l'embrassant avec passion. Je suis venue pour faire l'amour avec vous.

Elle défit lentement les boutons de sa robe, retira sa camisole, sa lingerie. Bientôt elle fut nue, mis à part ses bas noirs brodés d'abeilles dorées.

Elle était terriblement excitante.

— Retirez mes bas, ordonna-t-elle.

A genoux, Patrick lui obéit, rendu fou par le merveilleux parfum de son corps. Après son bain,

Christina avait pris le soin d'enduire sa peau de musc.

Ils s'aimèrent deux fois et Patrick fut enchanté par cette femme douce et experte.

— Vous me considérez sans doute comme une dévergondée, mais je vous désirais, Patrick. C'est la première fois que je deviens la maîtresse de quelqu'un.

— Pourquoi moi ? demanda-t-il, flatté.

— Parce que je souhaiterais avoir une relation normale avec un homme, pour une fois dans ma vie. Mon premier mari ne pouvait aimer de manière normale ; le second, m'ayant déflorée, ne s'est plus intéressé à moi. Le troisième est encore un enfant, ainsi je suis libre de mes choix et j'ai choisi de devenir votre maîtresse.

— Uniquement pendant mon séjour ici, très chère. Dès mon retour en Ecosse, vous n'existerez plus pour moi. Ne vous y trompez pas, petite Cairi, j'aime ma femme.

— J'accepte vos conditions, Patrick. Et maintenant, pouvons-nous poursuivre ?

— Je craignais un long hiver rigoureux, Cairi. Grâce à vous, il sera long... mais pas rigoureux !

# 18

Pour la première fois depuis son mariage, Catriona Leslie était vraiment seule. Elle ferma sa maison d'Edimbourg, prévenant Mme Kerr qu'elle reviendrait dès le retour du roi. Apprenant son départ, Francis Stewart-Hepburn, comte de Bothwell, proposa de l'escorter jusqu'à Glenkirk. Comment refuser la compagnie du cousin favori du roi, régent d'Ecosse ?

Avec ses cheveux auburn, sa barbe impeccable et ses yeux bleus perçants, Francis était élancé et séduisant. Gentilhomme cultivé, il était malheureusement en avance sur son temps. Sa culture et ses expériences scientifiques terrifiaient les superstitieux, qu'ils soient éduqués ou non. Il n'était pas particulièrement religieux et certains le soupçonnaient de sorcellerie.

Cat ne croyait pas à ces rumeurs stupides, mais cela semblait beaucoup amuser Francis Hepburn de ne pas les démentir. Terrifié, le roi James alternait entre l'amour et la haine envers Bothwell. Bien que Francis appréciât son cousin, il ne pouvait s'empêcher de le taquiner, or James lui avait confié sa liaison avec la belle comtesse de Glenkirk. Francis en avait été choqué. N'avait-il pas aimé bien des femmes, mariées ou non, mais sans jamais les forcer ? Attentif aux autres, Francis avait deviné que la comtesse ne venait pas vers James de son propre gré. Des cernes marquaient son beau visage et son rire sonnait creux.

Francis décida de devenir son ami et son confident, mais il se passa quelque chose d'imprévu : il tomba amoureux de la comtesse de Glenkirk.

N'ayant jamais eu d'ami masculin, Cat appréciait la compagnie de Francis. Il l'enchantait par sa conversation brillante.

Fils illégitime du roi James V, le père de Francis était mort alors que son fils était encore un enfant. Sa mère, Lady Janet Hepburn, s'était remariée et l'avait envoyé en France et en Italie pour y être éduqué. Il en était revenu cultivé et plein d'assurance. Aussitôt, on l'avait marié à Lady Douglas, fille du puissant comte d'Angus. Veuve, elle était plus âgée que Francis et ils ne s'aimaient pas. Néanmoins, ils avaient eu plusieurs enfants.

Avec cinquante hommes en armes, le comte de Bothwell raccompagna la comtesse de Glenkirk chez elle. Pour le remercier, Cat insista afin qu'il passât quelques jours au château, ce qu'il accepta volontiers. Une vague parenté permettait aux Leslie de le traiter comme un cousin. Les enfants de Cat l'appelaient oncle Francis, les garçons le suivant comme des chiots admiratifs et les filles flirtant avec lui de leur mieux. Même les frères de Patrick le taquinaient et l'appelaient cousin. Les hommes chassaient, jouaient aux cartes, buvaient et troussaient les filles en sa compagnie. C'était la première fois que Francis se trouvait au sein d'une vraie famille et il était radieux.

Or, le roi lui avait confié les affaires de l'Ecosse et Bothwell ne pouvait continuer longtemps à se divertir. Discipliné, il obéit à sa conscience et quitta Glenkirk. Il confia à Cat une superbe épée de Damas, dont la poignée, incrustée de pierres précieuses, était un exquis travail d'orfèvre florentin.

— C'est un cadeau pour l'anniversaire de votre fils aîné le mois prochain, lui dit-il.

— Oh, Francis, quelle merveille ! Jamie sera fou de joie, mais il serait encore plus heureux de la recevoir de vos propres mains.

— Hélas, le devoir m'appelle ! Ne soyez pas triste, ma chère Cat, l'hiver va vite passer et Patrick sera bientôt de retour.

— James a insisté pour que je revienne à la cour, expliqua-t-elle, contrariée. J'avais dit à Patrick que je ne voulais plus d'enfant, mais je ferai de mon mieux pour tomber enceinte dès son retour. La seule façon d'échapper aux assiduités du roi est de m'enfermer à Glenkirk, mais le roi ne me le permettra que si j'attends un bébé.

L'hiver fut long et enneigé. Sans ses enfants, Cat se serait ennuyée à mourir. Jamie fêta ses douze ans et fut attristé que son père l'eût oublié, mais le cadeau de Francis lui redonna le sourire. Séparée de Patrick depuis sept mois, Cat était sans nouvelles et se sentait triste. Seule dans leur grand lit, elle pleura des larmes amères en se jurant de ne pas retourner à la cour. Patrick avait eu raison de vouloir éviter les Stewart. A cause d'eux, ils étaient séparés et humiliés !

Un printemps précoce arriva enfin. Les collines autour de Glenkirk se couvrirent de fleurs et le dimanche de Pâques fut ensoleillé. Le messager de Glenkirk revint du Danemark avec de nombreuses lettres. L'une d'elles portait le sceau royal : Cat recevait le titre de dame de compagnie de la reine. Une note de James lui signifiait qu'il attendait son retour à la cour. Agacée, Cat la mit de côté et s'empara de la lettre de son mari. Courte, impersonnelle, elle déçut la jeune femme.

*Très chère.*

*Lorsque cette lettre te parviendra, nous serons déjà sur le chemin du retour. L'hiver a été long et rigoureux et tu m'as manqué. Le mariage du roi a été célébré à Oslo, mais nous sommes revenus au Danemark pour Noël où nous résidons depuis. Dis à Jamie que je n'avais pas oublié son anniversaire et que je lui rapporte une surprise. Je t'embrasse, ainsi que nos enfants.*

*Ton mari dévoué, Patrick Leslie.*

Ce n'était guère la lettre d'un mari impatient de retrouver son épouse et Cat était furieuse. Avait-il pris une maîtresse ? Allait-il la ramener en Ecosse ?

Elle voulait un enfant de Patrick afin de fuir le roi, mais si elle restait à Glenkirk, Patrick aurait le champ libre pour entretenir sa maîtresse à la cour ! Il n'y avait qu'une chose à faire : se débarrasser de cette catin.

Le 1er mai 1590, James et sa reine débarquèrent à Leith, suivis de douze navires. Dans son carrosse traîné par huit chevaux blancs drapés de couvertures rouges brodées de fils d'or, la jolie reine salua ses sujets en liesse.

A Edimbourg, les seigneurs s'étaient réunis pour lui souhaiter la bienvenue. Catriona Leslie se tenait près de Francis Stewart-Hepburn quand la procession royale arriva à Holyrood House. Aussitôt, elle remarqua Patrick qui aidait une ravissante jeune femme à mettre pied à terre. L'inconnue avait des cheveux clairs et portait une robe en velours rose, bordée de fourrure.

— Vous qui étiez à Leith, Francis, dites-moi qui est cette femme.

— C'est Christina Anders, répondit-il, surpris par la perspicacité de son amie. Une des dames de compagnie de la reine.

— Elle est enceinte de quatre mois ! s'exclama Cat. Glenkirk me le paiera !

— Je suis certain qu'il se repentira, le pauvre homme, s'amusa Francis.

— Il m'a tellement manqué... Comment a-t-il pu ?

— Il se sentait probablement très seul et il avait besoin de se remonter le moral. Ce n'est pas bien grave.

— Moi aussi, je me sentais seule. Je pensais à lui chaque nuit, même quand le roi était là.

— Ne vous inquiétez pas. Elle a peut-être diverti Patrick cet hiver, mais elle ne pourra jamais rivaliser avec vous. Regardez comme il vous cherche parmi la foule.

— Et regardez comment cette bourrique se pend à son bras ! Je vais la réduire en charpie !

— Si vous lui faites une scène en public, on la plaindra, mais si vous accueillez Patrick telle une épouse heureuse, la sympathie des courtisans sera pour vous. On vous appelle la comtesse vertueuse, ne l'oubliez pas. Si vous voulez vous venger, jouez le rôle à fond.

— Je vous adore, Francis ! Vous êtes merveilleusement diabolique. De quoi ai-je l'air ?

En cette journée de printemps encore fraîche, Cat portait une simple robe en velours pourpre, avec une collerette et des poignets en dentelle blanche. Autour de son cou, elle avait noué deux rangs de perles roses. Ses cheveux blonds étaient retenus par une résille brodée de perles fines.

— Ne me regardez pas ainsi, ma chère, murmura Bothwell. Sinon je ne pourrai m'empêcher de vous séduire. Si Patrick ne vous emmène pas sur-le-champ, c'est un fieffé imbécile.

Ils avaient atteint la salle de réception et Francis serra la main de Cat pour l'encourager. La tête haute, consciente des murmures autour d'elle, la jeune femme s'avança vers les deux trônes et plongea dans une gracieuse révérence.

— Bienvenue, Majesté, ainsi qu'à vous, Votre Altesse. Bienvenue en Ecosse de la part de tous les Leslie de Glenkirk.

— Cat, toujours aussi belle ! s'exclama James, enchanté. Ma chère Anna, voici la femme de

Glenkirk, Cat Leslie. Elle sera ta dame de compagnie.

Anna Stewart regarda la belle comtesse et se sentit attristée pour son amie Christina. Non seulement Cat était belle, mais elle semblait douce et gentille.

— Merci de votre accueil, Lady Leslie.

— Je ferai de mon mieux pour vous servir, Majesté, fit Cat. Sire, un souhait ! ajouta-t-elle.

— Quel est-il ? demanda James.

— Cela fait neuf mois que je n'ai pas vu mon époux. Maintenant que vous connaissez le bonheur du mariage, vous pouvez me comprendre. Puis-je l'emmener pour cette nuit chez nous, loin de la cour ?

— Oh, James, intervint la reine. Acceptez ! Moi-même, je donne ma permission à Lady Leslie.

— Glenkirk ! Où es-tu ? appela le roi.

Le comte fit un pas en avant et Cat remarqua la petite main qui essaya de le retenir. Un court instant, ils se regardèrent, puis Cat se jeta à son cou et l'embrassa.

— Emmène-la, Glenkirk ! décréta le roi, follement amusé.

Ils s'inclinèrent devant leurs souverains puis quittèrent la salle, mais pas avant que Cat eût toisé Christina Anders de la tête aux pieds et décerné un clin d'œil à Francis.

— Pourquoi appelle-t-on Lady Leslie la comtesse vertueuse ? s'étonna la reine. J'imaginais qu'elle était frigide et tolérait son mari avec peine.

— Pas du tout, petite innocente ! s'exclama le roi. Cat Leslie a toujours été très amoureuse de son mari. On l'appelle ainsi car elle lui est fidèle, contrairement à bien des femmes de cette cour. Ils ont six enfants. Je l'ai choisie pour te servir car je pense qu'elle sera de bon conseil.

La reine se sentit encore plus triste que Christina Anders.

## 19

Une fois dans leur carrosse, le comte de Glenkirk complimenta sa femme :

— Remarquable performance, Cat.

— Aurais-tu préféré que j'insulte ta maîtresse en public ?

— Pardonne-moi, ma chérie, je ne voulais pas te heurter. Qui t'en a parlé ?

— Toi-même. La lettre que tu m'as envoyée n'était pas celle d'un homme impatient de retrouver son épouse. Même ta correspondance avec les Kira était plus chaleureuse. Une seule lettre pendant ces longs mois ! Vendait-elle ses charmes sur les quais du port lorsque vous êtes arrivés ? Jamie a été bouleversé que tu oublies son anniversaire. Si Francis ne lui avait pas offert cette épée...

— Francis ?

— Francis Bothwell. Après le départ du roi, il m'a accompagnée jusqu'à Glenkirk. Son père et ta mère étaient cousins. Il est resté pour Noël... Les enfants l'adorent, ajouta Cat avec malice. Et tes frères se sont bien amusés en sa compagnie. C'est un merveilleux ami, Patrick. Je l'aime beaucoup.

— Il est réputé pour être un séducteur hors pair.

— Ne cherche pas à détourner la conversation ! Francis est un ami, rien de plus. Par ailleurs, il est marié. Peux-tu m'affirmer que Mme Anders n'est qu'une amie ? Et que l'enfant qu'elle porte n'est pas de toi ?

Il eut la grâce de rougir et Cat éclata de rire.

— Ah, Patrick ! Seules les femmes Leslie savent comment éviter d'être enceinte. Tu es tellement habitué à moi que tu t'es montré négligent avec ta maîtresse.

Soulagé que Cat ne fût pas trop en colère, Patrick ne lui avoua pas que Christina Anders l'avait pris au piège. Sentant qu'elle commençait à le lasser, elle en avait profité pour tomber enceinte. Il lui avait demandé de rester au Danemark, mais elle avait tenu à demeurer dame de compagnie de la reine.

— L'aimes-tu ? interrogea Cat, les yeux plissés.

— Non ! s'écria-t-il. J'étais seul en Norvège et au Danemark avec ces courtisans. Sais-tu à quoi ils passent leurs journées ? Ils jouent aux dés, boivent, changent constamment de vêtements. Ils troussent les filles sans compter. Ce sont les personnes les plus futiles au monde. Si je n'avais pas rencontré un Kira à Copenhague, je serais devenu fou !

— Un Kira ?

— Ils ont une banque à Copenhague et j'ai pu ainsi m'occuper de nos affaires.

A l'idée de la pauvre Christina Anders attendant son amant alors que celui-ci s'occupait de ses navires, Cat éclata de rire.

— Es-tu certain que l'enfant est de toi ?

— Oui. Cairi m'a été fidèle pendant les mois que nous avons passés ensemble.

— Que vas-tu en faire ?

— Je vais le reconnaître et veiller à son éducation.

— Et sa mère ?

— Je lui ai dit dès le début que j'aimais ma femme et que notre liaison serait temporaire.

Ils avaient atteint Glenkirk House. Cat monta aussitôt dans sa chambre où l'attendait Ellen.

— Est-ce vrai ? demanda la servante. Le comte est-il revenu avec une autre ? Ainsi, vous n'avez plus à vous sentir coupable.

— Si jamais tu évoques *ça* une nouvelle fois, tu termineras tes jours dans la rue ! répliqua vivement Cat.

La servante et sa maîtresse s'aimaient tendrement ; Ellen réalisa qu'elle avait blessé Cat.

— Je suis désolée, mon enfant, je me fais vieille et je dis des bêtises.

— Les rumeurs sont vraies, ajouta Cat en lui serrant affectueusement la main. Sa maîtresse danoise est de l'entourage de la reine et le pauvre Patrick en était tout gêné. Afin de le garder, elle s'est débrouillée pour tomber enceinte.

— Pouvez-vous lui pardonner ?

— Bien entendu. Il est revenu vers moi et il est tout déconfit. Tant qu'il la rejette, je serai contente. Et maintenant, prépare-moi vite un bain. J'ai un déshabillé en soie noire qui va tourner la tête à ce pauvre Glenkirk.

Quelques heures plus tard, Cat dormait nue dans les bras de Patrick. Ils venaient de faire l'amour comme des dieux. Il se demanda pour la millième fois pourquoi diable il avait noué cette liaison compliquée avec Christina Anders, alors qu'il aurait pu se contenter d'une simple catin. Quel imbécile il faisait !

Le lendemain, la comtesse de Glenkirk se présenta à la reine afin de devenir sa dame de compagnie. D'emblée, Anna éprouva une grande affection pour cette cousine par alliance.

A la première occasion, Cat entraîna Christina dans le parc qui entourait le palais.

— Combien de mois ? demanda Cat avec sa franchise habituelle.

— Madame, je ne comprends pas ce que vous voulez dire, répondit Christina, inquiète.

— Ecoutez, ma chère, je suis mariée depuis douze ans et nous avons six enfants. Patrick m'a confirmé ce que j'avais déjà deviné. Quand allez-vous accoucher ?

— A l'automne, murmura la jeune femme effondrée.

— Ne vous inquiétez pas, les Leslie s'occupent toujours de leurs enfants et votre enfant est un Leslie.

— L'enfant sera un bâtard, madame.

— Et alors ? Un bâtard de l'arrière-grand-père de Patrick est devenu le chef de famille des More-Leslie qui nous servent depuis avec dévouement. Ce sont des gens respectables et respectés. Vous avez de la chance, votre enfant ne manquera de rien. Mais pourquoi ne pas avoir choisi un célibataire qui aurait pu vous épouser ? Vous êtes de bonne famille.

— Je suis mariée, madame. Mon troisième mari est un garçon de douze ans. Je vous remercie pour votre aide, mais mon enfant ne sera pas un domestique !

Cat sourit. Christina Anders venait de lui fournir l'arme dont elle avait besoin.

— Vous serez une bonne mère, ma chère, et les Leslie veilleront à ce que votre enfant soit élevé comme un seigneur, mais si jamais vous tentez de revoir mon mari, je vous ferai renvoyer au Danemark et votre enfant sera vendu comme esclave en Orient.

Sur ces menaces, Cat tapota gentiment le bras de Christina et la laissa seule.

Certaine que Catriona Leslie n'hésiterait pas à tenir parole, la jeune Danoise frissonna. Patrick avait été un divertissement agréable pendant quelque temps, mais elle n'allait pas se battre pour lui. Tant que son enfant serait en sécurité, elle s'estimerait contente. En souvenir, elle garderait les superbes présents que Patrick lui avait offerts. Elle ne s'était pas si mal débrouillée...

Le soir, Cat eut une conversation sérieuse avec Patrick.

— J'ai vu Mme Anders, annonça-t-elle. Je lui ai dit que les Leslie s'occupaient toujours des leurs et que l'enfant serait éduqué, mais elle ne doit plus jamais te revoir.

— Enfin Cat, tu n'avais pas à lui dire cela ! protesta Patrick.

— J'ai été très patiente avec toi, rétorqua Cat furieuse, et je me suis montrée polie envers ta catin, mais je n'ai guère l'intention de te partager !

— Je ne veux pas renouer avec Cairi, mon amour, mais elle porte mon enfant et c'est un moment de grande solitude pour elle. Ne sois pas méchante, cela ne te va pas.

— J'étais bien seule, moi, quand j'attendais Jamie.

— Tu étais en sécurité dans la maison de Fiona avec Mme Kerr et Sally. Tu étais dans ton pays et tu pouvais appeler ta famille au secours à tout moment. Cairi n'a aucun de ces avantages. Et je ne veux que lui offrir mon amitié.

— Va au diable, Glenkirk, murmura Cat, car Patrick s'était approché et commençait à la caresser. Arrête, nous n'avons pas le temps... Je dois retourner auprès de la reine.

— Flûte ! lança-t-il, et Cat rit joyeusement.

Avec un sourire enjôleur, elle le quitta. « Quelle femme ! » songea Patrick. Indépendante, obstinée, insaisissable, elle était presque trop intelligente, mais c'était la personne la plus fascinante qu'il eût jamais rencontrée...

Dans l'antichambre de la reine, Cat rencontra malencontreusement le roi.

— Ça suffit ! s'exclama-t-elle en le forçant à retirer la main de son corsage.

— Ce n'est pas un accueil très chaleureux, ma belle Cat.

— Bienvenue, Votre Majesté, dit-elle froidement en esquissant une révérence. Veuillez maintenant me laisser passer, la reine m'attend.

— Quand puis-je te voir ?

— En public, quand vous le désirez, sire. En privé, jamais ! Puis-je vous rappeler que vous êtes désormais un homme marié et que j'ai toujours été une femme mariée ?

— Anna ne me donne pas autant de plaisir que toi.

— Elle est toute jeune. C'est à vous à lui apprendre les secrets de l'amour.

— Je ne suis pas un tuteur, répliqua-t-il agacé. Allons, madame, trouvons un moment pour nous voir.

— A l'époque de votre mère, la parole d'un Stewart faisait foi, rétorqua Cat fermement.

Avant qu'il pût répondre, la porte s'ouvrit et la comtesse Olafson appela :

— Lady Leslie, la reine vous attend !

Avec une nouvelle révérence, Cat passa devant le roi.

— Cette remarque vous coûtera cher, madame, murmura-t-il.

# 20

La comtesse de Glenkirk n'eut pas le temps de réfléchir aux menaces du roi car la cour s'activait pour le couronnement de la reine. Non seulement les habits royaux devaient être faits en Ecosse, mais il fallait aussi qu'Anna apprît les détails de la cérémonie. Malheureusement, la belle princesse se révéla extravagante et futile.

Avec une patience infinie, Catriona Leslie expliqua à la reine son rôle en transformant l'apprentissage royal en un jeu.

— Si j'avais eu une gouvernante comme vous, Cat, j'aurais retenu beaucoup mieux mes leçons.

— Voyons, madame, répliqua Cat amusée. Vous serez splendide le jour du couronnement et vous connaîtrez votre texte par cœur. Vos sujets seront charmés.

La jeune reine accepta le compliment et se félicita d'avoir cette merveilleuse Cat comme dame de compagnie.

Anna de Danemark fut couronnée reine d'Ecosse à Scone le 17 mai 1590. Elle tint son rôle avec une charmante dignité qui réchauffa les cœurs des vieux lords les plus endurcis. Ce fut l'occasion d'une grande fête où l'on présenta du sanglier rôti, de la biche, de l'agneau, servis par des garçons de cuisine aux visages rougis par la chaleur des fourneaux. Il y avait toute sorte de gibiers, des cygnes, des canards, des chapons, des oies gavées, des perdreaux, des pigeons. On offrit des huîtres, des assiettes de crevettes et de moules. Les poissons étaient disposés sur des plats en or massif. Il y avait aussi des artichauts au vinaigre, des laitues fraîches, des fruits et des noix, du pain et du beurre à volonté. Comme dessert, les convives choisirent entre des crèmes anglaises, des oranges venues d'Espagne, des cerises du Sud de la France et de succulentes tartes aux fruits.

Les vins et la bière ne cessaient de couler, tandis qu'on admirait les jongleurs, les acrobates et leurs chiens savants. Des musiciens jouaient gaiement.

Ayant à peine effleuré les plats, Cat se plaignit d'un mal de tête quand son mari vint la chercher pour danser.

— Emmène-moi dehors, le supplia-t-elle.

Ils se promenèrent dans les jardins par cette fraîche soirée de mai.

— Depuis que tu sers la reine, je ne te vois plus, ma chérie, se plaignit Patrick.

— Je sais. Oh, comme tu avais raison ! Nous aurions mieux fait d'éviter la cour. Je t'en prie, mon amour, ramène-moi à la maison. Maintenant !

La serrant dans ses bras, Patrick respira le merveilleux parfum de ses cheveux blonds. Il était étonné par cette réaction imprévue.

— Tu sais bien que nous ne pouvons pas partir tout de suite. Puisque nous appartenons à la cour, nous devons demander la permission au couple royal. Et je n'ai pas de bonne excuse.

— Moi non plus, répondit-elle tristement.

— Tu en es certaine ? Tu pourrais être enceinte.

— Il est trop tôt pour le savoir. Six enfants ne te suffisent donc pas pour assurer ta descendance ?

— Je n'ai que trois fils, répliqua-t-il pour la taquiner. Et c'est si amusant de les faire.

Il se pencha afin de l'embrasser.

— J'en ai assez de te partager avec les Stewart, maugréa-t-il. Faisons un autre enfant et rentrons vite à Glenkirk !

Ils s'embrassèrent avec passion.

— Comme c'est choquant ! s'exclama une voix. Et avec votre propre femme, Glenkirk !

Sursautant, les Leslie se séparèrent sous l'œil amusé du comte de Bothwell.

— Francis, comment osez-vous ! rétorqua Cat en se précipitant sur lui.

— J'aimerais bien qu'une femme m'embrasse ainsi, répliqua-t-il en saisissant les petits poings qui tambourinaient contre sa poitrine. Je suis Bothwell, ajouta-t-il en tendant la main à Patrick. Nous sommes de vagues cousins et je vous envie votre épouse magnifique, ainsi que vos beaux enfants.

— Ainsi c'est vous le fameux Bothwell, répondit Patrick. Je suis heureux de faire votre connaissance et je vous remercie d'avoir escorté ma femme l'automne dernier.

— Ce fut un plaisir. Mais j'ai dû interrompre votre rendez-vous d'amoureux à cause de la reine. Elle vous cherche, Cat, pour une histoire d'ourlet défait que seule l'irréprochable Lady Leslie peut réparer.

Avec un soupir, Cat embrassa son mari et fit un pied de nez à Bothwell. Les deux hommes éclatèrent de rire.

— Si elle était ma femme, reprit sérieusement Francis, je l'emmènerais loin de cette satanée cour des Stewart. Cat est beaucoup trop tentante.

— Elle ne demande pas mieux. L'année dernière, elle trépignait pour être à la cour et maintenant elle voudrait la fuir. Je n'y comprends rien, mais j'en suis soulagé.

— Alors dépêchez-vous de l'emmener !

Tandis que les semaines passaient, Cat essayait vainement de tomber enceinte. Elle devinait que le jeune roi et sa reine n'avaient en commun qu'une passion pour la chasse et que la nouveauté de leur amour cessait de faire illusion. De plus en plus souvent, Cat croisait le regard brûlant de James. Elle le détestait mais parce qu'il était son souverain, elle ne pourrait le rejeter.

C'est alors que Patrick annonça qu'il avait été chargé par le roi de se rendre au château de l'Ermitage, qui appartenait à Francis Bothwell, pour y préparer les festivités de Noël. La reine, en effet, voulait découvrir ce célèbre château. En apprenant la nouvelle, Cat se précipita chez la reine.

— Puis-je les accompagner, Majesté ? demanda-t-elle. Que savent les hommes des conforts d'une femme ?

— C'est honteux de voir combien vous aimez votre mari, ma chère Cat, rétorqua la reine en riant. Allez-y, si cela vous chante. Maintenant que Christina est à nouveau sur pied, je peux me passer de vous quelques jours.

— Merci, madame, fit Cat en lui baisant la main.

— C'est moi qui vous remercie de vous être si bien occupée de mon amie d'enfance pendant sa maladie, dit la reine d'un air entendu.

Au mois d'octobre, Christina avait mis au monde une petite fille. Anne Fitz-Leslie avait été confiée à une famille de fermiers opulents en dehors de la ville.

A Holyrood, James Stewart fredonnait une chanson en pénétrant dans le passage secret qui menait vers la chambre de Cat Leslie. La reine étant indisposée quelques jours, il pourrait se consacrer à la comtesse de Glenkirk. En ouvrant la porte, il surprit Ellen qui plongea aussitôt dans une profonde révérence.

— Où est ta maîtresse ?

— Elle est partie pour l'Ermitage, Votre Majesté.

— Je ne lui ai pas donné la permission de quitter la cour ! s'exclama James, hors de lui. Elle sera punie pour avoir désobéi.

— C'est la reine qui l'a envoyée, sire, bégaya Ellen. Sa Majesté pensait qu'il fallait une femme pour veiller aux préparatifs de Noël.

Fouillant la poche de sa robe de chambre, James en sortit une pièce d'or qu'il donna à Ellen.

— Dis à ta belle maîtresse que je ne la lâcherai jamais, conclut-il avant de se retirer.

Avec un soupir soulagé, la servante s'assit sur le lit. Elle comprenait le départ précipité de Cat. Ellen détestait l'hypocrisie du roi qui jouait à l'homme vertueux et au mari dévoué, tout en désirant une autre femme. Si seulement ils pouvaient rentrer à Glenkirk...

Malheureusement, ce ne fut pas si simple. Tel un chat guettant sa proie, le roi attendit l'occasion rêvée. En se montrant particulièrement sensuelle pour punir le roi et lui gâcher les autres femmes, Cat avait été prise à son propre piège. Fou d'elle, James était prêt à détruire son mariage avec Patrick afin de l'obtenir. La comtesse de Glenkirk était son sujet, elle lui devait obéissance.

Pendant les festivités de Noël à l'Ermitage, il parvint à isoler Cat quelques instants.

— Si seulement j'avais le temps de te prendre maintenant, ma chérie, dit-il, amusé par l'angoisse que reflétait son visage. Pourquoi me fuir, Cat ? Je suis venu te rendre visite et j'ai trouvé une chambre vide.

Le cœur battant, la jeune femme essayait de maîtriser sa colère.

— Je ne veux pas être votre maîtresse, sire ! Vous aviez promis de me rendre ma liberté dès que la reine serait parmi nous. J'aime mon mari et il n'admettrait pas de me partager avec un autre, même avec le roi. Votre épouse est jeune et belle, pourquoi me torturer ?

— Lorsque nous serons de retour à Edimbourg, vous m'accueillerez dans votre lit, madame, sinon je serai obligé de demander la permission à Patrick, permission qu'il ne manquera pas de me donner.

— Pourquoi, sire, pourquoi ? demanda-t-elle, les yeux brouillés de larmes.

— Parce que je le désire, madame, et que je suis le roi.

Un peu plus tard, Cat regardait par la fenêtre du corridor sans rien voir, lorsqu'elle sentit une présence derrière elle. Le comte de Bothwell lui ouvrit les bras et elle s'y précipita.

— Que s'est-il passé avec notre cousin James ? demanda-t-il en relevant son beau visage baigné de larmes.

— Si je ne cède pas, il dira tout à Patrick.

— Le porc ! Si seulement j'étais un sorcier comme on le prétend, je l'enverrais en enfer ! Ah, ma douce amie, je ne peux vous aider. Jamais je ne me suis senti aussi impuissant... Mais si jamais vous avez besoin de moi, je serai là.

— Bothwell, dit-elle en caressant son visage. Vous êtes mon meilleur ami.

Francis resta seul, pensif. Pour la première fois de sa vie, il avait rencontré une femme qu'il aurait pu aimer, mais ni l'un ni l'autre n'étaient libres. Décidément, le destin lui avait distribué de bien mauvaises cartes.

# 21

En ce triste mois de janvier, la cour avait réintégré Edimbourg. Les deux fils aînés de Cat étaient devenus pages chez Andrew Leslie, comte de Rothes, ce qui lui permettait de voir au moins deux de ses enfants.

C'est alors que Patrick décida de rentrer à Glenkirk pour veiller à ses affaires et retrouver les autres enfants. Contrairement à sa femme, aucune obligation officielle ne le retenait à la cour. Effrayée, Cat essaya de l'en dissuader.

— Allons, mon amour, dit-il en riant. Il y a deux ans, tu aurais préféré mourir plutôt que de t'enfermer à Glenkirk pendant l'hiver. Aujourd'hui, tu irais à pied si tu le pouvais ! Je reviendrai dans quelques semaines. Serais-tu heureuse si je ramenais la petite Bess ?

— Non, la cour n'est pas un lieu pour une jeune fille. Prends soin de toi, Patrick, et reviens vite.

Il lut une telle détresse dans le regard de sa femme qu'il hésita. Puis il rit de ses propres craintes et l'embrassa sur le nez avant de partir.

Puisqu'elle avait la soirée libre, Cat rentra à Glenkirk House et dormit en toute sécurité chez elle pendant quelques jours. Ensuite, elle reprit son tour de veille et s'installa dans l'antichambre de la reine au cas où celle-ci aurait besoin de quelque chose pendant la nuit. Là encore, elle fut protégée du roi.

— Je préférerais, ma chère Cat, que vous restiez au palais même lorsque vous n'êtes pas de garde, fit la reine un matin. Vos appartements ici ne sont-ils pas confortables ?

— Si, madame, mais j'aime être chez moi pour voir mes fils le plus souvent possible.

— Vous êtes une mère admirable, Cat, déclara la reine en souriant, mais vous êtes aussi ma dame de compagnie. Nous ferons en sorte de vous amener vos fils mais je vous prie de ne plus quitter le palais. Un soir, je me suis réveillée avec une migraine épouvantable et vous n'étiez pas disponible pour me soulager.

— Si c'est le désir de Votre Majesté, répondit Cat avec une révérence.

Elle devinait sans peine qui avait donné une idée aussi saugrenue à la reine...

Plusieurs jours plus tard, la reine fut indisposée et le roi se présenta dans la chambre de la comtesse de Glenkirk. En vain, Cat essaya de le raisonner, puis se débattit de son mieux, mais sa résistance ravit le roi qui la viola cruellement. Elle le haïssait de toute son âme mais fut obligée de lui céder pendant quatre nuits.

Un soir, vêtue de ses jupons blancs, elle se brossait les cheveux devant le miroir, lorsque James apparut par la porte dérobée et déposa un baiser dans son cou, lui caressant les seins. Cat ferma les yeux d'un air las, il ne servait à rien de lutter avec le roi.

Tout à coup, un léger bruit la fit sursauter : elle découvrit son mari qui se reflétait dans le miroir, le visage à la fois choqué et meurtri.

Dans les années qui suivirent, Cat ne se souvint pas si elle prononça son nom ou si elle l'esquissa juste avec les lèvres, mais cela suffit à sortir Patrick de sa transe :

— Pardonnez-moi, madame. Je ne savais pas que vous aviez de la visite.

— Patrick ! s'écria-t-elle. Je t'en prie, Patrick !

S'arrachant au roi, elle s'avança vers lui.

— Je trouve ta femme charmante depuis un moment, mon cousin, intervint James. Y vois-tu une objection ?

— Oui, sire. Mais à quoi bon, puisqu'elle semble consentante ? J'espère, ma chère, que vous avez reçu un bon prix pour sacrifier votre vertu.

— Ne sois pas en colère après Cat, ajouta James. Elle a merveilleusement servi la couronne. Allons prendre un verre, Patrick, ta femme garde un excellent whisky...

Brisée, Cat alla se coucher telle une somnambule. De l'antichambre lui parvenaient des bruits de verres entrechoqués et de voix basses. Elle finit par s'endormir et fut réveillée par la main de Patrick qui s'abattit sur sa hanche.

— Réveillez-vous, madame la catin ! appela-t-il d'une voix rendue pâteuse par l'alcool. Vous avez deux clients ce soir...

— Vous êtes ivres tous les deux ! s'écria-t-elle en se relevant. Sortez de ma chambre !

— Pas assez ivres pour ne pas prendre notre plaisir, n'est-ce pas, cousin James ?

Toute la nuit, ils burent du whisky et la prirent tour à tour, puis le roi ivre mort disparut par le couloir secret et Patrick s'écroula à côté de sa femme.

Craignant de le réveiller, Cat demeura longtemps immobile, puis elle se leva avec peine et s'approcha du feu de cheminée. Ayant fait chauffer de l'eau, elle se frotta avec un savon rêche. Elle extirpa d'une malle ses vêtements d'équitation et les revêtit, avant de quitter silencieusement l'appartement.

Dans les écuries, le jeune palefrenier dormait encore, enfoui dans la paille. N'osant prendre sa jument blanche trop reconnaissable, Cat sella un cheval noir et dissimula son visage dans sa cape fourrée.

— Un messager pour les Leslie de Glenkirk, dit-elle au garde devant l'entrée du palais.

— Passez.

Cat s'élança vers le sud, évitant les routes principales. Elle ne sentait pas le froid glacial, elle n'avait ni faim ni soif. Le jour se leva. Plusieurs fois, elle s'arrêta pour abreuver et reposer son cheval ; à la tombée de la nuit, elle chercha un abri dans un couvent. Réveillée à l'aube, elle laissa une pièce d'or à la mère supérieure puis poursuivit son voyage.

En milieu de journée, deux cavaliers l'aperçurent et la rattrapèrent sans peine.

— Je ne sais ce qui est mieux, fit l'un d'eux. Le cheval ou la femme ?

— Garde le cheval, déclara son compagnon. Je prendrai la femme.

— Touchez-moi si vous l'osez, répliqua Cat. Je me dirige vers l'Ermitage, chez le comte de Bothwell.

— Il n'y est pas. Il se trouve dans son relais de chasse dans les monts Cheviot.

— Est-ce loin ?

— Deux heures de cheval, ma belle. Mais si vous avez envie d'un Hepburn, mon père en était un et je serai heureux de vous satisfaire.

— Guidez-moi jusqu'au comte de Bothwell, ordonna-t-elle, ou vous le regretterez lorsqu'il apprendra que vous ne m'avez pas aidée.

La fermeté de sa voix intimida les jeunes gens.

— Suivez-nous, dit enfin le plus grand.

Ainsi qu'ils l'avaient promis, ils arrivèrent deux heures plus tard au relais de chasse, perdu dans les collines. Bothwell ouvrit lui-même la porte.

— Nous avons trouvé cette dame à deux heures

d'ici, milord, expliqua l'un des jeunes hommes. Elle vous cherchait. J'espère que nous avons bien fait de vous l'amener.

— Cat ! s'exclama Bothwell en reconnaissant la silhouette dissimulée sous la cape en fourrure.

— Aidez-moi, Francis, dit-elle en pleurant. Je vous en prie, aidez-moi !

Puis elle s'évanouit et tomba dans ses bras.

— Vous avez bien fait, assura Bothwell en se tournant vers les deux chevaliers. Mais vous n'avez rien vu, compris ? Lorsque je pourrai vous aider à mon tour, n'hésitez pas à me le demander.

## TROISIÈME PARTIE

# LE ROI SANS COURONNE

## 22

Parfois, pour se ressourcer, Francis Hepburn se réfugiait dans la solitude. C'était sa façon de garder la tête froide dans un monde qui, tour à tour, l'admirait et le craignait. Il aimait les mois d'hiver et habitait depuis plusieurs semaines, seul, son relais de chasse.

Or sa tranquillité avait été brisée de manière fracassante... et inattendue. Prenant Cat dans ses bras, il la monta jusqu'à sa chambre où il la déposa sur le lit. Il lui retira ses bottes, l'enveloppa dans une couverture chaude, puis alluma une petite lampe à huile mauresque. Posant une brique chaude aux pieds de la jeune femme, il remplit une timbale de whisky et lui frotta les poignets. Lorsqu'elle bougea, il l'aida à se redresser et porta le gobelet à ses lèvres :

— Buvez lentement, ma chérie, murmura-t-il.

Ses joues retrouvèrent des couleurs.

— Ne dites pas à Patrick que je suis ici, supplia-t-elle.

— Promis, mais maintenant je veux que vous vous reposiez. Il n'y aura aucun domestique pour vous déranger.

Elle s'était déjà endormie. Déposant un baiser sur son front, il se retira dans la grande pièce au rez-de-chaussée où flambait un feu de cheminée qui éclairait les meubles rustiques et les peaux d'animaux.

Qu'est-ce qui avait fait fuir la comtesse de Glenkirk ? Visiblement, elle était très choquée.

Quelques heures plus tard, Cat descendit le rejoindre.

— Francis, vous êtes là ?

— Oui, ma petite. Venez vous asseoir près de moi.

Elle s'assit sur ses genoux et ils restèrent silencieux un long moment. Il la maintenait légèrement et elle se sentait en sécurité, respirant une bonne odeur de tabac et de cuir. Le cœur de Francis battait la chamade. Il avait toujours taquiné Cat afin de dissimuler ses sentiments, mais c'était la première fois qu'ils étaient si proches.

— Avez-vous faim ? demanda-t-il. Quand avez-vous mangé la dernière fois ?

— Il y a deux nuits. Je me suis arrêtée à un couvent hier, mais je n'ai rien pu avaler.

— Alors il faut manger. Savez-vous mettre un couvert, Cat Leslie ? ajouta-t-il en se levant.

— Bien sûr !

— Nous dînerons près du feu. Il y a une nappe dans cette armoire, ainsi que des assiettes et des couteaux.

Cat fut étonnée lorsqu'il revint quelques minutes plus tard avec une soupière fumante et du pain.

— Mangez pendant que c'est chaud, dit-il.

C'était un ragoût d'agneau avec des oignons et des carottes, relevé de vin blanc. Elle dévora le morceau de pain beurré qu'il lui tendit. Quand elle eut fini, il emporta le plat et revint avec deux assiettes.

— J'ai pêché un saumon ce matin, annonça-t-il fièrement, et j'ai même trouvé du cresson.

Elle prit son temps pour déguster le poisson, mais Francis s'inquiétait de son silence et des trois verres de bourgogne qu'elle avait déjà bus.

— Où avez-vous appris à cuisiner? demanda-t-elle, enfin rassasiée.

— Mon oncle James estimait qu'un homme devait savoir tout faire.

Elle esquissa un sourire.

— Que s'est-il passé? s'enquit-il, bouleversé par la détresse qu'il lisait dans son regard. Mais ne dites rien, si c'est trop douloureux.

— Si j'en parle maintenant, peut-être parviendrai-je à oublier, murmura-t-elle à travers ses larmes. Cet odieux James Stewart... il a détruit ma vie! Patrick était parti à Glenkirk et je faisais de mon mieux pour éviter ce sale hypocrite, mais il me traquait comme un animal. Lorsque Patrick est revenu, il a trouvé James dans notre chambre. Le roi aurait pu me sauver s'il l'avait voulu, mais au lieu de cela il a raconté à Patrick que j'étais une merveilleuse maîtresse. Il ne lui a pas dit qu'il m'avait forcée. Puis ils se sont mis à boire et ils m'ont violée. Oh, Francis! Le roi et mon propre mari... toute la nuit...

Elle frémit.

— Vous êtes mon ami, Francis. Laissez-moi rester ici avec vous, je vous en prie!

Francis était horrifié. L'attitude de James Stewart ne le surprenait guère, mais que Patrick Leslie, un homme cultivé, érudit, ait pu brutaliser sa femme innocente! Cela dépassait l'entendement...

— Ma pauvre chérie. Vous pouvez rester avec moi pour toujours. Qui vous a vue partir?

— Personne, mais ils devineront que le cavalier

sorti à l'aube était moi. Les religieuses qui m'ont hébergée hier soir vivent dans un couvent isolé. D'ailleurs, seul le gardien et la mère supérieure m'ont brièvement vue. Il n'y avait pas d'autres visiteurs au couvent. Patrick pensera que je me suis réfugiée à A-Cuil.

— Je suis désolé, ma chérie, dit Francis en la serrant contre lui. Vraiment désolé. Mais ne vous inquiétez pas, je vous protégerai. Les hommes qui vous ont guidée jusqu'ici ne vous trahiront pas.

Lentement, elle leva son visage vers le sien.

— Aimez-moi, Francis ! implora-t-elle. Ici, maintenant ! Aimez-moi !

Silencieux, il se contenta de secouer la tête. Cat voulait se rassurer, mais Francis craignait d'empirer la situation en lui obéissant. Il l'aimait et la désirait, mais grands dieux, pas ainsi !

— Allons, Bothwell ! s'écria-t-elle. Vous avez la réputation d'être le meilleur amant d'Ecosse.

D'un geste, Cat arracha sa chemise. Ses seins magnifiques apparurent dans toute leur splendeur. Elle s'avança vers lui d'une démarche aguichante. Elle était vraiment très belle, et Bothwell fit un effort pour calmer son ardeur.

— Etes-vous impuissant, Bothwell ? le défia-t-elle. Si je suis digne d'un roi, je suis assez bonne pour vous.

Ses yeux brillaient de larmes retenues. Francis comprenait son désarroi. Tel l'enfant qui tombe de cheval et doit aussitôt remonter, Cat avait besoin d'aimer un homme qui n'abuserait pas d'elle. La prenant dans ses bras, il l'emmena dans la chambre.

Il lui fit l'amour avec une tendresse et une délicatesse qu'elle n'avait trouvées chez aucun homme auparavant. Il l'embrassait et la caressait, soucieux de lui procurer le plus de plaisir possible. Enfin, il ne put se retenir davantage et s'abandonna à la jouissance.

Elle commença à sangloter.

— Je ne sens rien... Francis, je ne sens rien... Que m'ont-ils fait ?

Inquiet, Bothwell la serra contre lui. Le mal était plus grave qu'il ne l'avait pensé, mais avec le temps il saurait la guérir.

— Ne pleure pas, mon doux amour, murmura-t-il. Tout ira bien, il te faut un peu de temps. Dors maintenant, je veillerai sur toi.

Tandis qu'elle dormait, sa respiration régulière, Francis demeura éveillé et sa colère grandissait. Une nouvelle fois, il regrettait de ne pas être réellement un sorcier. Il se serait débarrassé de ses deux cousins. Mais il devinait que Cat était encore attachée à son mari et il ne ferait pas de mal à Glenkirk. Quant à James... Francis Hepburn trouverait une vengeance à la hauteur du crime. D'ici là, il offrirait à la comtesse de Glenkirk son cœur et sa maison.

Plusieurs semaines, Cat resta cachée dans le relais de chasse. Il n'y avait aucun domestique pour les trahir et ils étaient heureux de se débrouiller seuls. Parfois, Francis partait quelques jours avec une troupe d'hommes mener des expéditions en territoire anglais. Profitant de la solitude de ces longues soirées d'hiver, Cat guérissait peu à peu. Ils n'avaient pas fait l'amour depuis cette première nuit, mais tous les soirs elle dormait dans ses bras.

Pour la première fois, le comte de Bothwell était profondément épris. Bien qu'il sût que cet amour pouvait se terminer d'un moment à l'autre, il voulait profiter de chaque instant de grâce. La beauté de la jeune femme et surtout son intelligence l'enchantaient. Son esprit vif, son sens de l'humour ressemblaient aux siens.

Au début du printemps, Bothwell rapporta d'un raid en Angleterre une merveilleuse chaîne d'or incrustée de topazes.

— Maintenant tu es une vraie fille de la frontière, dit-il en la lui glissant autour du cou. Ton homme t'a rapporté un butin.

— A quel joli cou l'as-tu prise ? le taquina-t-elle.

— J'en ai délesté un bijoutier qui a eu le tort de se trouver sur notre chemin.

Ils s'embrassèrent avec passion. Francis la dévorait des yeux. Lentement, il défit la robe de chambre qui la protégeait. Sa bouche descendit le long de son cou de cygne, vers les seins splendides. A genoux, il embrassa son ventre, le grain de beauté à la jointure de ses cuisses.

Le corps de Cat frémissait, elle s'agenouilla à son tour.

— Dis-moi oui ou non, mon amour, murmura Bothwell, car je te désire comme je n'ai jamais désiré aucune femme, mais c'est toi que je veux, et non une ombre...

— Francis ! Je ne suis plus insensible... C'est merveilleux... Oui, je te désire, je te désire tant...

Le feu de cheminée éclairait Francis qui se déshabillait. Confiante, Cat lui souriait. Il était le premier homme qu'elle avait choisi de sa vie. Son mari avait été désigné par son arrière-grand-mère et le roi l'avait forcée, mais c'était elle qui avait choisi Francis Hepburn, et elle le désirait de toutes ses forces.

Les douces caresses de Francis enchantaient la jeune femme. Allongée sur le dos, elle sentit se tendre ses mamelons alors qu'il enfouissait son visage dans la vallée de ses seins. Lorsqu'elle gémit doucement, il sourit. Lors de ses voyages, il avait fait l'amour à bien des femmes qui lui avaient appris tous leurs secrets. Désormais, il usait de son talent pour aimer la seule pour qui il éprouvât de la passion.

Il mordilla la pointe d'un sein, déposa une traînée de feu sur sa peau satinée. Les hanches de Cat bougeaient au rythme de l'amour.

— Francis ! Tu vas me rendre folle...

Doucement, il lui écarta les cuisses et embrassa les lèvres secrètes, couleur de corail rose. Elle frémit violemment mais ne chercha pas à l'arrêter. Jouant avec sa langue, Francis amena Cat au seuil de l'extase. Elle poussa un cri de joie. N'y tenant plus, il se redressa et pénétra dans sa chaleur accueillante.

Elle le reçut avec bonheur, l'entourant de ses longues jambes et de ses bras. Leurs corps bougeaient à l'unisson, exploraient le plaisir avec une lenteur exquise.

— Francis, murmura-t-elle, je ne peux plus attendre.

Mais il garda le même rythme, afin de l'amener à une jouissance encore plus profonde. La passion de son amant émerveillait Cat ; elle n'aurait pas cru qu'un homme pût se montrer aussi généreux et patient. Lorsque enfin il lui permit de jouir, elle cria de joie en sentant qu'il avait atteint lui aussi le paradis.

Ils firent l'amour jusqu'à l'épuisement puis s'endormirent devant le feu.

Quand il se réveilla, Cat le recouvrait d'une couverture.

— Bonjour, mon amour, dit-il en l'attirant à lui.

— Bonjour, mon amant. Je suis presque glacée, laisse-moi rallumer le feu.

Il la laissa faire, attendri et admiratif. En quelques instants, les flammes crépitèrent dans l'âtre.

— Ah, mon amour, soupira-t-il, comme elles éclairent ton joli derrière.

— Bothwell ! s'exclama-t-elle en rougissant.

— Viens me réchauffer, ma petite. J'ai froid tout seul sous cette couverture. Sais-tu que tu réchaufferais le cœur d'une statue ? ajouta-t-il en la serrant contre lui. Je t'aime, Catriona. Je ne l'ai jamais dit à une femme en le pensant. Mais Dieu en est témoin, aujourd'hui je dis vrai.

— Oh, Francis, comment peux-tu m'aimer ? Une femme qui a couché avec le roi, qui s'est réfugiée dans les bras d'un autre homme pour ne pas subir le châtiment mérité de son mari. Comment peux-tu m'aimer ?

— Tu n'avais pas le choix, Cat. Je pourrais tuer James pour ce qu'il t'a fait.

— Et Patrick ?

— Je le tuerais volontiers aussi, mais je sais que tu serais peinée. Il avait le droit d'être en colère mais pas après toi. Et t'infliger une telle humiliation...

— Qu'aurais-tu fait si j'avais été ta femme ?

— Si tu avais été mon épouse, James n'aurait jamais osé te forcer, autrement je l'aurais tué sans hésiter. Et toi, je t'aurais battue pour être si belle, ajouta-t-il, taquin.

— Pauvre Patrick... Quand il a vu James me caresser... il a été terriblement blessé, tu sais.

— Et pour se soulager, il s'est enivré avec James avant de violer sa femme en présence du roi ! s'exclama Francis, furieux. Laisse-les, Cat ! J'avais l'intention de divorcer depuis quelque temps. Toi aussi, tu dois divorcer et m'épouser. Je t'aime, je te désire ! Et je te protégerai des griffes de ce satané Stewart !

— Et mes enfants ? demanda Cat, abasourdie.

— Je te donnerai tous les enfants que tu désires,

et si tu veux aussi les petits Leslie, ils vivront avec nous.

— Je crains que Patrick ne s'y oppose.

— Je refuse de parler de lui, murmura-t-il en s'emparant de ses lèvres.

Bien qu'elle fût troublée par sa conscience, Cat s'était profondément attachée à Francis. Il la prit dans ses bras. La nuit avait été magnifique, la journée le serait encore davantage.

## 23

Le lendemain de son retour à Edimbourg, Patrick se réveilla fort tard avec une migraine et une bouche amère. Il tendit le bras vers Cat mais le lit était froid. Aussitôt lui revinrent en mémoire les événements de la nuit. James et Cat... le roi et Cat et...

— Mon Dieu... murmura-t-il.

Fouillant dans la malle, il découvrit qu'elle avait emporté ses vêtements d'équitation. Elle devait être partie depuis des heures. L'horloge sonna dix coups.

Patrick fit appeler le chef de la garde.

— Je veux parler à tous les hommes qui étaient de garde cette nuit.

— Ils étaient six, milord. Deux au portail, deux à la porte arrière et deux à l'entrée des domestiques.

— Envoyez-moi ceux du portail.

Déchiré par des sentiments violents, Patrick esquissa un sourire amer pour avoir deviné juste : un soi-disant messager pour Glenkirk était bien sorti à cinq heures du matin.

Il fit ensuite appeler Barra, le fidèle page du roi, et demanda à être reçu par le souverain. Une heure plus tard, Barra le guidait à travers le passage secret. Toujours au lit, James s'était réveillé avec une gueule de bois aussi sévère que celle de son cousin.

— Te souviens-tu de ce qui s'est passé hier soir ? demanda sèchement Patrick.

— J'étais ivre, fit le roi en rougissant.

— Moi aussi, mais cela n'excuse pas le viol. Cat s'est enfuie à cheval, vers cinq heures ce matin. Je vais l'excuser auprès de la reine et partir à sa recherche. Lorsque je l'aurai trouvée, j'implorerai son pardon à genoux. J'espère qu'elle me l'accordera mais je n'en suis pas sûr. A partir de maintenant, nous resterons à Glenkirk, toujours fidèles aux Stewart, mais loin de cette fange qu'est la cour.

— Tu as ma permission, dit le roi.

Avec un regard méprisant, Patrick posa la question qui le taraudait :

— Etait-elle consentante, James ?

Il y eut un long silence, puis le roi baissa les yeux.

— Non, murmura-t-il.

— Si tu n'étais pas le roi, je te tuerais !

Retournant dans sa chambre, Patrick y trouva Ellen.

— Prépare nos affaires, nous rentrons à Glenkirk et nous ne reviendrons pas.

— Et Lady Cat ?

— Elle est partie tôt ce matin. Dépêche-toi. Je veux partir en début d'après-midi.

Patrick se rendit chez la reine et lui expliqua que leur fille aînée était gravement malade et que Cat s'était déjà rendue à son chevet. Puisqu'elle ne pourrait revenir avant plusieurs mois, Patrick offrit de vendre la position de sa femme à une autre dame de la cour que la reine choisirait. Il rachèterait ensuite cette place, enrichissant ainsi la reine.

Anna avait toujours besoin d'argent. Bien qu'elle regrettât de perdre la charmante comtesse de Glenkirk, elle s'inquiétait de toutes ces belles femmes qui l'entouraient. Trop de jolies jeunes filles attiraient les séducteurs et provoquaient des complications. Sans compter son mari, à propos duquel elle soupçonnait vaguement quelque chose. Anna décida donc de donner la place à une veuve d'une trentaine d'années qui n'était pas particulièrement attirante.

Ayant satisfait aux exigences du protocole, Patrick partit pour Glenkirk. Cat avait une avance de sept heures et il voulait la voir en tête-à-tête pour s'excuser.

Pendant le voyage, il repensa aux horreurs de la nuit. Sa fierté blessée l'avait rendu fou. Lorsque Cat l'avait supplié de quitter la cour, il ne l'avait pas écoutée. Honteuse d'être obligée de devenir la maîtresse du roi et craignant que son mari n'apprît leur liaison, la malheureuse avait été prise au piège. Lorsqu'il avait découvert sa femme dans les bras du roi, Patrick en avait terriblement voulu à Cat. Comment avait-il pu la juger aussi mal? A travers toutes ces années, elle lui était restée fidèle.

Il revoyait son visage blême le regardant avec effroi, ses grands yeux verts trahissant sa détresse avant de se voiler d'une indifférence encore plus terrible...

Patrick priait pour que sa femme fût à Glenkirk. Que dirait-il à sa mère et à ses enfants? Ils étaient assez grands pour comprendre qu'il se passait quelque chose de grave. A treize ans, son fils aîné Jamie était très proche de sa mère.

Quelques jours plus tard, les tours du château de Glenkirk apparurent dans le lointain. Meg, la comtesse douairière de Glenkirk, était encore une des plus belles femmes d'Ecosse. En voyant son fils aîné, elle lui ouvrit les bras.

— Mon chéri, je ne pensais pas que tu reviendrais si vite. Y a-t-il un problème ?

— J'ai fait une chose terrible à Cat, mère, et je l'ai probablement perdue.

A genoux, il enfouit son visage dans la jupe de sa mère et éclata en sanglots.

— Raconte-moi, Patrick, dit doucement Meg.

S'étant ressaisi, il parvint à raconter toute l'histoire. Lorsqu'il décrivit le viol, Meg ferma les yeux.

— Elle doit encore éprouver un sentiment pour toi, Patrick, car à sa place je t'aurais tranché la gorge avant de fuir. Et pour répondre à la question que tu n'as pas osé poser : non, elle n'est pas ici.

— Mais où a-t-elle pu aller, mère ? A Greyhaven ? A A-Cuil ?

— Sa mère m'a rendu visite hier et n'a rien dit. Tu peux être certain que si Cat était rentrée à Greyhaven, sa mère m'en aurait parlé. Et elle n'est pas à A-Cuil, ses frères y chassaient le loup et ils viennent de rentrer.

— Où diable a-t-elle pu se cacher ? s'exclama Patrick.

— Pourquoi veux-tu qu'elle revienne ? Pour la punir encore davantage de ne pas s'être tuée quand James Stewart a jeté son dévolu sur elle ? Aurais-tu préféré une femme morte et pure à une épouse vivante ? Imbécile... Et pourquoi as-tu cru qu'elle était fautive ? Quand je pense qu'elle a été une épouse exemplaire et une mère dévouée à tes six enfants...

Agitée, Meg arpentait la pièce.

— Tu ne la mérites pas, Patrick. Et maintenant, hors de ma vue ! Je déteste les imbéciles et tu me dégoûtes !

Ecartant ses jupes afin de ne pas le toucher, Meg quitta la pièce la tête haute. Patrick songea qu'il se dégoûtait lui-même.

— Alors, tu as tout découvert, dit Adam en apparaissant sur le seuil.

— Je ne savais pas que tu étais ici.

— Je viens d'arriver. Comment l'as-tu appris ?

— Je suis revenu à Holyrood et j'ai trouvé le roi caressant les seins nus de ma femme. Le savais-tu ? Et Ellen aussi ? Etais-je le seul à la cour à ignorer que le roi s'amusait avec ma femme ?

— Personne ne le savait, Patrick, excepté Ellen parce qu'elle est la servante de Cat et moi, parce qu'elle était venue me demander mon aide quand James s'est montré pressant. Je n'en ai parlé à personne, même pas à Fiona.

— Ma femme t'a demandé de l'aide, et tu l'as envoyée dans le lit du roi ?

Fou de rage, Patrick décocha un coup de poing à son jeune frère. Saisissant sa courte épée, Adam la brandit devant Patrick.

— Ecoute-moi, fit-il d'un ton ferme. James avait menacé de nous prendre nos domaines et de nous faire jeter en prison. Il avait préparé de fausses accusations car il était décidé à avoir Cat et il savait qu'elle ferait tout pour protéger sa famille. Elle était terrifiée. Tu sais fort bien qu'aucune femme ne peut se refuser au roi. Et même si elle l'avait fait, que se serait-il passé ? Nous aurions tout perdu. Pense à notre mère, à tes enfants... Oui, j'ai dit à Cat de céder. Je n'avais pas le choix.

— Sais-tu ce que je lui ai fait quand je l'ai trouvée avec James ? Lui et moi étions ivres morts, nous l'avons violée à tour de rôle. Toute la nuit ! Et maintenant elle s'est enfuie. Je donnerais ma vie pour la revoir et implorer son pardon.

— C'est terrible ! dit Adam, choqué. J'ignore si elle pourra te pardonner mais je t'aiderai à la retrouver. Dieu sait pourtant que tu ne la mérites pas. Où l'as-tu déjà cherchée ?

— A notre maison à Edimbourg et ici. Selon mère, elle n'est ni à Greyhaven, ni à A-Cuil. Crois-tu qu'elle se serait réfugiée à Sithean ?

— Je vais y aller.

Mais Cat n'était ni à Sithean, ni avec la vieille Ruth à Crannog. Les jours suivants, ils vérifièrent encore avec les Kira à Edimbourg, mais Cat n'avait pas touché à son argent.

Le comte de Glenkirk était désespéré. Sa femme avait disparu depuis un mois, sans argent et sans laisser de traces. Il n'y avait que deux solutions : soit quelqu'un cachait Cat — et Patrick ne connaissait personne qui fût aussi intime avec elle —, soit elle était morte...

## 24

Réveillé à l'aube, Francis écoutait le silence qui précédait les chants des oiseaux. Roulée en boule telle une enfant, Cat dormait. Lorsqu'elle s'éveilla, elle s'étira comme un chat.

— Bonjour, milord, fit-elle avec un sourire.

— J'ai une surprise pour toi, ma belle. Je vais t'emmener faire une promenade à cheval.

— Patrick… dit-elle d'un air apeuré.

— Patrick te trouvera un jour ou l'autre, ma chérie, mais il faudra encore du temps pour qu'il devine que tu es chez moi et je ne manquerai pas de te protéger. Mes gens me seraient fidèles jusqu'à la mort. Même s'ils te voyaient parcourir la région toute nue, ils nieraient t'avoir remarquée.

Elle éclata de rire.

— Très bien, mon amant, mais je vais avoir besoin de vêtements neufs. Les miens sont usés jusqu'à la corde et je ne voudrais pas que tu aies honte de moi.

— Regarde dans la malle près de la porte. Je t'ai rapporté quelque chose de ma dernière expédition en Angleterre.

Elle admira la lingerie en soie, le pantalon vert bouteille en laine fine et les chemisiers crème aux boutons de perle. Il y avait aussi une veste en cuir marron, avec des boutons en corne cernés d'argent et une large ceinture avec une boucle en argent et topaze. Cat comprit aussitôt que Francis avait fait faire ces habits pour elle.

— Merci, dit-elle, émue. Tu es si bon avec moi.

Elle noua les bras autour de son cou et Francis caressa ses fesses rondes.

— Ne me tente pas, vilaine sorcière, murmura-t-il…

Après qu'ils eurent fait l'amour, il se mit à rire doucement.

— Pourquoi suis-je insatiable avec toi ? demanda-t-il.

— Je le suis autant, mon amour.

Un peu plus tard, ayant revêtu son nouveau costume, Cat attacha ses cheveux avec un ruban vert et Bothwell lui ajusta un petit bonnet écossais sur la tête.

— Tu as aussi besoin de nouvelles bottes, précisa-t-il en lui en tendant une paire d'un cuir doux.

— C'est extraordinaire...

— Je suis un magicien, ne l'oublie pas.

En riant, ils sellèrent leurs chevaux et passèrent la journée à parcourir les collines qui séparent l'Angleterre de l'Ecosse. Pour se restaurer, ils s'arrêtèrent à un cottage où l'accueil fut chaleureux. On leur offrit du pain noir, un ragoût de lapin et de la bière brune.

— Je voudrais aller à l'Ermitage, dit ensuite Francis. C'est ma demeure et j'aimerais que tu y restes avec moi. Veux-tu m'accompagner ?

— Oui, répondit Cat. Je n'ai pas honte d'être à toi.

— A mes yeux, tu es ma femme, Cat. Certes pas aux yeux de l'Eglise, ni à ceux de nos semblables, mais Dieu nous a destinés l'un à l'autre. Et j'ai la ferme intention de respecter son désir !

Ils chevauchèrent jusqu'à l'Ermitage où Cat découvrit que Bothwell avait préparé sa venue dans l'espoir qu'elle le suivrait. L'appartement de la comtesse de Bothwell l'attendait. Le velours bleu nuit du baldaquin et des rideaux était neuf et la couverture du lit était brodée avec les lions des Hepburn au fil d'or.

— Ces chambres n'ont pas été utilisées depuis la mort de la mère du comte, expliqua Nell, la servante. C'était tout un chambardement pour vous les préparer, madame ! Monsieur le comte a dit à la gouvernante que si jamais vous veniez, il fallait que les chambres soient dignes de vous. Il a fallu dix jours à une douzaine de couturières pour terminer la couverture !

— Et Lady Margaret ? Est-ce qu'elle ne dort pas ici parfois ?

— Non, répondit Nell. Madame la comtesse ne vient jamais. Elle n'aime pas le château. Elle a peur parce que la frontière est si proche. Elle préfère Crichton.

Avec ses deux hautes fenêtres et sa large cheminée en pierres, la chambre carrée s'ouvrait sur une antichambre qui donnait dans celle de Francis. Le parquet était recouvert d'épais tapis turcs bleu et or. Comme dans la plupart des maisons écossaises, les meubles étaient peu nombreux : une grande armoire, un lit et une table de nuit. Entre les fenêtres, un vase en argent était rempli de roses d'hiver. Près de la cheminée se trouvait un fauteuil confortable. Cat respira le parfum des roses.

— Elles viennent de mes serres, dit fièrement Francis.

— Je passe mon temps à te remercier, fit Cat, les larmes aux yeux. Mais cela ne suffit pas.

— Tu m'as apporté la seule vraie joie de ma vie, mon amour, murmura-t-il en la serrant dans ses bras.

Catriona Leslie ne pouvait plus dissimuler ses sentiments. Contemplant le beau visage de Francis, elle s'exclama :

— Je t'aime, Bothwell ! Que Dieu ait pitié de nous, mais je t'aime et je préférerais mourir plutôt que de te perdre !

— Oh ! Cat, je suis le plus chanceux des hommes...

A cet instant, des domestiques apportèrent une baignoire et des seaux d'eau.

— J'ai pensé que nous pourrions dîner près du feu dans l'antichambre, conclut Francis. A tout à l'heure, madame.

Nell versa un parfum dans le bain et une merveilleuse odeur de lilas emplit la chambre. Dans l'armoire, elle choisit pour Cat une robe simple, avec un grand décolleté. Puis, elle l'aida à se laver les cheveux, à les sécher devant le feu de cheminée, fit briller ses ongles.

Alors que Nell s'affairait autour d'elle, Cat restait silencieuse. Elle aimait Bothwell et Bothwell l'aimait. Que se passerait-il ? Tant d'autres existences dépendaient d'eux...

Dans l'antichambre, Cat attendit ensuite patiemment son amant. Sur un plateau d'argent se trouvaient deux timbales et une carafe de vin blanc. Cat se versa un verre.

Lorsqu'il apparut, Francis portait un pantalon foncé, une chemise en soie blanche et une large ceinture de cuir. Cat se précipita dans ses bras.

— Est-ce vrai ce que tu m'as dit tout à l'heure ? demanda-t-il.

— Je t'aime, Francis ! Je t'aime, je t'aime...

— Je te crois, mon amour. La robe te va à merveille.

— Encore une part de butin ? plaisanta Cat.

— Il lui manque une seule chose. Tourne-toi.

Il glissa un collier de perles jaunes autour de son cou et deux perles à ses oreilles.

— Voilà, c'est la perfection. Quoi qu'il arrive, celles-ci t'appartiennent. Le premier comte de Bothwell les avait données à sa femme pour leur mariage.

Des domestiques apportèrent les plats du dîner. Cat fit honneur aux huîtres fraîches et à la tarte aux fraises.

— Et maintenant, vous devez payer pour votre dîner, madame, s'amusa Francis en la guidant vers un fauteuil. Je voudrais te dessiner, mon amour. Ensuite je ferai peut-être une sculpture de toi.

— Voilà pourquoi les gens disent que tu pratiques la sorcellerie ?

— Exactement. Mes ennemis voudraient faire croire à mon cousin James que je crée son personnage en cire et que j'y pique des épingles.

Immobile, Cat songea qu'elle avait une chance incroyable. Elle n'avait jamais connu un tel bonheur et s'il le lui demandait, elle le suivrait jusqu'en enfer. Mais poser l'ennuyait, elle aurait préféré être au lit avec lui. Lorsque Francis croisa son regard, elle rougit.

— Tu lis dans mes pensées, se plaignit-elle.

— Nous les partageons, précisa-t-il en riant. Viens, mon amour, retirons-nous.

— J'ai vécu une vie heureuse pendant treize ans avec Patrick. Mais avec toi... c'est différent. Comme si j'étais enfin entière.

— As-tu toujours aimé Patrick ?

— C'est le seul homme que j'ai connu. J'ai été fiancée à l'âge de quatre ans et Greyhaven est un endroit isolé. J'avais seize ans quand nous nous sommes mariés, mais j'ai beaucoup hésité. On le disait très coureur de jupons et il était si arrogant.

Bothwell sourit, imaginant Cat affrontant Patrick, tous deux aussi butés.

— Mais notre mariage s'est bien passé. C'est un homme bon et j'aime nos enfants.

— Mais lui, tu ne l'aimes pas vraiment. Cependant, tu as eu plus de chance que moi : ma femme déteste l'aspect physique du mariage. Si elle avait pu obtenir ma fortune autrement qu'en mettant des enfants au monde, elle l'aurait fait.

— Mais tu aimes quand même tes enfants, non ?

— Elle les a élevés loin de moi. Ils me tolèrent, sans plus.

— J'en suis désolée, mon amour.

— Pourquoi ? fit-il avec un sourire. Pour la première fois, je suis amoureux. Dieu me vienne en aide ! Je t'aime tant, Cat. Et toi aussi, tu es amoureuse pour la première fois.

— Oh ! Francis, qu'allons-nous faire ?

— Je ne sais pas, Cat, mais je te promets que je trouverai une solution.

Dans la chambre, il lui retira les perles puis la robe. Elle défit son chignon et ses cheveux tombèrent sur ses épaules. Il retint son souffle en découvrant ses seins parfaits.

Quelques instants plus tard, il la serrait dans ses bras. Ils restèrent longtemps ainsi, se réchauffant l'un contre l'autre. Cat était littéralement affamée de Francis. Elle éprouvait des sentiments beaucoup plus intenses qu'un simple désir. Même l'acte d'amour ne lui suffisait plus.

## 25

Le printemps arriva. C'était la saison traditionnelle pour mener des pillages en Angleterre. Afin de rester avec Cat, Bothwell s'était abstenu de participer à de nombreux raids, mais il manquait à ses hommes et finalement l'un d'entre eux, son demi-frère bâtard Hercules Stewart, s'en ouvrit à Cat.

— Pourrais-je venir aussi ? demanda-t-elle.

— Bien sûr, madame, si Francis le permet…

— Sais-tu utiliser une épée ou un pistolet ? interrogea Bothwell lorsque Cat et Hercules vinrent le trouver.

— J'ai eu mon frère aîné comme professeur, répliqua-t-elle fièrement.

Après l'avoir mise à l'épreuve, Francis se déclara

satisfait mais ordonna à Hercules de veiller soigneusement sur elle.

Ainsi, Cat accompagna les Ecossais pour des expéditions de nuit, puis de jour. Sans peur, elle combattait les Anglais avec un entrain qui enchantait les hommes de Bothwell. Mais elle était gentille envers les femmes et tendre avec les enfants. Bientôt, d'incroyables récits circulèrent au sujet de la belle jeune femme qui escortait Bothwell et ses hommes.

Au sud d'Edimbourg vivait un ami de Francis, Lord Home. Intrigué par les rumeurs, il voulut en avoir le cœur net. Il partit seul, sans domestiques bavards, et atteignit l'Ermitage en fin d'après-midi. Entendant des chevaux derrière lui, il se cacha à l'ombre de grands arbres. Il reconnut aussitôt l'étalon de Bothwell, le grand Valentine, mais le bai à ses côtés lui était inconnu. Les deux chevaux s'arrêtèrent à quelques mètres de lui.

— J'ai gagné, madame ! Vous me devez un gage ! s'écria Bothwell.

Home se pencha en avant pour apercevoir le visage de la femme qui riait, mais elle lui tournait le dos.

— Quel est votre gage, milord ? lança-t-elle.

Francis l'aida à mettre pied à terre et l'embrassa. Home fut frappé par la tendresse qui se reflétait sur le visage de son ami.

— Comme je t'aime, mon amour... murmura-t-il. Viens, nous allons rentrer à la maison. Veux-tu encore faire la course ?

— Si je gagne, Francis, j'exigerai plus qu'un baiser !

Le sous-entendu était clair et Home esquissa un sourire : quel tempérament de feu !

— Encore faut-il me battre, madame !

Bothwell donna une claque sur la croupe du

cheval bai qui partit au galop et s'empressa de remonter sur Valentine.

Emu, Lord Home resta encore caché quelques instants. Il connaissait Francis Hepburn depuis des années. Jeunes gens fiers et vaniteux, ils avaient même été ennemis avant de se réconcilier. Il n'avait jamais vu Bothwell aussi détendu, aussi heureux. Ils avaient tous deux couru les filles et Home savait que son ami ne prenait pas la bagatelle au sérieux, mais il semblait sérieusement épris de cette femme. Sa curiosité piquée, Home se dirigea à son tour vers le château.

— Francis sera content de votre visite, dit Hercules Stewart en prenant le cheval de Home. Il vient de rentrer.

Lord Home attendit dans une pièce, se demandant qui avait remporté la course. La porte s'ouvrit d'un seul coup.

— Quelle bonne surprise, Sandy ! fit Francis en lui serrant chaleureusement la main. C'est une joie de te voir. Qu'est-ce qui t'amène à l'Ermitage ?

— La curiosité. On raconte à Edimbourg que tu mènes tes expéditions en Angleterre accompagné d'une très belle femme. La cour est fascinée.

Bothwell lui tendit un gobelet de whisky en souriant.

— Veux-tu faire sa connaissance, Sandy ? J'ai demandé le divorce à Margaret. Je lui ai promis de tout donner aux enfants, excepté l'Ermitage.

— Dois-je comprendre que Francis Hepburn, l'homme qu'on surnomme le roi sans couronne, est enfin tombé amoureux ?

Sans répondre, Bothwell se contenta de tirer un cordon en soie puis ordonna au domestique d'aller chercher madame. La belle jeune femme ne tarda pas à les rejoindre.

— Sandy, puis-je te présenter Catriona, Lady Leslie. Cat, voici mon vieil ami, Sandy Home.

Lord Home s'inclina sur la main tendue et se perdit dans le plus beau regard qu'il eût jamais vu.

— Mais oui, Lord Home, je suis bien Catriona Leslie, comtesse de Glenkirk. On m'appelle aussi la comtesse vertueuse.

— Madame, je... bégaya Sandy.

— Vous semblez surpris de me voir. Francis est libre de vous dire la vérité s'il le juge nécessaire. Mais je dois faire préparer vos appartements, le dîner sera servi dans la petite salle à manger. A tout à l'heure...

— Grands dieux! s'exclama Sandy lorsqu'elle fut partie. Catriona Leslie! Est-ce que Glenkirk sait où elle est? Il a expliqué qu'elle était rentrée soigner un enfant malade et il a revendu son poste de dame de compagnie.

— Tant mieux, fit Francis. Je ne la laisserai pas retourner à la cour. Et pour répondre à ta question: non, Glenkirk ignore où elle se trouve. Elle a écrit à son oncle, l'abbé de Glenkirk, pour demander le divorce.

— Comment tout cela a-t-il commencé? Glenkirk et sa femme semblaient heureux. Quand je pense qu'il y a quelques mois tu niais avoir une liaison avec elle! La cour s'étonnait de cette soi-disant amitié entre vous. On disait que tu avais enfin rencontré quelqu'un à qui te mesurer. Et pendant ce temps-là, toi et elle...

— Ça ne s'est pas passé ainsi, Sandy, l'interrompit Bothwell d'une voix calme. Remplis ton verre, mon ami, je vais te raconter l'histoire.

Savourant l'excellent whisky de Francis, Sandy écouta avec étonnement, puis avec dégoût, la triste vérité.

— Il est vrai que je l'ai aimée depuis le premier

jour, conclut Francis, mais je ne pensais jamais pouvoir rivaliser avec Glenkirk.

— Même si vous obtenez tous deux votre liberté, le roi ne vous laissera jamais vous marier. Tu sais combien il peut se montrer cruel. Et quand Glenkirk apprendra où est sa femme, il se précipitera ici. Il a peut-être perdu la tête sur un coup de colère, mais je suis certain qu'il l'aime encore.

— Elle restera avec moi, affirma Bothwell. On me surnomme le roi sans couronne. Afin de rassurer définitivement James au sujet de son trône, Cat et moi habiterons la plupart du temps l'Italie. Je garderai l'Ermitage pour notre futur fils. C'est le prix que Cat et moi paierons au roi pour être heureux : l'exil. Quant au comte de Glenkirk, il se soumettra, sinon Cat racontera toute la sordide histoire. James ne le permettra pas. Il est roi et chef de l'Eglise. Ah, Sandy... j'ai attendu le bonheur toute ma vie et enfin il me sourit. C'est un miracle...

Lord Home secoua la tête. C'était beaucoup trop simple. Il souhaitait pourtant à son ami de réussir. Bothwell avait toujours été impatient. Ce grand esprit éclairé, en avance sur son époque, avait passé sa vie à lutter contre toute sorte d'imbéciles. L'amour l'avait apaisé. Il était plus pondéré.

Sandy Home ne connaissait Catriona Leslie qu'à travers les ragots de la cour, mais pour exercer une telle influence sur le comte de Bothwell, elle devait être une femme exceptionnelle. Et quelle beauté ! Amusé, Home décida de prolonger son séjour à l'Ermitage afin d'en savoir davantage sur l'extraordinaire comtesse de Glenkirk.

Il resta jusqu'à la fin du printemps, les accompagnant lors de leurs expéditions en Angleterre et ressentant la même fierté que les autres d'être escorté par la belle comtesse.

Lorsqu'ils revenaient victorieux d'un raid, Francis la prenait souvent devant lui sur Valentine. Une main sur les rênes, l'autre entourant la taille fine de sa bien-aimée, Bothwell discutait longuement avec Cat.

En vieillissant, Sandy avait appris qu'il n'existait que deux types de relations entre hommes et femmes de même rang. Il y avait les mariages arrangés pour des raisons dynastiques et le désir qui fouettait les sens. Mais ni l'un ni l'autre n'expliquait ce qui unissait Francis et Cat : il s'agissait sans aucun doute d'un amour véritable...

## 26

Le comte d'Angus était un homme pondéré qui évitait les problèmes. Reposant la lettre envoyée par son gendre, il passa la main sur son front, pensif.

— Alors, père, que dois-je faire ?

David frémit légèrement. Margaret n'avait pas changé, elle était toujours aussi sévère et désagréable.

— Que désires-tu faire, ma chère ? Tu as sûrement déjà pris ta décision. Est-ce que tu l'aimes, Margaret ?

— Non.

— Il te demande le divorce, mais en t'offrant tout ce qu'il possède, excepté le château de l'Ermitage. Veux-tu aussi l'Ermitage ?

— Certainement pas ! Je déteste cet endroit.

— Alors donne-lui ce qu'il demande, ma fille.

— Mais pourquoi réclamer le divorce maintenant ? Il a toujours été content de vivre séparé.

— On raconte qu'il mène ses expéditions en Angleterre avec une femme. Peut-être veut-il épouser cette mystérieuse amazone ?

— Une parfaite compagne ! lança-t-elle d'un air méprisant.

— Débarrasse-toi de Bothwell. Tôt ou tard, il se brouillera avec le roi. Lui et James ne se sont jamais vraiment entendus. Vous risqueriez, toi et les enfants, d'en subir les conséquences.

— Vous avez raison, père, répondit la comtesse de Bothwell. Mieux vaut sauver le plus possible aujourd'hui. Pouvez-vous vous occuper des détails ?

— Bien entendu, acquiesça David, content que Margaret se montrât raisonnable.

A l'abbaye de Glenkirk, l'abbé Charles Leslie étudiait la lettre de sa nièce, les sourcils froncés. Le divorce était assez fréquent chez les aristocrates écossais, mais Charles était stupéfait que Catriona voulût retrouver sa liberté. Après le mal qu'il s'était donné pour les marier ! Et ils semblaient si heureux... Aussitôt, il envoya un moine chercher Patrick.

Dès son arrivée, Charles trouva son neveu fatigué. Il s'était passé quelque chose de grave et Charles s'étonna de ne pas avoir été mis au courant. Il montra la lettre à Patrick et se versa un verre de vin.

— Elle ne dit pas pourquoi elle veut le divorce, déclara Patrick, après l'avoir lue, désespéré. Mais moi, je refuse de la perdre !

— Allons, mon neveu, ce n'est peut-être pas si grave. Serait-ce à cause de ta maîtresse danoise ? Cat t'en voudrait-elle à ce point ?

— Non, mon oncle. Elle m'avait pardonné cette incartade et c'est pourquoi ce que je lui ai fait est tellement atroce...

Lorsque Patrick eut révélé la vérité à son oncle, l'abbé piqua une colère noire.

— Imbécile! Comment as-tu pu faire une chose pareille? C'est terminé. Je ne laisserai pas la fille unique de ma sœur revenir vers toi.

— Je ne donnerai pas mon accord pour un divorce avant de lui avoir parlé, protesta Patrick. Qui a apporté cette lettre?

— Un domestique des Kira.

— Je vais à Edimbourg voir les Kira. Et je trouverai Cat. Si après m'avoir parlé, elle désire toujours divorcer, je ne m'y opposerai pas.

Le comte de Glenkirk se rendit en secret à Edimbourg, ne souhaitant pas que le roi apprît sa visite. Depuis cette nuit fatale de février, James se méfiait des Glenkirk.

— Alors, Benjamin, commença Patrick. Où s'est-elle cachée?

— Milord, ma famille sert la vôtre depuis des générations, mais il m'est impossible de vous donner cette information. Je ne peux trahir la confiance de la comtesse, de même que je ne pourrais trahir la vôtre.

— Alors peux-tu lui transmettre un message?

— Je pense que oui.

On apporta un parchemin, une plume d'oie et de l'encre. Resté seul, Patrick écrivit sa lettre:

*Cat,*

*Je ne te rendrai ta liberté qu'après t'avoir parlé. Si tu souhaites toujours le divorce après notre entrevue, je ne l'empêcherai pas. Je t'ai fait du mal, mais je te supplie de m'écouter.*

*Je t'aime toujours. Glenkirk.*

Il jeta un peu de sable sur l'encre mouillée, roula le parchemin puis y apposa son sceau avec de la cire.

Cat n'avait pas envie de voir son mari mais Francis insista :

— Tu ne seras certaine de ne plus l'aimer qu'en le lui disant en face. Tu peux habiter chez ta cousine Fiona et le rencontrer chez les Kira. Moi aussi, je vais me rendre à Edimbourg. J'ai l'intention d'en finir avec ces stupides rumeurs qui parlent de sorcellerie à mon sujet. Et puisque Margaret a accepté de divorcer, j'aurai sûrement des papiers à signer.

— Crois-tu que James soit au courant pour nous ?

— Seul Sandy connaît notre histoire. Nous arriverons en secret à Edimbourg. Hercules t'escortera chez ta cousine.

— Et si j'ai besoin de te voir ?

— Je saurai comment faire, ne t'inquiète pas, ma chérie. Nous conduirons nos affaires séparément le plus vite possible et nous nous retrouverons à l'Ermitage.

Ainsi, ils se rendirent à Edimbourg et Fiona fut enchantée de revoir sa cousine.

— Promets-moi de ne pas révéler à Patrick que je suis chez toi, demanda Cat. Il réside à Glenkirk House et si tu ne m'héberges pas, je serai à la rue.

— Je te le promets, Cat, mais Adam le lui dira sûrement.

Lorsque Adam rentra à la maison, Cat se précipita sur lui :

— Si tu dis à Patrick où je suis, il saura que tu m'as conseillé de devenir la maîtresse du roi.

— Il le sait déjà, fit Adam.

— Et lui as-tu dit que tu m'as offerte à James alors que le roi désirait ta propre femme ?

— C'est un mensonge ! s'écria Adam, scandalisé.

— En effet, mais Glenkirk le croira car Fiona me soutiendra, n'est-ce pas, cousine ?

— Bien sûr, acquiesça Fiona, amusée de voir l'embarras de son mari.

— Très bien, déclara Adam, vous avez gagné. Mais si jamais Patrick l'apprend, je recevrai la plus belle correction de ma vie.

— Asseyez-vous, reprit Cat, j'ai à vous parler. Fiona, tu sais probablement que James m'a obligée à devenir sa maîtresse. Quand Patrick nous a découverts, il a été furieux. Je ne raconterai pas ce qu'il m'a fait. Mais aujourd'hui, je demande le divorce, et il ne me l'accordera qu'après m'avoir parlé en tête-à-tête. C'est pourquoi je me trouve à Edimbourg.

— Où étais-tu ces derniers mois ? interrogea Fiona.

— C'est un secret, cousine, fit Cat en souriant.

« Seigneur ! pensa Fiona en dévisageant sa cousine. Elle est amoureuse d'un autre ! »

Remarquant son extrême curiosité, Cat éclata de rire :

— Je te le dirai un jour ou l'autre, Fiona, mais pas aujourd'hui.

Le lendemain, un messager fut envoyé chez les Kira. La comtesse de Glenkirk viendrait à une heure de l'après-midi pour rencontrer son mari.

Impatient de retrouver Cat, Patrick fut ponctuel. Il était certain de pouvoir la convaincre et d'obtenir son pardon. Une jeune servante l'introduisit dans la pièce où l'attendait son épouse.

Elle portait une robe en velours bleu nuit avec des poignets en dentelle écrue. Ses cheveux blonds avaient été nattés et ramenés en un chignon sévère sur la nuque. C'était Cat, mais elle semblait différente.

— Patrick, dit-elle froidement.

Il se précipita, mais elle brandit un poignard.

— Si tu me touches, je n'hésiterai pas à m'en servir.

— Ma chérie, je t'en prie ! Tu es ma femme et je t'aime...

Elle eut un rire amer.

— Tes sentiments n'étaient pas aussi intenses il y a deux mois et demi quand le roi et toi m'avez violée ! Seigneur, Glenkirk... J'ai été une épouse fidèle pendant treize ans, tu n'as jamais eu à douter de moi, mais quand tu m'as vue dans les bras du roi, tu m'as aussitôt jugée coupable car je suis une femme. Les hommes ne sont-ils donc jamais coupables ?

Il tomba à genoux.

— Cat, lorsque je me suis réveillé le lendemain et que j'ai repensé à cette nuit atroce... je me haïssais moi aussi. Peux-tu me pardonner, mon amour ?

— Jamais je ne te pardonnerai ! Sais-tu ce que c'est que d'être obligée de donner son corps à un autre ? Pour un homme, l'amour est un acte physique. Il désire une femme, mais une fois qu'il l'a eue, il passe à autre chose. Pour une femme, l'amour est un moment d'extrême émotion. Sa passion est intense avant, pendant et après l'acte d'aimer. Avec James, j'avais l'impression d'être une catin. Il a utilisé mon corps qui lui répondait car tu lui as appris à répondre aux caresses, mais je ne ressentais que de la haine. J'espérais que tu n'apprennes jamais combien j'étais humiliée, car je ne pouvais supporter l'idée de te voir souffrir. Si seulement tu avais éprouvé la même tendresse envers moi, j'aurais pu te pardonner, Patrick. Mais quand tu m'as trouvée avec le roi, tu m'as punie au lieu de me défendre. Non, comte de Glenkirk, je ne vous le pardonnerai pas.

Patrick se releva.

— Et qu'en est-il des enfants ?

— Je veux mes filles. Jamie et Colin sont déjà pages et Robbie les suivra l'année prochaine. Tu peux garder les enfants jusqu'au divorce. Ensuite, je les veux avec moi. Tu les verras quand tu le désireras. Ils sont tous des Leslie de Glenkirk et je tiens à ce qu'ils s'en souviennent. Je ne souhaite pas qu'ils détestent leur père. Ce qui s'est passé entre nous ne concerne pas nos enfants.

— Comme vous êtes généreuse, madame ! dit-il d'un air sarcastique. Maintenant que la discussion est close, pouvez-vous me dire où vous vous êtes cachée tout ce temps ?

— Non, Patrick. Tu as perdu le droit de contrôler ma vie.

Elle tira sur le cordon et la jeune servante apparut.

— Fais préparer mon cheval. Adieu, milord, ajouta-t-elle d'un air glacial.

Patrick était abasourdi, anéanti. Ces merveilleux yeux verts qui s'étaient toujours éclairés de joie à sa vue étaient restés froids. Il avait détruit la Catriona Leslie qui avait été son épouse, et celle qui l'avait remplacée n'était pas sa femme et ne le serait jamais. Quittant la maison des Kira, il passa la journée et la nuit à boire.

# 27

Quand Francis Stewart Hepburn se présenta devant son cousin, James le fit aussitôt emprisonner dans son château d'Edimbourg. Très superstitieux, le roi craignait les sorciers. Connaissant cette peur et espérant briser la puissance de la noblesse écossaise, le chancelier Maitland avait propagé de fausses rumeurs concernant le comte de Bothwell. Francis en prison, il espérait museler l'opposition au roi.

Lorsqu'elle apprit que Francis était en prison, Cat fut horrifiée. Elle ne pouvait rien faire. Par prudence, elle n'osait communiquer avec son bien-aimé et elle ignorait comment joindre Hercules. Elle resta sagement chez Fiona, refusant de quitter Edimbourg sans Francis.

Enfin, un message du fidèle Hercules lui parvint. Elle devait se rendre masquée à l'auberge des Chardons le lendemain après-midi et demander M. Prior...

A cause d'un crachin persistant, les rues étaient presque vides et personne ne vit Cat se hâter vers le lieu de rendez-vous. Hercules l'attendait dans une petite pièce à l'arrière.

— Francis ? demanda-t-elle aussitôt.

— Il est confortablement installé dans un appartement de deux pièces. Les gardes l'adorent, mais les manigances de James commencent à lui porter sur les nerfs.

— Que puis-je faire ?

— Francis a décidé qu'il en avait assez de la généreuse hospitalité du roi, expliqua Hercules d'un air amusé. Il va bientôt quitter Edimbourg. Pouvez-vous le cacher quelques heures ou une journée ?

— Oui, chez ma cousine Fiona. Mon beau-frère Adam se rend demain à Glenkirk pour une quinzaine de jours. Quand compte-t-il s'échapper ?

— Cette semaine.

— Je serai prête. Quel sera le signal ?

— On vous apportera un bouquet de roses rouges et de bruyère blanche. L'évasion aura lieu la nuit même.

— J'ai été tellement inquiète... Pour me renseigner, je n'avais que les rumeurs des commères sur le marché.

— Comment mon frère a-t-il réussi à obtenir l'amour de la plus belle et courageuse des Ecossaises ? Il a toujours eu une sacrée chance...

— C'est moi qui ai de la chance, répliqua Cat en riant. Francis est un grand seigneur...

Le lendemain, Adam Leslie laissa sa femme et sa cousine seules à Edimbourg. Aussitôt, Fiona essaya de convaincre Cat d'avouer le nom de son amant.

— Ne sois pas si impatiente, rétorqua Cat. Dans quelques jours, tu feras même sa connaissance.

Deux jours plus tard, un jeune mendiant apporta un bouquet pour Cat.

— Comme c'est joli ! fit Fiona. Le mystérieux inconnu viendra-t-il ?

— Ce soir, répondit Cat. Peux-tu te débarrasser des domestiques ?

— C'est déjà fait. Nous sommes la veille de la Saint-Jean. Tout le monde va faire la fête.

— J'avais oublié ! s'exclama Cat. Peux-tu leur donner congé demain aussi ? Mon ami souhaiterait éviter d'être vu.

— Ils auront de toute façon trop bu pour m'être

d'une quelconque utilité... Je suis fascinée, cousine. Qui est-ce ?

— Bothwell, murmura Cat.

— Mais il est en prison !

La stupéfaction de Fiona fit rire sa cousine.

— Es-tu en train de me dire que tu es la maîtresse de Francis Hepburn ? Quelle chance tu as... D'abord Glenkirk et maintenant le séduisant Hepburn. Comment est-il ? Est-ce vraiment un sorcier ? Fait-il l'amour comme un simple mortel ?

— Francis n'est ni sorcier ni magicien, et c'est un merveilleux amant, merci beaucoup.

— Où l'as-tu rencontré ?

— A la cour. Au début, nous étions seulement amis.

— Il est marié, Cat.

— Il a demandé le divorce. Nous serons mariés avant la fin de l'année.

— Le roi et Patrick sont-ils au courant ?

— Non, et je te supplie de garder le secret jusqu'à notre mariage.

— Que devons-nous faire pour préparer son arrivée ?

— Francis mange comme quatre quand il est heureux et il sera certainement aux anges d'avoir trompé à la fois le roi et l'odieux Maitland.

Ce soir-là, après avoir renvoyé les domestiques, Fiona et Cat attendirent patiemment. A minuit, alors que les festivités battaient leur plein en ville, on frappa à la porte.

— Bonsoir, ma chérie, lança Francis comme s'il revenait d'une simple promenade.

— Francis... fit Cat en s'approchant. Grands dieux ! Quelle est cette affreuse odeur ?

— Pour m'échapper, j'ai dû me cacher dans le

faux plancher de la carriole qui transportait le fumier.

Cat se tourna vers Hercules.

— Il y a une baignoire dans cette armoire. Il faut la remplir d'eau bouillante pour que le comte prenne un bain. Quant à toi, Fiona, apporte-moi des vêtements d'Adam.

Cat brossa soigneusement le dos de Bothwell et lui lava la tête, contente qu'il n'eût pas attrapé de poux. Puis il enfila une robe de chambre avant de remercier Fiona qui patientait dans un salon attenant.

— Lady Leslie, dit-il en lui baisant la main, je vous rends grâce de votre hospitalité. J'espère ne pas vous créer trop de soucis.

— C'est un honneur de vous avoir chez moi, répondit Fiona, très émue. Venez, nous avons préparé le dîner dans la petite salle à manger.

Sur la desserte, elles avaient posé des bols de crevettes, du jambon froid, une salade de cresson, du pain chaud et du beurre, ainsi que des fruits. Le tout arrosé de vin rouge et de bière. Tandis que Cat touchait à peine à la nourriture, Francis s'en donna à cœur joie. Rassasié, il se servit un verre de whisky.

— Viens t'asseoir sur mes genoux, ma chérie, lui dit-il tendrement. T'ai-je manqué ?

— Oui, murmura-t-elle. J'ai eu tellement peur.

Il l'embrassa avec passion, sentant le corps de Cat se réveiller à son contact.

— Toi aussi, tu m'as terriblement manqué, avoua-t-il à voix basse. C'est la première fois que je reste fidèle à une femme…

Il se leva, la tenant dans ses bras.

— Je suis désolé, mon amour, mais je ne peux plus attendre.

— Moi non plus, Francis…

Il quitta la pièce, les bras de Cat autour du cou.

Fascinée, Fiona n'avait pas manqué une miette du spectacle. Elle n'avait pas entendu leurs paroles murmurées, mais le désir entre les deux amants était presque tangible. Sa respiration se fit plus saccadée, et elle jeta un coup d'œil gêné vers Hercules qui lui souriait. Fiona rougit. « Il va essayer de me séduire, se dit-elle, et je vais succomber... » Elle essaya de penser à Adam mais ne parvint même pas à se remémorer son visage. Se levant précipitamment, elle s'enfuit par la porte-fenêtre dans le jardin. Le parfum des roses lui tourna la tête. La passion qui unissait Francis et Cat semblait avoir rendu la soirée magique. Fiona était à la fois terrifiée et transportée.

Un bras se glissa autour de sa taille et Hercules l'attira à lui. Il déposa un baiser sur son épaule dénudée et commença à défaire sa robe. La forçant à le regarder, il saisit sa bouche dans un baiser ardent qui fit frissonner la jeune femme.

— Monsieur, dit-elle dans une vaine tentative pour le repousser. Je n'ai jamais été infidèle à mon mari.

— Comme c'est admirable... Où se trouve votre chambre, madame ?

— Au premier, sur la gauche.

L'emportant dans ses bras comme si elle n'était qu'une enfant, il monta l'escalier. Fiona retint un éclat de rire. « Pourquoi est-ce que je termine toujours avec le frère ? » songea-t-elle.

Dans la lumière grise de cette nuit de solstice d'été, Francis Hepburn aima Catriona Leslie jusqu'à l'épuisement. Lorsqu'elle se réveilla à l'aube, elle remarqua qu'il la contemplait.

— Encore un regard comme celui-là et je vais mourir, dit-elle en lui prenant une main.

— Jamais plus je ne te quitterai, mon amour. Ne t'inquiète pas, nous sommes en sécurité.

— Pour combien de temps, Francis? J'ai peur. Ils ne nous laisseront pas être heureux, tu sais.

— Aujourd'hui, nous rentrons à la maison. Ici, tu es trop proche de James Stewart.

Elle se lova contre lui, son corps délicat frémissant de désir. Ses yeux verts brillaient et ses merveilleux seins se pressaient contre sa poitrine.

— Je n'avais jamais rencontré une femme aussi passionnée.

— Aime-moi, implora-t-elle.

Francis déposa mille baisers sur son beau visage. Elle lui avait tant manqué. Il savait qu'il avait trouvé la femme de sa vie, et il était prêt à combattre le roi pour la garder.

A l'aube, la cloche du château d'Edimbourg se mit à sonner à toute volée.

— Il leur en a fallu du temps pour s'apercevoir de mon évasion! s'exclama Francis. Ah, la journée de James va être gâchée! Allons, gentille Cat, avant de partir pour l'Ermitage, je désirerais un copieux petit déjeuner.

— Je ne suis pas réveillée, fit-elle en se roulant en boule.

Retirant le drap, il couvrit son corps de baisers.

— Va au diable, Bothwell! lança-t-elle. Avec des lèvres comme les tiennes, tu réveillerais un mort...

Enchanté, il la regarda faire sa toilette et s'habiller. Elle portait les topazes qu'il lui avait offertes.

— Nous mangerons dans la cuisine, annonça-t-elle. Va donc réveiller Hercules. Je parie qu'il est dans le lit de Fiona. Bien qu'elle ait été fidèle à Adam depuis leur mariage, je ne vois pas comment elle aurait pu résister à ce vil séducteur!

— Hercules sait s'y prendre avec les femmes ! acquiesça Francis en riant.

Ils jetèrent un coup d'œil dans la chambre et Hercules leur fit un grand sourire. Nue, Fiona dormait encore profondément.

— Je serai dans la cuisine, murmura Cat, amusée.

Quelques minutes plus tard, les deux hommes vinrent l'y rejoindre.

— Hercules, dit Francis. J'aimerais que tu emmènes Cat à l'auberge du Lion et que vous m'y attendiez.

— Et toi ? demanda Cat.

— Ne t'inquiète pas, j'ai quelques affaires à régler.

— Tu ne devrais pas te montrer, Francis. Tu nargues James délibérément.

— Personne ne me fera du mal, ma chérie.

Il se retira dans le salon avec son frère et Cat les entendit discuter et rire de bon cœur. Avec un soupir, elle lava les assiettes. Tout devait être remis en place afin que les domestiques ne se doutent de rien.

— Un baiser, exigea Francis qui enfilait sa cape.

— Promets-moi que tu seras en sécurité !

— C'est promis. Tu partiras avec Hercules dans dix minutes. Fiona gardera-t-elle le secret ?

— Si elle disait la vérité, Adam serait fou de rage. Je suis sûre qu'il connaît la réputation d'Hercules.

Après le départ de Francis, elle monta chez Fiona avec un plateau.

— Réveille-toi, je pars pour l'Ermitage. Tu en fais une tête !

— Hercules porte bien son nom, répliqua Fiona en rougissant. Je t'en prie, n'en parle pas à Adam.

C'est la première fois que je le trompe. Je ne sais pas ce qui m'as pris !

— Nous avons chacune notre secret, dit Cat en l'embrassant. Si jamais tu dois me parler, laisse un message à l'auberge des Chardons.

— Que Dieu te garde, Cat !

Pendant ce temps, Bothwell se promenait à cheval dans la ville, au vu et au su de tous. Une foule joyeuse se mit à le suivre.

— C'est Bothwell !

— Le roi sans couronne...

— Francis Hepburn ! Il a échappé au roi.

— Comme il est séduisant...

Le comte s'arrêta à un croisement.

— Bonjour, citadins d'Edimbourg ! appela-t-il. Si quelqu'un veut gagner une pièce d'or, qu'il aille me chercher le chancelier Maitland. S'il se présente à moi, je retournerai en prison !

La foule éclata de rire et des hommes se précipitèrent chez le chancelier mais revinrent dépités. Selon ses domestiques, le chancelier était absent. La foule se moqua méchamment de ce poltron. Francis leur jeta une bourse de pièces d'or.

— Dites à Maitland que je l'attends s'il a le courage de venir me chercher chez moi ! Et j'envoie mes salutations les plus fidèles à mon cousin, le roi James !

L'étalon Valentine se cabra.

— A Bothwell ! s'exclama Francis en lançant son cri de guerre.

Sous les encouragements de la foule, il s'enfuit au galop.

## 28

Alors que Francis et les siens s'enfuyaient vers la frontière, John Maitland planifiait la déchéance de Bothwell. Brillant homme politique, Maitland ne désirait qu'un seul pouvoir pour l'Ecosse, afin de régner sur le pays en manipulant le roi.

Depuis des années, les Stewart devaient composer avec l'aristocratie. Ils procréaient un grand nombre de bâtards chez les jeunes filles de la bonne société et s'empressaient ensuite de les marier dans les meilleures familles, avec l'espoir de s'attacher les clans puissants. Pour gouverner, ils avaient besoin du soutien des célèbres lords du royaume.

Maitland avait l'intention de mettre un terme à tout cela. Il voulait briser le pouvoir de ces nobles indisciplinés. Lorsqu'il en aurait terminé avec Bothwell, il s'attaquerait à Huntley, le seigneur du Nord. Si seulement ces aristocrates avaient pu ressembler aux branches cadettes des clans écossais... Le comte de Glenkirk ou son cousin Sithean avaient fait fortune mais ne recherchaient pas de puissance politique, veillant tranquillement sur leurs terres et se ralliant aux Stewart en temps de guerre.

Appelant son carrosse, le chancelier se dépêcha de rejoindre le roi au palais de Holyrood. Il trouva un James affolé et une reine qui essayait de le calmer.

— Comment s'est-il enfui ? hurlait le roi. Comment ? Comment ? Le château d'Edimbourg est impénétrable. Quelqu'un l'a sûrement aidé ! Je veux savoir qui...

— Majesté, calmez-vous, dit Maitland. Bien que

personne n'ait vu partir le comte de Bothwell, je suis certain qu'il y a une explication logique à cette évasion.

— Personne ne l'a vu partir? C'est de la sorcellerie... Une nouvelle fois, il a utilisé ses pouvoirs de sorcier!

Dissimulant son sourire, le chancelier fut satisfait que son allusion n'eût pas échappé au roi. Mais il n'avait pas compté avec la reine.

— Balivernes! lança-t-elle. Je suis sûre que le chancelier n'en pense pas un mot, n'est-ce pas, monsieur? Allons, James, croyez-vous vraiment que Francis s'est envolé par la fenêtre sur un manche à balai? Il a probablement soudoyé les sentinelles. Les hommes sont prêts à tout pour de l'argent!

— Pas les siens, grommela le roi. J'ai essayé de les corrompre mais ils lui sont fidèles.

— Disons que Francis est quelqu'un d'exceptionnel, déclara la reine en souriant.

— Je veux qu'on le trouve! s'écria le roi. Et qu'on me le ramène!

— Ce sera fait, majesté, répondit le chancelier. Ce ne sera pas facile mais ce sera fait.

— Si vous vous étiez rendu à Nether Bow ce matin, il serait déjà derrière les barreaux, accusa la reine.

Ses dames de compagnie éclatèrent de rire et le chancelier serra les dents.

— Comment? interrogea James.

— Le comte de Bothwell se trouvait ce matin à Nether Bow, expliqua Anna de Danemark. Il a promis de se rendre si notre chancelier venait le chercher. Les domestiques ont déclaré qu'il était absent de chez lui, mais on m'a raconté qu'il tremblait de peur dans une antichambre fermée à double tour.

— Il t'a joliment doublé, Maitland! dit le roi en

riant. On peut faire confiance à Francis pour tourner quelqu'un en ridicule.

— Sa conduite est un affront à la couronne, décréta Maitland, furieux. La dignité de Votre Majesté est mise en cause. Il devrait être sévèrement puni.

— C'est *ta* dignité qui a été bafouée, Maitland, rectifia le roi. Mais comment le punirais-tu ?

— Je confisquerais ses biens et ses domaines.

— Non ! s'écria la reine. Francis est notre cousin, James. Je sais qu'il est audacieux et parfois arrogant, mais c'est l'homme le plus gentil que je connaisse, et il s'est toujours montré fidèle à la couronne. Il ne vous a jamais menti et n'a jamais conspiré contre vous.

— On l'accuse de sorcellerie, Anna.

— Des accusations ridicules auxquelles personne ne croit ! Vos nobles sont si offensés par ces accusations qu'ils refusent de le juger. Je vous en prie, mon cher époux, ne soyez pas trop sévère avec Francis. C'est un ami, et nous en avons si peu.

— Il faut faire un exemple de ce voyou ! tempêta Maitland.

— Monsieur ! déclara la reine en se redressant. Vous allez trop loin. Je serais très malheureuse, sire, si vous punissiez trop sévèrement notre cousin.

— Laissez-moi y réfléchir, ma jolie, s'attendrit James en l'embrassant.

— Il est encore tôt, James, mon chéri. Renvoyez le chancelier Maitland et revenez au lit.

Ses grands yeux bleus semblaient candides mais sa voix de velours excita le roi. Maitland dut battre en retraite.

Dépité, il réalisa qu'il lui faudrait trouver une accusation suffisamment grave contre Hepburn, afin d'attiser la colère du roi.

Brusquement, sa mémoire lui rappela les rumeurs concernant la nouvelle compagne de Bothwell. Personne ne savait qui elle était mais on la disait très belle. Et les espions de Maitland ne lui avaient-ils pas raconté que Bothwell s'était enfui le matin même avec son demi-frère et une belle inconnue ? Sans hésiter, il envoya chercher l'un de ses lieutenants les plus fidèles.

— Va au château de l'Ermitage, lui ordonna-t-il, et trouve-moi le nom de la maîtresse de Bothwell. Obtiens cette information par tous les moyens. J'en ai besoin cette semaine.

Quelques jours plus tard, le messager revint.

— C'est Lady Catriona Leslie, la comtesse de Glenkirk, milord.

Le chancelier parut stupéfait.

— Tu en es certain ?

— C'est sa femme de chambre qui me l'a avoué.

L'homme n'ajouta pas qu'il avait entraîné la jeune fille loin du château, l'avait torturée avant de lui trancher la gorge.

Aussitôt, Maitland fit appeler un page du roi qui était maintenant à son service.

— Que sais-tu de Catriona Leslie ? demanda-t-il au jeune garçon.

— Elle a été la maîtresse secrète du roi mais elle s'est enfuie. Il la désire encore.

Enchanté, Maitland donna au garçon une bourse remplie d'or. Voilà l'instrument dont il avait besoin pour en finir avec Bothwell ! Mais il dévait s'assurer que ses espions disaient vrai.

Une enquête discrète lui apprit que l'Eglise venait d'accorder le divorce à la comtesse Bothwell, et que l'oncle de la comtesse de Glenkirk demandait la même chose pour sa nièce. Très agité, Maitland retourna à Holyrood.

— J'ai appris un détail amusant sur la vie privée

de Bothwell, annonça-t-il à son souverain sur un ton faussement léger. Je connais l'identité de sa mystérieuse maîtresse.

— Alors dis-moi, Maitland, qui est-elle ? s'impatienta le roi qui adorait les ragots.

— C'est très surprenant, sire. De toutes les aristocrates du royaume, j'aurais pensé que celle-ci était la candidate la moins probable. Bothwell veut l'épouser et vient d'obtenir le divorce. La dame dont je parle demande elle aussi le divorce.

— Qui est-elle, bon sang ? tempêta le roi.

— La comtesse de Glenkirk, sire. Lady Catriona Leslie. Celle qu'on appelle la comtesse vertueuse.

Un court instant, le cœur de James Stewart s'arrêta de battre.

— Ne quitte pas le palais ce soir, murmura le roi.

« C'est la fin de Bothwell », songea Maitland en quittant la pièce.

Furieux, James arpentait sa chambre. De quatre ans son aîné, Francis avait toujours été plus grand, plus intelligent, plus fort que lui. Ils étaient beaux tous les deux, mais les traits rugueux de Francis accentuaient son charme. James avait dû faire des efforts pour étudier, mais Francis avait toujours appris avec une facilité déconcertante. Les femmes lui tombaient dans les bras. Bref, Francis était tout ce que James aurait rêvé d'être.

Mais il était allé trop loin en lui volant Catriona. Amer et frustré, le roi oublia les circonstances dans lesquelles Cat s'était enfuie. Celle-ci avait donné à Francis ce qu'elle avait obstinément refusé au roi : son cœur.

Il détruirait cet amour. Cat n'obtiendrait pas son divorce. Le chancelier Maitland en parlerait au cardinal. James proclamerait aussi son cousin horsla-loi. On lui prendrait son argent et ses terres, Cat ne pourrait rester avec un banni.

Catriona Leslie avait rendu le roi fou furieux. Il avait fait un grand honneur à cette comtesse insignifiante en la nommant dame de compagnie de la reine, et elle l'avait déçu. Elle ne valait guère mieux que toutes ces courtisanes qui s'offraient au premier venu...

Le lendemain, on annonça au peuple d'Edimbourg la destitution de Francis, cinquième comte de Bothwell. Ce qui provoqua presque une émeute.

Lady Margaret Douglas obtint une audience auprès du roi et déclara que la couronne ne pouvait confisquer que l'Ermitage. Elle brandit un papier prouvant que Bothwell avait donné toutes ses terres excepté l'Ermitage à son héritier, son fils aîné légitime.

— Francis ne peut plus disposer de ses terres à son gré, madame, répliqua le roi mécontent.

— Vous ne pensez tout de même pas me faire quitter Crichton, lança Margaret Douglas. C'est ma maison et celle de mes enfants. Où irions-nous ?

— Allez au diable ou chez votre père, ça m'est égal ! Mais ne me dérangez plus. Vous êtes bannie de la cour !

Le lendemain, Francis Hepburn apprit que le roi lui avait déclaré la guerre. Mais il ignorait pourquoi. Sa fuite d'Edimbourg ne pouvait avoir entraîné une réaction aussi violente.

— Il sait que nous sommes amants, déclara Cat avec son intuition féminine.

— Voyons, même James ne serait pas aussi mesquin.

Mais Lord Home arriva quelques jours plus tard et confirma les craintes de la jeune femme.

— La plus belle des mains en Ecosse, murmura Sandy en la lui baisant. Le roi m'a chargé de te ramener, ajouta-t-il en se tournant vers Francis. Mais si l'été à Edimbourg ne t'enchante pas, je serai ravi de rester avec toi par ici.

— Qu'est-ce qui a provoqué une telle colère ? demanda Francis.

— Maitland. Il y a quinze jours, il a proposé qu'on te dépouille de tes biens mais la reine a pris ta défense. J'espérais que tout s'arrangerait mais je crains que le roi n'ait appris la présence de Cat à tes côtés. Comment diable a-t-il pu être au courant ?

— On a retrouvé ma femme de chambre assassinée dans les bois, expliqua Cat. Elle avait été cruellement torturée.

— La pauvrette tenait ce bouton d'argent dans la main, ajouta Bothwell. Le reconnais-tu ?

— C'est l'insigne du chancelier, déclara Sandy d'un air sérieux. Le chien ! Il a trouvé l'arme pour te réduire à néant.

— Il n'y arrivera pas. Mais qu'en est-il de Margaret et des enfants ?

— Ils habitent chez Angus.

— James l'a obligée à quitter Crichton ? Dieu du ciel, Margaret adorait sa maison !

— Elle est allée trouver le roi pour défendre les intérêts de votre fils aîné, mais il a fait la sourde oreille.

— La pauvre ! fit Francis en souriant. Mais je suis certain qu'Angus l'aidera à défendre mon fils. Je parie même qu'il est déjà pressé de la voir repartir chez elle.

— Et qu'en est-il de l'Ermitage ?

— Si James veut l'Ermitage, qu'il vienne le chercher ! Je ne tiens qu'à deux choses dans ce monde : ma maison et Catriona. Je ne les lui céderai pas.

— Quittons l'Ecosse, supplia Cat apeurée. James a confisqué tes biens et il n'hésitera pas à m'enlever à toi.

Mais Francis refusait de partir, même lorsqu'un messager des Kira apporta un mot désolé de l'abbé de Glenkirk : le roi ayant fait pression sur l'Eglise, le cardinal avait rejeté la demande de Cat. A moins que James ne changeât d'avis, Cat ne retrouverait pas sa liberté.

— Emmène-moi loin d'ici, Francis, insista Cat. En France, l'Eglise n'a pas de comptes à rendre au roi d'Ecosse et j'obtiendrai ma liberté.

— Pour un grand prix, ma chérie.

— Je suis une femme très riche, je peux soudoyer n'importe quel ecclésiastique. A quoi sert mon argent si je ne peux acheter ce que je veux ?

— Ma petite chérie gâtée, dit Francis en riant. Ne t'inquiète pas, je trouverai une solution. Et je dois conserver l'Ermitage pour le fils que tu me donneras un jour.

— James ne nous laissera jamais vivre ensemble. Je t'en prie, emmène-moi avant qu'il ne soit trop tard ! Ça m'est égal de ne pas t'épouser si je peux au moins rester avec toi.

Mais Francis Hepburn était un homme honorable et il espérait tout arranger. Il n'avait pas compris que le cousin débonnaire avec lequel il avait grandi avait l'intention de régner en maître absolu. Et il ne devinait pas la passion que son royal cousin éprouvait à l'égard de Catriona Leslie.

Pendant cet été 1591, Bothwell parcourut les terres frontalières avec Lord Home et sa magnifique maîtresse, continuant à mener des raids en Angleterre comme si de rien n'était.

# 29

Nerveux, le comte de Glenkirk se tenait devant le roi qu'il n'avait pas vu depuis huit mois.

— Pourquoi tiens-tu toujours au divorce, Glenkirk ? demanda James. J'avais informé le cardinal que cette idée me déplaisait.

— Sire, Cat désire retrouver sa liberté. Je l'ai vue en juin et elle refuse de me revenir. C'est une femme différente.

— Sais-tu où elle est ?

— Non, sire, elle n'a pas voulu me le dire.

— Moi, je le sais. Elle t'a quitté pour devenir la catin de Bothwell ! Et notre cousin Francis est tellement éperdu d'amour qu'il a divorcé. Mais il ne l'aura pas ! Elle n'obtiendra jamais son divorce.

Abasourdi, Patrick Leslie avait de la peine à croire le roi. Il se souvint des protestations de Cat : « Francis est un ami, rien de plus. »

— Je suis en train d'appâter Bothwell afin qu'il vienne à Leith dans quelques jours, poursuivit le roi. J'espère que Cat l'accompagnera. Je veux que tu sois présent pour la ramener à la maison. Si elle se repent de cette folie, elle pourra revenir à la cour.

— Sire ! Cat ne m'aime plus.

— Ça m'est égal ! Je veux que tu la reprennes et qu'elle reste avec toi. Tu peux te retirer, cousin, j'ai du travail.

De retour dans sa maison d'Edimbourg, Patrick s'installa dans la bibliothèque pour réfléchir. Cat avait certes cherché refuge auprès de Bothwell mais Patrick était certain qu'à l'époque elle n'était pas encore sa maîtresse. Mais si le cardinal lui refusait le divorce, Cat ne pourrait se remarier. Devait-il s'en réjouir ? Le roi lui ordonnait de se rendre à Leith et d'enlever sa femme. Le comte de Bothwell n'hésiterait pas à venir la délivrer avec ses hommes.

« Oh, Cat, pensa-t-il. Trois hommes te désirent mais tu ne peux obtenir celui que tu aimes. » Pourquoi ne s'était-elle pas enfuie avec son amant ? Bothwell était un homme d'honneur, ce qui le mènerait sûrement à sa perte car le roi ne possédait pas une once d'honneur ou d'honnêteté.

Le lendemain, Patrick apprit que Bothwell et Lady Leslie se trouveraient dans deux jours à l'auberge de l'Ancre d'Or.

Le 18 octobre, dans une antichambre privée, le comte de Glenkirk attendait à Leith l'arrivée de Bothwell. Il avait expliqué à l'aubergiste qu'il était un cousin de Francis et qu'ils devaient se voir. Puisque l'aubergiste savait que la visite du comte devait être tenue secrète, il en déduisit que Patrick avait été contacté par Bothwell en personne.

La tranquillité de l'aube fut soudain interrompue par une cavalcade dans la cour.

— Bonjour, cousin Francis, dit Patrick en le voyant entrer. Viens prendre le petit déjeuner.

— Bonjour, cousin Patrick, répliqua Bothwell, surpris, en acceptant une chope de bière.

— Cat est-elle avec toi ?

— Non, je l'ai laissée à l'Ermitage. Ce rendez-vous me semblait étrange.

— C'est un piège, en effet. Mais tu as encore le temps de t'échapper.

— Que fais-tu ici ?

— Notre cousin James m'envoie récupérer ma femme.

— Je ne la rendrai pas, murmura Bothwell, et une lueur menaçante traversa son regard bleu.

— Je l'aime toujours, Francis, déclara Patrick, mais je sais que je l'ai perdue. Pour l'amour de Dieu, emmène-la loin d'ici avant que James ne vous détruise !

— Je dois me réconcilier avec le roi. Je veux épouser Cat et transmettre l'Ermitage à nos enfants.

— Emmène-la, Francis. Un jour, tu m'as donné le même conseil et je ne l'ai pas suivi. Puis j'ai trouvé le roi caressant ma femme et j'ai perdu la tête avant de perdre Cat. Ne commets pas la même erreur que moi.

— Jamais je n'infligerais à Cat une telle horreur. Je sais combien elle a souffert. Pendant des semaines, elle a eu des cauchemars. Tu aurais mieux fait de la tuer !

— Si je l'avais fait, cousin, tu ne serais pas aussi radieux aujourd'hui, rétorqua sèchement Patrick.

— Touché, admit Bothwell. Excuse-moi auprès de Maitland et dis-lui que j'avais un rendez-vous urgent, ajouta-t-il en lançant une jambe par-dessus le rebord de la fenêtre. Je pars par l'arrière, c'est plus prudent. Ramène mon cheval Valentine chez toi, je sais qu'il y sera en sécurité.

Quand Maitland et les soldats du roi arrivèrent quelques minutes plus tard, ils trouvèrent le comte de Glenkirk qui terminait un copieux petit déjeuner.

— Où est-il ? rugit le chancelier.

— Il était pressé de partir, répondit Patrick, amusé.

— Et votre épouse ?

— Elle n'est pas venue avec lui, Maitland. Votre

information était fausse. Bothwell savait que c'était un piège et il l'a laissée en sûreté à l'Ermitage.

— Vous ne semblez pas gêné que votre femme soit la maîtresse de Bothwell, railla Maitland.

Aussitôt, Glenkirk bondit. D'une main il agrippa le chancelier par le cou, de l'autre il plaqua un poignard contre son ventre rebondi.

— Vous êtes à deux doigts de mourir, *monsieur* Maitland, siffla Patrick. Votre mère ne vous a-t-elle jamais appris à respecter vos supérieurs ? Je sais bien que vous voulez détruire le comte de Bothwell, *monsieur* Maitland, mais je ne m'intéresse pas à vos bassesses ! Je veux simplement que Catriona reste saine et sauve.

Il secoua fortement le chancelier qui paraissait terrorisé.

— Je ne doute pas que vous soyez un bon politicien, reprit-il, mais vous ne connaissez rien à la nature humaine. Vous avez profité du désir de mon cousin James pour attiser sa jalousie envers Bothwell. Si vous n'étiez pas intervenu, Francis et Cat seraient mariés et auraient quitté l'Ecosse depuis longtemps. Mais oui, gros bêta, ils auraient accepté de s'exiler. Mais maintenant vous les avez acculés et Bothwell se battra comme un beau diable pour garder Cat. Combien de vies et d'argent seront gaspillés pour cette guerre entre le souverain d'Ecosse et le roi sans couronne ?

Il relâcha Maitland qui trébucha.

— Vous l'aimez encore, milord, murmura le chancelier en se frottant la gorge. Nul besoin d'être un fin connaisseur de la nature humaine pour le deviner. Comment pouvez-vous la laisser partir ?

— Elle ne veut pas de moi ! Et c'est de ma faute. Elle aime Francis Hepburn et si c'est sa volonté, qu'elle reste avec lui. Vous ne comprenez pas, n'est-ce pas ? ajouta Patrick avec un pauvre sourire. Mais pourquoi se fatiguer à vous expliquer... Je vais à Glenkirk retrouver mes enfants. Vous m'excuserez auprès du roi...

Francis Hepburn, quant à lui, se dépêcha de rentrer au château de l'Ermitage. Si seulement il avait pu convaincre le roi de rendre ses terres à son fils aîné ! Si seulement le roi avait accepté le divorce de Cat, il aurait quitté l'Ecosse sans hésiter. Si seulement... Toujours des si ! En premier lieu, il fallait se débarrasser de ce chancelier qui exerçait une dangereuse influence sur James.

Mais le bel automne chassa tous les soucis. Bothwell montait un nouvel étalon, un mastodonte appelé Sian, ce qui signifie « orage » en gaélique. Comme au printemps, Cat et son bien-aimé chevauchaient seuls. Sandy Home était rentré chez lui.

Ils aimaient se retrouver en tête-à-tête. Complices, les domestiques se faisaient très discrets. Par les belles soirées claires, quand les étoiles semblaient à portée de la main, les amants s'asseyaient près du feu, parfois silencieux, ou réfléchissant à leur avenir. Francis jouait du luth et ils chantaient quelquefois, mêlant leurs voix de soprano et de baryton. Jamais les domestiques n'avaient vu leur maître aussi détendu. Lady Leslie était une dame douce et gentille qui aimait passionnément le comte...

Avant Noël, Francis offrit à sa bien-aimée le plus beau des cadeaux. Par un froid après-midi de décembre, un carrosse approcha de l'Ermitage. Catriona et Francis le virent s'arrêter devant le perron, la porte s'ouvrit et les quatre passagers sautèrent à terre.

Cat poussa un cri et se précipita vers ses

enfants — les quatre plus âgés — qui couraient vers elle.

— Mes petits, mes beaux petits... répétait-elle, le visage inondé de larmes.

— Bienvenu à l'Ermitage, déclara Bothwell en venant les rejoindre.

— Merci, comte, répondit le fils aîné de quatorze ans. Nous sommes heureux de pouvoir revoir notre mère.

— La dernière fois que nous nous sommes vus, tu m'appelais oncle Francis. Peux-tu continuer? Mais comme tu es déjà presque un homme, peut-être préférerais-tu m'appeler Francis?

Confus, le jeune garçon regarda Cat.

— Ma mère est-elle votre maîtresse? lança-t-il.

— Jamie!

— Ma chérie, ne le gronde pas, intervint Bothwell. Oui, mon garçon, ta mère est ma maîtresse, et si le roi ne s'opposait pas à son divorce, elle serait ma femme.

— Tu n'aimes plus notre père? demanda Bess du haut de ses neuf ans.

— J'aime Lord Bothwell, Bess, mais ton père et moi restons bons amis. Allons, mes enfants! Il fait froid dehors, entrons nous réchauffer.

Dans une pièce agréable avec un feu de cheminée, des domestiques servirent des gâteaux.

— Comme tu as grandi, Jamie! s'exclama Cat.

— L'année prochaine, j'irai à l'université d'Aberdeen, annonça fièrement le jeune garçon. Je quitterai nos cousins Rothes au printemps quand Robbie deviendra page à son tour.

— Je suis si fière de toi, dit Cat, et Jamie la serra dans ses bras.

A sept ans, Colin était au service du comte de Rothes et adoptait déjà les manières policées d'un petit courtisan. Contrairement à son jeune frère, Robbie, qui à six ans habitait encore Glenkirk.

— Pourquoi Amanda et Morag ne sont-elles pas venues ? demanda Cat.

— Elles sont trop jeunes, répliqua Robbie d'un air hautain.

Bess lui jeta un regard noir qui ressemblait à celui de sa grand-mère Meg.

— Ma petite ! s'exclama Cat en riant. On dirait Meg... Dans quelques années, tu seras une vraie beauté.

— Grand-mère Meg a dit qu'elle serait triste si nous partions tous, expliqua Bess en rougissant. Elle a dit que tu comprendrais si Amanda et Morag restaient près d'elle.

— Bien sûr, ma chérie, et je suis déjà très heureuse de vous voir tous les quatre. Combien de temps pouvez-vous rester ?

— Colin et moi devons rentrer chez les Rothes une semaine après Noël, déclara Jamie. Mais Bess et Robbie peuvent habiter ici tout l'hiver.

— Francis, petit cachottier ! Pourquoi ne pas m'avoir prévenue ? Il faut engager un tuteur. Bess et Robbie doivent continuer à étudier.

— Si je te l'avais dit, il n'y aurait pas eu de surprise, répliqua Francis en riant. C'est moi qui ferai le professeur cet hiver.

Francis Hepburn adorait avoir les enfants de Cat à l'Ermitage et elle découvrit une nouvelle facette de son caractère. Il aimait les enfants et savait les mettre à l'aise. Bientôt, les petits Leslie se détendirent.

— Mon amour ! s'écria-t-il un jour. Donne-moi des enfants comme ceux de Glenkirk, pour que nous puissions les aimer et les éduquer.

Cat le désirait autant que lui, mais elle craignait la mesquinerie du roi. Si elle tombait enceinte,

James pourrait s'emparer de l'enfant afin de les faire chanter. Alors, à son grand désespoir, elle préférait attendre que leurs problèmes soient réglés.

## 30

Le jour de Noël, à l'heure du déjeuner, deux messagers du duc de Lennox firent leur entrée à l'Ermitage. Bothwell quitta le festin et s'enferma avec eux. Lorsqu'il revint, il murmura à l'oreille de Cat :

— Je dois partir pour Edimbourg tôt demain matin, mais ne dis rien aux enfants, je ne veux pas gâcher leur journée.

A la fin du repas, il appela les enfants.

— Allons, les garçons, j'ai promis que nous irions faire du curling sur la glace. Cat, ma chérie, sois gentille de t'occuper des messagers de Lennox. Et toi, Bess, viendras-tu nous encourager ?

Un peu plus tard, Cat les rejoignit près de l'étang gelé. Même la petite Bess tenait un balai et courait dans tous les sens, ses boucles brunes volant autour de son visage rosi par le froid. Cat ne savait pas qui s'amusait davantage, Francis ou les enfants. Superbe dans son kilt, il faisait équipe avec Bess contre les trois garçons. Le cœur léger, Cat les encouragea de son mieux. Voilà ce qu'elle avait toujours désiré : avoir Francis et ses enfants auprès d'elle…

Le soir venu, les amants se retrouvèrent dans la chambre de Cat.

— Selon Lennox, Maitland pousse le roi à mettre ma tête à prix, déclara Francis. Maitland passe Noël à Holyrood avec leurs majestés. C'est un sacré ambitieux, ce goujat! Je dois rentrer à Edimbourg demain et régler cette affaire une fois pour toutes. Peut-être pourrai-je convaincre notre royal cousin de changer d'avis.

— Fais en sorte de lui parler en présence de la reine, Francis. Il n'ose pas lui avouer la vraie raison pour laquelle il refuse notre mariage. Elle est jeune et elle a bon cœur. Elle plaidera notre cause parce qu'elle nous aime bien. Un moment de faiblesse de la part de James, et nous serons libres de nous marier avant qu'il change d'avis.

— Serais-tu parente avec les Médicis? interrogea Francis amusé. Tu es aussi rusée qu'eux.

— Reviendras-tu à temps pour le Nouvel An? demanda-t-elle alors qu'il l'embrassait dans le cou.

— Je ne sais pas, Cat. Si je ne suis pas là, les cadeaux des enfants sont dans l'armoire et le tien... Non, je ne te le dirai pas, je veux te l'offrir moi-même. Allons nous coucher, mon cœur, il est tard.

Ils firent l'amour avec passion, puis Cat éclata en sanglots.

— Que me fais-tu, Francis? s'exclama-t-elle. Pourquoi est-ce que tu me bouleverses comme aucun autre?

— Ne le répète à personne surtout, mais je crois que c'est l'amour...

Il partit dès l'aube. Dans l'obscurité de ce matin de décembre, Cat resta debout près de la fenêtre, serrant son châle contre sa poitrine, à le regarder s'éloigner. Sa bouche était encore endolorie de ses baisers fougueux.

Elle priait pour que le roi se laissât fléchir. Peut-être serait-il las de lutter?

Le soir du 27 décembre, Francis Hepburn, Sandy Home, Lennox et quelque quarante chefs de clans avec leurs fidèles soldats, se glissèrent dans le palais de Holyrood. Leur premier objectif était John Maitland. Mais en traversant un corridor, ils effrayèrent un jeune page qui poussa un cri. Alerté, Maitland se réfugia dans une antichambre. Lennox ordonna d'enfoncer la porte tandis que Bothwell, Lord Home et Hercules, avec la plupart de leurs hommes, se dirigèrent vers les appartements royaux.

Maitland aida l'un de ses serviteurs à descendre par la fenêtre pour sonner le tocsin. Aussitôt, les citoyens d'Edimbourg accoururent au palais.

— Allons, mon ami ! C'est fichu ! s'exclama Lord Home en saisissant le bras de Francis.

— Non ! répliqua ce dernier. Je dois trouver le roi. Je l'ai promis à Cat.

— Ecoute-moi, imbécile ! intervint Hercules. Que lui arrivera-t-il si je lui rapporte ton cadavre ? Viens donc, nous essaierons une autre fois.

Il entraîna Francis vers la sortie.

Cat fut tellement ravie de le revoir qu'elle ne sembla pas déçue, mais Francis était toujours en colère.

— Je voulais entamer la nouvelle année en ayant fixé une date de mariage, se plaignit-il.

— Ne t'inquiète pas, mon amour, cela ne va sûrement pas tarder. Ils ne peuvent plus nous séparer. Nous nous appartenons l'un à l'autre...

Le jour du Nouvel An, Francis distribua des cadeaux à ses serviteurs et aux gens de son domaine. L'après-midi, il retrouva Cat et les enfants. Les jeunes Leslie attendaient leurs cadeaux avec impatience.

Jamie eut du mal à croire que le bel étalon qui se pavanait dans la cour était vraiment pour lui.

— C'est un fils de mon merveilleux Valentine, dit Francis. Je l'ai appelé Cupidon.

Pour Bess, il y avait une ravissante cape de velours parme, fourrée de lapin, avec une attache d'or et de rubis. Colin reçut l'insigne du clan Leslie en or avec un griffon aux yeux de saphir pour le porter avec son plaid. Le petit Robbie fut enchanté de son nouveau chiot.

Les enfants étaient aux anges. Bess enfila sa cape, Colin accrocha l'insigne à son épaule, Robbie dénicha une laisse pour son chien et ils coururent dans la cour afin de regarder Jamie monter Cupidon.

Silencieux, Francis et Cat les observèrent du salon, puis il lui tendit une boîte étroite. En l'ouvrant, la jeune femme fut émerveillée. Sur un lit de satin blanc reposait une lourde chaîne en or qui retenait un pendentif, où était gravé un lion majestueux avec des yeux d'émeraudes et des diamants parsemant sa crinière.

— Est-ce que tu m'en veux de t'offrir mon animal de prédilection ? demanda Francis.

— Je suis fière de porter le lion Hepburn.

Ensuite, elle lui offrit la seule boîte qui restait sur la table. C'était une grande bague en or avec une magnifique émeraude.

— L'émeraude est la pierre de la constance, murmura-t-elle. Mais j'ai aussi autre chose pour toi.

D'une bourse à sa ceinture, elle extirpa un anneau d'or. Francis éclata de rire et fouilla dans sa propre bourse pour en retirer la réplique exacte. Cat ferma les yeux et une larme coula sur sa joue.

— Oh, Francis, j'aurais tellement voulu t'épouser maintenant. Maudit soit James Stewart ! Je le hais...

— Mon pauvre amour. Je suis désolé d'avoir manqué notre coup l'autre jour. Si James n'était pas si avare, le corridor aurait été éclairé et ce page idiot n'aurait pas crié de peur !

Tôt le matin du 11 janvier, un messager épuisé arriva à l'Ermitage. Le roi offrait une récompense à celui qui tuerait le comte de Bothwell.

N'ayant pas cru que James se montrerait si cruel, ils étaient bouleversés. Maitland avait convaincu le roi que son cousin voulait l'assassiner pour s'emparer du trône. N'appelait-on pas Bothwell le roi sans couronne ? Aussitôt, Francis partit pour la capitale mais ne réussit pas à voir le roi qui envoya des soldats à ses trousses. Ayant failli se noyer dans un marais en poursuivant Bothwell, James relança les accusations de sorcellerie.

Pendant trois mois, l'hiver rigoureux empêcha le roi d'atteindre le château de l'Ermitage, coupé du monde. Cat était enchantée. Bien que Jamie et Colin aient rejoint Rothes, Bess et Robbie étaient toujours avec elle. La préférée de son père, Bess, se montrait plus réservée envers Francis qui comprenait les sentiments de l'enfant et la traitait avec un grand respect.

— Un jour, nous aurons une petite à nous, murmurait-il à Cat, déçue par l'attitude de sa fille.

Le petit Robbie, par contre, adulait Francis. Quatrième enfant de Cat, avec deux sœurs cadettes, personne n'avait jamais eu le temps de s'occuper vraiment de lui, mais le comte de Bothwell rattrapa ce temps perdu. Agé de six ans et demi, l'enfant était vif, avec une excellente mémoire, et Bothwell lui apprit beaucoup de choses.

Francis et Cat s'aimaient depuis un an ; il n'arrivait pas à croire qu'en douze mois sa vie eût pareillement changé. Bien qu'il luttât contre le roi, il était sûr qu'il pourrait le convaincre d'abandonner ses poursuites. Au printemps, il tenterait à nouveau sa chance.

Début avril, les routes furent dégagées et Cat

accompagna Bess et Robbie jusqu'à Dundee où les attendait Conall pour les ramener à Glenkirk.

— Ne reviendras-tu jamais chez nous, maman ? demanda Bess.

— Ma chérie, tu sais bien que dès que j'aurai obtenu mon divorce, j'épouserai le comte de Bothwell et j'habiterai à l'Ermitage. Tu aimes l'Ermitage, non ?

— Oui, dit la petite fille, mais je préfère Glenkirk. Si tu épouses oncle Francis, qui sera mon père ?

Cat réalisa combien son divorce troublait ses enfants. « Mais j'ai été une bonne mère, songea-t-elle. Et je serai encore meilleure lorsque j'aurai épousé celui que j'aime. » Elle déposa un baiser sur le front de sa fille.

— Drôle de question, ma petite Bess. Patrick est ton père et il le sera toujours. Francis sera ton beau-père.

— Est-ce que nous habiterons avec toi ?

— Oui, mon amour.

— Et qui habitera avec papa ?

— Enfin, Bess ! Ta grand-mère réside à Glenkirk, ton oncle Adam et ta tante Fiona s'y rendent souvent. Et ton père épousera peut-être quelqu'un d'autre.

— Je préférerais rester avec papa, déclara doucement Bess. Il se sentira seul sans ses enfants.

— Nous verrons cela, ma chérie.

La jeune femme soupira : elle craignait de perdre l'affection de sa fille, qui semblait ne pas accepter la rupture de ses parents.

# 31

Lorsque le parlement se réunit le 29 mai, le roi dénonça le comte de Bothwell qui ne cherchait qu'à usurper un trône auquel il n'avait pas droit. Ils étaient certes tous deux des petits-fils de James V, mais Bothwell descendait d'une lignée bâtarde. Ensuite, le roi s'attacha à faire ratifier par le parlement la déchéance de son cousin.

Francis était abasourdi. Le roi et lui avaient toujours eu de la peine à s'entendre mais il avait essayé d'éviter une lutte ouverte. Que James l'accusât de convoiter le trône était absurde !

Mais derrière chaque mouvement du roi, les nobles du parlement voyaient les manigances de Maitland qu'ils détestaient. En conséquence, ils crièrent haut et fort leur soutien à Francis.

— James veut te détruire, se lamentait Cat. N'a-t-il pas un cœur ? Ne comprend-il pas que nous voulons simplement nous marier et vivre en paix ?

— Maitland s'acharne contre moi et James te désire toujours, ce qui ne simplifie pas les choses.

— Oh, mon amour, emmène-moi loin d'ici avant qu'il ne soit trop tard !

— Donne-moi encore un peu de temps pour que je puisse me réconcilier avec le roi.

Effrayée, Cat se serra contre lui. Elle sentait le piège se refermer sur eux...

Le bruit courut que le roi se trouvait désormais dans son palais de Falklands. Bothwell, Cat et leurs amis s'y rendirent et encerclèrent Falklands tôt le matin du 20 juin 1592. Malheureusement, prévenu par les sentinelles, James se retira avec la reine dans une tour fortifiée. A l'aube, les habitants de la région accoururent pour assister au spectacle. Bothwell et les siens durent se replier, applaudis par les villageois qui les avaient reconnus.

Le 2 juillet, une proclamation royale exigea que le comte de Bothwell fût poursuivi et arrêté. Tous l'ignorèrent. Pour le restant de l'été, le roi se retira à Dalkeith.

Le 1er août, les comtes de Logie et de Burley parvinrent à faire entrer Bothwell au palais afin qu'il demandât pardon au roi.

Ils attendirent James dans l'antichambre de la reine. Francis Hepburn s'agenouilla devant sa reine, lui baisa la main et la retourna pour en baiser la paume.

— Voyou ! s'exclama-t-elle, enchantée, et son cœur se mit à battre la chamade.

— Je vous remercie, madame, de m'accueillir dans vos appartements. Je veux me réconcilier avec votre époux. Et il doit me permettre d'épouser Cat. Elle a toujours été une servante loyale de Votre Majesté et elle souffre de voir James me punir.

— Vous l'aimez beaucoup, n'est-ce pas, Francis ?

— Madame, je n'ai jamais connu un bonheur comparable. Nous ne désirons que vivre tranquillement à l'Ermitage. Si le roi insiste, nous sommes prêts à nous exiler, mais je souhaiterais conserver l'Ermitage pour nos futurs enfants. Ils ne devront jamais oublier qu'ils sont écossais et fidèles sujets de James Stewart, comme Cat et moi.

La reine fut touchée par son discours.

— Je plaiderai votre cause, cousin. James ne réfléchit pas. Il est influencé par Maitland.

Elle se tourna vers ses dames de compagnie.

— Béatrice, guette le roi et préviens-nous de son arrivée. Vous autres, jouez de la musique ou faites de la tapisserie. Je désire parler au comte en tête-à-tête.

Les dames s'éloignèrent pour ne pas écouter la conversation. La reine fit signe à Francis de s'asseoir à son côté.

— Et maintenant, cousin Francis, racontez-moi comment est née cette grande histoire d'amour. Je croyais que Cat aimait sincèrement son mari.

Prenant garde à ne pas révéler la triste vérité, Francis obtempéra :

— Cat et moi sommes devenus amis avant l'arrivée de Votre Majesté en Ecosse. Glenkirk et moi sommes des cousins éloignés. J'avais toujours apprécié Cat qui est une femme cultivée et amusante, mais il ne s'est rien passé entre nous à cette époque-là. Or je me suis aperçu un jour que je tombais amoureux d'elle. J'ai lutté contre moi-même, sachant qu'elle était une épouse fidèle. Imaginez ma surprise quand j'ai découvert qu'elle éprouvait les mêmes sentiments ! Et puis les sentiments ont fini par être les plus forts...

— Et le pauvre Glenkirk ? s'émut la reine.

— Il l'aime aussi mais s'est résigné à la laisser partir.

— Peut-être que le comte se remariera, dit la reine en regardant Christina Anders. Christina est à nouveau veuve, son jeune mari vient de succomber aux oreillons.

Bothwell ne pensait pas que Patrick Leslie épouserait Christina Anders mais il avait besoin du soutien de la reine et il acquiesça poliment.

— C'est très possible, mais pour cela il doit être libre et le roi ne permet pas au cardinal d'accorder le divorce.

— Je vous aiderai, Francis.

— Majesté, intervint soudain Lady Ruthven, le visage blême. Le roi est dans le corridor. Il sait que le comte de Bothwell se trouve dans le palais et il a ordonné de tuer quiconque tenterait de l'aider.

— Y a-t-il un moyen de sortir d'ici ? demanda Francis.

La reine ouvrit une porte secrète qui donnait sur un escalier dérobé.

— Mes servantes l'utilisent. Il mène à la cour des domestiques.

— Merci, madame, fit Francis en lui baisant la main. Et que Dieu vous bénisse !

— Que Dieu vous garde, Francis !

Dans son antichambre, la reine reprit sa tapisserie puis déclara :

— Béatrice, demandez au roi s'il a l'intention de passer la nuit dans le corridor.

Les dames de compagnie sourirent et Anna se mordit la lèvre pour ne pas rire quand le roi entra suivi de ses gardes. Ils se précipitèrent dans la chambre et commencèrent à fouiller le lit et les rideaux avec leurs épées.

— Que se passe-t-il, sire ? s'exclama la reine.

— Bothwell est dans le palais, Anna !

— Eh bien, il ne se trouve certainement pas dans ma chambre. Ou serait-ce une nouvelle accusation mensongère de M. Maitland ? D'abord, il accuse le charmant comte de Moray d'être mon amant... et maintenant Bothwell ! Ouvrez les armoires, mesdames, afin que le roi voie que je ne cache aucun comte parmi mes robes ! Quand vous en aurez terminé avec ces bêtises, sire, soyez gentil de vous retirer. Tout ceci m'a donné une terrible migraine.

Déçu, le roi regagna sa chambre et son lit vide. Tout aussi déçu, Bothwell repartit pour l'Ermitage.

En octobre, le roi monta une expédition pour visiter la frontière. Aussitôt, Francis et Cat se cachèrent dans le relais de chasse au cœur de la forêt. Le château de l'Ermitage était prêt à accueillir James qui ne put se plaindre de la désobéissance de son cousin.

A son retour à Edimbourg, le roi fut accosté aux grilles du palais par Margaret Douglas et ses enfants, suppliant qu'on leur rendît leurs biens. Furieux d'être ainsi apostrophé en public, James interdit à Margaret de l'importuner davantage.

— Je ne sais pas comment Francis a pu la supporter si longtemps, se plaignit-il ensuite à la reine. Elle ne s'intéresse pas à lui mais seulement à ses possessions.

— Ils n'étaient pas heureux? s'enquit innocemment la reine.

— C'était une union politique. C'est beaucoup mieux qu'il s'en soit débarrassé.

— Dans ce cas, très cher, pourquoi ne laissez-vous pas le cardinal accorder le divorce à Lady Leslie? Bothwell est très amoureux d'elle.

Le roi fut surpris. Ainsi, la petite reine frivole était au courant de la liaison entre Bothwell et Catriona Leslie. Que savait-elle de plus?

— Lady Leslie n'est pas une jeune fille, Anna. Elle a six enfants mais elle se conduit comme une vierge amoureuse. Elle doit revenir à la raison.

— Enfin, James! Glenkirk est prêt à la laisser partir et ma chère Christina est veuve... Ce serait merveilleux s'ils se mariaient. Ainsi, ma petite filleule Anne Fitz-Leslie recevrait une éducation normale.

— Ma chérie, les Leslie ont été mariés pendant quatorze ans. Je ne peux admettre qu'ils rompent leur mariage sur un coup de tête. Ce serait un mauvais exemple pour la cour. Si je permets ce divorce, tous les hommes voudront épouser leurs maîtresses et toutes les femmes leurs amants.

La reine ne comprenait pas pourquoi le roi était si agité. Quel mal faisaient ces gens qui s'aimaient et désiraient se marier? Déçue, elle jugea sage de clore la conversation pour l'instant.

Le 1er janvier 1593, le comte de Bothwell demanda l'aide de l'Eglise, la suppliant de ne pas le débouter à cause de la colère du roi. Sans succès. Mais la vieille reine d'Angleterre s'intéressa au problème et veilla à ce que le comte n'eût pas de soucis financiers. L'Angleterre offrit de l'argent et un abri.

Elizabeth Tudor n'aimait pas James Stewart. Il était son héritier logique — bien qu'elle ne l'eût pas encore officiellement nommé — mais elle le trouvait hypocrite. Cette haine soudaine pour le comte de Bothwell la rendait perplexe. N'avait-il pas toujours été un loyal sujet de la couronne écossaise? Très jeune, Bothwell avait fréquenté sa cour. Quel charmeur! La reine devinait qu'il y avait anguille sous roche mais ses espions n'arrivaient pas à découvrir la vérité. Heureuse de pouvoir défier James, elle apporta son soutien au séduisant comte de Bothwell.

Une nouvelle fois, l'hiver coupa Francis et Cat du monde. Les gens de la région traitaient celle-ci avec le respect dû à l'épouse de Francis. Cat n'avait pas vu ses enfants depuis un an. C'était désormais trop dangereux. Elle connaissait à peine les deux plus jeunes et se demandait tristement s'ils se rappelaient d'elle.

Vers la fin de l'hiver, Cat insista pour s'expatrier jusqu'en France et Francis promit de l'y emmener s'il n'avait toujours pas réussi à se réconcilier avec le roi à la fin de l'année.

# 32

Dès que James Stewart apprit que sa cousine, la reine d'Angleterre, soutenait financièrement le comte de Bothwell, il ordonna à son ambassadeur à Londres de la convaincre de cesser immédiatement. La reine dut s'incliner. Francis Hepburn était désormais menacé des deux côtés de la frontière. Mais le pire l'attendait.

Le 21 juillet 1593, on ordonna une nouvelle fois la confiscation des biens de Francis Hepburn-Stewart, cinquième comte de Bothwell. A Edimbourg, on retira ses armoiries de la célèbre croix de Mercat.

En compagnie de son demi-frère, Bothwell décida de partir pour la capitale.

— Que va-t-il se passer ? demanda Cat, inquiète.

— Je ne sais pas. Si je parviens à voir James, j'essaierai de le convaincre de rendre mes terres à mon fils aîné. Et d'accepter notre divorce. Alors, mon amour, nous serons enfin en sécurité.

— Et s'il t'échappe encore, Francis ?

— Alors nous partirons pour la France.

Tôt le matin du 24 juillet 1593, le roi se réveilla à l'aube. L'air était humide et il se demanda s'il pleuvait. Soudain, il entendit une chaise qu'on repoussait. James appela mais personne ne lui répondit. Lentement, il repoussa le rideau de son lit... et aperçut son cousin.

— Bonjour, James.

Sautant hors de son lit, le roi voulut ouvrir la porte qui menait aux appartements de la reine. Elle était fermée à clé. Dos au mur, James fit face à son ennemi. Un instant, les cousins se dévisagèrent, l'un dans une chemise de nuit froissée, les cheveux ébouriffés, l'autre splendide dans un kilt rouge, l'épée à la main.

Alors que Francis s'approchait lentement, son regard bleu indéchiffrable, le roi se mit à trembler.

— Alors, cousin, tu disais que je voulais te tuer... Tu es maintenant à ma merci.

Le roi vacilla comme s'il allait s'évanouir.

— Enfin, James ! s'impatienta Francis. Je ne viens pas te tuer. Ressaisis-toi !

— Tu n'auras pas mon âme ! s'écria le roi. Tue-moi si tu veux, mais laisse-moi mon âme !

— C'est incroyable ! Et que ferais-je de ton âme ? Je suis venu régler cette affaire entre nous. Je ne veux ni ta vie, ni ton âme, ni ta couronne, ni ton fichu royaume. Je veux simplement retrouver mes terres pour les transmettre à mon héritier, et épouser Cat Leslie. Donne-les-moi, et tu ne me reverras jamais si tel est ton désir.

— Maitland dit que tu as juré de me tuer...

— Maitland est un homme dangereux. Enfile ta robe de chambre, tu vas prendre froid.

Francis versa un gobelet de whisky et le donna au roi, dont le visage reprit quelque couleur. S'agenouillant, Bothwell lui tendit la garde de son épée.

— Debout, Francis, et range ton épée.

Ils s'assirent près du feu.

— Je suppose que mon palais est cerné par tes hommes, soupira le roi.

— Ils sont là en effet, avec ceux de Lennox, Angus, Home, Colville, Logie, Burley et Huntley. Je ne suis pas assez bête pour venir te saluer sans amener quelques amis.

— Ils ne m'ont jamais été fidèles.

— C'est à cause de Maitland. Le chancelier cherche à les priver de leurs droits. Il m'utilise comme bouc émissaire, mais les autres savent que si je tombe, ils tomberont après moi. Ils sont fidèles d'abord à eux-mêmes.

— Et toi, à qui es-tu fidèle, Francis ?

— Je leur ressemble. Je suis d'abord loyal à moi-même et aux miens.

— Tu es franc, au moins.

— J'ai toujours été honnête avec toi, James. Maintenant, c'est ton tour. Je sais que tu rendras mes terres, elles appartiennent en droit au fils de Margaret.

— N'est-il pas aussi ton fils, Francis ?

— Je l'ai engendré, mais il n'a jamais été à moi. Mes enfants sont ceux de Margaret et d'Angus, pas les miens. C'est pourquoi Cat est si importante. Quand nous aurons des enfants, ils seront à nous.

— Non, ils seront bâtards car je ne donnerai jamais ma permission pour que tu épouses Catriona Leslie.

Il y eut un silence.

— Pourquoi, James ?

— Je vais être aussi franc que toi, mon cousin. Si je ne peux avoir Cat, tu ne l'auras pas non plus.

— Me détestes-tu autant ? Tu as pris tout ce qui m'appartient et retiré mes armoiries de la croix d'Edimbourg. En ce monde, il ne me reste qu'une seule chose : une femme. *Cette* femme. Si je mourrais demain, elle ne reviendrait pas vers toi. Qu'ai-je fait pour mériter une telle haine ? Est-ce ainsi que tu récompenses ma loyauté ?

— Elle t'aime, dit doucement le roi. Et je ne puis le lui pardonner. J'ai fait l'amour avec elle, son corps répondait à mes caresses, mais elle ne m'a rien donné. Depuis, aucune femme, même pas ma jolie reine, n'a pu me satisfaire. A toi seul, Cat a réservé son amour. Pour être avec toi, elle a défié les lois et l'Eglise. Elle qui adore ses enfants ne les a pas vus depuis des années. J'ai confisqué tes biens, j'ai mis ta tête à prix, mais elle est restée avec toi. Je ne peux pas vous pardonner ce bonheur, Francis. Je ne peux pas lui ordonner de m'aimer, mais je peux l'empêcher de t'épouser et veiller à ce qu'elle m'obéisse.

— Tu n'as donc pas de cœur ?

— Personne ne m'a jamais aimé, et je n'ai jamais aimé que Cat. Du moins, je crois éprouver ce sentiment pour elle.

— La reine t'aime, James, et j'imaginais que c'était réciproque.

— Anna ne m'aime pas. Nous n'avons rien en commun, excepté un enfant à naître. Elle accouchera cet hiver. Mais être reine lui plaît.

— Depuis que nous nous connaissons, je ne t'ai demandé que peu de choses. Mais aujourd'hui, ajouta Francis en s'agenouillant, je te supplie de me laisser épouser Cat.

Pour la première fois de sa vie, James dominait son cousin. Le comte était à sa merci, et c'était une sensation délicieuse. Jamais Francis n'avait montré une quelconque faiblesse, et voilà qu'à genoux il implorait... A cause d'une femme ! Une femme certes extraordinaire, mais Francis était un homme hors du commun et ils étaient faits l'un pour l'autre. Quel dommage qu'il n'eût pas l'intention de leur céder...

— Debout, Bothwell ! ordonna-t-il. Ils t'appellent le roi sans couronne. C'est une règle que les rois et les reines ne sont jamais heureux en amour, l'ignorais-tu ? Tes terres et tes titres te seront rendus, mais le premier jour de septembre je veux voir Catriona Leslie ici, à Edimbourg, afin de la rendre à son mari.

— Va au diable, James ! Elle ne retournera jamais vers Patrick Leslie et je ne la laisserai pas !

— Mais si, Francis, car si elle refuse, je veillerai

à ce que Maitland trouve un moyen de confisquer les biens des Leslie de Glenkirk, mais aussi des Leslie de Sithean et des Hay de Greyhaven. Cat ne provoquerait jamais la ruine de sa famille. Et notre bon Patrick la reprendra pour la même raison. Quant à toi, fougueux cousin, si tu essaies de me défier...

Pour la première fois de sa vie, Francis connaissait le goût amer de l'échec.

— Voyons, Francis, tu auras largement le temps de lui dire au revoir, reprit le roi. J'aurais pu exiger son retour dans une semaine, alors que je te donne un mois. Ton désir devrait s'aiguiser en comptant le nombre de fois que tu pourras lui faire l'amour en un mois, ajouta-t-il avec un mauvais sourire.

— Je vais appeler les autres, siffla Francis en serrant les poings. Sinon, je risquerais de commettre un régicide. Tu es un porc, James. L'amour te fuira toujours. Tu mèneras une vie solitaire, et dans tes vieux jours tu n'auras pas de souvenirs pour te réchauffer la nuit. Tu me fais pitié.

Avant que le roi pût répondre, la chambre se remplit de nobles du royaume. Ils insistèrent pour que le roi dictât publiquement un acte de pardon des offenses de Bothwell et lui rendît ses biens. Le comte d'Angus était ravi : ses petits-enfants avaient un avenir assuré et sa fille Margaret rentrerait enfin chez elle...

Plus tard dans la matinée, Patrick Leslie alla à Holyrood, où le roi lui annonça que sa femme lui serait rendue le 1er septembre. Qu'elle fût contrainte de revenir enchantait James, mais pas Patrick. L'épouse qu'il aimait était amoureuse d'un autre homme. Cherchant à divorcer, elle avait vécu pendant deux ans et demi avec son amant. Patrick s'était résigné à la perdre car il ne pensait plus la mériter. Sa femme supporterait-elle ce retour forcé ? Et lui ? Fatigué, Patrick ne savait plus que penser. Tout l'après-midi, il resta dans sa bibliothèque à boire.

Lorsqu'il se réveilla au crépuscule, il découvrit le comte de Bothwell assis en face de lui, un joli pistolet en nacre et argent à la main.

— Ne t'inquiète pas, cousin Patrick, dit Francis. Je suis venu te parler. Je rentre à l'Ermitage ce soir. Je ne sais comment apprendre la nouvelle à Cat, mais avant tout je veux savoir si tu seras gentil avec elle.

— Je l'aime aussi ! s'écria Patrick, indigné.

— Elle ne s'est tournée vers moi qu'après cette terrible nuit, Patrick. Tu le sais, n'est-ce pas ? Même quand le roi la forçait, elle t'était restée fidèle dans son cœur.

— Aujourd'hui, je le sais.

— Nous étions juste des amis, avant. Cat commençait à s'ennuyer à la cour. Elle était véritablement la comtesse vertueuse et n'aimait ni les commérages ni les jeux de l'amour. Elle est trop cultivée pour une femme d'aujourd'hui. Je le comprends car je suis moi-même trop érudit pour notre époque. Comme nous avons parlé ! Des heures et des heures... J'étais son seul ami. Voilà pourquoi elle s'est réfugiée chez moi.

Brusquement, Francis se pencha en avant.

— Ramène-la à Glenkirk aussi vite que possible, Patrick. Elle ne sera pas facile à vivre mais ses enfants l'aideront.

Les deux hommes restèrent silencieux, puis Patrick se leva pour ajouter du bois dans la cheminée et leur servir à boire.

— Je l'aime, Patrick, poursuivit calmement Francis. Elle voulait partir en France et obtenir le divorce là-bas et je le lui avais promis si j'échouais avec James. Si seulement je n'étais pas allé le voir ! Je te rends Cat car je ne veux pas avoir la ruine de ta famille sur la conscience. Mais si jamais j'entends que tu as été cruel avec elle, du fin fond de l'enfer je viendrai la reprendre.

Patrick fut bouleversé par le désespoir de son cousin. Lui, l'époux, plaignait l'amant de sa femme.

— Je l'aime depuis qu'elle a quatre ans, avoua Patrick. Je crois qu'elle m'a aimé parce qu'elle n'avait pas le choix et qu'elle ne connaissait aucun autre homme. Moi-même, j'avais connu bien des femmes et j'ai apprécié la perle que m'a donnée Mam. Si je n'avais pas perdu la tête ce maudit soir, elle aurait continué à m'aimer, mais j'ai été aveuglé par ma colère. Toi, tu as aussitôt compris la valeur de Cat. Tu as pris ce que j'avais stupidement rejeté. Parce que James est malheureux, il a décrété notre malheur aussi. S'il aimait vraiment Cat, il voudrait comme moi votre bonheur. Au lieu de cela, il la force à me revenir. Je te jure que je la chérirai cette fois. Elle ne m'aimera peut-être plus jamais, mais je veillerai sur elle.

Comme s'il refoulait des larmes, Francis ferma les yeux. Lorsqu'il parla, sa voix était rauque :

— Tu dois lui faire l'amour, Patrick. Nous sommes l'un à l'autre, Cat et moi, mais tu pourras adoucir un peu sa douleur en l'aimant. Mais je t'en prie, sois doux ! Elle n'est pas une forteresse à prendre. Sois tendre avec elle et elle t'en saura gré. Une dernière chose, ajouta Francis en se levant. Avant de quitter l'Ecosse, je tiens à la revoir une dernière fois.

— Tu pars ? s'étonna Patrick. James t'a exilé ?

— Il est trop subtil pour cela, mais nous ne pouvons pas vivre dans le même pays, le roi et moi. Et puis tout le monde sait qu'il ne tient pas parole. Avant longtemps, Maitland l'aura convaincu de me chercher de nouveaux ennuis. James veut à tout prix être un monarque absolu. Nos anciennes coutumes sont terminées. Lennox, Angus et les autres se servent de moi pour combattre James. Mais il est temps de me retirer. Avant mon départ, je tiens à dire un dernier au revoir à ma belle Cat. Promets-moi que tu le lui permettras.

— Tu me demandes beaucoup, Francis.

— Attention, Patrick Leslie! déclara Francis d'un air sévère. Je pourrais rejoindre l'Ermitage, dire à Cat que je n'ai pas vu le roi et l'emmener aussitôt en France. Avant d'avoir des nouvelles, elle serait divorcée et enceinte de notre premier enfant. Ta famille perdrait tout. Qui est généreux dans cette histoire?

— Si je pensais un seul instant que tu en es capable, je te tuerais maintenant. Mais tu es un homme d'honneur, comme moi. A ton départ, Cat te verra si tel est son désir.

Patrick tendit la main à son cousin qui la saisit. Lorsque Francis Hepburn quitta la pièce par la fenêtre, comme il était venu, il s'étonna de ressentir une certaine tristesse.

## 33

Bothwell gagna l'Ermitage sans s'arrêter en chemin. A son visage, Cat comprit que les nouvelles étaient mauvaises. Elle le guida dans leur chambre et lui retira ses bottes. Lorsqu'il se réveilla en fin de journée, elle lui avait préparé un bon dîner. Il ne parla qu'après son repas:

— Le roi a ordonné que tu rentres à Glenkirk le

1er septembre. Sinon, il confisquera les biens de tous les Leslie et même ceux de tes parents.

Elle le dévisagea, les yeux agrandis d'horreur.

— Qu'il le fasse!

— Cat!

— Laisse-le faire, Francis. Sans toi, je n'existe plus.

— Réfléchis, mon amour, dit-il en la serrant contre lui. Combien d'enfants as-tu?

— Six.

— Et parmi tes cousins, combien d'enfants y a-t-il?

— Au moins trente.

— Et tu as vingt cousins, tes frères, tes parents... Seigneur, Cat! Il y a bien une centaine de personnes dans ta famille. Et nous devons penser aussi à mes enfants. Tous ces innocents... Non, mon amour. Ni toi ni moi ne sommes capables de construire notre bonheur sur le désespoir de nos proches.

— Ne me renvoie pas, Francis, supplia-t-elle. Je préfère mourir.

— Si nous tentons de nous échapper, James s'attaquera aux nôtres. Il veut nous punir et il a trouvé la torture la plus raffinée. Il t'aime encore, tu sais, ma chérie. N'aie pas peur de lui.

— Comment oses-tu me parler ainsi?

— Parce que je n'ai pas le choix, bon sang! Mon Dieu, Cat, je ne peux pas le supporter... Tu es ma vie...

Ils pleurèrent. Le roi sans couronne et sa compagne pleurèrent jusqu'à n'avoir plus aucune larme. Puis ils se tinrent serrés l'un contre l'autre et Francis prit Cat dans ses bras et l'emporta dans la chambre.

Au milieu de la nuit, elle se réveilla seule. Effrayée, elle l'aperçut debout à la fenêtre, contemplant le paysage assoupi. Lorsqu'il se retourna, elle remarqua son visage mouillé de larmes. Elle fit semblant de dormir afin de ne pas montrer qu'elle avait vu sa détresse. Elle fourra un poing dans sa bouche pour ne pas crier de rage.

Cat et Francis ne supportaient pas d'être séparés plus de quelques minutes. Ainsi que le roi l'avait deviné, ils vécurent ce mois de sursis comme un terrible tourment.

— Je veux retourner au relais de chasse, lui dit Cat un jour. C'est là que je suis venue vers toi. Puisque je dois te quitter, c'est de là que je partirai.

Elle savait déjà que le roi avait interdit à Francis de venir à Edimbourg et qu'il n'avait pas le droit de l'escorter jusqu'à Glenkirk. Lord Home s'en chargerait.

Francis demanda à ses domestiques de préparer la petite maison où ils vivraient comme au début de leur amour, entièrement seuls. Lorsqu'ils quittèrent l'Ermitage, il leur restait trois semaines. Ils ne dirent même pas adieu aux serviteurs, voulant éviter de nouvelles scènes de larmes.

L'été se terminait et les soirées étaient fraîches. Ils passaient la journée à se promener, à cheval ou à pied, s'asseyant sur un promontoire d'où s'envolaient des aigles. Les nuits, ils s'aimaient comme jamais, mais leurs étreintes étaient amères parce qu'ils savaient la séparation proche.

— Regarde, Cat, annonça-t-il un matin. J'ai pêché un saumon et j'ai réussi à trouver du cresson.

Cat éclata en sanglots, se rappelant qu'il avait prononcé les mêmes mots lorsqu'elle était arrivée dans sa maison. Un juron échappa à Francis : c'était leur dernier jour ensemble. S'étant ressaisie, elle lui sourit à travers ses larmes.

— Et je crois sentir l'odeur d'un ragoût de mouton ?

Il hocha la tête et elle ne put s'empêcher de rire.

— Prépare ton poisson, Francis, mais je ne veux pas le manger tout de suite. Quel temps fait-il ?

— Chaud. J'ai trouvé une prairie remplie de fleurs près de la rivière. Allons nous baigner !

— Ensuite, m'aimeras-tu parmi les fleurs ? demanda-t-elle, amusée.

— Plutôt deux fois qu'une, madame.

Ils chevauchèrent lentement dans le soleil de la fin août. Les vallées à leurs pieds se perdaient dans une brume violette. Après s'être baignés dans les eaux froides de la rivière, ils firent l'amour parmi les fleurs. Cat riait alors que de gros bourdons voletaient autour d'eux. Ensuite, ils mangèrent du pain et du fromage, burent du vin blanc et croquèrent des pommes. Lorsque le soleil commença à décliner, ils rentrèrent à la maison.

— A quelle heure devons-nous retrouver Lord Home ? demanda-t-elle à mi-voix.

— Deux heures après le lever du soleil.

— Si tôt...

Tandis que Francis s'occupait des chevaux, Cat prépara le repas. Ils dînèrent en silence.

— Nous avions du bourgogne la première fois, fit-elle.

— Oui. Et il t'a monté à la tête.

— Je veux m'enivrer ce soir aussi.

— Non, mon amour. Je veux que tu te souviennes de chaque instant que nous aurons passé ensemble, surtout ce soir.

— J'ai mal, Francis, dit-elle en pleurant. J'ai tellement mal.

— Moi aussi, mon amour, mais notre souffrance doit rester secrète. James Stewart n'aura pas ce plaisir. Les souvenirs de notre amour me porteront dans les années à venir, tu sais.

— Tu seras seul, Francis. Qui s'occupera de toi ?

— Hercules, ma chérie. Piètre consolation après avoir perdu la plus belle femme d'Ecosse, mais...

Il essuya les larmes sur les joues de Cat.

— Ne pleure pas, mon amour. Je remercie le Seigneur que James te rende au moins à Patrick. Il veillera sur toi.

— Sûrement, répliqua-t-elle amèrement. Et s'il le fait aussi bien qu'autrefois, dans un mois je serai à nouveau la maîtresse du roi !

— Jamais plus ! Patrick me l'a promis.

— Tu l'as vu ? Quand ?

— Le mois dernier. Je devais m'assurer qu'il s'occuperait bien de toi. Il t'aime beaucoup, ma chérie. Même en sachant que tu es à moi, il t'aime encore. N'aie pas peur de retourner auprès de lui.

— Il voudra m'aimer, dit-elle en frissonnant. Je préférerais entrer au couvent que de laisser un autre me toucher.

— Mais non, Cat ! répondit Francis en souriant. Tu es faite pour l'amour. Sans amour, ce corps magnifique se flétrirait avant de mourir. Il ne faut pas en avoir honte.

Il lui caressa les seins à travers sa chemise de soie. Elle eut un murmure heureux.

— Tu vois, ma chérie, ajouta-t-il en retirant sa main.

— Goujat ! plaisanta-t-elle en se jetant sur sa bouche.

Il était toujours si tendre avec elle. Il l'embrassait tout en la déshabillant. Sans quitter ses lèvres, il la porta jusqu'au lit.

Cat glissa ses mains sous la chemise de Francis,

caressa sa puissante poitrine, son dos musclé. Quand elle lui retira sa chemise, ses seins rencontrèrent son torse nu. Il gémit de plaisir.

— Vite, mon amour ! murmura-t-elle.

Aussitôt, il la pénétra d'un mouvement fluide et elle poussa un cri de joie. Les lentes poussées sensuelles de son bien-aimé l'enflammaient, mais il retardait l'extase en l'amenant à des sommets de jouissance inégalés. Enfin, lorsque Francis ne put se retenir davantage, il laissa sa passion les consumer tous deux et Cat manqua de s'évanouir. La tête lui tournait, son cœur battait à tout rompre et elle entendait des sanglots qui devaient être les siens. Emu, Francis la berçait dans ses bras. Dans quelques heures, cette femme disparaîtrait de sa vie, probablement pour toujours.

Lentement, ils reprirent leur souffle.

— Pourquoi as-tu attendu ce soir pour m'aimer ainsi ? demanda-t-elle. Demain, tu me remettras à Sandy Home qui me confiera à James Stewart qui essaiera probablement de me faire l'amour avant de me rendre à Patrick Leslie, qui lui m'aimera parce que je suis sa femme et que c'est son droit. Toi, tu auras des remords de m'avoir laissée partir. Sandy regrettera d'avoir joué un rôle dans cette histoire. James s'en voudra peut-être un peu de nous infliger cette torture, mais il ne reviendra pas en arrière. Quant à Patrick, il doit s'inquiéter de mon retour et se montrera arrogant pour cacher sa peur. Et moi dans tout cela ? Je suis à nouveau seule alors que vous jouez à votre jeu de l'honneur. Je suis obligée de me soumettre à un homme que je n'aime pas. Vous êtes tous si *honorables*... Alors pourquoi ai-je le sentiment d'être une vulgaire catin ? Je préférerais être morte.

— Il ne faut pas désirer mourir, murmura-t-il.

La seule chose qui me permette de rester sain d'esprit est de te savoir en bonne santé à Glenkirk. Crois-moi, Cat, si je pensais que nous pourrions vivre heureux, malgré la détresse de nos familles, je t'emmènerais sans hésiter. Mais serais-tu en paix alors qu'il ne resterait rien de Glenkirk, de Sithean, de Greyhaven ? Non, mon amour, tu t'en voudrais terriblement. Mes enfants, au moins, ont Angus et les Douglas pour les soutenir en cas de besoin. Vous autres Leslie avez toujours été indépendants. Vous étiez si occupés à agrandir votre fortune que vous ne vous êtes fait aucun allié.

— Nous n'en avions pas besoin. Notre fortune était un pouvoir suffisant.

— Aujourd'hui, elle est devenue votre faiblesse. James Stewart l'utilise comme une arme contre nous. Je t'aime de tout mon cœur, Cat. Jamais je n'ai aimé quelqu'un autant que toi et quand tu seras partie, ma vie sera vide. Il ne me restera rien.

— Ne nous reverrons-nous jamais ?

— Un jour, peut-être dans six mois ou un an, je serai obligé de quitter l'Ecosse. Avant de partir, et si tu le désires, je viendrai te voir. Patrick m'a promis qu'il te donnerait la permission.

Elle pleurait encore et il se mit à caresser ses longs cheveux. Ils avaient épuisé toutes les paroles. Cette nuit-là, ils dormirent par bribes, se réveillant sans cesse. A l'aube, elle lui saisit le bras.

— Une dernière fois, mon mari légitime.

Alors, avec une exquise délicatesse, Francis l'aima, déposant des baisers tendres sur ses seins, son ventre, ses cuisses...

Lorsqu'elle se réveilla ensuite, il était déjà prêt et lui avait préparé un bain devant le feu. Dans la cuisine, il lui offrit du jambon, du pain et de la bière brune. Elle était transie de froid.

— Nous devons partir maintenant si nous voulons être à l'heure, dit Francis.

Elle le regarda, ses magnifiques yeux verts égarés de douleur. L'attrapant par la taille, il étouffa le cri de Cat avec un baiser.

La journée s'annonçait grise et triste. Les feuilles des arbres commençaient à jaunir. Ils chevauchèrent en silence. Elle avait tant à lui dire et pourtant elle n'arrivait pas à parler.

Hercules et Lord Home les attendaient avec des hommes.

— Tu veilleras sur elle, n'est-ce pas, mon ami ? dit Francis à Sandy. Ne la laisse pas faire une bêtise.

Francis mit pied à terre et aida Cat à descendre. Tendrement, il saisit son beau visage entre ses mains.

— Tu prendras soin de toi ? demanda-t-il.

— Oui.

— Et tu n'en voudras pas à Patrick ? Il était prêt à te perdre pour assurer ton bonheur.

— Je sais.

— Je t'aime, Catriona. Quoi qu'il arrive, ne l'oublie pas, ne l'oublie jamais.

— Je t'aime, Francis. Quoi qu'il arrive, je serai toujours à toi. James peut m'obliger à retourner auprès de Glenkirk, il ne changera pas mes sentiments. Je ne cesserai jamais de t'aimer.

Cat embrassa Francis avec fougue, puis remonta à cheval et s'enfuit au galop.

Surpris par ce départ si brusque, Home ordonna à ses hommes de la suivre. Francis les regarda partir, le visage livide. Désemparé, Hercules se tenait près de lui. Il ne l'avait jamais vu pleurer auparavant.

— Viens, Francis, rentrons à la maison, dit-il enfin en passant un bras autour de ses épaules.

Francis se tourna vers lui. Son regard vide effraya Hercules.

— Je n'ai plus de maison, Hercules. Elle était ma maison... et maintenant elle est partie.

## QUATRIÈME PARTIE

## CAT LESLIE

### 34

En dépit de la pluie fine qui ne cessait de tomber, Cat refusa de passer la nuit dans une auberge. Elle fut néanmoins obligée de s'arrêter par deux fois, pour permettre aux hommes de se restaurer. Incapable de manger, elle but juste un verre de vin, que l'aubergiste avait relevé avec des épices et des œufs.

— Pourvu que tu la gardes vivante jusqu'à Edimbourg, Sandy, soupira l'un des cousins de Home qui l'accompagnait. Entre Bothwell derrière toi et le roi qui t'attend, je n'aimerais pas être à ta place si un malheur lui arrivait.

— Elle tiendra le coup, répliqua froidement Sandy. Et elle crachera probablement au visage du roi. Cat Leslie est une petite bien courageuse.

Ils atteignirent Edimbourg aux premières lueurs de l'aube.

— Quelqu'un doit se rendre au château afin de prévenir le roi de ton arrivée, dit Sandy à la jeune femme. Il a insisté pour te voir.

Cat ne discuta pas et Sandy renvoya son cousin comme messager.

Dans la demeure de Lord Home, les domestiques préparèrent un feu et un copieux petit déjeuner.

— Mange quelque chose, ma chère Cat, l'encouragea Sandy.

— Je ne peux pas manger, mon ami, mais donne-moi encore de ce vin. Et je voudrais un bain chaud car je suis glacée jusqu'aux os. Qu'on m'apporte mon bagage, je souhaiterais aussi me changer.

Son ton était calme et sa demande raisonnable, mais le regard de Cat brûlait de fièvre.

— Est-ce que ça va, Cat ? demanda Sandy, soucieux.

— Ne sois pas trop gentil avec moi, Sandy. Sinon je vais m'effondrer et je ne veux pas m'effondrer avant d'avoir vu mon cousin James.

On plaça une baignoire devant le feu, cachée par un paravent. Une petite servante aida Cat à se laver avec un savon parfumé. Quand elle fut enfin prête, Sandy siffla d'admiration.

— Vas-tu apparaître devant le roi comme ça ?

Elle avait choisi une longue robe de velours noir avec des manches étroites bordées de dentelle écrue. Sur la poitrine, Cat portait un plaid Hepburn fixé à l'épaule par une grande broche en or ornée d'une émeraude. Entre ses seins se nichait le pendentif du lion Hepburn que Bothwell lui avait donné.

— Crois-tu que le roi m'en voudra ?

— Tu le sais parfaitement, Cat ! Ça ne servira à rien de le défier !

— Je n'ai rien à perdre, Sandy. Il m'a déjà pris ma vie.

Secouant la tête, il lui tendit un verre de vin.

— Bois, ma chère. Tu auras besoin de toutes tes forces pour l'affronter.

Une heure plus tard, un page du roi escorta

la comtesse de Glenkirk jusqu'aux appartements royaux.

James Stewart portait une grande robe de chambre sur sa chemise de nuit en soie. Après une révérence, Cat s'approcha.

— Je n'aime pas votre tenue, madame, dit-il froidement.

— Je suis en deuil, sire.

— De qui ?

— De moi-même. Je suis morte hier.

— Ne vous moquez pas de moi, madame ! Vous risquez d'être sévèrement punie pour votre conduite inqualifiable.

— Donnez-moi vos ordres, Votre Gracieuse Majesté, lança-t-elle, ironique.

James décida de changer de tactique :

— Je t'aimais, murmura-t-il.

— Vous aviez envie de moi, rien de plus ! Même lors de votre mariage, vous n'avez pas eu une attitude correcte. Une nouvelle fois, vous êtes venu de force dans mon lit. Je vous ai supplié de ne pas détruire mon mariage avec Patrick Leslie, mais quand il vous a surpris avec vos sales pattes sur moi, vous n'avez fait qu'envenimer les choses... Mais je vous le pardonne, parce qu'en m'obligeant à fuir votre cruauté, j'ai découvert l'amour de Francis Hepburn. Il vous vaut cent fois, sire, et même si vous nous avez arrachés l'un à l'autre, la mort ne pourra nous séparer car notre amour est plus puissant que vos caprices !

James était abasourdi : personne n'avait jamais osé lui parler ainsi.

— Cat, ma chérie, dit-il doucement. Ne me tourne pas le dos. J'ai eu envie de toi pendant si longtemps.

Avec hésitation, il posa la main sur son épaule. Elle se dégagea violemment.

— Par pitié, ne me touchez pas ! Vous me dégoûtez !

— Tes beaux cheveux, fit-il en caressant la masse satinée retenue par un ruban. Je me souviens comme ils s'éparpillaient sur les oreillers quand je te faisais l'amour. Ils sont si doux, si beaux...

Elle lui fit face et sortit de sa bourse accrochée à sa ceinture une paire de ciseaux d'or. Avant qu'il ait pu l'en empêcher, elle avait tranché ses cheveux à hauteur du ruban.

— Puisque vous les aimez tant, sire, vous pouvez les garder, car c'est tout ce que vous aurez de Cat Leslie.

D'un geste méprisant, elle les lui jeta à la figure.

Horrifié, le roi fit un pas en arrière. A cet instant, le comte de Glenkirk entra dans la pièce. Voyant James et Patrick côte à côte, le cœur de Cat cessa de battre. Son mari s'aperçut qu'elle vacillait et la rattrapa juste à temps. Avant de perdre conscience, elle appela d'une faible voix :

— Francis, au secours...

Serrant sa femme dans ses bras, Patrick s'adressa au roi :

— Je te dis adieu, James. J'emmène Cat à Glenkirk et si tu essaies de m'en empêcher, je jure de la rendre à Bothwell et au diable les conséquences !

Mais James se taisait. Il regardait fixement les longs cheveux dans sa main. Guidé par le page, Patrick porta son épouse inconsciente jusqu'à son carrosse et rentra à Glenkirk House, où Mme Kerr mit Cat au lit.

Patrick fut soulagé de voir que la jeune femme dormait profondément. Il la devinait épuisée, aussi bien physiquement que moralement. Toute la journée, il resta à son chevet et tandis qu'elle parlait dans son sommeil, il comprit l'intensité de son amour pour Francis Hepburn. Attristé, Patrick n'était pas certain de pouvoir regagner sa confiance. Pourtant, il l'aimait toujours autant...

En fin d'après-midi, elle sembla sur le point de se réveiller. Aussitôt, il demanda à Mme Kerr de préparer un plateau avec de la nourriture et une petite carafe de vin blanc. Quand Cat ouvrit les yeux, elle vit Patrick se précipiter vers elle.

— Bonjour, ma chérie. Comment te sens-tu ?

— Combien de temps ai-je dormi ?

— Environ dix heures, dit-il en l'aidant à s'appuyer contre les oreillers et en posant le plateau sur ses genoux. Mme Kerr t'a préparé un léger repas.

— Emporte-le. Je ne peux pas manger.

— Lord Home m'a dit que tu n'avais rien avalé pendant le voyage. Quand as-tu mangé pour la dernière fois ?

— Il y a deux nuits, je crois...

— Mange, ordonna-t-il dans un souffle.

Elle leva la tête et ses yeux s'emplirent de larmes. Patrick la prit dans ses bras. Il sentit qu'elle se raidissait mais ne la lâcha pas.

— Pleure... dit-il. Pleure, Catriona...

L'immense détresse qu'elle avait enfouie au fond de son cœur se réveilla. Elle pleura jusqu'à ce que ses yeux deviennent rouges et gonflés, jusqu'à ce qu'il n'y eût plus de larmes. Et Patrick la berça contre lui, murmurant des mots tendres. Lorsqu'elle fut enfin apaisée, il lui essuya les joues avec un mouchoir de soie, mais quand il l'approcha de son nez, elle le lui arracha des mains.

— Je ne suis pas une enfant !

— Non, c'est vrai.

— Comment peux-tu vouloir que je te revienne, lança-t-elle, furieuse, en sachant que je l'aime, *lui* ? Je l'aimerai toujours !

Avec un regard de défi, elle avala un verre de vin.

— Ne bois pas avant d'avoir mangé ! s'exclama Patrick en riant, et il lui retira la carafe de vin.

Mme Kerr apporta un autre plateau et Patrick s'attaqua avec un plaisir évident aux huîtres et aux artichauts.

Cat se força à avaler un peu de chapon et de pain. Sachant qu'elle aimait les sucreries, Patrick lui offrit une part de sa tarte au miel et fut soulagé lorsqu'elle la mangea. Quand elle eut fini son vin blanc, elle se versa du rouge mais Patrick l'empêcha de le boire.

— Tu seras malade, Cat. Et il est déplaisant de dormir avec une femme ivre.

— Tu ne penses tout de même pas dormir dans ce lit ! s'écria-t-elle. Tu ne peux pas être aussi cruel, Patrick ! Donne-moi un peu de temps...

Le moment était venu et Patrick Leslie se prépara à affronter la jeune femme. Il était blessé de découvrir que Bothwell la connaissait beaucoup mieux que lui.

— Tu es ma femme, Cat. Que tu le veuilles ou non, que tu m'aimes ou non. Selon la loi, tu es mienne et même si tu ne m'aimes plus, moi je t'aime encore. Cela fait deux ans que je suis privé de toi. Je n'ai pas l'intention de continuer.

Tout en parlant, il s'était dévêtu. Il replia le drap et la rejoignit. Cat essaya de s'enfuir par l'autre côté du lit, mais il fut plus rapide. L'attirant à lui, il se pencha et s'empara de ses lèvres qu'elle gardait obstinément fermées. Doucement, il glissa sa langue dans sa bouche, en caressant les seins qu'il avait libérés. Le désir la traversa comme un éclair et elle gémit. Désespérée, elle continua à se débattre. Elle ne voulait pas Patrick Leslie, elle voulait Francis Hepburn dont la voix résonnait encore à ses oreilles : « Tu es faite pour l'amour. Il ne faut pas en avoir honte... »

Son corps la trahissait une nouvelle fois, réagissant aux caresses alors qu'elle l'aurait souhaité inerte. Pourtant, Glenkirk ne s'était jamais montré aussi tendre envers elle, ce qui la réconforta. Mais si les caresses avaient excité son corps, Cat ne connut pas la jouissance qu'elle avait éprouvée avec Francis.

Ils restèrent à Edimbourg quelques jours afin que Cat reprît des forces et chaque nuit Patrick vint la retrouver. Enfin ils rentrèrent à Glenkirk, une semaine après le onzième anniversaire de Bess. Elle fut la seule à ne pas être heureuse du retour de sa mère.

A quinze ans, le jeune Jamie profitait de ses vacances scolaires. Les petites servantes ne le quittaient pas des yeux et Cat devina que son fils avait découvert les plaisirs de l'amour.

— Qu'est-il arrivé à tes cheveux, maman? demanda-t-il en caressant les courtes boucles blondes.

— Je les ai donnés au roi.

— Non! Tu l'as défié!

— Oui.

— Ne sois pas triste, murmura-t-il en lisant la détresse dans son regard. Nous sommes heureux de t'avoir à nouveau à la maison.

De retour de chez Rothes, Colin et Robbie l'entouraient comme de jeunes chiots exubérants. En revanche, les deux plus jeunes filles de Cat, Amanda et Morag, âgées de six et cinq ans, se sentirent intimidées devant cette belle et triste inconnue. Mais en quelques jours, Cat réussit à les conquérir. Seule Bess restait distante.

— Elle est jalouse de toi, dit Meg, amusée. Depuis peu, elle perçoit sa propre féminité et voilà que tu reviens, Cat. A plus de trente ans, tu es magnifique! C'est dur pour la pauvre Bess. Elle adore Patrick et jusqu'à maintenant il s'occupait beaucoup d'elle. Désormais, il passe le plus clair de son temps avec toi.

Bientôt, Cat fut à nouveau enceinte. Elle surprit par hasard une discussion à ce sujet entre sa fille aînée et Jamie :

— A son âge, c'est dégoûtant, lança Bess. Et surtout après ce qu'elle a fait à papa en devenant la catin de Bothwell !

Cat entendit claquer une gifle.

— Tu m'as frappée, Jamie !

— Oui. Et je te frapperai encore, mademoiselle Jalousie, si tu insultes encore notre mère. Tu ignores tout de ce qui s'est passé entre nos parents, mais je sais que maman aime Francis Hepburn. Or elle est revenue parce qu'elle nous aime aussi et elle ne voulait pas que le roi nous détruise.

— Comment le sais-tu ? railla Bess.

— Parce que John Leslie, l'héritier des Rothes qui est à l'université avec moi, est au courant de toute l'affaire. Le roi avait juré de ruiner notre famille si maman ne quittait pas Bothwell.

— Le roi a toujours raison ! C'est un homme saint !

— Tu es une petite dinde, dit Jamie avec un rire méchant. Ou une petite vierge idiote.

— Alors pourquoi attend-elle l'enfant de papa puisqu'elle ne l'aime pas ?

— Pour faire la paix avec lui, je pense. C'est une femme courageuse, et si à l'avenir tu n'es pas polie envers elle, je n'hésiterai pas à te donner la fessée !

Cat était abasourdie par la sagesse de son fils. Elle devinait aussi que la colère de Bess lui avait été soufflée par un adulte et elle croyait savoir qui.

Quand Cat s'était enfuie du palais royal, sa fidèle servante Ellen n'avait pas su les raisons de ce départ précipité. Rentrée à Glenkirk, elle s'était occupée de la jeune Bess. Les mois étaient passés sans aucune nouvelle de Cat et l'incompréhension d'Ellen s'était muée en colère. Malheureusement, cette colère avait déteint sur la petite Bess et maintenant que sa maîtresse était revenue, Ellen avait repris ses fonctions auprès d'elle, renforçant ainsi l'animosité de la jeune fille.

Cat devinait qu'Ellen manquait à Bess. Elle alla trouver la servante pour essayer d'arranger les choses.

— Ellen, j'ai besoin de ton aide avec Bess. Elle est à un âge où il lui faut une main experte pour la guider. C'est toi qui t'en es occupée pendant mon absence. Pourrais-tu continuer ? Elle t'aime tant.

— Je ferai ce que vous voudrez, mais qui s'occupera de vous, surtout dans votre état ?

— Enfin, Ellen, ce n'est pas mon premier enfant ! Je ne pourrai jamais te remplacer mais ta nièce Susan me semble douée.

— C'est vrai, acquiesça Ellen, Susan a la tête sur les épaules. Je lui expliquerai comment faire son travail. Mais ne pourrait-elle pas servir Mlle Bess plutôt que moi ?

— Bess serait plus heureuse avec toi, Ellen, et tu as été si précieuse pour moi au même âge. Mais c'est à toi de prendre la décision.

Ainsi que Cat l'avait prévu, Ellen choisit de s'occuper de Bess, pensant qu'il serait plus facile d'influencer une jeune fille plutôt que Lady Cat qu'elle ne comprenait plus. Flattée par son nouveau rôle, elle vanta même les mérites de Cat auprès de sa fille.

Cat passa ensuite beaucoup de temps avec ses trois filles. Amanda et Morag n'étaient plus timides et Bess s'adoucissait, acceptant même de se joindre à leurs jeux.

Huit mois après son retour, Cat accoucha.

— C'est trop tôt, s'inquiéta Patrick.

— Je suis étonnée qu'elle ait tenu aussi longtemps, répondit Meg. Ne te tracasse pas, mon fils. A la tombée de la nuit, il y aura au moins deux autres Leslie dans cette maison. Cat attend des jumeaux et ce genre de naissance survient toujours plus tôt. Je le sais parce que ma mère a eu des jumeaux après moi. C'est de famille.

La comtesse douairière avait vu juste. Le 1er mai 1594, Cat mit facilement au monde un fils et une fille. On les appela Ian et Jane, en l'honneur de leurs arrière-grands-parents paternels.

A la mi-juin, Patrick reçut la visite de Benjamin Kira et se vit obligé de retourner à Londres. Cat refusa de l'accompagner.

— Je serai loin jusqu'au printemps prochain, ma chérie. Je t'en prie, viens avec moi. Nous avons été ensemble si peu de temps.

— Non, Patrick. Tu as promis à Francis que nous pourrions nous voir avant qu'il quitte l'Ecosse. Si je suis en Angleterre quand il me fera signe, je ne le verrai pas.

Patrick fut attristé par son refus et partit à Londres le 15 août.

Un mois plus tard, la comtesse de Glenkirk reçut une lettre de George Gordon, le puissant comte de Huntley, l'invitant chaleureusement à lui rendre visite. Les rumeurs disaient que Bothwell se trouvait dans le Nord. Cat devina qu'il serait lui aussi au château de Huntley.

## 35

La trêve entre James Stewart et Francis Stewart-Hepburn fut un échec. Bien que le roi eût signé un décret le 14 août 1593 qui accordait le pardon à son noble cousin et à ses fidèles amis, en leur rendant leurs domaines, titres et honneurs, il fut bientôt tenté de revenir sur sa décision. Le 22 septembre, James interdit à son cousin et à ses alliés de s'approcher à moins de quinze kilomètres de sa personne, à moins d'y avoir été expressément conviés. S'ils désobéissaient, ils seraient accusés de trahison.

Ayant été provoqués, Bothwell et les siens relevèrent le défi. Ils se rassemblèrent début octobre près de Linlithgow où résidait le roi. Le 22 octobre, Bothwell fut convoqué devant le Haut Conseil pour haute trahison. Il refusa de s'y rendre.

Suivirent quelques mois calmes, puis au printemps 1594, James appela par deux fois à une levée d'hommes armés pour amener son cousin devant la justice. Soudain, Bothwell apparut avec une armée importante à Leith. Il prétendit être venu pour combattre les Espagnols dont certaines rumeurs annonçaient le débarquement prochain. Sa véritable intention était de prouver sa force, espérant ramener ainsi son royal cousin à la raison.

Le roi sans couronne se rendit ensuite en Angleterre où il séjourna tranquillement jusqu'à ce que la reine Elizabeth fût obligée de reconnaître sa présence en son royaume et de le renvoyer.

Francis Hepburn avait deux possibilités : se rendre à James ou se joindre aux seigneurs du Nord. Pressentant qu'un exil serait nécessaire, il se dirigea vers le Nord afin de voir Cat avant son départ. Hercules avait été capturé par le roi et pendu en février. Il ne lui restait que Catriona Leslie. Accepterait-elle de le voir ?

Rassemblant ses filles autour d'elle, Cat leur expliqua qu'elle devait s'absenter quelque temps.

— Mais je reviendrai, mes chéries, et je ne vous quitterai plus jamais.

Lorsque Amanda et Morag furent parties jouer, Bess lui demanda :

— Est-ce que Lord Bothwell se trouve à Huntley, maman ?

Cat dévisagea sa fille qui, à douze ans, était déjà presque une femme. Elle décida de ne pas lui mentir.

— Je le crois, dit-elle en posant un bras autour de ses épaules. Ne sois pas en colère, Bess. Ton père m'a donné la permission de voir Francis. Un jour, tu aimeras un homme et alors tu me comprendras.

— Je n'aimerai jamais personne d'autre que mon mari.

— Comme c'est merveilleux d'être si jeune et si certaine ! s'exclama Cat en riant. J'espère qu'en mon absence tu aideras ta grand-mère à surveiller tes sœurs et les jumeaux.

— Tu ne partiras pas avec le comte de Bothwell ? interrogea soudain Bess en s'accrochant à sa mère. Tu reviendras ? Tu ne nous laisseras pas pour toujours ?

— Non, mon enfant, je reviendrai, promit Cat, émue. Ne t'inquiète pas, ma chérie.

Escortée par une dizaine d'hommes en armes, la belle comtesse de Glenkirk franchit les collines qui la séparaient de Huntley le cœur léger. Ellen avait voulu l'accompagner, prétextant que sa nièce n'avait pas assez d'expérience, mais Cat avait convaincu la vieille servante de rester avec Bess. La petite Susan savait se montrer discrète.

Lorsque les tours du château de Huntley apparurent, Conall se rapprocha.

— Je ne pense pas que vous désiriez que l'on reste, dit-il d'un air mécontent.

— Non. Je connais bien les Gordon. Ils assureront ma protection.

— Je ne m'inquiétais pas pour les Gordon, madame.

— Je n'ai nul besoin d'être protégée du comte de Bothwell, Conall, fit Cat avec un sourire. Au contraire, c'est plutôt lui qui aurait besoin d'être protégé de moi.

Malgré lui, Conall éclata de rire. Depuis longtemps, il avait renoncé à comprendre ces aristocrates compliqués.

Dans la cour de Huntley les attendaient George Gordon et sa jolie femme française, Henriette. Descendant de cheval, Cat les salua chaleureusement mais son regard cherchait quelqu'un d'autre.

Un sourire aux lèvres, Lord Gordon la rassura :

— Il est arrivé il y a deux heures, Cat, et il a voulu prendre un bain. Je ne pense pas qu'il soit déjà prêt pour te recevoir.

Mais brusquement elle le vit en haut d'un escalier. Un instant ils se dévisagèrent, le souffle coupé. Cat fit quelques pas en avant, mais ses jambes la trahirent et elle manqua de s'écrouler. En quelques secondes, il était à ses côtés et la tenait entre ses bras puissants, son regard bleu dévorant le sien. Elle glissa les bras autour de son cou et l'embrassa. Autour d'eux, la cour, les chevaux, les serviteurs, les Gordon, disparurent comme par enchantement. Ils étaient seuls au monde, affamés l'un de l'autre, leurs lèvres réclamant toujours plus.

Ce fut Henriette qui rompit le charme en se tournant vers son mari :

— George, tu ne m'avais pas dit que Lord Bothwell et Lady Leslie se connaissaient ! Je leur ai donné des appartements à chaque bout du château.

Francis se sépara de Cat et ils éclatèrent de rire.

— Vraiment, George, renchérit la comtesse de Glenkirk. Comment n'avez-vous pas songé à ce détail ?

— Peux-tu tenir debout, ma chérie ? demanda Francis.

— Oui, Francis. Je vais bien maintenant.

Le roi sans couronne baisa la main potelée de la jolie maîtresse de maison.

— Lequel des deux appartements est le plus grand, Henriette ?

— Celui de Lady Leslie, dit-elle en rougissant.

— Pourrais-tu avoir l'obligeance de faire transférer mes affaires chez elle ? Après tout, nous n'aurons besoin que d'un lit. George, ajouta-t-il en se tournant vers son hôte, veux-tu nous excuser jusqu'à dîner ? Ma dame et moi avons été séparés depuis plus d'un an, je suis certain que tu comprends.

Un bras autour de la taille de Cat, il la guida vers le château. Choquée, Henriette dévisagea son mari qui s'empressa de lui raconter l'histoire tragique des deux amants. La jolie comtesse de Huntley en fut émue jusqu'aux larmes.

— Les pauvres ! s'écria-t-elle. Et ce James Stewart, quel cochon !

Et elle devint leur plus fidèle alliée.

Bothwell patienta une heure avant de se trouver seul avec Cat. Il ne pouvait espérer être tranquille tant que les domestiques allaient et venaient. Cat exigea un bain et la jeune Susan parfuma l'eau chaude avec une huile de jacinthes sauvages. Amusé, Francis la saisit par la taille :

— Tu n'es pas Ellen.

— Non, milord, bégaya Susan en rougissant. Je suis sa nièce. Ma tante s'occupe de Mlle Bess maintenant.

— Bien, ma jolie Susan, va donc prendre un bon repas à la cuisine et si les garçons se montrent trop entreprenants, dis-leur qu'ils auront affaire à moi.

— Mais, milord, je dois aider Lady Leslie à se changer !

— C'est moi qui l'aiderai, rétorqua Francis en la guidant fermement vers la porte. Ce ne sera pas la première fois. Et ne reviens pas avant qu'on t'en ait donné l'ordre, petite.

Il ferma à clé derrière une Susan abasourdie.

— Voyou ! s'exclama Cat en riant. Elle en parlera pour le restant de ses jours !

— Dépêchez-vous de prendre votre bain, madame.

— Aide-moi à me déboutonner, dit-elle en lui présentant son dos.

Ses doigts maladroits s'acharnèrent sur la rangée de boutons d'argent. Son émotion amusa Cat. Elle retira la longue robe d'équitation en velours. Dessous, elle portait une blouse décolletée, trois jupons en soie et des bas de dentelle fixés par des jarretières. Lorsqu'elle défit la blouse, elle était nue jusqu'à la taille. Le regard brûlant de désir, elle le contempla.

— Ton bain, dit-il d'une voix rauque.

Elle enleva les jupons, roula les bas le long de ses jambes fines. Il grogna.

— Bon sang ! Tu tenterais le diable en personne.

— Pour être si empressé, tu as dû m'être fidèle, Francis. Je suis flattée.

— La vérité, répondit-il d'un air sombre, c'est que j'ai poursuivi toutes les jupes possibles pour essayer de calmer le feu que tu as laissé en moi. Ça a été un échec... parce que je n'ai jamais cessé de t'aimer ni de te désirer.

— Oh, Francis... J'ai souffert de ton absence pendant ces mois interminables. Et je n'ai jamais cessé de t'aimer, moi non plus.

— Et pourtant, ajouta-t-il amer, tu as donné des jumeaux à ton mari !

Elle éclata de rire.

— Francis, enfin ! Les enfants sont évidemment de toi !

— Tu ne peux pas en être certaine, répliqua-t-il, indécis.

— Mais si ! Quand Mam est revenue d'Orient, elle a rapporté un secret pour contrôler les naissances. Toutes les femmes de notre famille le connaissent. Vu notre situation, je ne voulais pas d'enfant avec toi. Je préférais attendre de pouvoir t'épouser. Mais lorsque James a ordonné qu'on se sépare, j'ai changé d'avis : je voulais ces enfants en souvenir de toi. J'étais enceinte d'un mois en te quittant. Glenkirk pense que les jumeaux sont les siens, et qu'ils sont nés prématurés.

— Comment les as-tu appelés ?

— Ian et Jane.

— Comme mes parents ?

— Oui, mais Patrick croit que j'ai choisi les prénoms de ses grands-parents.

— Comment sont-ils, mes chers petits ?

Cat rit une nouvelle fois.

— Ils n'ont que cinq mois, mais le garçon a des yeux bleus et des cheveux auburn. Il est vif et exigeant. Sa sœur a des yeux bleus et des cheveux blond-roux, et le même tempérament. Les nourrices les adorent car ils ont un charme fou.

Le regard de Francis s'assombrit. Cat sentit sa gorge se nouer et maudit le roi pour la millième fois.

Quand elle sortit du bain, Francis essuya son corps magnifique. Ils se désiraient avec une force inouïe.

— Maintenant, dit-elle soudain. Prends-moi maintenant ! Cela fait un an que j'attends d'être avec toi.

Ils grimpèrent dans le lit de plumes.

— Glenkirk n'a-t-il pas su apaiser tes ardeurs, mon amour ?

— Mon corps lui répond mais je n'ai pas retrouvé le paradis que je connais avec toi, Francis. J'ai tellement envie de toi !

La tenant au creux de son épaule, il lui caressa un sein, puis son ventre, ses cuisses fermes et les doux secrets de sa féminité.

Cat sentait qu'elle s'échappait dans un monde enchanteur qu'elle n'avait pas retrouvé depuis leur séparation. Une merveilleuse tension s'empara de son ventre et lorsqu'il la pénétra, elle hurla son bonheur.

Presque aussitôt, ils s'endormirent ensemble, leurs corps encore unis. Lorsqu'elle se réveilla, il la contemplait et lui baisa l'intérieur de la main. Leurs regards trahissaient l'intensité de leur passion. Que deux personnes puissent s'aimer aussi profondément était presque effrayant.

— Qu'as-tu fait à tes beaux cheveux ? lui demanda-t-il.

Cat lui raconta l'entrevue avec le roi.

— Tu l'as nargué à cause de moi, s'émerveilla

Francis. Comme ce cher James a dû en souffrir! Seigneur, comment vais-je survivre sans toi?

— Je ne veux pas y penser, Francis. Pas aujourd'hui.

— Combien de temps peux-tu rester?

— Aussi longtemps que tu es à Huntley. Glenkirk est en Angleterre jusqu'au printemps.

— Comme c'est pratique! Mais je doute qu'il serait content d'apprendre que nous habitons de nouveau ensemble.

— Je ferai ce qu'il me plaît! Si je pensais que ma famille n'en souffrirait pas, je partirais pour la France avec toi sans hésiter. Le roi et mon mari le savent bien. Malheureusement, je suis liée aux Leslie. Ils me harcèlent depuis mon retour. Mon oncle Patrick, le vieux comte de Sithean, est mort il y a deux ans et sa veuve se plaint que ma conduite déplorable met en péril l'avenir de son fils aîné. Quand j'ai dit la vérité à ma mère, elle m'a grondée de ne pas avoir expliqué à mon mari le grand honneur que m'avait fait le roi en me choisissant comme maîtresse. Alors qu'elle-même n'a jamais connu que mon père! Ils m'écœurent, tous! Et cependant, mon devoir est de les protéger et je dois leur sacrifier mon bonheur. Mais, cher amour, je ne sacrifierai pas le temps que je peux avoir avec toi. Quand tu quitteras l'Ecosse, je ne te reverrai plus jamais, le destin nous séparera.

— Je ne mérite pas un amour aussi grand, Catriona, murmura Francis en la serrant contre lui.

La pendule sur la cheminée sonna cinq heures.

— Grands dieux! s'écria-t-elle. Nous allons être en retard pour le dîner.

Tandis qu'elle tirait sur le cordon des domestiques, Francis admira la perfection de son corps. Sans ses longs cheveux, il voyait la ligne magnifique de son dos. Il avait aimé un grand nombre de femmes, mais aucune ne possédait la beauté de Cat.

Susan apporta un paravent et le valet de Francis se précipita pour cacher son maître quand celui-ci se leva, mais Susan avait déjà vu et rougissait. Amusé, Francis lui fit un clin d'œil. La petite manqua de s'évanouir.

— Ça suffit, Francis ! gronda Cat. Arrête de taquiner Susan, elle est maladroite comme jamais. Non, mon enfant. Donne-moi le pendentif.

Bothwell avait enfilé un kilt.

— Tu as la plus belle paire de jambes que j'aie jamais vue dans un kilt ! plaisanta Cat.

— Et toi, ma chérie, tu as la plus belle paire de...

Elle le réprimanda du regard et il se ravisa.

— Enfin, c'est vrai... ajouta-t-il cependant.

— Tu es impossible ! fit-elle en riant. Emmène-moi dîner !

Les Gordon les attendaient dans le grand hall. Ils n'avaient invité personne d'autre, pensant que Francis et Cat seraient heureux d'être seuls.

George Gordon était un parent du roi et Cat l'avait rencontré à la cour, mais il avait toujours laissé sa femme à la maison. Avec ses cheveux blonds et ses grands yeux noisette, Henriette était charmante. Les deux jeunes femmes sympathisèrent aussitôt.

Sachant que Bothwell passerait l'hiver chez eux, Henriette demanda à Cat de rester. Puis elle proposa que ses filles et les jumeaux viennent passer Noël à Huntley. Francis ne se tenait plus de joie.

— Je vais voir nos enfants ! s'écria-t-il lorsqu'ils remontèrent dans leur chambre.

— Tu ne peux pas trahir notre secret, Francis. Tout le monde croit qu'ils sont les enfants de Patrick Leslie. Je ne permettrai à personne, même pas à toi, de leur faire courir le moindre danger.

Il poussa un soupir résigné.

— Le destin a été cruel avec nous, n'est-ce pas, Cat ?

— Nous sommes ensemble pour l'instant.

« Mais pour combien de temps ?... » Cette question les torturait tous les deux, mais ils ne la prononcèrent pas.

## 36

Septembre fit place à un mois d'octobre drapé de couleurs automnales. Les arbres autour de Huntley se parèrent de rouge, d'or et de vert. En revanche, novembre fut gris et brun, et la première neige tomba la nuit de la Saint-Thomas. Les enfants Leslie arrivèrent ce jour-là.

Escortés par Conall et cinquante hommes armés, ils étaient venus en attelages, excepté Bess qui montait sa jument. Dans son élégante tenue d'équitation en velours bordeaux, avec une cape bordée de zibeline et un petit chapeau, la jeune fille faisait des efforts pour avoir l'air d'une adulte. Cat ne l'avait encore jamais vue avec ses cheveux relevés.

Lorsqu'elle aperçut sa mère, son visage s'éclaira d'un beau sourire. Oubliant tout décorum, elle se jeta dans ses bras.

— Tes manières, Bess, gronda gentiment Cat. Fais ta révérence à Lord et Lady Gordon et au comte de Bothwell.

Rougissant, la jeune fille obéit avec grâce. Henriette l'embrassa sur les deux joues et lui souhaita la bienvenue. Prenant la main de Bess, Francis la porta à ses lèvres :

— Heureux de vous revoir, Lady Elizabeth.

« Flûte ! pensa Bess. Je voudrais le détester mais je n'y arrive pas. Il est toujours si gentil... »

Amanda et Morag saluèrent poliment leurs hôtes. Enfin, Mme Kerr et Sally firent leur apparition, cajolant chacune un jumeau.

— Regardez, s'exclama la comtesse de Glenkirk. Mes deux plus jeunes !

Elle révéla le visage de Jane endormie, de longs cils noirs ombrant ses joues roses et ses boucles auburn dépassant d'un bonnet en dentelle. Mais Ian était réveillé. Cat fut saisie par l'expression familière de son regard bleu.

— Tu es réveillé, mon amour ? murmura-t-elle au bébé. Voici mon petit garçon, Ian Leslie. Tiens, Francis, ajouta-t-elle brusquement, prends-le pendant que je m'occupe de Jane.

Enchanté mais craintif, Francis lui emboîta le pas. Il admirait la manière habile dont Cat lui avait confié son fils. Il s'assit près du feu et installa Ian sur son genou.

— Bonjour mon petit, tu as fait un bon voyage ?

L'enfant l'observa d'un air sérieux puis agrippa une poignée de cheveux et tira de toutes ses forces.

— Owwww ! hurla Francis. Tu es un sacré petit diable !

— Il vaut mieux rendre Ian à sa nurse, dit doucement Cat. Que penses-tu de sa sœur ?

La petite s'était réveillée et souriait à son père.

— Elle te ressemble.

Un long moment, Bothwell contempla ses deux enfants. Secrètement, il maudit une nouvelle fois James Stewart. Son fils et sa fille grandiraient comme des Leslie et ne connaîtraient jamais leur véritable père.

En Ecosse, les fêtes les plus amusantes précédaient le Nouvel An. Depuis trois jours, les cuisinières s'affairaient à leurs fourneaux. Le 31 décembre, par une matinée froide mais ensoleillée, Cat et Francis partirent à cheval.

Revenant tard dans l'après-midi, ils trouvèrent les écuries désertes. Tous, du seigneur au marmiton, ramassaient du bois pour le feu de joie de la nuit. Cat et Francis pansèrent eux-mêmes leurs chevaux, ignorant que Bess les surveillait, cachée dans le foin du grenier.

Dans l'après-midi, Bess avait fait une promenade à cheval mais le froid l'avait vite ramenée à la maison. Elle avait dessellé et nourri sa jument avant de grimper au grenier pour admirer la vue. Par une belle journée, des écuries de Glenkirk, on apercevait le lac et les tours de Sithean, mais la vue de Huntley n'offrait que des collines et encore des collines. Déçue, Bess allait redescendre lorsqu'elle avait vu arriver sa mère et le comte de Bothwell. Sans vraiment savoir pourquoi, elle préféra rester cachée plutôt que de révéler sa présence.

Les adultes discutèrent de la fête à venir, des cadeaux qu'ils avaient préparés pour les enfants. Bess apprit qu'on lui offrirait un collier de perles dont elle rêvait depuis longtemps, ainsi qu'un bracelet et des boucles d'oreilles. Pour la fête des Rois, elle recevrait une cape fourrée de lynx et un collier de grenats.

— Elle grandit si vite, soupira Cat. Nous devrons bientôt penser à la marier. George et Henriette ont proposé leur fils cadet, Andrew.

— Elle sera très belle. Garde-la éloignée de la cour.

— Ce ne sera pas difficile. Bess ressemble à ses grand-mères. Elle aime la campagne et sera une épouse merveilleuse.

Dans sa cachette, Bess esquissa un sourire : elle était heureuse que sa mère eût confiance en elle.

Puis Bothwell murmura quelques mots à l'oreille de Cat qui éclata de rire et lui lança une poignée de foin à la figure. Ils se débattirent avant de tomber dans une stalle vide, juste au-dessous de Bess.

Intriguée par des bruits étranges, la jeune fille s'allongea sur le ventre et regarda à travers les planches. N'ayant qu'une idée vague de ce qui se passait entre un homme et une femme, elle fut éclairée. Couchée dans le foin, ses jupes relevées, Cat avait écarté les jambes. Lord Bothwell était allongé entre ses cuisses. Ils remuaient dans tous les sens et s'embrassaient avec passion.

— Oh, Francis, je t'adore ! s'écria soudain sa mère.

C'était donc cela, l'amour ! Curieusement, Bess n'était pas choquée. Désormais, les choses lui paraissaient plus claires.

Bothwell se releva et Bess fut surprise de voir combien sa mère était radieuse.

— Et si quelqu'un était entré, gronda gentiment Cat.

— Ils seraient repartis en courant ! D'ailleurs, tu ne semblais pas te plaindre.

— J'ai toujours rêvé de faire ça dans une meule de foin !

Ils gardèrent le silence durant plusieurs minutes.

— Je ne crois pas que je pourrai le supporter, mon amour, murmura soudain Cat.

— Chut, ma chérie. N'y pense pas. Profitons du temps qui nous reste.

— Laisse-moi venir avec toi, Francis, je t'en supplie !

— Cat, nous en avons déjà discuté. Nous ne pouvons pas causer la ruine des Leslie. Et puis, je suis un homme pauvre aujourd'hui. James m'a tout pris. De quoi vivrions-nous ?

— Maintenant que le prince Henry est né, James a dû m'oublier. On dit qu'il adore l'enfant. N'aurait-il aucune compassion pour les nôtres ? Par ailleurs, je suis une femme très riche. Un mot à mes banquiers et mes investissements peuvent être transférés n'importe où dans le monde !

Bess fut bouleversée : sa mère avait pourtant promis de revenir à Glenkirk. Les abandonnerait-elle ?

— Jamais ! s'écria Francis. Jamais je ne permettrai à une femme de m'entretenir ! Et James ne changera pas d'avis. Mes enfants sont heureusement aussi des Douglas et cette puissante famille les protégera. Mais les Leslie se marient entre cousins. Qui prendra leur défense ? Si nous n'obéissons pas à James, il les anéantira. Mon cher, mon tendre amour… je hais la pensée de te perdre mais je ne puis bâtir un avenir sur les ruines de Glenkirk et des siens.

Bess lisait le désarroi sur le visage de sa mère et son cœur se serra. Puis Cat hocha la tête.

— Tu as raison, bien sûr… Je suis folle d'envisager une telle chose.

Elle se blottit contre lui et, les yeux fermés, respira la bonne odeur de cuir de son pourpoint. « Parfois, se dit-elle tristement, je voudrais fermer mes yeux et ne plus me réveiller. J'ignore si je pourrai survivre sans cet homme. »

Elle réalisa alors que Francis serait le plus malheureux des deux. Il n'aurait pas de famille ni d'enfants pour le consoler. Sans argent, il serait contraint de vendre son épée au plus offrant, ou de se faire entretenir par une femme. Il y aurait toujours des femmes heureuses de l'aider. Alors, pourquoi ne l'acceptait-il pas de sa bien-aimée ?

— Non, ma chérie, je ne te prendrai jamais un sou car je t'aime, dit-il comme s'il lisait dans ses pensées. Les autres ne m'importent pas.

— Allons nous changer pour le dîner, déclara-t-elle, attristée.

Après leur départ, Bess resta immobile dans le grenier, abasourdie. Pendant cette dernière demi-heure, elle avait grandi, apprenant que l'amour apportait aussi la souffrance. Bess avait pourtant cru que c'était une chose douce et merveilleuse. Si l'on pouvait en souffrir, pourquoi aimer ?

Lentement, elle descendit l'échelle et retira la paille qui couvrait ses vêtements. Elle ne pouvait demander d'explications à sa mère mais elle essaierait d'éclaircir ce mystère. Pour l'instant, elle devait se dépêcher pour ne pas manquer la fête.

## 37

C'était le plein hiver. Les vacances terminées, les enfants étaient depuis longtemps rentrés à Glenkirk. Bien que le roi eût appris que les Gordon abritaient Bothwell, il ignorait que la comtesse de Glenkirk avait rejoint son amant.

James envoya une lettre arrogante au comte de Huntley, lui offrant son pardon royal s'il lui apportait Bothwell mort ou vif. Le grand chef des Highlands donna des ordres afin que l'on nourrît et logeât le messager royal. Le lendemain matin, il le fit venir devant lui.

— Je veux que le roi sache que ce message vient directement de moi, dit-il d'un air calme. Je ne peux imaginer que James souhaiterait me voir trahir les lois de l'hospitalité. Je suis donc sûr que cette lettre est un faux.

Le comte de Huntley déchira le parchemin en deux et le rendit au messager.

— Portez ceci à mon cousin James, en espérant que cela l'aidera à retrouver le traître qui ose utiliser le nom du roi à ses propres fins.

Lorsque Bothwell apprit le geste courageux et rusé de son ami, il le remercia de tout cœur.

— Je dois partir maintenant, dit-il. Si James veut vraiment ma mort, il n'y a plus d'espoir. Maitland pense qu'il a gagné. En brisant le pouvoir des nobles, le chancelier espère les remplacer. Mais c'est un imbécile ! Les hommes sévères qui ont façonné le roi durant son enfance ont fait un bon travail. James est peut-être superstitieux et lâche, mais il a l'intention d'être le seul à régner dans ce pays !

— Attends au moins le printemps, protesta George. Et puis, il y a Cat. Ta comtesse est une femme courageuse, mais ceci lui brisera le cœur.

Bothwell le savait. Ils s'étaient bercés d'illusions en pensant qu'ils pouvaient vivre comme les autres.

Quand il rejoignit Cat, il s'aperçut qu'elle était malade. Il comprit aussitôt de quoi il s'agissait.

— Je devrais te donner une bonne fessée, fit-il.

Comme elle ne disait rien, il continua :

— Ma pauvre petite, as-tu perdu la tête ? Tu ne peux pas faire passer ce nouvel enfant pour celui de Glenkirk. Crois-tu qu'il sera heureux de te retrouver enceinte de notre bâtard ?

— Cet enfant est le mien, rétorqua-t-elle sèchement.

— Il est le nôtre. Le tien et le mien. Avec Patrick en Angleterre, aucun doute n'est permis. C'est un homme fier, il n'acceptera jamais l'enfant.

— Il le fera. Il me doit beaucoup plus.

— Vas-tu le faire payer toute sa vie pour une folie d'une seule nuit ? N'a-t-il pas déjà assez souffert ?

— Non ! s'écria-t-elle, furieuse. Avec le temps, peut-être, je saurai lui pardonner. Mais je n'oublierai jamais ! Cette folie, comme tu l'appelles, m'a coûté mon bonheur, ma tranquillité. Que suis-je devenue aujourd'hui ? Comme c'est facile pour vous autres, les hommes, avec votre satanée fierté et votre morale ! J'ai été détruite par vous trois. Oui, par toi aussi, Francis ! Pour quelle raison t'es-tu intéressé à moi au début ? Parce que James me désirait ? Est-ce pour cela que tu es tombé amoureux ? Pour narguer le roi ?

Cat ne pensait pas ces paroles, mais elle voulait le faire souffrir autant qu'elle-même souffrait.

Francis lui donna une gifle. Les yeux emplis de

larmes, Cat ne dit rien, se contentant de toucher sa joue rouge. Sa tête bourdonnait tellement la gifle avait été forte.

— Je t'aime ! hurla Francis en la serrant brutalement contre lui. Depuis le premier jour. Mais tu étais la comtesse vertueuse et je respectais cette vertu. Tu vois, mon amour, je ne séduisais que les femmes consentantes. Quand James se vantait de t'avoir possédée, j'en avais honte pour lui et je devinais ton tourment. Puis Patrick et James t'ont blessée, et j'ai saisi la chance qu'ils m'offraient dans leur bêtise. Je t'aime ! Tu es gâtée et obstinée, Cat, mais je t'aime ! C'est déjà assez difficile de te laisser derrière moi, mais de savoir que tu portes mon enfant...

Il se tut, lui caressa doucement le visage.

— Pourquoi, ma chérie ? Pourquoi nous faire cela ?

— Parce que je ne peux supporter de te perdre entièrement, mon amour, murmura-t-elle. Crois-tu que ce sera facile pour moi, même en étant protégée à Glenkirk ? Je ne saurai jamais où tu es, si tu es sain et sauf ou s'il te manque quelque chose. Quand tu me quitteras cette fois-ci, je ne te reverrai plus. L'enfant me donnera de l'espoir et me rappellera à chaque instant notre amour. Comprends-tu cela ? Sans l'enfant, je deviendrais folle...

— Si Glenkirk ne veut pas le garder, envoie-le-moi. Ce ne sera pas facile, mais je serai réconforté d'avoir notre fils avec moi en exil et il ne souffrira pas d'être un bâtard. Je le reconnaîtrai légalement afin qu'il porte mon nom.

Cat éclata de rire.

— Ce sera un lourd fardeau, mon bel amour, de traverser l'Europe avec un bébé sur les bras. Et c'est une fille que je porte. J'en suis certaine car je suis toujours malade les premiers mois avec les filles.

De nouvelles larmes envahirent ses yeux.

— Un jour, à l'Ermitage, quand Bess a été si mal élevée envers toi, tu m'as promis que nous aurions une fille à nous. C'est chose faite.

— Mais je ne la verrai jamais, murmura-t-il tristement.

— Mais si, tu la verras ! Chaque année, je t'enverrai sa miniature et tu la verras grandir.

— Faible consolation. Jamais je ne la tiendrai dans mes bras. Je ne m'inquiète pas trop pour les jumeaux parce que Glenkirk croit qu'ils sont de lui. Mais cette pauvre petite...

Il posa la main sur le ventre de Cat.

— Qui veillera à ce que ma fille ne souffre pas ?

— Moi. Aucun mal ne lui arrivera, Francis. Je te le jure !

— Si j'étais Patrick Leslie, je te tuerais volontiers.

— Le comte de Bothwell tuerait peut-être sa femme infidèle, mais le comte de Glenkirk s'en abstiendra. Patrick est bien trop civilisé.

— Et pas moi ? plaisanta Francis.

— Non, Francis, pas toi ! Si tu étais civilisé, tu ne serais pas en guerre avec le roi. Mais ne change surtout pas, mon amour, je t'aime tel que tu es.

La grossesse semblait apaiser Cat, tandis que l'heure du départ de Francis approchait. Quant à lui, il était désespéré de devoir la quitter. Ils se disputèrent à nouveau au sujet de l'argent.

Cat voulait faire profiter Francis de sa richesse, mais sa fierté l'empêchait d'accepter quoi que ce fût.

— Imbécile ! cria Cat. Sans argent, que ferastu ?

— Je me débrouillerai, rétorqua-t-il sèchement.

— Ecoute-moi, mon amour ! La France n'est pas

l'Ecosse, ni l'Angleterre. Tu n'y comptes pas de vrais amis pour t'héberger. Tu dois avoir de l'argent pour vivre. Je t'en prie, laisse-moi t'aider ! L'argent n'appartient pas à Patrick, c'est le mien. C'est moi qui l'ai investi durant toutes ces années. Laisse-moi donner l'ordre aux Kira de mettre une somme confortable à ta disposition dans leur banque de Paris.

— Non, ma chérie, persista-t-il, touché néanmoins par son offre. Je t'ai déjà dit que je ne te prendrais pas un sou. Je ne laisserai pas l'histoire raconter que Francis Stewart-Hepburn aimait la comtesse de Glenkirk pour son argent.

— Malheureusement, l'histoire oublie toujours les femmes qui aiment. Seigneur, Francis ! De quoi vivras-tu ?

— Je deviendrai mercenaire. Les rois français ont besoin de guerriers. Je gagnerai de quoi m'héberger et manger. Ne t'inquiète pas, mon amour, je survivrai.

— Je me demande si un lit et un repas suffiront au seigneur de l'Ermitage, de Kelso, de Coldingham, de Liddesdale et de Crichton.

— Ils suffiront jusqu'à ce que je me bâtisse une nouvelle vie.

— Et comment la bâtiras-tu ? En devenant l'amant d'une vieille duchesse ?

— C'est possible, ma chérie, répliqua-t-il en riant. Ton amour t'a aveuglée : je suis un homme sans scrupules, tu sais.

— Prends l'argent, Francis, s'il te plaît ! Tu seras en sécurité.

— Non, Catriona, non.

C'était inutile de discuter. Mais Cat dirait aux Kira de donner ce qu'il fallait à Francis au cas où il s'adresserait à eux. Et le roi de France recevrait une jolie somme pour accueillir correctement Bothwell.

Malgré les protestations de Francis, Cat insista pour l'accompagner jusqu'à son navire.

— Je me sens parfaitement bien, assura-t-elle. Et je ne perdrai pas cet enfant.

Alors qu'ils disaient adieu aux Gordon, Henriette murmura à l'oreille de Cat :

— Il paraît que Glenkirk est rentré il y a trois jours.

— Ne lui dis rien, supplia Cat à voix basse.

Ils furent escortés par des hommes d'armes et s'arrêtèrent à une abbaye pour y passer leur dernière nuit. L'abbé les accueillit en tremblant : il craignait que le roi n'apprît qu'il avait hébergé le comte de Bothwell.

Installés dans la maison des invités, Cat se tourna vers Francis.

— Je ne veux pas dormir cette nuit. Nous aurons le reste de notre vie pour dormir.

Il acquiesça et la tint serrée contre lui.

Depuis peu, Francis avait observé le mur d'insensibilité que Cat érigeait autour d'elle. Elle ne ferait pas de scène. Il l'en aimait d'autant plus, car si elle avait faibli ne fût-ce qu'une seconde, il n'aurait pas trouvé la force de la quitter... En dépit de ce que disaient ses ennemis, Francis Stewart-Hepburn était un homme honorable. C'est ce qui causait sa perte.

Ils passèrent la nuit étendus devant le feu, à parler. Quelques heures avant l'aube, il lui fit l'amour. Pour la dernière fois, ses mains caressèrent son corps magnifique et il amena doucement Cat au firmament de la passion. Pour la dernière fois, elle s'abandonna aux délices qu'il était seul à provoquer en elle. Et quand ils eurent terminé, il déposa un baiser sur son ventre légèrement bombé.

Ils quittèrent l'abbaye avant l'aube et rejoignirent la côte. Debout sur les falaises, ils regardèrent le navire sur la mer, silhouette noire contre le ciel qui s'éclaircissait. Le signal fut donné et ils empruntèrent le petit chemin qui serpentait jusqu'à la plage. Une barque se dirigeait vers eux.

Retirant une bague de son doigt — un saphir avec un lion en or —, il la lui donna.

— Pour ma petite, quand elle sera assez grande pour la porter.

Elle hocha la tête et glissa la bague dans sa bourse. Tendrement, il effleura sa joue.

— Il n'y aura personne d'autre, Cat, murmura-t-il. Il n'y a jamais eu personne d'autre. Tu le sais, n'est-ce pas ?

— Oui, Francis, dit-elle d'une voix tremblante.

— Ne sois pas triste, mon amour. Glenkirk te protégera.

Puis il la serra fort et embrassa ces lèvres qu'il aimait tant. Elle se lova amoureusement contre lui. Son corps entier semblait refuser cette séparation injuste. Ils s'accrochaient l'un à l'autre quand une voix pressante se fit entendre :

— Milord ! Nous devons nous dépêcher. L'aube se lève et la marée va tourner.

Avec peine, il la relâcha, son regard bleu ne quittant pas les yeux émeraude de la jeune femme.

— Adieu, ma bien-aimée, dit-il dans un souffle.

— Bon voyage, mon bel ami.

Il se dépêcha de grimper dans la barque.

— *Francis !*

Lorsqu'il se retourna, il vit Cat courir vers lui et attrapa ses mains tendues.

— Je t'aime, Francis ! Il n'y a jamais eu que toi, et il n'y aura personne d'autre.

— Je sais, Catriona. Et maintenant, ma chérie, offre-moi un sourire. Ton si joli sourire que j'adore.

Ce fut terriblement difficile, mais tandis que la barque s'éloignait du rivage, elle esquissa un sourire radieux. Ses dernières paroles furent portées par la brise :

— Je t'aimerai jusqu'à la fin de mes jours, Catriona !

Debout sur le sable humide, Cat regarda la barque voler par-dessus les vagues jusqu'au bateau. Elle vit Francis grimper à bord et on leva l'ancre aussitôt. Les voiles se gonflèrent et le bateau s'ébranla doucement. Elle l'observa jusqu'à ce que ses yeux brûlent et qu'il ne fût plus qu'un point à l'horizon. L'eau recouvrait une partie de ses bottes mais elle ne s'en apercevait pas.

Soudain retentit une voix familière :

— Venez, madame ! Il est l'heure de rentrer à la maison.

Elle se retourna brusquement pour découvrir son mari. Son regard était de glace. D'une main, Patrick écarta sa cape et contempla d'un air méprisant son ventre rebondi. Sous la force de la gifle, Cat tomba à genoux. Les bras serrés sur son ventre, elle leva vers lui un visage de défi :

— Blesse cet enfant et je jure devant Dieu que j'irai retrouver Francis !

Il la releva brusquement.

— Je t'ai laissée jouer à la catin avec ton amant mais je refuse de reconnaître son bâtard ! Après la naissance, il s'en ira !

— Alors je partirai aussi, Patrick ! Si tu m'avais protégée du roi, j'aurais été une épouse fidèle. Mais tu n'as pas su me protéger et je suis tombée amoureuse de Francis. Maintenant, je dois passer le restant de mes jours seule, séparée de mon amour.

Sa voix s'élevait peu à peu.

— J'ai été forcée de sacrifier notre bonheur pour les satanés Leslie ! Et tu voudrais me prendre le seul souvenir qui me reste de lui ? Seigneur, comme je te hais, Patrick !

— Maîtrisez-vous, madame, lança-t-il, furieux. Il n'est pas nécessaire d'étaler nos différends devant les gardes. Nous continuerons cette discussion à Glenkirk.

— Il n'y a rien à discuter, Patrick, conclut Cat en marchant vers son cheval qui l'attendait en haut de la falaise.

Les hommes de Gordon avaient disparu. A leur place se trouvaient des Leslie. Saisie par une brusque fatigue, elle manqua de trébucher et Patrick la soutint.

— Continuez à avancer, madame. Ce serait regrettable que la prostituée préférée du comte de Bothwell s'écroule maintenant. Nous allons directement à Glenkirk.

— Mais il y a trois jours de cheval ! protesta-t-elle.

— Et alors ?

— Tu n'arriveras pas à nous tuer, Glenkirk ! Ni moi, ni mon enfant. N'oublie pas que j'ai mené des raids en Angleterre avec Francis.

Epuisée physiquement et moralement, elle avait un grand besoin de repos, mais Patrick n'accepta de s'arrêter que de temps en temps pour abreuver les chevaux et permettre aux hommes de se dégourdir les jambes. Plus le temps passait, plus Cat pâlissait.

— Seigneur Jésus ! s'exclama Conall. Vous allez la tuer ! Laissez-la se reposer.

— Non ! Nous allons jusqu'à Glenkirk, lança Cat avant que Patrick pût répondre.

— C'est moi qui décide ici, répliqua-t-il.

— Va au diable !

Lorsqu'ils atteignirent enfin le château de Glenkirk, Cat laissa Patrick l'aider à descendre. Elle gagna seule ses appartements où elle s'évanouit.

Elle ne sut jamais que ce fut Patrick qui la veilla pendant son délire, mais il comprit une nouvelle fois combien James, lui et même Bothwell l'avaient fait souffrir. Cat revivait son cauchemar et, assis à son côté, Patrick fut obligé de le revivre avec elle.

Bien plus bouleversantes que tout ce qu'il avait imaginé furent ses descriptions de ce que le roi lui avait infligé. L'entendant supplier James d'oublier ses désirs pervers, Patrick frémit de rage, puis il revécut le viol mais à travers les yeux de Cat. Pleurant à chaudes larmes, elle se redressa dans son lit, le regard absent, et le supplia de ne pas l'humilier. Patrick en fut désespéré.

Mais l'expérience la plus cruelle fut d'entendre Cat évoquer son amour pour Bothwell. Quand elle parlait de lui, son visage se transformait. Elle devenait encore plus belle, plus sereine.

Patrick fut touché d'apprendre qu'elle lui avait offert sa fortune et que ce grand seigneur l'avait refusée. S'ils n'avaient pas aimé la même femme, Bothwell et lui auraient pu être amis. Mais Patrick ne sut pas qui était le père véritable des jumeaux. Même pendant sa maladie, Cat protégeait ses enfants.

Quelques jours plus tard, elle reprit connaissance et porta aussitôt les mains à son ventre.

— Ne craignez rien, déclara sèchement Glenkirk, vous avez toujours votre bâtard!

Puis il la laissa aux soins des domestiques.

Cat reprit rapidement des forces. Les mois s'écoulant, elle s'arrondissait et passait beaucoup de temps avec ses enfants. Seule Bess était assez grande pour deviner que l'enfant attendu n'était pas celui de son père, mais elle souhaitait à présent faire la paix avec sa mère. Elle lui demanda de devenir la marraine. Touchée, Cat accepta avec plaisir.

Le comte de Glenkirk traitait sa femme avec une courtoisie glaciale. Ils étaient liés l'un à l'autre par l'Eglise et la volonté du roi. Rien de plus.

A la mi-août 1595, la comtesse de Glenkirk mit au monde son neuvième enfant, une petite fille. En fin d'après-midi, le comte vint rendre visite à sa femme.

Attendri malgré lui, il l'observa un instant depuis la porte. Puis elle leva les yeux et croisa son regard.

— Puis-je entrer, Cat?

Elle acquiesça. Approchant une chaise, il contempla le nouveau-né qui tétait avidement le sein rond de sa mère. Rassasiée, la petite s'endormit et Patrick l'accueillit dans ses bras. Il la berça, contemplant le minuscule visage ovale et les boucles auburn humides. Elle avait d'épais cils noirs. Patrick pressentait qu'elle serait d'une grande beauté.

— Comment vas-tu l'appeler? demanda-t-il.

— Je ne sais pas.

— Puisqu'elle est probablement le dernier enfant que nous aurons, j'aimerais choisir son nom.

— Et comment l'appellerais-tu? s'étonna Cat.

— Frances, murmura-t-il. Frances Leslie.

Un court instant, elle crut avoir mal entendu mais Patrick lui souriait tendrement.

— Je ne vais pas te demander pardon, Cat, continua-t-il, car ce que je t'ai fait ne peut être oublié ni pardonné. Mais je ne veux pas laisser James Stewart nous détruire, nous et notre famille, comme il a détruit Bothwell. Je sais que tu ne m'aimeras plus jamais, mais pourrions-nous recommencer à zéro et devenir amis ?

Le cœur de Cat se gonfla de joie. Une boule se forma dans sa gorge et ses yeux s'emplirent de larmes. Lui prenant la main, elle la porta à sa joue.

— Bothwell avait raison, murmura-t-elle. Il a dit que tu nous protégerais.

Glenkirk déposa l'enfant endormi dans son berceau.

— Je suis un homme plus heureux que lui, ma chérie. On m'a donné une seconde chance.

Ils échangèrent un sourire.

Pour le bonheur de sa fille et parce qu'elle avait besoin de sa protection, Cat ferait la paix avec Patrick. Mais jusqu'à son dernier souffle, elle n'oublierait jamais Francis Stewart-Hepburn, le roi sans couronne, son bien-aimé. Il vivrait pour toujours dans le secret de son cœur.

## CINQUIÈME PARTIE

## L'AMOUR EN FUITE

### 38

Silencieuse, Catriona Leslie observait les flammes danser dans la cheminée de sa chambre, réfléchissant aux événements de ces dernières semaines. Son mari était mort, ou du moins présumé mort. Mais elle ne parvenait pas à y croire. Elle poussa un long soupir. Les faits, en revanche, semblaient indiscutables.

Dix-huit mois plus tôt, Patrick avait quitté Leith à bord de son navire, le *Gallant*, avec cinq autres bateaux qui se dirigeaient vers le Nouveau Monde afin d'y acheter des fourrures. Le comte de Glenkirk avait tenu à vérifier lui-même le bon déroulement de cette nouvelle aventure.

Depuis des mois, Patrick avait eu envie de monter cette expédition. La fourrure représentait un marché substantiel en Europe et la qualité de celles qui arrivaient du Nouveau Monde était bien meilleure.

Ainsi, il fut décidé que le premier convoi de navires Leslie partirait au printemps 1596, suivi trois mois plus tard par un deuxième groupe sous le commandement d'Adam. Espérant que son absence changerait les sentiments de sa femme envers lui, Patrick avait décidé de partir le premier. Pour lui souhaiter un bon voyage, Cat s'était rendue à Leith avec tous les enfants.

— Je te rapporterai suffisamment de castor pour en faire une cape, avait-il dit en plaisantant. Une fourrure sombre rehausserait ton teint à la perfection.

— Reviens vite, avait-elle répondu.

— Ça ira, Cat ?

Elle lui avait souri et un bref instant, Patrick avait retrouvé l'éclat de la Cat d'autrefois, avant que la vie la blessât si cruellement.

— Ne t'inquiète pas, je suis tout à fait capable de rester seule... avec mes neuf enfants !

Elle n'avait eu aucune prémonition du désastre. Mais un an plus tard, le deuxième convoi de navires Leslie était revenu à Leith avec une cargaison de précieuses fourrures et de terribles nouvelles. Sans attendre, Adam s'était précipité à Glenkirk pour annoncer que les six premiers bateaux n'étaient jamais arrivés au Nouveau Monde.

En apprenant le drame, le roi n'avait pas perdu de temps et il avait nommé le jeune Jamie Leslie cinquième comte de Glenkirk. Cat avait été furieuse, bien que les domaines aient besoin d'un seigneur. Une nouvelle fois, James Stewart était intervenu dans sa vie. Ne lui avait-il pas écrit que son deuil ne devait pas dépasser six mois et qu'elle devrait se présenter à la cour au printemps ? Il ordonnait aussi au jeune comte de se marier rapidement afin d'assurer la descendance des Glenkirk. Heureusement, Patrick et elle avaient veillé aux fiançailles de Jamie avec Isabelle Gordon avant l'expédition, sinon le roi aurait certainement choisi une épouse pour le jeune homme.

La lettre du roi continuait ainsi : puisque la mère de Patrick, la vieille Meg, vivait encore, la famille avait l'étrange privilège de compter deux comtesses douairières. L'aînée habitant la maison douairière, il fallait que la plus jeune vînt à la cour pour permettre au jeune couple de profiter de son intimité.

— Qui crois-tu tromper, James ? s'était exclamée Cat. Tu crois donc me posséder une nouvelle fois ? Venir à la cour pour laisser les jeunes mariés tranquilles... Belle excuse ! Tu veux t'emparer de mon corps ! Crapule !

Cat se trouvait désormais dans une position très difficile, mais son fils Jamie trouva un moyen de la sauver des griffes royales sans offenser le roi ouvertement.

— J'ai la solution, maman, dit-il un jour. Je sais comment battre le roi à son propre jeu, sans mettre notre famille en danger.

— Je te remercie, mon fils, mais le roi désire que je devienne sa maîtresse. Comment pourrais-je y échapper ?

— Ecoute-moi ! Le roi ignore que je suis au courant de ses intrigues. Et si après nos mariages, Isabelle et moi, ainsi que Bess et Henry, allions tous à la cour en te laissant ici ? A notre retour, tu serais partie rendre visite à nos cousins français, sous un prétexte quelconque.

Cat réfléchit une seconde, puis s'exclama, emballée :

— C'est une excellente idée ! Si tu joues au parfait sujet, James n'osera pas toucher à un cheveu des Leslie. S'il pense que tu ne sais rien, il ne pourra pas te punir. Mais il faudra que tu te plaignes de ma conduite inqualifiable devant la cour. Même Isabelle ne doit pas savoir la vérité.

— En effet, maman, tu es incorrigible, déclara Jamie en riant, mais je t'aime ainsi ! Tu auras certainement besoin d'argent. Je demanderai aux

Kira la meilleure façon de t'envoyer des fonds secrètement.

— Ce ne sera pas nécessaire, mais merci d'y avoir pensé. Tu l'ignorais, mais je suis une femme très riche indépendamment de mon mari. Je vais demander aux Kira de transférer peu à peu mes biens en France.

— Où iras-tu ?

— Trouver Bothwell, bien entendu. Si Francis veut encore de moi, je serai la plus heureuse des femmes.

— Aucun doute là-dessus. J'ai entendu dire qu'il a dû quitter la France pour avoir tué un homme en duel. Le pauvre malheureux avait fait une remarque désobligeante concernant une certaine dame en Ecosse !

— Et où est-il maintenant ?

— En Italie. Il a essayé l'Espagne, mais les Espagnols sont très religieux et la cour est ennuyeuse. Tu le trouveras à Naples, maman. Vas-y et sois heureuse ! Epouse-le comme tu l'as toujours souhaité. Le château de Glenkirk sera toujours là pour t'accueillir, mais je ne pense pas que tu en auras besoin.

— Et Frances ?

— Elle restera avec nous jusqu'à ce que tu sois installée, puis je l'enverrai te rejoindre.

— Ian et Jane sont aussi les enfants de Francis, avoua-t-elle dans un murmure.

— Je l'avais toujours soupçonné, déclara Jamie en riant, mais heureusement pas notre père !

— Tu m'étonnes, Jamie. Comment peux-tu être si tolérant ?

— Parce que tu as été une bonne mère pour nous, et une merveilleuse épouse pour mon père jusqu'à ce que le roi te force à devenir sa maîtresse. Le même sang passionné coule dans mes veines, maman. J'ai vu les regards que les hommes posaient sur toi et j'ai entendu des commentaires à la cour. Papa a perdu ton amour à cause du roi. Me diras-tu enfin pourquoi ?

— Lorsque ton père a trouvé le roi avec moi, il a été très blessé. Et au lieu de sauver la fierté de Patrick, le roi a loué mes prouesses au lit. Il l'a emmené dans sa chambre où ils ont bu pendant des heures. Puis, ivres morts, ils sont revenus et...

Le visage blême, elle s'interrompit un instant.

— Ils ont passé la nuit à me violer tour à tour. Après quelques années, j'ai pardonné à ton père, mais l'amour que j'éprouvais pour lui était mort. Cette nuit-là, je me suis enfuie vers mon seul ami, le comte de Bothwell. J'espérais simplement prendre du repos, avoir du temps pour réfléchir, mais Francis et moi sommes tombés amoureux.

Le visage de Jamie était devenu livide.

— Comment papa a-t-il osé te traiter ainsi ! Il méritait de te perdre... Si je l'avais su, je l'aurais tué moi-même !

— Ton pauvre père a beaucoup souffert de s'être montré si cruel. N'oublie pas qu'il avait découvert sa femme à moitié nue dans les bras du roi. Qu'aurais-tu ressenti à sa place ? C'est James le seul coupable. Ton père, que Dieu ait son âme, nous a quittés. Francis se trouve au royaume de Naples et j'irai bientôt le rejoindre. La boucle est bouclée... Après mon départ, tu pourras me contacter secrètement par l'intermédiaire de Kira.

Elle l'embrassa sur la joue.

— Malgré mon amour pour Francis, je ne te quitterais pas si je ne pensais que tu sauras te débrouiller sans moi. Que tes ancêtres soient une leçon pour toi ! Seul le premier comte de Glenkirk a vécu assez longtemps pour avoir des cheveux blancs. Les autres se sont mêlés aux Stewart et sont morts jeunes. Si je n'avais pas insisté pour aller à la cour, peut-être rien ne se serait-il passé. Ton père m'avait prévenue de ne pas approcher les Stewart. Je ne l'ai pas écouté...

— Mais à la mort d'Elizabeth, que se passera-t-il si notre roi s'installe en Angleterre ?

— Il attend ce jour avec impatience. Ton oncle Adam ira nous représenter à Londres, mais tu dois rester ici avec Isabelle. Glenkirk a besoin d'être dirigé. Inculque à tes fils l'amour de cette terre, afin qu'il y ait toujours un Leslie à Glenkirk.

— Tu parles comme si tu n'allais plus revenir.

— Je ne reviendrai pas, Jamie. Le roi ne me pardonnera jamais cette dernière insulte. Je prie simplement pour que Francis veuille bien encore de moi.

— J'en suis certain ! assura Jamie. Il a tellement lutté pour te garder... Vous vous êtes sacrifiés afin de sauver les Leslie, mais tout ça est fini, maman ! Je te condamnerai publiquement, mais tu partiras avec mon amour et ma bénédiction.

Elle eut un si radieux sourire qu'il s'exclama :

— Avec ce sourire, maman, je comprends que tous les hommes aient perdu la tête pour toi !

— Va vite, Jamie ! lança-t-elle en riant. Nous devons préparer ton mariage. Je te suis très reconnaissante, tu feras un merveilleux seigneur. Je regrette de ne pouvoir rester pour le voir.

Le jeune comte de Glenkirk s'inclina respectueusement devant sa mère avant de s'éclipser.

# 39

La fiancée de Jamie Leslie, Isabelle Gordon, était la fille cadette de George et Henriette Gordon, comte et comtesse de Huntley. Comme leur demeure avait été détruite deux ans plus tôt par une bande de fanatiques protestants, le mariage se déroulerait à Glenkirk. Certains disaient que les Gordon avaient été punis non parce qu'ils étaient catholiques romains — la moitié de l'Écosse l'était encore — mais parce qu'ils avaient donné asile au comte de Bothwell quelques années auparavant.

Le roi avait donné son accord pour le mariage et s'y rendrait même personnellement.

Dès que la date fut fixée, la jeune Isabelle s'installa à Glenkirk en compagnie de ses parents.

— Puisque tu en seras la châtelaine, tu dois apprendre à diriger ce château, déclara Cat.

— Mais, madame... répliqua la future comtesse de Glenkirk qui était ravissante et gentille, mais paresseuse. Vous serez toujours là pour m'aider.

— Non, ma chère Isabelle, je ne resterai pas ici. Le roi a suggéré que je revienne à la cour. Mais si jamais tu as besoin d'aide, tu pourras toujours t'adresser à la grand-mère de Jamie. Meg connaît Glenkirk mieux que personne.

— Isabelle, mon enfant, intervint George Gordon. Sois gentille d'aller voir si tes frères et sœurs sont installés pour la nuit.

— Oui, papa, répondit Isabelle en se levant.

— James ose te harceler encore, Cat? demanda George quand sa fille fut partie.

— Il m'a donné six mois pour pleurer Patrick, puis je dois me présenter à la cour.

— Quel odieux personnage !

— Ne t'inquiète pas, mon ami. Je vais suivre les inclinaisons de mon cœur.

Le comte de Huntley la dévisagea un moment puis son visage s'éclaira.

— Petite cachottière ! fit-il enchanté. Mais tu ne crains pas la vengeance royale sur Jamie et Isabelle ?

— Non. Comment le roi pourrait-il attaquer publiquement de jeunes innocents ? Ils ne sont au courant de rien.

— Est-ce pour cette raison que tu as fixé la date en décembre ?

— C'est Sa Majesté qui l'a désiré ainsi. Il a décrété qu'il fallait protéger la succession des Glenkirk.

— Il te veut dans son lit le plus vite possible...

— Le pauvre James serait désolé d'apprendre que tu lis en lui comme dans un livre ouvert, répliqua Cat en riant.

Ainsi, alors qu'elle préparait officiellement un grand mariage pour son fils aîné, Cat Leslie s'occupait en secret de sa fuite vers l'Italie. Les Kira, fidèles banquiers et conseillers des Leslie, l'aidèrent de leur mieux.

Pendant les mois à venir, l'immense fortune de Cat serait transférée à Rome, dans une autre banque des Kira. Le roi de France était peut-être obligé de coopérer avec l'Ecosse mais non le pape de Rome, surtout lorsqu'il s'agissait d'une veuve catholique qui cherchait à préserver sa vertu d'un hérétique protestant.

Il fut décidé que Cat prendrait un bateau jusqu'en France d'où elle se rendrait en Italie par la terre, la Méditerranée regorgeant de pirates. Elle serait accompagnée par sa propre diligence, son cocher, ses laquais et une escorte armée. Lorsqu'elle mit au courant Conall More de son plan, celui-ci déclara avec son humour particulier :

— S'il faut choisir entre un mariage avec le comte de Bothwell et devenir la maîtresse de James Stewart, il vaut mieux en effet opter pour le moins terrible. Je vais vous aider, Lady Cat, mais donnez-moi le temps de choisir des hommes de confiance. Il me faut des catholiques seulement. Les protestants seraient malheureux en Italie. Il faut aussi des célibataires qui resteront avec nous. Des hommes mûrs d'une vingtaine ou d'une trentaine d'années. Je ne leur révélerai notre destination qu'au dernier moment. Il faut se méfier des espions du roi. Qui emmènerez-vous pour vous servir ?

— Susan, et peut-être une autre.

Conall porta la main à sa bouche afin d'éviter de pouffer.

— Qu'y a-t-il de drôle ? demanda Cat.

— Je donnerais une année de salaire pour voir le visage de James Stewart quand il apprendra que vous lui avez échappé une nouvelle fois !

— Voyons, Conall, le gronda-t-elle en riant. N'as-tu aucun respect pour la couronne ?

— Pour la couronne, oui, mais pas pour le roi James ! Pour traquer ainsi une femme qui ne veut pas de vous, il faut être un imbécile ou d'une obstination maladive. Et ce ne sont pas des qualités qui font un bon roi.

— Il s'occupe bien des affaires du royaume. C'est dans sa vie privée qu'il est maladroit. Il ne s'est jamais senti à l'aise avec les siens. Ah, Conall... ajouta-t-elle en soupirant. Je ne désirais qu'une chose... vivre paisiblement à Glenkirk.

Conall éclata franchement de rire, cette fois.

— Pas du tout ! Vous n'avez jamais tenu en place !

Tandis que l'automne avançait, Cat profitait de chaque occasion pour parcourir à cheval les domaines des Leslie, laissant Meg veiller aux préparatifs du mariage. Mais un jour, Meg l'accompagna lors d'une promenade.

— Il fait trop beau pour rester enfermée, déclara-t-elle aux palefreniers. J'aimerais aller voir les dernières fleurs avant l'hiver. Cela fait au moins deux ans que je ne suis pas montée à cheval. Viens, Cat ! ajouta-t-elle avec un coup de talon à sa vieille jument.

Cat la suivit, se demandant pourquoi Meg était venue avec elle. Après un quart d'heure de silence, Meg se rapprocha de sa belle-fille.

— Alors, Meg, que voulez-vous me dire ? Et ne me racontez pas d'histoires de fleurs...

— Jolie excuse, non ? fit Meg en riant. Et maintenant, dis-moi la vérité. Quand pars-tu ?

— Après le mariage de Bess et d'Henry.

— Tu vas rejoindre Francis ?

— Oui.

— La famille ne risque rien ?

— Je pense que non, Meg. Puisque le roi ignore que Jamie connaît la vérité, il ne pourra le rendre responsable de mon départ. Il sera en colère mais Jamie fera semblant d'être encore plus furieux et il m'insultera devant toute la cour.

— Alors notre Jamie est au courant ?

— C'est lui qui a tout arrangé ! J'étais prête à me sacrifier mais Jamie a trouvé cette solution. C'est ma dernière chance de salut. Comment James pourrait-il justifier une vengeance sur notre famille aujourd'hui ? Nous sommes en paix et les Leslie de Glenkirk ont toujours été loyaux envers la couronne.

— Et si Francis a rencontré une autre femme ? Il n'a jamais été réputé pour sa fidélité, tu sais.

— Il m'a été fidèle, Meg, répondit doucement Cat.

— Mais vous ne vous êtes pas revus depuis trois ans.

— Il m'aime encore, comme moi je l'aime. Je le sens.

— Mais si tu te trompes, est-ce que tu reviendras à la maison ?

— Pas tant que James me harcèlera. Je refuse d'être la maîtresse du roi. Je m'installerai en France si Bothwell ne veut pas de moi.

— Il voudra sûrement de toi, Cat, affirma Meg. Je souhaitais simplement m'assurer que tu étais sûre de ton choix. Beaucoup de femmes à ta place auraient été heureuses de plaire au roi.

— Si j'aimais James, les choses seraient différentes. Mais cet homme me dégoûte.

— Tu pars avec ma bénédiction, mon enfant, dit Meg, et les yeux de Cat se remplirent de larmes. C'est étrange, mais je pense que Patrick approuverait ta conduite. Il ne s'est jamais pardonné, tu sais.

— Moi si, Meg. Je ne pouvais plus l'aimer comme avant, mais je lui ai pardonné. Je partirai à la fin de l'hiver. Jamie ne sait rien de plus et c'est mieux ainsi. Conall et Susan viennent avec moi.

— Et les enfants ?

— Colin et Robbie resteront avec le comte de Rothes jusqu'à ce qu'ils aient quatorze ans. Puis ils iront étudier à Aberdeen comme l'a fait Jamie. Ensuite, Colin épousera la fille aînée de mon frère s'il le souhaite toujours. Puisque mon frère a perdu son fils unique, Colin héritera donc du château de Greyhaven. Robbie épousera la fille cadette l'année suivante. Je lui ai acheté une belle maison et des terres fertiles près de Greyhaven, ainsi il sera indépendant. Amanda est fiancée à l'héritier de

Charles. Elle sera la prochaine comtesse de Sithean.

— Je pensais que ma fille Janet désirait un meilleur parti pour son fils, s'étonna Meg.

— Son fils a certes un titre, mais ma fille possède une très grande dot. Et par une étrange coïncidence, Amanda est propriétaire de plusieurs centaines d'hectares dont les Sithean ont besoin pour leurs moutons. Quant à la petite Morag, si tout se passe bien, elle deviendra l'épouse de Malcolm Gordon. Elle sera riche et possédera sa propre maison.

— En vieillissant, tu ressembles de plus en plus à ton arrière-grand-mère ! s'exclama Meg, amusée. Et les petits ? Tu les laisses ici ?

— Jamie me les enverra quand je serai installée. Ce serait dangereux de les emmener maintenant et ils me ralentiraient.

— C'est bien ainsi, acquiesça Meg. Je sais que cela ne me regarde pas, mais Ian et Jane... ?

— Ils sont aussi les enfants de Bothwell. Quand nous nous sommes séparés, je ne pensais plus jamais le revoir et je désirais son enfant. Patrick croyait que les jumeaux étaient de lui et je ne lui ai jamais dit le contraire.

— Tu as eu raison, ma chère. Mais ce pauvre Francis... obligé de quitter l'Ecosse en sachant qu'il te laissait derrière lui avec ses enfants... En vérité, Cat, vous méritez tous deux votre bonheur.

— Merci, Meg, vous avez toujours été merveilleuse pour moi.

Lui saisissant brusquement la main, Meg se pencha vers Cat.

— Tu m'as été plus proche que mes deux propres filles. Sois heureuse, Cat ! Je t'en prie, sois heureuse !

# 40

James Stewart sourit gentiment à sa femme.

— Non, non, Anna... C'est impensable. Tu ne peux pas te rendre à Glenkirk pour le mariage du jeune Leslie. Nous ne devons pas mettre le petit en danger, ajouta-t-il en tapotant son ventre distendu.

— Mais c'est bientôt Noël, se lamenta la reine. Je ne veux pas être loin de toi à Noël.

— Je reviendrai passer Noël avec toi.

— C'est impossible à moins de partir aussitôt après la cérémonie, ce qui serait très impoli.

— Alors je resterai là-bas, décréta le roi qui s'impatientait. Pourquoi s'en faire ? Je serai là pour la nouvelle année et la fête des Rois.

— Mais au Danemark, nous célébrons toujours Noël en famille.

— Tu n'es pas au Danemark, Anna, tu es reine d'Ecosse ! tempêta James, et la reine se mit à pleurer.

« Grands dieux ! songea-t-il. Je dois à tout prix éviter qu'elle sache pourquoi je ne tiens pas à l'emmener. »

— Allons, reprit-il, apaisant. Je ne peux offenser les Leslie de Glenkirk. Je dois assister au mariage du jeune comte, d'autant plus qu'il épouse la fille de mon cousin Huntley. Les Gordon me créent déjà assez de soucis, je ne veux pas leur donner l'occasion de se plaindre de mon absence. D'autre part, les routes sont mauvaises en hiver. Sois raisonnable, ma chérie. Dans ton état, un tel voyage serait une folie.

— L'enfant, fit la reine en reniflant. C'est la seule chose qui t'intéresse !

— Pas du tout ! Réfléchis, Anna : s'il t'arrivait malheur, où trouverais-je une autre épouse comme toi ?

— Oh, James... s'émut la reine, les yeux baignés de larmes.

— Oublions ces bêtises, déclara le roi en la prenant dans ses bras.

— Oui, James, murmura-t-elle, heureuse.

Mais il ne l'entendit pas : il pensait à la belle Cat Leslie qui serait bientôt à lui.

Cela faisait plus de quatre ans que le roi ne l'avait vue, et leur dernière rencontre n'avait pas été un grand succès. Mais aujourd'hui, veuve et sans protection, elle se montrerait certainement plus obéissante...

Cat savait ce qui l'attendait. Même sous son propre toit, elle ne pourrait échapper aux assiduités de James, et elle n'avait pas le choix : elle se montrerait aussi soumise que possible afin qu'il ne devinât pas ses projets de fuite.

A l'approche du mariage de son fils, Cat avait quitté les appartements du comte et de la comtesse de Glenkirk pour s'installer dans une aile du château qui avait autrefois appartenu à son arrière-grand-mère.

Par la fenêtre, elle apercevait les tours du château de Sithean et celles de Greyhaven, la maison de son enfance.

« Ah, Bothwell ! pensa-t-elle. Cela fait presque trois ans que tu es parti loin de moi. Et depuis tout ce temps, nous n'avons même pas osé nous écrire. Je ne doute pas que tu as connu bien des femmes depuis, mais pourvu que tu ne sois pas tombé amoureux... »

Elle ferma les yeux, désespérée. Ce visage aimé aux lignes irrégulières... Ses yeux bleu saphir, sa bouche sensuelle, ses merveilleux cheveux auburn...

Appuyée contre la pierre froide, Cat imaginait la fermeté de son épaule, sa large main lui caressant les cheveux. Soudain, pour la première fois depuis des mois, Cat pleura. Elle éclata en sanglots, pleurant pour Patrick, en souvenir de leurs années heureuses avant que James détruisît leurs vies. Mais elle pleura surtout pour le comte de Bothwell, l'homme qu'elle aimait, cruellement exilé et appauvri à cause de la jalousie de son cousin. Francis qui aimait tant son château et les terres de son domaine, obligé d'errer à travers l'Europe, seul et sans amis.

Bientôt, elle le retrouverait... Et s'il s'était remarié ? S'il y avait été contraint pour survivre ? Non ! C'était impossible ! Ils se marieraient dès qu'elle l'aurait retrouvé et Jamie leur enverrait leurs enfants. Et ils vivraient heureux, loin des intrigues de la cour.

Mais avant toute chose, elle devait affronter le roi. Il n'hésiterait pas à venir dans son lit dès son arrivée à Glenkirk. Elle serait prête, elle l'attendrait.

Cat partit à la recherche de son fils aîné.

— Tu ne dois pas laisser deviner à James que tu es au courant de ses visites nocturnes, le prévint-elle.

— Il n'oserait tout de même pas, sous notre toit ! s'exclama Jamie.

— Il est le roi. Comprends bien cela, mon fils. James joue au dévot devant les autres pour apaiser l'Eglise protestante, mais il est superstitieux, cruel et obstiné. Quoi qu'il te dise, ne lui fais jamais confiance.

— Quelle devra être notre attitude envers les Stewart, maman ?

— Il faudra vous montrer de loyaux sujets en toute circonstance. Quand vous serez obligés de le rencontrer, soyez admiratifs et affectueux. James sait se montrer très charmant, mais il faut garder vos distances.

Jamie poussa un soupir résigné.

— Si seulement il ne venait pas au mariage. Crois-tu que la reine va l'accompagner ? Elle pourrait peut-être apaiser ses ardeurs ?

— Elle ne viendra pas, répondit Cat. J'ai entendu dire qu'elle était enceinte. Le roi utilisera cette excuse pour qu'elle reste à Edimbourg. Ne te tracasse pas, mon chéri. Si je veux échapper à James, je dois lui faire croire que je me soumets. La veuve de Glenkirk le recevra timidement mais avec gentillesse. Je m'inquiéterai pour mon avenir et il m'assurera de sa protection. Tout ira bien.

— Je ne te savais pas aussi rusée, maman, s'étonna Jamie. Je ne te voudrais pas comme ennemie.

— C'est drôle, fit Cat en riant. Un jour, ton père m'a dit la même chose !

Cinq jours avant la cérémonie, James Stewart arriva au château. Il fut accueilli par ses cousins Leslie et Gordon. Sous son regard inquisiteur, Cat se sentit mal à l'aise. Comme c'était l'usage, elle et Meg montrèrent au roi les chambres qu'il occuperait.

— C'est charmant, cousine Meg, dit-il en voyant les grandes pièces où brûlaient des feux de cheminée. Vous autres Leslie avez le sens de l'hospitalité. J'espère que toutes vos chambres sont aussi confortables.

— Oh oui, James, répondit Meg. Je puis vous appeler James, n'est-ce pas ? Après tout, je pourrais être votre mère.

Lui pinçant le bras, Meg lui adressa un sourire coquin et Cat se demanda si sa belle-mère n'avait pas perdu la tête. Pourquoi minaudait-elle soudain ?

— Je vis dans la maison de la comtesse douairière, poursuivit Meg, mais je suis tout le temps au château. J'aime l'aile sud où le soleil réchauffe mes vieux os. Le comte habite l'aile est où le soleil matinal le réveille tôt pour qu'il vaque à ses occupations.

« Mais où veut-elle en venir ? » songea Cat, de plus en plus étonnée.

— La suite royale s'est toujours trouvée ici, dans l'aile ouest, afin que nos hôtes ne soient pas réveillés trop tôt mais que le soleil réchauffe leurs chambres en fin d'après-midi après une belle chasse.

— Quelle coutume charmante ! fit le roi en se tournant vers Cat. Tu n'habites plus dans la suite du comte ?

— Non, sire, répondit Cat, les yeux modestement baissés.

— Elle a refait les chambres pour la petite Isabelle, intervint Meg. Les appartements de Cat se trouvent ici, dans la tour de l'aile ouest. C'est là qu'habitait autrefois l'arrière-grand-mère de Cat, la célèbre Mam. Il y a même un passage secret d'ici jusqu'à sa chambre.

— Meg ! C'est un secret de famille, protesta doucement Cat.

— Mais je suis de la famille, corrigea le roi. Dis-moi, tante Meg, où se trouve ce passage ?

— Je ne sais pas, mais Cat devrait le savoir. Allons, ma chérie, tu connais ce passage, n'est-ce pas ?

— Oui, murmura Cat.

— Cesse de te montrer timide, s'impatienta le

roi, heureux de voir la vieille Meg lui faciliter la tâche. Où est-il ?

Cat traversa la pièce et appuya sur une rose dans la boiserie près de la cheminée. Une petite porte s'ouvrit. Prenant une bougie allumée, elle leur fit signe de la suivre. L'escalier étroit montait sur deux étages. Cat ouvrit une porte qui donnait dans une chambre au décor très féminin.

— Fascinant ! s'exclama James. Et maintenant, je vais voir si je retrouve mon chemin tout seul.

La bougie disparut dans l'escalier et bientôt elles l'entendirent appeler :

— Je suis arrivé !

Il referma la porte de sa chambre. Cat ferma la sienne et se tourna vers sa belle-mère.

— Vous avez raté votre profession, fit-elle en riant. Vous auriez pu tenir une maison close !

— Crois-tu qu'il soupçonne quelque chose ?

— Non. Il vous croit de son côté. Merci, Meg, maintenant je suis certaine que Jamie sera en sécurité. Le roi pensera que tous les Leslie l'adorent !

— Il te dévisage d'une façon tellement horrible, ma chérie, comme s'il allait te dévorer. J'en ai des frissons.

— J'ai l'habitude, mais cette fois je devrai jouer à la maîtresse soumise et repentante. Ce ne sera pas facile mais je dois lui cacher mes véritables intentions.

— Repose-toi, ma belle, dit Meg gentiment. La soirée sera longue, je le crains.

Cat retira sa robe noire et s'allongea sur son lit. Quand elle se réveilla, Susan remplissait la nouvelle baignoire en porcelaine.

— Quel parfum, madame ?

— Du lilas, répondit Cat en s'étirant. Je porterai la robe en velours violet. Quand tu auras fini, apporte-moi ma boîte à bijoux.

Parmi les colliers, Cat choisit une chaîne en or avec des perles baroques et de grandes améthystes. Une heure plus tard elle était prête, vêtue de sa robe splendide, ses seins généreux retenus par de la dentelle blanche. Dans sa nuque, ses beaux cheveux blonds étaient ramenés en un chignon où se mêlaient des fleurs de soie blanches et mauves.

Ce soir-là, plus de deux cents convives se réunirent dans la grande salle de Glenkirk. La famille proche comptait quatre-vingt-dix personnes. Il y avait aussi un grand nombre de Gordon car George était chef de clan. Le roi était accompagné par cinquante courtisans. Jamais Cat n'avait vu une telle foule au château.

A la table d'honneur, James se retrouva entre la fiancée et sa mère, Henriette. Il fut mécontent de voir que Cat était assise à côté de son fils. La magnifique veuve de Glenkirk suscitait des regards admiratifs. A la fin du long repas, l'on commença à danser, mais Cat refusa de se joindre aux danseurs, déclarant qu'elle était encore en deuil.

Elle regarda le roi danser avec Isabelle, avant d'inviter Meg et Henriette. Puis James vint s'asseoir à son côté sous le dais.

— Comment est-ce possible que tu sois encore plus belle qu'il y a quatre ans, Cat ? demanda-t-il. Je suis fou de toi et j'ai hâte d'être seul en ta compagnie.

— Votre Majesté est trop bonne.

— Pourquoi es-tu si distante ? Tu ne m'as pas dit un mot gentil depuis mon arrivée.

— Nous ne nous sommes pas quittés dans les meilleurs termes.

— Tout cela n'a plus d'importance, décréta-t-il. Et maintenant, un sourire, je te prie.

Il lui saisit le menton et la força à le regarder. Quand elle esquissa un timide sourire, il sentit grandir son désir. Il la désirait comme un fou, mais cette fois il n'avait pas l'intention de la laisser s'échapper. C'était une passionnée, mais quand elle l'aurait enfin accepté comme maître, elle lui serait fidèle.

Vers minuit, Cat annonça aux invités que ceux qui le désiraient pouvaient se retirer et les autres s'amuser jusqu'à l'aube.

Une fois dans sa chambre, Susan l'aida à retirer ses bijoux et sa robe.

— Va te coucher, dit-elle à la servante. Je dormirai tard demain. Ne me dérange pas avant le milieu de la matinée.

Avec une révérence, Susan quitta la pièce. Fatiguée par les préparatifs du mariage, Cat ne tarda pas à s'endormir. Elle fut réveillée par une main qui lui caressait les seins.

— Lève-toi, ordonna le roi. Nous avons un compte à régler.

Surprise, elle rejeta les couvertures.

— Je suis prêt à pardonner votre mauvaise conduite, madame, reprit le roi en admirant sa nudité. Au printemps, vous reviendrez à la cour et vous serez ma maîtresse officielle. Vous obéirez à mon moindre désir. Je n'admettrai aucune rébellion. Vous m'appartenez, Cat. Est-ce clair ?

— Oui, murmura-t-elle, stupéfaite par sa détermination.

— Alors, prosterne-toi comme une esclave et implore mon pardon.

— Je vous en prie, supplia-t-elle, le cœur soulevé d'indignation. Devez-vous absolument m'humilier ? Je vous obéirai, mais ne m'obligez pas à faire une chose pareille.

— Tu es une femme fière. Je ne croirai à ton obéissance que si tu te plies à mes désirs.

Dissimulant sa colère sous un masque impassible, Cat s'agenouilla et toucha de la tête le pied du roi.

— Pardonnez-moi, sire, dit-elle.

Un instant, il posa son pied sur sa nuque fragile. Il aurait suffi d'un mouvement pour la briser en deux. Pour cacher sa peur et sa fureur, Cat se mordit la lèvre jusqu'au sang. «Tu me le paieras, James Stewart ! se promit-elle. J'espère que tu souffriras mille morts après mon départ et que tu ne trouveras jamais une femme pour te satisfaire ! »

Retirant son pied, James l'aida à se relever avec un doux sourire.

— Pardonne-moi, ma chérie, mais je devais m'assurer que tu m'obéirais cette fois sans lutter. Tu m'excites tellement, Cat !

La serrant dans ses bras, il l'embrassa avec fougue et Cat dut se retenir pour ne pas le repousser. Elle préféra sangloter sur son épaule. Certain de l'avoir à sa merci, James se montra généreux. L'attirant sur le lit, il couvrit son visage, son cou et ses seins de baisers.

Elle demeurait immobile, réalisant ce que devaient ressentir les prostituées. Des larmes glissaient sur ses joues.

— On dit que je suis un roi sage, murmura James, mais avec les femmes je perds la tête. Je t'aime, ma belle Cat, et tu m'as beaucoup manqué. Ne pleure pas, chérie. Patrick serait heureux de te savoir en sécurité avec moi.

Quelques instants plus tard, il se leva.

— Je vais te laisser car tu sembles épuisée. Dors bien, mon amour, dit-il en empruntant le passage secret.

Pour une fois, James quittait Cat au bon moment. Elle resta étendue sur le dos, les yeux fixés au baldaquin de velours. Que lui arrivait-il ? Une autre fois seulement, son corps avait refusé de répondre, après cette terrible nuit où elle avait été violée. Mais elle s'était remise. Alors que se passait-il ? Le roi viendrait encore pendant cinq nuits. Que faire ? Simuler la passion en priant le Ciel qu'il n'y vît que du feu ? Cat devait en discuter avec quelqu'un et une seule personne pouvait l'aider.

— Lady Cat voudrait vous parler, madame Fiona ! appela la servante. Vite, réveillez-vous ! La matinée est déjà avancée.

La servante aida la jeune femme à enfiler une robe de chambre et la conduisit dans les appartements de Cat.

— Laisse-nous maintenant, Susan, ordonna celle-ci. Et si l'on me demande, dis que je ne suis pas encore réveillée.

— On dirait que tu n'as pas fermé l'œil de la nuit, constata Fiona.

— C'est vrai.

— Je parie que c'est le roi, dit Fiona en s'étendant sur le lit de sa cousine. Hier, il te dévorait des yeux. Tu ne lui échapperas pas cette fois.

— Il est déjà venu, rétorqua sèchement Cat. Et il est reparti très satisfait. Mais je n'ai rien ressenti, tu m'entends, rien du tout ! Pourtant, il est un bon amant. Que dois-je faire ? Il va sûrement se rendre compte de mon manque de passion. Pardonne-moi d'être indiscrète, Fiona, mais avant ton mariage tu as pris beaucoup d'amants. Feignais-tu avec certains ? Je suis incapable de faire semblant !

— C'est pourtant facile ! Tu ondules des reins et tu secoues la tête, puis tu gémis et tu respires bruyamment. Les hommes sont tellement concentrés sur eux-mêmes qu'ils ne font guère attention à nous. Et ce n'est que pour quelques nuits. Le roi partira après le mariage. Serre-le dans tes bras, dis-lui combien il est merveilleux et que tu l'aimes.

— Il m'a ordonné de revenir à la cour au printemps.

— Si j'étais toi, j'irais sans hésiter rejoindre Bothwell. C'est normal qu'après avoir connu Francis, tu ne ressentes rien pour James Stewart !

Cat éclata de rire.

— Je suis heureuse que nous soyons amies. Tu es si raisonnable, Fiona ! Mais j'ai eu vraiment peur hier soir.

— Ne t'inquiète pas, les femmes Leslie sont sensuelles. Elles se confient toutes à moi. Les hommes de la famille sont épuisés ! Crois-moi, si tu retrouves celui que tu aimes, tu connaîtras le bonheur... Ne laisse personne t'en empêcher.

## 41

Le château de Glenkirk se remplissait à l'approche du mariage. Le comte de Huntley était l'un des personnages les plus importants d'Ecosse et la présence du roi attirait les invités. Cat avait même dû loger certaines dames dans son antichambre. Ses servantes personnelles dormaient dans la chambre de Susan pour libérer deux petites pièces. Les domestiques qui accompagnaient les invités se contentaient du moindre recoin.

Par chance, le temps de ce mois de décembre se montrait clément et beaucoup passaient leurs journées à chasser avec le roi. Meg et les Gordon se joignaient à eux, mais Cat restait au château pour les derniers préparatifs. Meg enchantait le roi qui l'appelait tante Meg et elle ne le quittait pas. Le jeune comte de Glenkirk plaisait aussi à James. Il appréciait cette famille saine et joyeuse. Lorsque sa liaison avec Cat serait officielle, il avait l'intention de les inclure dans sa propre famille.

Au grand soulagement de Cat, le roi fut trop occupé pendant les deux nuits suivantes pour lui rendre visite. Elle ignorait que son fils James avait glissé des herbes soporifiques dans son vin.

Mais le 18 décembre, le roi insista pour que Cat l'accompagnât à la chasse. Comme elle détestait les longues jupes de cavalière, elle avait revêtu son ensemble habituel : pantalon d'homme, hautes bottes, veste de cuir, chemise en soie blanche et un plaid Leslie pour la protéger du froid. Dans sa ceinture, elle portait un poignard incrusté de pierres précieuses.

Les hommes étaient tous d'accord : Catriona Leslie était merveilleuse. Non seulement sa fière poitrine n'avait rien à envier à celle d'une jeune fille, mais ses jambes étaient fines et élancées. Les jeunes femmes admiraient son audace ; les plus âgées trouvaient son accoutrement choquant ou gentiment excentrique.

Bien que Cat détestât la chasse, elle montait à cheval comme une jeune Diane.

Ils avaient tué deux biches et un cerf quand le roi décréta qu'il en avait assez. Son regard brûlant de désir ne quittait pas la comtesse de Glenkirk. Les hommes la dévisageaient, se demandant si le roi allait la faire sienne. Les femmes l'enviaient, car jusqu'à aujourd'hui James Stewart s'était toujours montré fidèle à sa jolie épouse. C'était un honneur de devenir la maîtresse du roi.

Afin de dissiper l'atmosphère tendue, Cat remonta à cheval et déclara d'une voix forte :

— Je parie dix pièces d'or qu'aucun homme présent ne peut battre mon Iolaire jusqu'au château !

Une douzaine de gentlemen, le roi inclus, se précipitèrent derrière elle au grand galop. Adam se tourna vers Fiona qui riait sous cape.

— Elle pense calmer l'ardeur du roi en le fatiguant, murmura Fiona, mais elle ne fait que l'augmenter.

Cat était penchée sur l'encolure de son grand cheval, l'encourageant doucement de la voix. Brusquement, elle vit s'approcher une bête noire. C'était l'étalon du roi. James était un excellent cavalier et il avait l'intention de gagner, mais Cat n'allait pas lui faciliter la tâche.

Une douzaine de chevaux quittèrent la forêt et traversèrent la prairie devant le château. Des cris retentissaient et les fers des chevaux faisaient voler des étincelles sur le sol gelé. Sur les remparts du château, les hommes d'armes encourageaient leur maîtresse dont le cheval gagna quelques mètres sur l'étalon du roi. Elle fut la première à traverser le pont-levis.

Dans la cour, elle sauta à terre et caressa son cheval.

— Messieurs ! appela-t-elle lorsqu'ils furent tous arrêtés. Je viendrai chercher mon or ce soir ! Ah, Sandy, fit-elle en se tournant vers Lord Home. Vous connaissez la vitesse de Iolaire, pourquoi avoir accepté le pari ?

— Ce fichu étalon gris était censé être très rapide, grommela-t-il, et ses compagnons éclatèrent de rire.

— Vous trouverez du vin et de la viande dans la salle à manger, messieurs ! poursuivit Cat. Bon appétit !

Elle disparut dans le château. Enchantés, les autres la suivirent. Alors qu'ils se restauraient, un gobelet de bon vin à la main, ils s'aperçurent soudain que le roi n'était pas avec eux.

— On dirait que James n'a pas fini sa promenade, fit remarquer l'un d'eux.

— Oui, répondit un autre, mais je préfère de beaucoup cette ravissante jument alezane à son étalon sauvage.

— Je parie que la jument est encore plus sauvage que l'étalon !

— Mais plus amusante !

Furieux, James montait les marches deux à deux jusqu'à la chambre de Cat. Il la trouva vêtue de sa seule chemise. Susan blêmit en le voyant, mais Cat ne sembla pas étonnée.

— Va vite, Susan, dit-elle. Je t'appellerai tout à l'heure. Alors, James ? lança-t-elle d'un air hautain.

— Comment oses-tu, espèce de dévergondée ? s'exclama-t-il, hors de lui. Tu les as eus derrière toi comme une chienne en chaleur ! Tu m'appartiens, Cat ! Tu n'appartiens qu'à moi ! Reviens à la cour après le mariage ! Je ne peux plus attendre.

Le cœur de Cat se serra. C'était ce qu'elle avait redouté.

— Non, très cher, dit-elle doucement. La mort de Patrick a été proclamée il y a trois mois. Je tiens à ma réputation. Après le mariage de Jamie, il y a celui de Bess. L'attente rendra nos retrouvailles encore plus douces. Au printemps, personne ne pourra raconter que j'ai déshonoré Glenkirk dans ma hâte de m'assurer votre protection.

— Toujours aussi sage, hein ? Tu seras une formidable maîtresse, Cat. L'année prochaine, tu porteras mon fils et quel fils ce sera ! Je patienterai, mon amour.

Elle lui sourit gentiment. « Je brûlerai en enfer avant de te donner un bâtard, James Stewart ! » pensa-t-elle. Mais elle était sauvée. Quand il quitterait Glenkirk, elle ne le reverrait plus.

Elle parvint à l'éviter pendant encore deux nuits, prétextant qu'elle devait se reposer avant le grand jour.

Le mariage de Jamie Leslie et d'Isabelle Gordon fut un immense succès. La mariée était splendide et l'heureux époux très élégant. Le repas de fête dura longtemps, les mets succulents se suivant sans interruption. Enfin, Cat, Bess et Henriette emmenèrent Isabelle jusqu'à ses appartements. On l'habilla dans un négligé de soie rose et Henriette brossa longuement ses longs cheveux noirs.

— Souviens-toi de mes conseils, lui murmura sa mère à l'oreille.

— Que lui as-tu dit ? demanda Cat, un sourire aux lèvres.

— Qu'elle doit faire confiance à Jamie en toute chose.

— C'est tout ?

— J'ai essayé, Cat, gémit la comtesse de Huntley, les yeux brillants de larmes. Hier encore, c'était mon enfant et voilà qu'à quinze ans c'est une jeune femme... J'ai essayé de lui dire ce qui se passe dans le lit conjugal, mais elle me regardait d'un air tellement hautain... J'ai été gênée.

— Bess, surveille la porte, ordonna Cat. Dis-moi, Isabelle, sais-tu ce qui se passe entre un homme et une femme ?

— Non, belle-mère, murmura la jeune mariée.

— Grands dieux ! s'exclama Cat, mais la porte fut brusquement ouverte par des jeunes gens pleins d'entrain.

Cat parvint à parler à son fils qui se pencha pour l'embrasser.

— Ecoute-moi, Isabelle est innocente. Cette pauvre Henriette a été incapable de parler à sa propre fille. Sois particulièrement gentil avec la petite ce soir. De la première fois dépend toute sa vie amoureuse à venir.

— Je comprends, maman, acquiesça Jamie. Je te promets d'être attentionné.

Après avoir levé un dernier verre à la santé du jeune couple, les invités se retirèrent joyeusement et le roi se glissa près de Cat.

— Je dois partir à l'aube, murmura-t-il. Je serai chez toi dans une heure.

« Une dernière fois, James Stewart, pensa Cat, et je serai débarrassée de toi à tout jamais ! »

Seule dans sa chambre, elle prit un bain, puis se brossa les dents avec un peu de sel et enduisit son corps de musc. Cat choisit son négligé avec soin car elle voulait que James se souvînt de chaque instant de cette nuit jusqu'à la fin de sa vie. Une vie qu'elle espérait longue, très longue.

Elle enfila une superbe robe en soie façonnée à la grecque. D'un vert qui rappelait la couleur de ses yeux, la robe s'attachait à l'épaule droite et filait jusqu'au sol dans une multitude de petits plis qui frissonnaient à chaque pas. A travers la transparence du tissu, son corps magnifique appelait à l'amour.

Se brossant vigoureusement les cheveux, elle les fixa avec des peignes en écaille. Le roi prenait en effet un grand plaisir à défaire ses cheveux.

La porte secrète grinça et Cat se leva, un sourire aux lèvres. James la dévisagea longuement avant de défaire la robe qui glissa par terre dans un bruissement de soie. Il retira ensuite les peignes un à un.

— Mets-toi devant le miroir en pied, ordonna-t-il.

Sans un mot, Cat obéit. James la rejoignit, nu lui aussi, et elle ne put s'empêcher d'admirer son corps athlétique dans la glace. « Tous ces fichus Stewart sont beaux et puissants », songea-t-elle amèrement.

Lorsqu'il lui prit les seins, elle frémit d'horreur. Pourvu qu'il la crût tremblante de désir ! D'une main, il suivit ses courbes voluptueuses, avant de s'introduire en elle brutalement.

Epuisé, le roi s'endormit ensuite sur le ventre, un bras négligemment posé sur Cat. Lorsqu'elle fut certaine qu'il dormait profondément, elle se glissa hors du lit. Enveloppée d'une robe de chambre en laine fine, elle s'assit près de la fenêtre. Les larmes coulaient sur ses joues et son corps était secoué de sanglots étouffés. Une nouvelle fois, elle n'avait rien senti, et James ne s'était rendu compte de rien... Patrick aurait deviné qu'elle faisait semblant, et Francis aussi, mais eux l'avaient aimée. En dépit de ses belles paroles, le roi se contentait de la désirer.

L'indignation fit place à la colère. James l'avait utilisée comme une catin et elle le haïssait. Il l'avait forcée à s'humilier de la manière la plus sordide, mais elle tenait sa revanche. James n'oublierait jamais cette nuit. Son souvenir hanterait pour toujours son corps insatisfait.

Le roi ronflait doucement. Avec un sourire amer, Cat retourna au lit et ses lèvres formèrent des mots inaudibles :

— Adieu, James ! Si nous nous revoyons un jour, ce sera en enfer...

## 42

Le lendemain, les invités rentrèrent chez eux, laissant les familles des mariés se préparer pour les fêtes de Noël. Cela faisait des années que les

Leslie et les Hay ne s'étaient retrouvés sous un même toit pour la Nativité.

Cat se sentait triste, car elle savait qu'elle ne les reverrait probablement jamais. Elle profitait de chaque instant et sa haine pour James Stewart grandissait, alors qu'elle mesurait ce qu'elle devait abandonner à cause de ce débauché.

En partant, il s'était incliné sur sa main, déposant un baiser sur son poignet.

— Jolie sorcière... avait-il murmuré. Tu me rends fou. Vivement le printemps... Ce sera le plus long hiver de ma vie.

— A bientôt, James, avait-elle répondu avec un gracieux sourire.

— Adieu, madame ! Merci pour votre divine hospitalité.

Il avait à peine franchi le pont-levis que Cat se précipitait dans sa chambre, arrachait les draps du lit et les jetait dans la cheminée où les flammes les consumèrent.

— Est-ce qu'on n'aurait pas pu les laver, Lady Cat ? s'était étonnée Susan.

— Il n'y a pas assez d'eau dans le monde entier pour nettoyer ces draps-là ! Emporte les oreillers et le plumeau. J'en veux des propres !

Cat avait aussi brûlé le magnifique négligé de soie. « Jamais plus ! se jura-t-elle. Jamais plus je ne serai obligée de me prostituer. »

— Apportez-moi mon bain et de l'eau chaude, ordonna-t-elle à deux domestiques.

Près de la fenêtre, elle contempla le paysage tranquille sous son manteau d'hermine. Des femmes de chambre s'activaient autour du lit. Bientôt, elle fut seule avec Susan qui versait de l'huile parfumée dans le bain.

Cat se déshabilla avant de se regarder dans le miroir. Son corps était encore ferme et beau, bien qu'elle eût plus de trente ans. Un ventre plat, des seins magnifiques, pas une once de graisse...

— Assieds-toi près de moi, Susan, dit-elle à la servante en entrant dans le bain. Dis-moi, mon enfant, as-tu un amoureux ?

— Non, madame. Il y a plusieurs garçons qui me courent après mais aucun ne m'intéresse vraiment.

— Désires-tu te marier ?

— Je ne suis pas pressée, madame. Un jour, peut-être que je trouverai celui qu'il me faut. Mon père dit que je ressemble à l'une de mes aïeules qui avait l'âme vagabonde.

— Aimerais-tu voyager ?

— Oh oui, madame !

— Je vais te confier un secret que tu ne devras répéter à personne, compris ? Le roi veut que je devienne sa maîtresse, mais contrairement à d'autres je n'y vois aucun honneur. Après le mariage de Bess, je quitterai l'Ecosse. Je souhaiterais que tu m'accompagnes. Moi-même, je ne pourrai jamais revenir, mais toi, ma petite Susan, tu seras libre de retrouver notre patrie si tu en as envie.

— Allez-vous rejoindre le comte de Bothwell ?

Cat hocha la tête.

— Tant mieux ! Votre place est auprès de lui. Je viendrai avec vous, mais vous aurez besoin d'au moins deux servantes à votre service. Que penseriez-vous de ma petite sœur de quatorze ans, May ? Elle est courageuse et pleine de bonne volonté.

— Merci, Susan. Je veux bien emmener May, mais elle ne doit l'apprendre qu'à la dernière minute. Si le roi avait le moindre soupçon...

Cat se frotta vigoureusement le corps.

— Voilà, James Stewart ! J'en ai fini avec toi !

— Amen ! déclara Susan en enveloppant sa maîtresse dans un linge chaud.

— Comment se fait-il que nous nous entendions si bien ? dit Cat en riant. Alors que tu n'es à mon service que depuis quelques années ? Ta tante Ellen s'est occupée de moi dès ma naissance, mais elle m'agace aujourd'hui.

— C'est parce qu'elle vous connaît depuis si longtemps, madame. Il n'est pas facile de prendre quelqu'un au sérieux quand vous avez changé ses couches. Elle est parfaite pour la jeune Bess.

— Quand je pense que Bess sera mariée dans moins de deux mois !

— Oui, son avenir est assuré. Mais les autres enfants ?

— Je me suis occupée de tout. N'en parlons plus.

A Noël, on organisa une magnifique messe de minuit, célébrée par l'abbé de Glenkirk. Ensuite, la famille descendit dans le caveau de famille qu'ils décorèrent de verdure. On récita un rosaire. Cat attendit le départ des siens puis s'assit seule sur un banc de marbre. Sur une plaque, on lisait :

*Patrick Ian James Leslie, quatrième comte de Glenkirk, né le 8 août 1552. Mort en mer, avril 1596. Pleuré par sa femme adorée, Catriona Mairi, et leurs neuf enfants. Qu'il repose en paix.*

Cat sentit les larmes lui piquer les yeux.

— Oh, Patrick, murmura-t-elle. Ils disent que tu es mort et je ne parviens toujours pas à y croire. Mais de toute façon, je dois fuir d'ici. Je pars rejoindre Bothwell et je sais que tu me comprendrais.

Elle se leva lentement et dit un dernier adieu à la tombe de son arrière-grand-mère :

— Maintenant, Mam, je vais faire ce que moi, j'ai envie de faire !

A la veille du nouvel an, les étoiles scintillaient dans le ciel et la lune était presque pleine. On donna un grand banquet ce soir-là et les musiciens jouèrent longtemps autour de la table. Quelques minutes avant minuit, la famille monta sur les tours du château d'où ils observèrent les feux de joie allumés sur les collines alentour. L'Ecosse accueillait l'année 1598.

Un joueur de cornemuse solitaire joua la mélancolique ballade des Leslie. Les notes résonnaient dans l'air glacial et le joueur de Sithean répondit par-delà les collines.

Des larmes silencieuses coulaient sur les joues de Cat. Heureusement, personne excepté Jamie ne s'en aperçut. Il entoura les épaules de sa mère d'un geste affectueux.

— J'espère que tu seras aussi intuitif avec ta femme qu'avec ta mère, lui dit Cat gentiment.

— Je le suis... Je le suis...

Elle éclata de rire.

— Ton père était aussi fier de toi que moi, Jamie. Il serait heureux de savoir Glenkirk entre de si bonnes mains.

— J'ai un merveilleux présent de nouvelle année pour toi. Viens, je vais te le montrer.

Il entraîna sa mère dans ses appartements et lui donna un écrin en cuir rouge. Cat le regarda un moment en silence. C'était certainement un objet de grande valeur. Jusqu'à maintenant, Jamie ne lui avait jamais fait un présent important. Avec un soupir, elle ouvrit la boîte. Dans le velours noir se nichait le plus beau pendentif qu'elle eût jamais vu. Rond, une moitié représentait un quart de lune, tandis que l'autre partie était un exquis travail d'orfèvre, semé de diamants et de petites clochettes.

— Jamie... murmura-t-elle en admirant la chaîne en or fin.

— C'est une copie du pendentif de Mam.

— Je n'ai jamais vu Mam porter quelque chose de semblable.

— En effet, maman. Mam l'a oublié à Istanbul. C'est papa qui me l'a dit. Elle l'avait caché dans sa chambre au palais, derrière un carreau du mur où était dessiné un chardon. Dans sa hâte à s'enfuir, elle l'y a laissé.

— Mais puisqu'il est resté là-bas, comment as-tu pu le faire copier ?

— Mam l'avait décrit en détail à papa. Selon lui, tu lui ressemblais : fière, obstinée, mais sage aussi.

— Merci, Jamie.

Brusquement, il redevint un enfant.

— Je voulais que tu aies quelque chose pour te souvenir de moi, dit-il d'une voix mal assurée.

— Mon chéri, murmura Cat en prenant son visage entre ses mains. Je ne t'oublierai jamais ! Tu es mon premier-né et quelqu'un de formidable. Quand tu étais dans mon ventre, je te parlais déjà. Tu étais ma force.

— De quoi me parlais-tu, maman ? demanda Jamie amusé.

— De bêtises... Tu ne pourras pas venir pendant quelques années, mais quand le roi m'aura oubliée, Isabelle et toi serez les bienvenus.

— Maudit soit James Stewart ! siffla Jamie, les poings crispés.

Bientôt, le comte et la comtesse de Glenkirk partirent rejoindre la cour, accompagnés par les parents de la mariée. Dans quatre semaines et demie,

Bess serait mariée et Cat enfin libre de suivre sa destinée.

Il y avait toujours eu un malentendu entre la mère et la fille à cause de Bothwell. Bess, la préférée de son père, avait pris le parti de ce dernier. Mais elle était désormais amoureuse de son fiancé et se montrait moins intransigeante. Cat se demandait si elle devait lui révéler son départ.

Ce fut Bess qui en parla la première. Une semaine avant le mariage, elle vint trouver sa mère.

— Tu m'avais dit que lorsque je serais amoureuse, je comprendrais mieux tes sentiments envers le comte de Bothwell. A l'époque, je me suis moquée de toi, mais aujourd'hui je comprends, c'est vrai... Pourquoi restes-tu en Ecosse, maman ? Quand le roi était ici, il te regardait d'un air féroce qui me faisait peur. Va retrouver l'oncle Francis.

— Merci, Bess, dit Cat en serrant sa fille dans ses bras. Désormais, je partirai avec le cœur plus léger.

Etonnée, la jeune fille voulut parler, mais sa mère posa la main sur sa bouche.

— Jamie t'en parlera un jour, ma chérie.

— Je vois, maman, dit Bess avec un sourire.

« Quel dommage que nous soyons devenues amies seulement maintenant... » songea Cat tristement.

Le mariage de Bess et de Henry Gordon fut discret comparé à celui de Jamie. Seule la famille était présente. Jamie et Isabelle vinrent assister à la cérémonie. Deux jours plus tard, ils accompagneraient les nouveaux mariés à Edimbourg pour la saison hivernale à la cour. Avant leur départ, Bess et Jamie allèrent dire au revoir à leur mère.

Elancé, Jamie ressemblait beaucoup à son père au même âge. Quant à Bess, elle était d'une rare beauté avec ses cheveux d'ébène.

— Je veux que vous sachiez que je vous aime énormément tous les deux, murmura Cat. Comme vous allez me manquer !

Ils se pendirent à son cou et Bess se mit à pleurer.

— Doucement, ma chérie, dit Cat. Si la jeune mariée est triste, le roi risque de soupçonner quelque chose. Sois forte, ma fille, et aide-moi à remporter cette bataille contre James. Il ne doit jamais deviner que l'un de vous était au courant.

— Et les autres ? demanda Bess.

— Je vais leur parler mais pas aux petits. Je sais que je vous demande beaucoup, mais je vous supplie de veiller sur eux. Dès que ce sera possible, vous pourrez tous venir me rendre visite.

Elle les embrassa tendrement. Plus tard, Cat se tint à l'entrée du château, leur faisant de grands signes joyeux. Elle cria afin que tous l'entendent :

— Je vous verrai au printemps, mes chéris ! Dites à Sa Majesté que je garde de lui un souvenir affectueux !

Elle resta un long moment à les regarder, puis se retira dans sa chambre pour pleurer.

Le lendemain partaient ses deux fils cadets, Colin qui avait quatorze ans et Robert qui en avait douze et demi. Colin allait étudier à l'université tandis que Robert reprenait son rôle de page chez le comte de Rothes. Ce soir-là, elle réunit ses quatre enfants plus âgés autour d'elle et leur dévoila les raisons de son départ. Cat ne voulait pas disparaître de leurs vies sans leur donner d'explications. Elle fut rassérénée quand Morag, sa fille de neuf ans, dit de sa voix douce :

— Je suis heureuse que tu partes, maman, je n'aime pas le roi.

— Elle a raison, acquiesça Amanda qui avait dix ans. Et ne t'inquiète pas pour nous, maman. Tu t'es très bien occupée de notre avenir. Je me réjouis d'être un jour la comtesse de Sithean.

— Tu as toujours gardé la tête froide, ma chérie ! s'exclama Cat en riant.

— Quand pars-tu ? demanda Robbie.

— Bientôt.

Colin se mit à rire.

— Je regrette de n'être plus chez les Rothes. J'aurais adoré voir le visage de notre cousin James, cet affreux débauché !

— Heureusement que tu n'es plus page ! répliqua Cat. Tu m'aurais trahie malgré toi ! Conall m'a dit la même chose... ajouta-t-elle, amusée, et tous éclatèrent de rire.

Le lendemain, les garçons partirent et Cat se sentit très triste. Elle passait beaucoup de temps à jouer avec les trois bébés. Puis, un soir, elle apparut dans la chambre de sa belle-mère. Sans un mot, Meg comprit et se leva pour l'embrasser.

— Déjà ? murmura-t-elle.

— Il n'y a pas de lune. C'est le bon moment. Si je reste encore, je ne pourrai pas partir. J'en souffre déjà tellement.

— Que Dieu t'accompagne, ma fille.

— Oh, Meg... Vous m'avez toujours été plus proche que ma propre mère. Vous allez tellement me manquer. Essayez de l'expliquer à mes parents.

— Bien sûr, ma chérie. Ne sois pas trop sévère avec ta mère. Elle a toujours vécu dans son petit monde. Je lui raconterai tout. Et qui sait ? Quand tu seras installée, nous viendrons peut-être te rendre visite.

— Vous vous occuperez de mes petits, n'est-ce pas ?

— Bien entendu.

— Et vous ne les laisserez pas m'oublier jusqu'à ce que je les envoie chercher ?

— Non, ma chérie. Et maintenant, pars, Catriona ! Pars vite avant de changer d'avis !

Meg la prit par les épaules et la poussa gentiment dehors. Les larmes coulaient sur les joues de Cat. « Je ne reverrai plus jamais cet endroit... » pensait-elle.

Courageuse, elle essuya ses joues et retourna dans sa chambre. Les domestiques, excepté Susan et sa jeune sœur May, étaient tous partis se coucher.

— Est-ce que nous sommes prêtes ? demanda Cat à Susan.

— Oui, Lady Cat. Conall et ses hommes nous attendent. Je vous ai préparé un bain. Ce sera le dernier avant longtemps.

— As-tu pensé aux bijoux ? Et au reste ?

— Oui, madame. Si les hommes du roi viennent fouiner par ici, ils trouveront la plupart de vos robes et imagineront que vous comptez revenir bientôt. Ce sera amusant d'acheter une nouvelle garde-robe en France !

— May et toi aurez de nouvelles affaires aussi, ajouta Cat qui commençait à se rasséréner.

En une heure, Cat fut prête. Elle fut surprise quand Susan lui accrocha autour du cou le pendentif en forme de lion que Bothwell lui avait offert.

— Cela vous aidera à regarder l'avenir, et non ce que vous laissez derrière vous, expliqua Susan, intimidée.

— Comme tu me comprends bien, Susan ! répliqua Cat en souriant. Je te remercie de m'aider dans ces moments difficiles. Tu es une bonne amie, je ne l'oublierai pas.

Prenant sa cape fourrée et une chandelle, Cat ouvrit la porte du passage secret et rappela à ses servantes de bien refermer derrière elles. Quelques instants plus tard, elles émergeaient dans une cour au pied de la tour. Conall les y attendait avec trois chevaux. Ils sortirent de Glenkirk sans être vus par les gardes. Sur une colline près du château, ils furent rejoints par une importante escorte.

— Seigneur ! s'exclama Cat. Combien sont-ils ?

— Cinquante, répondit Conall. Je ne pouvais pas vous laisser traverser l'Europe avec une demi-douzaine d'hommes.

Il leva le bras pour donner le signal d'avancer.

— Attendez !

Elle fit virevolter son cheval et regarda une dernière fois la silhouette de Glenkirk qui se dressait contre le ciel sombre. Quitter Glenkirk ? Quitter ses enfants, l'Ecosse, tout ce qu'elle aimait ? Puis elle revit le visage perfide de James qui murmurait : « Vivement le printemps, ma petite sorcière... » Brusquement, Cat lança son cheval au galop.

— En avant ! cria-t-elle.

Ils quitteraient l'Ecosse à Rattray Head, d'où Bothwell était parti. Puisque le *Gallant James* avait disparu avec Patrick, Cat embarquerait sur l'autre navire de la flotte Leslie, *La Nouvelle Aventure*. Un nom approprié.

Ils s'arrêtèrent deux fois pour reposer les chevaux. A l'aube, ils campèrent dans les ruines du château de Huntley. La chevauchée dans l'air froid avait creusé l'appétit de la jeune femme qui dégusta à belles dents un lapin embroché. Rassasiée, elle se roula ensuite dans sa cape de fourrure et s'endormit près du feu de bois.

Lorsqu'elle se réveilla en fin de journée, le campement s'activait à préparer le dîner. Des agneaux rôtissaient sur le feu et les soldats avaient cuit du pain frais dans des fours en pierres. Elle aperçut aussi des tonneaux de bière.

— Conall ! appela Cat. D'où viennent toutes ces victuailles ?

— Le comte de Huntley a prévenu ses gens de notre passage. Ils ont reçu ordre de veiller sur nous.

— Ce cher George... Mais je ne veux pas d'hommes ivres pour la chevauchée. Nous avons une longue nuit devant nous et je tiens à arriver à Rattray à l'aube.

— Ne vous inquiétez pas, madame. Ils savent ce qu'ils ont à faire.

Susan lui tendit une assiette de viande croustillante, de pain et de beurre. On remplit un gobelet de vin qu'on posa à ses pieds. Lorsqu'elle eut fini de se restaurer, Cat s'adressa à ses hommes :

— Conall vous a parlé de mon voyage. Si parmi vous certains ont changé d'avis, c'est le moment pour eux de rentrer à Glenkirk.

Il y eut un grand silence. Regardant tous ces visages fidèles, Cat sentit les larmes lui piquer les yeux.

— Merci, murmura-t-elle. Merci à vous.

Longtemps avant la côte, Cat respirait déjà l'air salé de la mer. Ils arrivèrent au point de rendez-vous en avance. Conall sortit une lanterne de ses sacoches et fit des signaux en direction du large. Ils virent une lumière leur répondre dans la nuit noire.

— Je vous présente mon fils, Andrew, dit-il à Cat en faisant approcher un jeune homme qui lui ressemblait. Andrew et dix hommes viendront avec vous. Moi et les autres, on emmènera les chevaux sur un bateau qui part de Peterhead.

— Serez-vous très loin derrière ? s'inquiéta Cat. Je n'aime pas l'idée de débarquer en France avec si peu d'hommes.

— Nous serons plus rapides que vous, la réconforta Conall. D'autre part, votre diligence et vos valets de pied sont partis il y a trois jours et vous attendent là-bas. Ne vous inquiétez pas.

— Merci, Conall. Alors, Andrew More, n'y a-t-il pas assez de jolies filles pour te retenir à Glenkirk ?

— Il y en a trop, madame, et autant de pères en colère...

Cat éclata de rire.

— Tu es le bienvenu !

Sur la plage, une barque accosta. Un instant, Cat fut transportée dans le passé, trois ans auparavant, quand elle avait accompagné le comte de Bothwell pour un dernier adieu. Désormais, c'était à son tour de s'exiler.

Un officier vint à sa rencontre et lui baisa la main.

— Officier Malcolm More, à votre service, madame. Je suis le fils de Hugh.

— Le frère aîné de Susan et de May ?

— Oui, madame.

— Le capitaine n'est-il pas de la même famille ?

— C'est Sandy, le fils d'Alan.

— Seigneur, Conall ! Je pars bien protégée par ta famille !

— *Il* l'aurait voulu ainsi, grommela Conall.

Cat lui tapota le bras.

— Tu souhaitais l'accompagner, n'est-ce pas, Conall ?

— Oui, mais le comte Patrick n'a pas voulu.

« Reste, Conall, m'a-t-il dit. Sur qui d'autre puis-je compter pour veiller sur elle ? »

— Arrête ! s'écria Cat. Ne me dis pas des choses pareilles alors que je pars !

— Madame, si je ne pensais pas qu'il aurait approuvé votre décision, je ne serais pas ici.

Puis il rougit quand Cat se dressa sur la pointe des pieds et l'embrassa sur la joue.

— Que Dieu t'accompagne, Conall ! dit-elle avant de rejoindre Susan et May dans la barque.

Bientôt, elle fut hissée à bord du navire et accueillie par le capitaine.

— Je vous laisse ma cabine, madame, pour vous et vos servantes. Vous y serez bien.

— Merci, cousin, répondit-elle et le capitaine s'empourpra de joie.

Il avait souvent entendu parler de la belle Cat Leslie et qu'elle reconnût leur très lointaine parenté lui faisait plaisir.

— Prendrez-vous vos repas avec moi et mes officiers ? demanda-t-il.

— Avec joie !

*La Nouvelle Aventure* était une belle caravelle, comportant une douzaine de canons et conçue pour la vitesse et la maniabilité. Les quartiers de l'équipage étaient spacieux et confortables, ce qui était rare à l'époque. On avait prévu une salle à manger pour les marins. Les Leslie exigeaient de leurs hommes une obéissance sans faille, mais ils les payaient bien et veillaient à leur bien-être. Ainsi, ils étaient toujours très bien servis.

A travers le hublot de la belle cabine du capitaine, Cat vit le ciel s'éclaircir. Des tapis turcs recouvraient le plancher et des rideaux en velours encadraient les deux hublots. De superbes lanternes éclairaient la pièce et sur la table se trouvaient deux carafes de vin.

— Avez-vous faim, m'dame? demanda un jeune mousse qui les avait accompagnées.

— Y a-t-il des fruits à bord?

— Des pommes, m'dame, et des oranges de Séville.

— Apporte-moi les deux, et du pain et du fromage. Je meurs de faim!

— Oh, madame, se lamenta May. J'ai si faim que je mangerais volontiers du porridge avec de la crème fraîche et du miel!

— Pas ce matin, ma petite, répliqua Cat en riant. Si tu manges trop, tu auras le mal de mer!

Plus tard, alors que les servantes dormaient, Cat regarda la côte écossaise s'éloigner. Elle entendit une voix appeler sur le pont:

— Direction Calais! Est sud-est...

— Est sud-est... répéta une autre voix.

Une larme glissa sur sa joue, puis une autre, et une autre encore. Elle pleura amèrement jusqu'à ce que sa tristesse se transformât en soulagement. Derrière elle, Cat laissait son ancienne vie, mais sa raison de vivre l'attendait au loin. Francis Stewart-Hepburn! Les dieux lui prenaient beaucoup mais lui rendaient son cœur.

## 43

Le messager envoyé par le roi auprès de la comtesse de Glenkirk revint très vite à Edimbourg.

— Comment cela, elle n'était pas là? gronda le roi en fronçant les sourcils.

— Selon la comtesse douairière qui semblait bien désolée, Lady Cat est partie pour la France sans prévenir personne.

James envoya chercher le comte de Glenkirk et sa sœur Bess.

— Savez-vous où se trouve votre mère? lança-t-il.

— A Glenkirk, sire, répondit Jamie sans hésiter.

— Elle n'est pas à Glenkirk! tonna le roi. Elle est en France!

Un instant, les deux jeunes gens se regardèrent médusés.

— Elle est tout de même partie, soupira enfin Bess. J'espère que cela lui remontera le moral.

— Que voulez-vous dire, Lady Gordon?

— Ah, sire, répliqua Bess, son beau visage sincèrement ému. Elle avait parlé de rendre visite à nos cousins français. L'année a été terrible pour maman. D'abord la mort de papa, puis le départ de Jamie et le mien. Colin est à l'université et Robbie est page chez les Rothes. Il ne reste que les petits à la maison et elle se sentait tellement seule. Elle avait déjà évoqué un voyage en France pour se reposer mais elle avait changé d'avis.

Bess haussa ses ravissantes épaules.

— Elle a dû changer d'avis une nouvelle fois. Nous autres femmes sommes si imprévisibles.

Le roi eut un faible sourire.

— Elle devrait bientôt venir à la cour, quand même!

— A notre départ de Glenkirk, reprit Bess, elle se réjouissait de nous revoir au printemps et elle nous a priés de saluer Sa Majesté de sa part. Jamie, tête de linotte! Je parie que tu as oublié de transmettre le message à Sa Majesté.

Le roi fut amusé de voir l'embarras du jeune comte. Quelle drôle de famille!

— Merci, Lady Gordon, vous pouvez vous retirer. J'aimerais parler à Jamie.

Avec une révérence, Bess les laissa. Le roi dévisagea le jeune homme mais ne vit chez lui qu'une admiration non dissimulée et une grande honnêteté.

— Votre mère m'a désobéi, Glenkirk. Je lui avais ordonné de se présenter à la cour au printemps. Je prévoyais d'en faire ma maîtresse officielle et elle le savait.

Une vive surprise se peignit sur les traits de Jamie.

— Quel grand honneur pour la famille, sire! s'exclama-t-il. Que puis-je dire? Son attitude est intolérable... J'ai toujours pensé que mon père la gâtait trop. Je suis certain qu'elle reviendra vite. Elle est entêtée, mais la raison finira par l'emporter.

Le roi était satisfait: ce garçon prenait son parti. Cat n'aurait nul endroit où se cacher. Avec ce jeune Glenkirk, les choses seraient faciles.

— Je vais envoyer un mot à mon ami, le roi Henri, demandant le retour de votre mère.

— Je lui écrirai aussi, sire. Je suis aujourd'hui le comte de Glenkirk et j'honore ma mère comme elle le mérite, mais elle doit comprendre que c'est moi le chef de famille. Après tout, elle n'est qu'une femme qui a besoin d'être guidée. Votre Majesté lui a offert sa protection. Je ne la laisserai pas rejeter une telle grâce.

Le roi n'était cependant pas tout à fait rassuré. Cat allait-elle revenir? Ou l'avait-elle fui une nouvelle fois, en dépit de ses menaces? Du vivant de Patrick, il aurait pu trouver un prétexte pour saisir les biens de la famille, mais les choses se compliquaient avec son fils. Une punition imméritée aurait été mal acceptée par les nobles du royaume.

Les Leslie de Glenkirk n'étaient plus un clan sans défense. Ils avaient fait des alliances importantes. Le cousin du roi, George Gordon, comte de

Huntley, était aussi querelleur que Bothwell. Il ne laisserait pas détruire le bonheur de sa fille Isabelle. D'autre part, le jeune comte de Glenkirk s'était fait beaucoup d'amis à la cour et s'était toujours montré loyal envers James. Impossible d'accuser ce charmant jeune homme de perfidie. Par ailleurs, le roi appréciait sincèrement Jamie.

Affalé dans son fauteuil, James caressait le collier de perles et de diamants qu'il avait envoyé à Cat et que le messager avait rapporté. Elle devait revenir ! Il ne pourrait passer sa vie à la regretter...

## 44

Le voyage jusqu'à Calais fut agréable. Le capitaine déclara n'avoir jamais connu une traversée aussi calme de la mer du Nord au mois de février. Le bateau de Conall ayant accosté douze heures avant celui de Cat, il l'attendait avec ses compagnons.

Pendant le voyage de quatre jours jusqu'à Paris, Cat et ses servantes restèrent dans le carrosse. Deux valets se tenaient à l'arrière et deux cochers devant. Quatre palefreniers suivaient à cheval. Conall était à la tête de quinze hommes, tandis qu'Andrew menait une arrière-garde de quinze cavaliers aussi. Dix hommes chevauchaient de chaque côté du carrosse. C'était un équipage très impressionnant.

A son arrivée, Cat avait failli s'évanouir en apercevant la personne qui devait les accompagner.

— C'est son demi-frère bâtard, avait expliqué Conall. Il a été élevé ici.

— Je ne voulais pas vous effrayer, madame,

avait murmuré le jeune prêtre en portant la main de Cat à ses lèvres. J'ai toujours été fier de ressembler à Patrick mais j'ignorais que la ressemblance était aussi frappante.

— Si, mon père, mais vos cheveux sont blonds alors que lui était brun. Même votre voix ressemble à la sienne.

En apprenant sa visite — Cat avait envoyé un mot à ses deux oncles français —, le prêtre était venu de Paris pour l'accueillir. Il s'appelait Niall Fitz-Leslie et était le seul fils bâtard du troisième comte de Glenkirk. Sa mère était une fille du comte de Rae qui avait séduit Glenkirk alors que Meg attendait leur dernier enfant. Neuf mois plus tard, Niall était venu au monde.

Le troisième comte de Glenkirk avait toujours veillé à l'éducation de son fils, l'envoyant ensuite en France chez son frère Donald. Ainsi, Meg n'avait jamais appris la seule infidélité de son cher époux.

N'étant qu'un fils cadet, Donald Leslie de Glenkirk avait dû se débrouiller seul. Avec son cousin David Leslie de Sithean, il était devenu mercenaire. Alors qu'ils servaient la France, les deux cousins avaient charmé deux héritières.

Ayant épousé Renée de la Provence, Donald avait eu six enfants, dont cinq garçons.

Quant à David, le frère de la mère de Cat, il s'était marié avec Adèle de Peyrac, la seule fille du seigneur de Peyrac. En France, on les appelait Donald Leslie de la Provence et David Leslie de Peyrac. Puisqu'ils avaient quitté l'Ecosse avant sa naissance, Cat ne les connaissait pas.

— Toute la famille se réjouit de votre visite, madame, déclara Niall. Nous savons bien sûr que vous êtes en deuil.

— Plus maintenant. Patrick n'aurait pas souhaité un deuil trop prolongé.

— J'ai été désolé d'apprendre la triste nouvelle. Je l'aimais bien.

— Vous le connaissiez ?

— Oui. Lors d'un voyage, il s'est arrêté à Paris. Je n'oublierai jamais l'expression de son visage quand il m'a vu. Il était totalement surpris, puis il a éclaté de rire et m'a appelé « petit frère ». Avant son départ, nous avons longuement parlé et il m'a raconté la mort de notre père. Il a continué à payer mes oncles pour mon éducation et quand je suis devenu prêtre, il a laissé une somme d'argent à mon nom chez les Kira. C'était un homme bon. Je prierai pour lui.

— C'était un homme bon, acquiesça Cat. Mon père, j'aimerais me confesser à vous. Ma confession répondra aussi à toutes les questions que je lis dans vos yeux.

Baissant la fenêtre, elle appela un homme d'armes.

— Prévenez Conall que je voudrais me reposer dès que possible.

Quelques instants plus tard, le carrosse s'immobilisa dans une clairière. Susan et May sortirent pour se dégourdir les jambes. A genoux sur le plancher rembourré du carrosse, Cat plaça ses fines mains dans celles du prêtre. Elle demeura ainsi près d'une heure, racontant les dernières années de sa vie.

Le visage du prêtre resta impassible. Il ne parla que lorsqu'elle eut fini :

— Aux yeux de l'Eglise, vous avez commis de graves péchés, mais votre punition a été beaucoup trop sévère, ma fille. James Stewart a les mœurs d'un barbare. Votre fuite aujourd'hui place la famille en danger si jamais votre roi demandait à

Henri de vous renvoyer en Ecosse. Mais je suppose que vous ne resterez en France que peu de temps?

— Seulement le temps de m'acheter quelques vêtements, mon père. J'ai laissé toutes mes robes à Glenkirk.

— Une belle excuse pour renouveler votre garde-robe, chère cousine, dit le prêtre en souriant.

Cat lui rendit son sourire.

— Je veux vraiment me dépêcher, car je suis impatiente de rejoindre le comte de Bothwell.

— Est-il au courant de votre arrivée?

— Non, je n'ai pas osé lui écrire avant mon départ. Je vais m'arranger avec mes banquiers parisiens pour qu'ils envoient un message à Naples.

— Il sera très heureux. Quand il était à la cour d'Henri IV, il paraissait si... incomplet. Il semblait toujours lui manquer quelque chose. Maintenant, je comprends pourquoi.

Le visage de Cat s'éclaira et Niall fut touché par sa beauté exceptionnelle.

Ils traversèrent la Picardie avant d'arriver à Paris. Cat fut enchantée de découvrir une ville si différente de Londres, d'Edimbourg ou d'Aberdeen. Elle devait séjourner chez son oncle David dont la demeure se trouvait au sud de la capitale non loin de la résidence royale de Fontainebleau.

En fin d'après-midi, la petite troupe pénétra dans la cour du château Petit. Aussitôt, deux valets en livrée se précipitèrent pour aider Cat à descendre. Un gentleman élégant se présenta.

— Catriona, bienvenue en France! dit le seigneur de Peyrac en faisant signe à une femme brune d'avancer. Voici votre tante Adèle.

Cat fit une révérence.

— Bienvenue au château Petit, déclara Adèle de Peyrac. Je suis désolée que votre visite soit si courte.

— Balivernes, mon épouse ! s'exclama David. Catriona restera aussi longtemps qu'elle le désire.

— Je dois rejoindre Naples au plus vite, mon oncle. Je resterai seulement le temps de me refaire une garde-robe à Paris et de me reposer.

— Inutile de retourner en ville, dit Adèle, j'ai une excellente couturière qui viendra au château demain matin.

Prenant le bras de Cat, elle la conduisit d'un pas décidé vers une suite de chambres magnifiques.

— Soyons franches, ma tante : je sens que vous voulez me parler.

— Vous avez raison, ma chère. J'aimerais savoir pourquoi vous êtes venue en France. J'espère que vous ne pensez pas vivre avec nous maintenant que votre fils est marié.

Cat n'en croyait pas ses oreilles. Cette femme était-elle folle ?

— Grands dieux, pourquoi voudrais-je vivre avec vous, madame ?

— Ne vous mettez pas en colère, très chère. Peut-être que vous ne vous entendez pas avec votre belle-fille et que vous avez dû partir ? Je conçois qu'il n'est pas agréable d'être pauvre.

Cat réprima l'envie de la gifler.

— Madame, j'ignore d'où vous tenez cette idée saugrenue, mais permettez-moi de vous apprendre que je suis une femme très riche. Je l'étais déjà quand j'ai épousé Glenkirk et je le suis restée. J'apprécie beaucoup l'épouse de mon fils et je pourrais habiter avec eux si tel était mon désir. Or, je préfère me remarier.

— Ah bon ? Et qui comptez-vous épouser ?

— Le comte de Bothwell.

— Seigneur, mais c'est un sauvage ! Enfin, on m'a dit aussi qu'il était très charmant...

Sur ces paroles, Adèle de Peyrac quitta la chambre.

— Elle ne nous aime pas, n'est-ce pas, madame ? demanda Susan.

— Tu dis vrai, répondit Cat, amusée.

— Combien de temps allons-nous rester ici ?

— Seulement quelques semaines. C'est encore l'hiver, et je préfère attendre les beaux jours.

Le lendemain soir, Cat fit la connaissance de son oncle Donald et de sa femme Renée qui fut aussi chaleureuse qu'Adèle était réservée.

— Je regrette que vous ne soyez pas venue chez nous, chère Catherine, dit-elle. Adèle n'est pas une femme très accueillante.

— Ne vous inquiétez pas, ma tante. Je ne suis ici que pour quelques semaines.

— Je dois vous parler en privé aussi vite que possible, murmura Renée. Trouvez une excuse et rejoignez-moi dans votre chambre.

Un peu plus tard, Cat retrouva sa tante.

— Est-ce vrai, Catherine, que vous êtes une femme riche ?

— Oui, répondit Cat, étonnée.

— Adèle pensait que vous étiez pauvre et elle souhaitait vous chasser. Mais maintenant qu'elle sait que vous avez de la fortune, elle m'a annoncé ce soir qu'elle allait vous marier à son fils aîné Gilles.

— Impossible ! Je suis sur le point d'épouser le comte de Bothwell. Et je croyais que tous les Peyrac étaient mariés.

— Gilles est veuf, et bien qu'il soit mon neveu, je ne l'aime guère. Il a été marié pendant cinq ans à la fille de mon amie Marie de Valmaison. Il y a deux ans, la jeune femme s'est suicidée. Avant son mariage avec Gilles, elle était la plus gaie, la plus ravissante et la plus heureuse des enfants... Puis elle est devenue silencieuse et effrayée. Elle semblait avoir une peur bleue de son mari.

— Ne vous inquiétez pas pour moi, tante Renée. Je n'épouserai personne d'autre que Francis Hepburn.

— Quoi qu'il en soit, mon enfant, méfiez-vous de Gilles...

Plus tard, Cat fit la connaissance de ses six cousins de la Provence, cinq charmants jeunes gens et Marguerite, une jeune fille délicieuse de seize ans que tous appelaient Mimi. Puis elle rencontra les fils de son oncle David et leurs épouses. Quoique ses frères soient agréables, elle comprit aussitôt les réticences de sa tante Renée envers Gilles de Peyrac.

Le fils aîné des Peyrac était élancé et austère comme sa mère, ressemblant presque à un Espagnol. Ses cheveux étaient noirs et son regard de braise s'enflammait quand il s'énervait. Lui prenant la main, il la retourna et laissa sa langue courir sur sa paume. Scandalisée, Cat la lui retira. Son attitude la révoltait, ainsi que son regard qui s'attardait sur son décolleté.

— Nous avons beaucoup de choses en commun, ma belle cousine, dit-il. Nous sommes encore jeunes mais déjà veufs, et nous avons chacun de l'expérience.

Elle ignora sa remarque avec un sourire de circonstance et se tourna vers Mimi. Mais lors du dîner, elle se trouva placée à côté de lui. Gênée, Cat fut obligée de le supporter. Gilles lui choisissait les meilleurs morceaux de viande qu'il posait sur son assiette et insistait pour partager avec elle la même coupe de vin. Elle avait de la peine à rester aimable. Niall semblait beaucoup s'amuser de la situation et Cat lui murmura en gaélique :

— Ne trouvez-vous pas que ma tante manque de discrétion en me plaçant entre son fils odieux et un prêtre ?

— Elle souhaite voir son enfant préféré mettre la main sur votre fortune... Comment avez-vous deviné que je parlais le gaélique ?

— Vous m'avez dit avoir vécu à Caithness. Que pouviez-vous y parler d'autre ?

Agacé d'être ainsi ignoré, Gilles de Peyrac l'interrompit :

— Quel est ce charabia immonde que vous marmonnez ?

— C'est du gaélique, cousin, répliqua Niall. La comtesse me parlait de mon enfance.

Pendant la soirée, Cat parvint à éviter son détestable cousin et l'arrivée le lendemain de la charmante couturière, avec trois assistantes et un grand choix de tissus, le lui fit rapidement oublier.

— Ah, madame la comtesse, ce sera une joie de vous habiller ! s'écria la couturière. Quelle taille fine, quelle superbe poitrine... Et cette peau, ces yeux, ces cheveux... Votre arrivée à la cour va faire sensation, pour sûr !

— Je crains de vous décevoir, madame de Croix, s'amusa Cat. Je n'irai pas à la cour mais en Italie où je vais me marier.

— Où cela, en Italie, madame ? demanda la petite femme, tout attristée.

— A Naples.

— Ah, le climat est agréable, et les dames élégantes. Nous utiliserons des velours légers, du coton, du lin et toute sorte de soies. Les décolletés seront très profonds et les jupes fluides... Vous serez magnifique !

Sur un signe, les assistantes déplièrent de riches

soieries. Jamais Cat n'avait vu une aussi belle qualité et de si jolies teintes. Avisant une belle soie de couleur parme, elle la montra du doigt :

— Pour ma robe de mariée.

— Oui, lança Mme de Croix, mais seulement pour la jupe. Pour le jupon, nous prendrons un velours très fin de même couleur que nous broderons avec du fil d'or et des perles. Les manches seront légères comme de l'eau et nous en broderons aussi les bords. Si vous étiez restée à la cour, j'aurais dessiné les manches étroites à l'épaule et au poignet, et élargies au coude, mais ce serait trop chaud pour une ville du Sud. Et maintenant, madame la comtesse, prenons vos mesures.

Vêtue seulement de sa lingerie, Cat monta sur un tabouret et laissa la couturière et ses assistantes s'empresser autour d'elle. Soudain, elle leva les yeux et vit Gilles de Peyrac négligemment appuyé contre le chambranle de la porte ouverte, l'étudiant sans vergogne.

— Va chercher Conall pour qu'il me débarrasse de cette vermine, ordonna-t-elle en gaélique à Susan.

Quelques minutes plus tard, Conall apparut à côté de Gilles de Peyrac.

— Nous pouvons procéder de deux manières, milord, dit-il. Ou vous partez tranquillement, ou j'obéis aux ordres de ma maîtresse et je vous emmène de force.

Sans un mot, le Français les laissa.

— Combien de temps vous faudra-t-il pour réaliser une robe ? demanda Cat à la couturière.

— A quatre, une journée, madame la comtesse.

— Envoyez chercher deux douzaines de vos meilleures couturières, madame de Croix, je paierai moi-même leurs salaires. Douze travailleront sur mes robes et les autres s'occuperont de la lingerie, des chemises de nuit, des capes, des broderies...

Voyant l'incrédulité de la couturière, Cat sourit :

— Eh oui, chère madame, la comtesse de Glenkirk peut se permettre une dépense aussi extravagante. Je tiens à quitter cet endroit dans les quinze jours.

Avec frisson, Cat jeta un coup d'œil vers la porte désormais vide.

## 45

Deux jours avant le départ de Cat, un cavalier inconnu arriva au château Petit. Aussitôt, elle fut appelée dans la bibliothèque. David avait l'air nerveux et mal à l'aise. Affalé dans un fauteuil se trouvait un gentilhomme élégant qui se leva en voyant Cat.

— Catriona, voici le marquis de la Victoire. Ma nièce, la comtesse de Glenkirk.

L'homme s'inclina profondément, baisant la main de Cat avec ferveur et la retenant prisonnière quelques instants de trop. Son regard bleu la scrutait intensément.

— Madame, je suis votre esclave dévoué, déclara-t-il.

— Vos attentions me ravissent, marquis, répliqua Cat en riant.

— Madame, c'est une chance merveilleuse d'avoir été choisi par le roi pour vous accompagner jusqu'à Fontainebleau.

— Votre roi désire me voir ? Il doit y avoir une erreur. Je ne fais que traverser la France.

— Vous êtes la veuve de Patrick Leslie ?

— Oui.
— Alors, il n'y a pas d'erreur, madame.
— Je vais devoir me changer, marquis, et puisque je tiens à être chaperonnée, je serai accompagnée par mes deux servantes, mon confesseur, le chef de ma garde et ses hommes. Nous voyagerons avec mon carrosse.
— Bien entendu, madame !
Une heure plus tard, Cat parcourait la dizaine de kilomètres qui séparaient le château Petit de Fontainebleau. Elle avait revêtu une élégante robe en velours vert qui rehaussait l'éclat de son regard et sa peau diaphane. Le décolleté plongeant révélait les rondeurs de sa poitrine. Elle portait une cape qui alternait des bandes de velours vert et de la fourrure de castor, agrémentée d'un fermoir en or massif où scintillait une émeraude.
— Ne le sous-estimez pas, Catriona, la prévint Niall en chemin. Henri de Navarre est un homme rusé. Répondez d'un air candide à ses questions, mais ne lui dites que l'essentiel. Il apprécie les femmes, surtout celles qui sont intelligentes et spirituelles. Il possède un charme légendaire.
— Mais que me veut-il ?
— Je suppose que James Stewart a découvert votre absence et demandé au roi de vous renvoyer en Ecosse.
— Je n'y retournerai pas, Niall !
— Si c'est la raison pour laquelle Henri souhaite vous voir, utilisez tous vos charmes pour le convaincre, ma chère. Je sais que vous en êtes capable.
— Mon père ! s'exclama Cat, choquée. Qu'êtes-vous en train d'insinuer ?
— Faites ce qui est nécessaire. Désirez-vous, oui ou non, devenir la femme du comte de Bothwell ?
— De toutes mes forces.

— Alors vous devez être prête à tout pour atteindre ce but.

A Fontainebleau les attendait le marquis.

— Vos servantes et vos hommes d'armes peuvent attendre ici, dit-il.

— Je crois que je vais rendre visite à mon vieil ami le père Hugo, le confesseur du roi, déclara Niall en regardant Robert de la Victoire dans les yeux. Je serai à votre disposition dès que vous le souhaiterez, madame.

Serrant sa cape autour de ses épaules, Cat suivit le marquis le long de corridors étroits et mal éclairés.

— Par là, madame, dit-il enfin en montrant une porte du doigt avant de disparaître dans l'obscurité.

Cat pénétra dans une petite bibliothèque, merveilleusement décorée. Un homme de grande taille s'avança vers elle.

— Approchez, comtesse. Je ne vais pas vous mordre.

Elle lui fit une profonde révérence.

— Majesté, vous êtes trop bon de me recevoir.

— Enlevez votre cape, madame, nous avons à parler.

Le roi Henri avait un visage sensuel, des yeux bruns caressants comme du velours. Il contempla avec une moue admirative sa poitrine bombée.

— Magnifique, murmura-t-il. Je comprends l'envie dévorante qu'a James Stewart de vous retrouver.

Bien qu'elle s'y fût préparée, ces paroles bouleversèrent Cat. Elle oscilla légèrement. Aussitôt, le roi la retint par la taille.

— Je n'y retournerai pas, sire ! A moins d'être morte !

— Ah non, très chère, je ne puis permettre un tel drame...

Elle frémit à nouveau et le roi la souleva dans ses bras puissants pour la porter jusqu'à une alcôve où se dressait un grand lit. Ses doigts défirent habilement son corset. Versant une petite quantité d'alcool dans un gobelet, il l'obligea à boire.

— Du whisky ! s'écria Cat.

— Un excellent remontant, dit le roi en riant.

Brusquement consciente de son attitude négligée, Cat essaya de lacer son corset.

— Ne soyez pas effrayée, ma chérie. Je ne vous obligerai pas à retourner auprès de votre roi. C'est évident qu'il vous dégoûte et je n'aime pas ceux qui s'imposent aux femmes. Une douce reddition est bien plus agréable qu'un viol, non ?

Son regard ardent fit rougir la jeune femme.

— Majesté ! s'exclama Cat tandis que ses lèvres se posaient sur les siennes.

S'attendant à réagir comme avec James, elle fut surprise de sentir un frisson la parcourir. Son baiser était tendre, attentionné. Elle se détendit et ferma les yeux.

Il rit doucement et la dénuda jusqu'à la taille. Sa bouche glissa le long de son cou jusqu'aux seins généreux. En vain, Cat essaya de chasser les merveilleuses sensations qui envahissaient son corps. Il fallait empêcher le roi de continuer ! Elle ne le connaissait même pas !

— Non, ma chérie, murmura-t-il en la repoussant contre les oreillers. Vous le désirez autant que moi.

Il avait raison... Sans le connaître, elle désirait son corps viril pour se rassurer sur sa propre féminité. Avec James, elle se croyait une catin. Henri de Navarre, cet étranger, lui rendait la vie.

Les lèvres du roi effleurèrent ses seins, son ventre tremblant. Ses mains expertes la caressaient, soulevant sa jupe, touchant la peau satinée de ses cuisses et son intimité. Un feu s'alluma entre ses jambes.

— Majesté ! appela-t-elle.

Elle pleura de soulagement quand il la pénétra. Il ondulait doucement, s'émerveillant du corps passionné qui lui répondait, attentif à sa jouissance. Cat hurla son plaisir puis s'endormit dans ses bras.

Quelques heures plus tard, elle se réveilla. Le roi lui tendit un verre de vin frais. Rougissant, elle garda les yeux baissés.

— Regardez-moi, très chère. J'ai pitié pour James et j'envie grandement mon ami le comte de Bothwell.

— Vous connaissez Francis ? s'étonna-t-elle.

— Nous avons passé d'excellents moments ensemble jusqu'à ce qu'il tue un de Guise lors d'un duel stupide. Comme j'ai de grands problèmes avec cette famille, j'ai dû exiler mon ami.

— Alors vous savez que je pars épouser Francis à Naples ?

— Oui, ma chérie.

— Et vous aviez de toute façon l'intention de me laisser partir ?

— Oui, ma chérie.

— Oh ! s'exclama-t-elle, outrée. Comment avez-vous pu, sire ? Comment... ?

S'étant relevée d'un bond, elle essayait de s'habiller. Henri de Navarre éclata de rire.

— Parce que, adorable créature, dans cette cour où pullulent les belles femmes accessibles, Francis ne parlait que de vous. Je n'arrivais pas à imaginer une telle perfection, mais maintenant je sais qu'elle existe ! Vous ne direz pas à Francis que j'ai honteusement profité de vous, n'est-ce pas, très chère ?

Les lèvres tremblantes, Cat le dévisagea.

— Vous êtes un homme impossible, sire, déclara-t-elle avant de rire à son tour.

— Etait-ce si terrible ? J'ai l'impression que vous vous êtes autant amusée que moi.

— C'est vrai, mais vous en ignorez la raison.

— Dites-la-moi.

— A Noël dernier, quand mon fils a épousé Isabelle Gordon, James Stewart est venu à Glenkirk pour passer ses nuits dans mon lit. Quand il me touchait, je ne ressentais rien et j'ai été forcée de simuler un sentiment que je n'éprouvais pas, afin de préserver sa fierté masculine. J'ai craint d'être devenue frigide.

— Et aujourd'hui vous vous êtes aperçue que ce n'est pas du tout le cas ?

— Oui, murmura-t-elle.

— Je suis enchanté d'avoir pu vous rassurer, comtesse. Mais maintenant vous devez vous préparer pour votre voyage à Naples.

— Merci, Votre Majesté, mille fois merci ! dit-elle en lui baisant les mains.

— Vous l'aimez beaucoup, n'est-ce pas ?

— Oui. Sans lui, je me sens désespérément vide.

— Jamais je n'ai ressenti un tel sentiment pour quelqu'un.

— Je ne crois pas que ce soit donné à tout le monde, milord, et je ne sais pas pourquoi Francis et moi avons été choisis pour connaître un tel amour.

— Vous êtes belle, soupira Henri de Navarre en lui caressant la joue, avec l'amour qui brille dans vos yeux. Allez rejoindre votre aventurier et dites-lui qu'il me manque. Comme vous auriez embelli ma cour tous les deux !

Il jeta la cape sur ses épaules et la guida vers la porte, derrière laquelle patientait Niall.

— La voici, mon père, lui dit-il avant de baiser la main de Cat. Adieu, comtesse.

La porte se referma et le prêtre la ramena au carrosse.

— Alors, madame, avez-vous quitté la tanière du lion sans y laisser de plumes ?

— Presque, mon père, dit Cat en riant. Mais j'aime bien votre roi.

— Vous êtes libre de rejoindre le comte de Bothwell ?

— Oui, Niall, je suis libre.

Le lendemain, les deux familles vinrent saluer Cat avant son départ. Elle se retira après dîner car elle avait prévu de se lever tôt. Le carrosse et un deuxième véhicule plus léger étaient déjà prêts. Le marquis de la Victoire avait apporté un sauf-conduit pour la comtesse de Glenkirk, signé de la main du roi Henri de Navarre. Il lui permettrait de traverser sans danger la France et différents territoires italiens.

Au milieu de la nuit, Cat se réveilla brusquement, certaine de n'être plus seule dans sa chambre. Et en effet, au pied du lit se tenait une silhouette élancée.

— Que voulez-vous, Gilles ?

— Comment avez-vous deviné que c'était moi, Catherine ?

— Qui d'autre oserait s'introduire chez moi ?

— Partez-vous vraiment tout à l'heure ?

— Oui.

— Pourquoi ?

— Parce que je vais épouser le comte de Bothwell à Naples.

— Ce n'est pas un homme pour vous, Cat. Il est cruel et sans manières. Il a tué mon ami Paul de Guise. Vous ne savez pas qui il est !

— C'est vous qui ne le connaissez pas, Gilles, répondit patiemment Cat. Moi je le connais depuis des années. Je l'aime. Je l'ai toujours aimé.

— Alors, c'est vous ! C'est à cause de vous qu'il a repoussé Clarice de Guise.

Menaçant, Gilles s'approcha.

— Avant son exil, nous avons confisqué tout ce qu'il possédait pour nous venger. Son serviteur et lui n'avaient plus que leurs chevaux et les vêtements qu'ils portaient sur le dos. Et vous croyez le rejoindre et embellir sa vie ? Je me demande, belle cousine, comment vous recevra votre amant quand il apprendra que je vous ai prise comme un animal.

— Gilles ! cria-t-elle. Quittez ma chambre immédiatement !

Elle entendit un mouvement dans l'antichambre et fut soulagée d'avoir réveillé ses servantes.

Mais Gilles de Peyrac, lui, ne l'entendit pas. Il lui arracha sa chemise de nuit et se jeta sur elle, plaquant une main sur sa bouche pour l'empêcher de crier. Cat se débattit, essaya d'échapper aux doigts qui la pinçaient cruellement. Le regard sombre de Peyrac brillait d'une étrange férocité.

— C'est ça... murmura-t-il. Débats-toi... J'adore les femmes qui résistent...

« Seigneur, pensa Cat. Il est fou... Mais je ne serai pas une nouvelle fois violée... »

Soudain, elle sentit que Gilles l'avait relâchée. Andrew le retenait avec une poigne de fer.

— Je t'avais prévenu, mon gars, dit Conall en plongeant un poignard dans son cœur.

Gilles de Peyrac s'écroula. Cat fut surprise de voir arriver Niall qui lui administra les derniers sacrements.

— Emportez-le à l'extérieur. On pensera qu'il a été agressé par des maraudeurs.

Andrew et Conall portèrent le corps hors de la chambre. Cat éclata en sanglots et Niall la serra dans ses bras, lui caressant les cheveux.

— Gilles de Peyrac était un monstre dépravé qui a poussé au suicide sa propre épouse. Il faut oublier cette nuit. Est-ce que ça va maintenant ?

— Merci pour votre aide, mon père. Je vais me reposer.

Dès que Niall eut quitté la pièce, Susan apparut.

— Merci d'avoir été chercher Conall, Susan. J'avais élevé la voix dans l'espoir que tu m'entendrais.

— C'est May qui vous a entendue, madame, expliqua Susan en rougissant. Elle a le sommeil léger.

— Tant mieux. Dormons maintenant, nous avons une longue journée devant nous.

— Le corps n'a pas encore été découvert, murmura Niall à l'aube en l'accompagnant à son carrosse. Si vous vous dépêchez, vous serez partie avant qu'on le trouve.

— Nous sommes prêts. Nous mangerons en chemin.

Dans la cour du château les attendait David Leslie de Peyrac.

— Adèle m'a chargé de vous souhaiter un bon voyage. Elle aurait tellement aimé que vous restiez encore quelque temps.

— Je dois partir, mon oncle. Mais je reviendrai peut-être un jour, qui sait ?

— Que Dieu vous protège ! Et si jamais vous avez besoin de moi, n'hésitez pas. Bien qu'avec vos amis si puissants je doute que vous fassiez appel à moi.

— Rien ne remplace la famille, mon oncle. Merci de tout cœur.

Elle monta dans le carrosse et se pencha à la fenêtre.

— Adieu, mon père. Merci pour tout.

— Adieu et soyez heureuse, répondit Niall en lui baisant la main.

— Je le serai. En avant, Conall !

La petite troupe s'engagea sur la route qui quittait la forêt de Fontainebleau. Dès que le château Petit eut disparu, ils s'arrêtèrent dans une clairière et Cat disparut derrière les buissons avec un sac sous le bras. Elle réapparut quelques minutes plus tard, vêtue de son pantalon d'équitation et de sa veste de cuir. Une fois en selle sur Iolaire, elle s'étira longuement avant de donner un coup de talon à son cheval.

— Je suis libre, Conall ! s'écria-t-elle en riant. Enfin libre ! Naples ! Bothwell ! J'arrive !

## SIXIÈME PARTIE

# LE COMTE DE BOTHWELL

### 46

Ils traversèrent des villes et des villages qui finissaient par se ressembler. Nemours… Briare… Nevers… Lyon… Vienne… Avignon… Marseille. Enfin, Cat aperçut la Méditerranée, si différente des mers froides du Nord. Ici, l'eau transparente, avec son sable blanc et ses bancs de corail, oscillait entre le vert, le bleu, le turquoise, le pourpre…

Ils restèrent quelques jours à Marseille et Cat s'émerveilla des marchés du bord de mer où s'alignaient fruits, poissons et épices. On y trouvait des marins français, espagnols, turcs, russes, maures, anglais, égyptiens, vénitiens, génois, siciliens… Elle regrettait de ne pouvoir emprunter la route maritime afin d'arriver au plus vite à Naples. Mais au-delà du port de Marseille, des corsaires turcs guettaient patiemment les navires sans protection.

Le messager envoyé à Naples par les Kira les rejoignit et leur annonça qu'il avait laissé un message à la villa du comte de Bothwell, mais qu'il ne l'avait pas vu. Cat était impatiente de continuer son voyage. Selon Gilles de Peyrac, on avait tout pris à Francis. S'il vivait confortablement aujourd'hui, il devait avoir un riche protecteur qui pouvait bien entendu être un homme, mais Cat était prête à parier sa nouvelle garde-robe qu'il s'agissait d'une femme.

Et elle avait raison.

Angela Maria Di LiCosa était doublement comtesse : par sa naissance, elle était la fille de Scipio, comte Di Cicala, et elle avait épousé Alfredo, comte Di LiCosa. Sa mère, Maria Teresa, était née musulmane dans l'Empire ottoman. A quatorze ans, Maria Teresa avait été capturée lors d'un raid de chevaliers chrétiens et Scipio Di Cicala lui avait pris sa vertu. Mais il était tombé profondément amoureux de la petite esclave et, lorsqu'elle avait découvert qu'elle était enceinte, Maria Teresa s'était convertie au catholicisme et avait épousé son amant. Angela était la benjamine de la famille. En grandissant, elle était devenue aussi belle qu'un ange et aussi méchante que le diable. Ses parents, notamment sa gentille mère, ne savaient qu'en faire et dès qu'elle fut en âge, ils la marièrent à Alfredo Di LiCosa, de vingt ans son aîné.

Encore vierge le soir de ses noces, elle se lassa rapidement de son mari. Après lui avoir donné deux fils, elle commença à prendre des amants. Homme sophistiqué, Alfredo Di LiCosa ne se plaignait pas des infidélités de sa femme, tant que celle-ci restait discrète. N'avait-il pas lui aussi ses propres distractions ? Par ailleurs, elle était insatiable et il n'était plus un jeune homme.

Francis Stewart-Hepburn s'était rendu chez les Di LiCosa en toute bonne foi. Après avoir quitté la France, il avait découvert l'Espagne, mais les ravages de l'Inquisition l'avaient incité à rejoindre Naples. Un ami du roi d'Espagne lui avait donné une introduction chez le comte Di LiCosa, qui fut heureux de l'héberger. Inévitablement, Bothwell devint l'amant de la comtesse. Francis appréciait les belles femmes et Angela était superbe.

Grande et mince, avec une peau translucide, elle avait de merveilleux seins haut placés et une taille qu'un homme pouvait encercler de ses mains. Sous des sourcils arqués, ses yeux étaient insondables tel un ciel de minuit. Ses longs cheveux d'ébène lui arrivaient presque aux chevilles.

Quand elle le voulait, particulièrement avec les hommes, Angela se montrait charmante. Quant aux femmes, elle les tolérait ou les ignorait. Sans grande culture, elle savait néanmoins lire et écrire un peu. On l'avait élevée comme un ornement et elle accomplissait parfaitement son rôle.

Angela reconnut aussitôt le comte de Bothwell pour ce qu'il était : un homme charmant, spirituel, cultivé et doué d'un grand appétit sexuel. Cherchant désespérément à oublier son unique amour, Bothwell avait été heureux de devenir pour un temps l'amant d'Angela.

A la pensée de Francis avec une autre femme, Cat se dépêcha de quitter Marseille. Ils traversèrent Toulon à toute allure et passèrent une nuit dans une modeste auberge à Monaco, Cat ayant refusé l'invitation du prince de résider au palais. A Rome, cependant, Conall l'obligea à se reposer quelques jours.

— Vous allez tuer mes hommes à ce rythme ! s'énerva-t-il. Le comte sait que vous venez. Il se sera débarrassé de sa catin avant votre arrivée !

De larges cernes soulignaient les yeux de la jeune femme qui acquiesça. Elle dormit pendant deux jours mais, le troisième soir, elle fit appeler Conall.

— Nous partons demain matin, dit-elle. Je veux être à Naples dans trois jours.

— J'ai déjà envoyé les voitures avec la moitié des hommes ainsi que Susan et May.

— Je me demandais où elles étaient passées. Je pensais qu'elles s'étaient laissé charmer par ces séduisants Italiens.

— Pas question ! Ce sont les filles de mon frère, rétorqua Conall, scandalisé. Hugh me tuerait s'il leur arrivait malheur. Serez-vous prête à l'aube ?

— Oui, Conall.

Le lendemain, Cat et ses hommes prirent la route de Naples et rattrapèrent bientôt les leurs. Tous s'arrêtèrent dans une petite auberge à quelques kilomètres de la ville pour se rafraîchir et se changer.

L'épouse de l'aubergiste jeta un regard mauvais à la femme en vêtements masculins couverts de poussière qui monta dans sa meilleure chambre, mais elle eut un grand sourire en voyant redescendre une beauté merveilleusement vêtue et coiffée.

Parvenu en ville, le carrosse se dirigea vers la maison de Pietro Kira. C'était le milieu de l'après-midi et le banquier était sorti. Son fils aîné accompagna la comtesse à la maison qui avait été achetée près du village d'Amalfi, au sud de Naples. Selon les instructions transmises par Benjamin Kira, la maison avait été entièrement meublée et des domestiques les attendaient.

Penchée à la fenêtre du carrosse, Cat admirait la vue. Ils avaient emprunté une route qui surplombait la mer scintillante. Bientôt, ils tournèrent dans un chemin bordé d'arbres et passèrent entre des grilles où une plaque en bronze indiquait : *Villa del Pesce d'Oro*. Cat n'avait jamais vu une maison aussi exquise. Les tuiles rouges du toit contrastaient avec les murs jaune pâle. L'allée de gravier blanc formait un cercle autour d'une pelouse verte bordée de fleurs multicolores. Au centre de la pelouse se trouvait une fontaine avec un Cupidon rayonnant qui chevauchait un poisson doré. Tout autour s'épanouissaient des fleurs.

— Oh, madame... soupira May. Comme c'est joli !

— Chez nous, les perce-neige osent à peine se montrer et ici on se croirait déjà au mois de juin, renchérit Susan.

Cat esquissa un sourire en songeant que cette maison était faite pour des amoureux. Et s'il ne l'y attendait pas déjà, Bothwell ne tarderait pas à venir. Les domestiques de la villa se précipitèrent pour accueillir leur nouvelle maîtresse. Le jeune Kira fit les présentations. Le majordome s'appelait Paolo et sa femme Maria était à la fois la gouvernante et la cuisinière. Deux servantes de cuisine, deux femmes de chambre et six jardiniers complétaient l'équipe.

— Le comte de Bothwell est-il déjà arrivé ? demanda Cat à Paolo.

— Personne n'est venu, *signora contessa*.

— Votre messager m'a dit avoir prévenu le comte de Bothwell, dit Cat à signor Kira. Où se trouve sa villa ?

— Tout près d'ici, *signora contessa*.

— Qu'un des jardiniers y conduise mon chef de la garde ! Va vite, Conall, ajouta Cat. Vous êtes mon invité ce soir, *signor* Kira.

La villa enchantait Cat. Le rez-de-chaussée comportait un foyer carré avec un escalier principal et une salle à manger, trois salons, une petite salle à manger familiale et trois cuisines.

— Je crains que ce ne soit une très petite maison, *signora*, dit Maria en la conduisant au premier étage. Il n'y a que six chambres. Mais le second étage est spacieux et j'ai préparé une chambre pour vos servantes au-dessus de la vôtre.

Elle se dirigea vers des doubles portes incrustées de lions avec de belles poignées en porcelaine.

— Voici votre chambre, *signora*.

La grande pièce avait deux doubles fenêtres qui s'ouvraient sur des balcons en fer forgé dominant les jardins à l'arrière de la maison. La chambre donnait sur la mer. Le lit était tendu de soieries vertes. Les meubles avaient été façonnés en noyer et les murs étaient crème avec des dessins dorés. Des rideaux de soie crème flottaient sous la brise. Il y avait aussi une belle cheminée, une armoire, une table et des chaises.

— Votre salle de bains, *contessa*, dit Maria en ouvrant une porte.

De magnifiques tuiles de porcelaine bleue couvraient le sol et les murs. Au centre de la pièce se trouvait une baignoire de marbre creusée dans le sol, en forme de coquillage, avec des poissons dorés sur l'un des bords.

— Regardez, *signora*, s'exclama Maria et elle tourna l'un des trois poissons.

De l'eau se mit à couler.

— Et pour la vider…

Elle souleva le poisson du milieu.

— N'est-ce pas merveilleux ? Le dernier propriétaire était un marchand turc. Ils se baignent bien trop souvent, ce qui nuit à la santé, mais n'est-ce pas étonnant ?

— Comment l'eau est-elle chauffée ?

— Elle se trouve dans un réservoir en porcelaine sous laquelle brûle toujours une petite flamme.

— Regardez, Susan, May ! Vous n'aurez plus à transporter des seaux d'eau. Vous pouvez me préparer un bain tout de suite. Le comte de Bothwell ne va pas tarder.

Tandis que Cat se prélassait dans sa baignoire parfumée, Conall suivait un jardinier par-delà les collines jusqu'à une autre villa, perdue parmi les arbres. Le jardinier s'arrêta et la montra du doigt.

— Bon, on y va, ordonna Conall.

— Non, *signor capitano*. Pas moi. Je ne peux pas aller plus loin. Si elle apprenait que j'ai aidé à lui faire perdre son homme, elle me maudirait !

— Qui cela ?

— La sorcière !

— Quelle sorcière ?

— La comtesse Di LiCosa. C'est sa maison. Le comte de Bothwell est son amant.

Conall réfléchit... Bothwell n'était pas venu à la villa pour accueillir la femme qu'il prétendait aimer. Et s'il n'avait jamais reçu le message ? C'était typiquement le geste d'une femme jalouse.

— Attends-moi ici, dit-il au jardinier anxieux, et il fit avancer son cheval sur la route.

Personne ne l'arrêta en chemin. La maison était éclairée. Il frappa à la porte. Un majordome à l'air sévère lui ouvrit.

— Je désire voir le comte de Bothwell.

— Je suis désolé, on ne peut pas le déranger. Si vous me laissez votre nom, je le lui communiquerai.

— Je suis le capitaine More, dit Conall en le repoussant, et j'ai l'intention de déranger le comte tout de suite. Bothwell ! hurla-t-il. Nom d'un chien, Bothwell !

Conall entendit une porte claquer et Francis Stewart-Hepburn apparut, descendant les marches deux par deux, l'épée à la main.

— Conall ? Conall More ? s'exclama-t-il.

— Oui, monsieur.

Avec un large sourire, Francis lui saisit la main.

— Quel bonheur de vous voir ! Que faites-vous par ici ?

— N'avez-vous pas reçu notre message ?

— Non. Le messager est-il venu ici ?

— On lui a dit que vous étiez absent, mais qu'on vous transmettrait la lettre dès votre retour.

— Je ne suis pas parti depuis des mois, répliqua Francis en blêmissant. Cat ? Est-ce qu'elle va bien ?

— Oui, milord, mais elle est impatiente de vous revoir. Elle vous attend à la villa del Pesce d'Oro.

— Quoi ?

— Mais oui, elle est à Naples ! Si rien ne vous retient ici, allons-y sur-le-champ !

Francis Stewart-Hepburn sourit.

— Non. Rien ne me retient ici. Angus, cria-t-il, nous partons !

Soudain, en haut de l'escalier apparut l'une des plus belles femmes que Conall eût jamais vues. Elle descendit les marches avec une grâce féline.

— *Caro*... où vas-tu ? Nos invités seront bientôt là.

— Pourquoi ne m'a-t-on pas donné mon message il y a quelques jours ?

— Quel message, *caro* ? s'étonna-t-elle, mais son regard noir était dur.

— Tu mens très mal, Angela, déclara Francis en riant. Je t'avais prévenue qu'un jour je te dirais adieu. Ce jour est arrivé.

— Maintenant ? Alors que les invités ne vont pas tarder ? Qui recevra avec moi ?

— Tu pourrais demander à ton mari, Angela.

— Francis ! s'exclama-t-elle, tendant ses belles mains comme pour l'implorer. Je t'aime...

— Angela *mia*, tu es une merveilleuse actrice. Il n'y a qu'une personne au monde qui pouvait m'enlever à toi, et elle m'attend. Adieu !

Quelques minutes plus tard, ils se dirigeaient vers la villa del Pesce d'Oro, laissant derrière eux une comtesse Di LiCosa folle de rage.

— Que fait Cat par ici ? cria Francis pour se faire entendre par-dessus le vent et la cavalcade.

— Elle vous racontera tout elle-même, milord, répondit Conall.

Lorsqu'ils atteignirent la villa, le soleil plongeait dans la mer. Cat l'attendait près de la porte et Francis mit pied à terre avant même que son cheval se fût arrêté. Un silence profond s'installa tandis qu'ils se regardaient. Les domestiques n'osaient bouger, saisis par l'intensité de l'instant.

— Cat, dit-il et sa voix la fit frissonner. Cat, mon amour, que fais-tu ici ?

— Je suis veuve, Francis. Patrick est mort.

— Que Dieu l'accueille auprès de Lui !

Ils s'approchèrent l'un de l'autre.

— Angus ! lança Francis. Va chercher un prêtre !

Puis il l'enlaça et la serra contre lui, ses lèvres trouvant aussitôt le chemin de sa bouche offerte. Il s'émerveilla de sa douceur, lui murmura des mots d'amour.

Cat s'agrippa à lui. Elle pouvait à peine tenir debout et son cœur battait la chamade.

— Pourquoi un prêtre ? demanda-t-elle.

— Ma chérie, j'ai l'intention de t'épouser maintenant. Ce soir ! Avant que quiconque ne puisse se mettre à nouveau entre nous.

— Oh, Francis... Tu m'as tellement manqué.

Et elle commença à sangloter.

— Ne pleure pas, mon amour. Personne ne nous séparera plus. Et maintenant, dis-moi pourquoi James t'a laissée partir ?

— Il ne l'a pas fait. Je me suis enfuie. Jamie est devenu le comte de Glenkirk et il était d'accord que c'était ma dernière chance. Ce qui s'est passé autrefois ne concerne pas mon fils. Le roi ne peut plus s'en prendre à ma famille.

— Notre royal cousin sait-il où tu te trouves? interrogea Francis alors qu'elle l'entraînait à l'intérieur.

— On lui a raconté que j'étais en visite en France pour me remettre de mon deuil, mais il doit être furieux car il exigeait que je rentre ce printemps à la cour. Il a même demandé au roi Henri de me forcer à revenir. Henri de Navarre t'envoie son bon souvenir.

— Tu l'as rencontré?

— Oui. Il a été charmant.

— Henri a toujours été merveilleux avec les femmes, déclara Francis en souriant. Jeunes ou vieilles. Belles ou laides. Son charme est dévastateur.

Ils se retrouvèrent dans l'un des salons qui donnaient sur la mer.

— A qui appartient la villa où tu habitais? demanda Cat.

— Au comte Di LiCosa.

— Avec qui passiez-vous vos nuits, milord? Avec sa femme ou sa fille?

— Serais-tu jalouse, ma chérie? s'amusa Francis.

— Si jamais elle te regarde une nouvelle fois, je lui arrache le cœur!

— Méfie-toi, mon amour, on raconte que la *contessa* est une sorcière.

— Est-ce vrai? interrogea Cat, nullement impressionnée.

— Elle aime bien le faire croire aux paysans et elle a un talent véritable avec les herbes médicinales. Elle profite du petit pouvoir que lui apporte sa réputation. Elle est à moitié turque, sa mère ayant été capturée par son père il y a des années. Elle a aussi deux frères. Par un curieux retournement du sort, l'aîné a été fait prisonnier par les Turcs il y a vingt ans. Sa mère s'était convertie au christianisme et lui est devenu musulman. Il est aujourd'hui l'un des généraux du sultan.

— Est-elle très belle ?

— Oui, répondit Bothwell, mais les paysans l'appellent l'*Angela del Diavolo*, l'Ange du Diable.

Il prit Cat dans ses bras.

— Mon amour, ne parlons pas d'Angela. Je n'arrive pas à croire que tu sois ici, avec moi ! Sais-tu combien tu m'as manqué ? J'ai passé des nuits interminables à rêver de toi.

Il caressa sa joue où coulait une larme.

— Et nos enfants ?

— Ils sont sains et saufs à Glenkirk avec Meg. Jamie nous les enverra en temps voulu. Dans quelques mois, nous formerons une vraie famille.

— Je souhaite être un mari avant de devenir un père, déclara-t-il en l'embrassant.

Cat éclata de rire.

— Il aurait fallu y penser avant de me donner trois enfants !

— Je me réjouis déjà de passer au quatrième...

On frappa à la porte et Conall entra, suivi d'Angus et d'un prêtre en soutane noire.

— Alors, Francisco, c'est vous qui m'avez fait appeler ? dit l'homme d'Eglise.

— Monseigneur Pasquale ! s'écria Francis. Quand êtes-vous revenu de Rome ?

— Cet après-midi. Ces deux fous sont entrés dans l'église en réclamant un prêtre. Pourquoi ce besoin urgent, Francisco ? Vous ne semblez pas à l'article de la mort.

— Monseigneur, puis-je vous présenter Catriona

Mairi Leslie, comtesse de Glenkirk. Nous aimerions nous marier.

— Impossible, Bothwell. Les bans n'ont pas été publiés.

— Oubliez-les, mon ami !

— Pour quelle raison ? Mon enfant, ajouta-t-il en se tournant vers Cat, connaissez-vous bien cet homme ?

— Il est le père de mes trois enfants, monseigneur. Nous aurions dû nous marier il y a six ans mais le roi d'Ecosse nous en a empêchés. J'ai quitté mon pays pour fuir la concupiscence du roi et épouser Francis. Aujourd'hui, je suis veuve. Je vous en prie, monseigneur, oubliez les bans. Je voyage depuis deux mois, j'ai parcouru plus de deux mille kilomètres. Mariez-nous ce soir !

— Depuis quand êtes-vous veuve, mon enfant ? interrogea l'évêque, pointilleux.

— Mon premier mari s'est embarqué pour le Nouveau Monde il y a deux ans. Son navire n'est jamais arrivé à destination.

L'évêque étudia ces deux étranges Ecossais. Ce n'était pas des enfants impétueux, mais des adultes très amoureux. C'était un cas assez rare chez les gens de qualité. Par ailleurs, l'évêque appréciait le comte de Bothwell et voulait le soustraire aux griffes d'Angela Di LiCosa.

— Très bien, Francisco et Catriona, je vous marierai ce soir. Soyez dans une heure à l'église Santa Maria del Mare à Amalfi.

— Il y a une chapelle consacrée dans cette villa, monseigneur.

— Alors nous célébrerons ici.

— Laissez-moi le temps de me changer, dit Cat. Quand j'ai épousé Patrick, ajouta-t-elle en regardant Francis, je me suis mariée en robe de chambre. Tout cet hiver, j'ai aidé des jeunes gens à organiser leur mariage. Pour toi et pour moi, mon amour, je vais prendre mon temps.

— Va, ma chérie, acquiesça-t-il en lui baisant le front. Je m'occupe de monseigneur Pasquale.

L'évêque s'installa confortablement avec un gobelet de vin blanc.

— J'ai toujours pensé que vous étiez né sous une bonne étoile, Francisco, sinon vous seriez mort depuis longtemps. Votre fiancée est une beauté. Ainsi, le roi d'Ecosse la convoite ?

— Il a été terrible avec elle... Avant que James Stewart la contraigne à devenir sa maîtresse en menaçant sa famille, Cat était une épouse fidèle. On l'appelait la comtesse vertueuse.

— Et vous, Francisco, quand l'avez-vous connue ?

— A la cour, mais nous ne sommes devenus intimes que lorsqu'elle a été obligée de fuir le roi et son mari. Nous étions amis, elle n'avait nulle part où se réfugier. Ce qui s'est passé entre nous semblait si naturel. Je n'ai jamais connu un tel bonheur, ni une telle détresse quand j'ai dû me séparer d'elle.

— Mon fils, savez-vous que vous êtes un homme chanceux ? Je connais des souverains qui donneraient leur couronne pour ce que vous avez. Veillez sur cette femme qui vous rend si heureux. Dieu vous a grandement bénis.

Une heure plus tard, Cat revint au salon avec ses deux servantes et trouva Conall en tenue de cérémonie écossaise, avec son kilt aux couleurs du clan Leslie.

— Où l'as-tu trouvé ? s'étonna-t-elle.

— Croyez-vous que j'aurais voyagé sans ? Si j'étais mort en route, dans quel uniforme m'auriez-vous enterré ? Etant votre plus proche parent dans cette assemblée, bien que d'une lignée bâtarde, c'est moi qui vous mènerai à l'autel.

Lui offrant son bras, il la guida vers la chapelle. Vêtues de leurs plus jolies robes, Susan et May leur emboîtèrent le pas.

La petite chapelle romane de la villa était antérieure à la maison. Utilisée comme mosquée par le propriétaire précédent, elle avait été consacrée à la foi chrétienne sur l'ordre de Benjamin Kira, qui savait que Cat était catholique. Il l'avait fait entièrement redécorer à ses propres frais. C'était son cadeau à une femme extraordinaire qu'il admirait depuis son adolescence et qu'il ne reverrait probablement jamais.

L'autel de marbre blanc portait deux candélabres en or massif, incrustés de rubis, diamants, émeraudes et améthystes, et une grande croix en or. De nouveaux vitraux multicolores ornaient les petites fenêtres. Les lampes étaient en verre rubis de Murano. Les chandelles de cinquante torchères projetaient une douce lueur.

Les domestiques de la villa et tous les hommes de Glenkirk étaient présents. Personne ne pourrait contester la légitimité de ce mariage. Comme Conall, Bothwell portait sa tenue des Highlands. Cat lui sourit.

Francis répondit à ce radieux sourire, admirant la robe sans manches en soie lilas qui flottait comme un rêve sur sa parfaite silhouette, et les broderies de perles et d'or qui reflétaient la lumière. Les manches de la robe étaient en organdi mauve et on voyait en transparence ses bras fins. Séparés en deux vagues au-dessus de sa tête, ses cheveux blonds se répandaient en de multiples boucles jusque dans son dos. Cat avait choisi un voile lilas couronné de fleurs blanches.

Conall plaça la main de Cat dans celle de Bothwell.

— Soyez bon avec elle, grommela-t-il, ou vous en répondrez devant moi !

— Cat est ma vie, répliqua Francis, amusé par son ton bourru.

Tandis que la cérémonie se déroulait, ils étaient tous deux si heureux qu'ils avaient l'impression de rêver. Ils répondaient sans réfléchir aux questions de l'évêque. Puis ce fut déjà fini. Ils étaient mariés ! Ils se regardèrent longuement, un sourire aux lèvres.

— C'est vrai, mes enfants, dit l'évêque en les entourant de ses bras. Vous êtes mariés. Pensez-vous qu'il reste un peu de vin pour fêter l'occasion ?

Main dans la main, ils retournèrent à la villa où les attendaient de bonnes bouteilles de vin. Quelques hommes de Glenkirk jouèrent de la cornemuse pour fêter les nouveaux époux. Cat ne les quittait pas des yeux.

— Ma mère est née Leslie de Sithean, déclara-t-elle soudain de sa voix douce. Et j'ai été mariée pendant dix-huit ans à Glenkirk. Ce soir, vous avez assisté à mon second mariage avec le comte de Bothwell. Vous m'avez été loyaux et m'avez accompagnée jusqu'à mon cher mari. Maintenant, vous devez décider de votre avenir. Vous pouvez retourner à Glenkirk avec ma bénédiction, ou jurer fidélité au comte de Bothwell. La décision est entre vos mains.

Conall se leva.

— Les hommes qui vous ont suivie, madame, n'avaient rien pour les retenir à Glenkirk. Nous sommes heureux de jurer fidélité au comte de Bothwell, mais à une condition... Si jamais les Leslie ou notre patrie ont besoin de nous, nous les rejoindrons aussitôt. Nous savons, monsieur, que vous feriez de même si vous le pouviez.

— C'est vrai, acquiesça Francis. Merci, mon amour, dit-il à Cat.

— Je vais maintenant me retirer, murmura-t-elle.

Dans la chambre, ses servantes l'aidèrent à enlever sa robe. May lui apporta une bassine d'eau tiède parfumée pour se rafraîchir. Retirant les épingles de ses cheveux, elle les brossa avec vigueur. Susan lui tendit un négligé de soie lilas puis les deux jeunes femmes s'éclipsèrent.

Cat sortit sur l'un des balcons qui surplombait les jardins endormis. Elle respira l'odeur sucrée des fleurs et goûta la douceur de l'air. La tête lui tournait. Le matin même, elle s'était réveillée veuve et voici qu'elle était mariée et attendait son mari dans la chambre nuptiale. Tout s'était passé si vite. Brusquement, elle eut peur.

— Cat ? appela-t-il.

Dans la chambre, son mari lui ouvrait les bras. Timide, elle hésita. Ce fut Francis qui s'approcha pour la serrer contre lui. D'une main, il caressa ses cheveux satinés et elle frémit.

— Cela fait si longtemps, mon amour, murmura-t-il.

— Je me sens prête. Je me comporte comme une vierge en face d'un étranger.

— J'adore ta timidité, ma chérie. Tu as toujours eu cette charmante innocence. Si tu ne veux pas faire l'amour, nous patienterons. Le long voyage a dû te fatiguer.

— Embrasse-moi, Francis !

Tendrement, il posa les lèvres sur les siennes. Il l'avait toujours aimée avec une grande délicatesse, mais cette fois Cat percevait sous sa tendresse une ardeur qu'il parvenait mal à maîtriser.

Une flamme grandissait en elle. Les lèvres de Francis devinrent plus exigeantes et elle glissa les bras autour de son cou. Il lui caressa le dos et elle gémit de plaisir. Lentement, ils traversèrent la chambre et tombèrent sur le lit. Avec un sourire, il défit les petits boutons du déshabillé.

— Francis, je t'aime. Comme je t'aime !

— Moi aussi, je t'aime, mon épouse adorée.

Il prit un mamelon dans sa bouche.

— Veux-tu, mon amour ? demanda-t-il.

— Oh oui, Francis ! Comment te faire comprendre à quel point je te désire ? Depuis trois ans, je rêve d'être à nouveau dans tes bras, mais je pensais que c'était impossible. D'autres hommes m'ont possédée, et je m'étais fait une armure pour les empêcher de me détruire. Ce soir, je me sens enfin renaître, et si tu ne me fais pas l'amour, Francis, je vais mourir...

— J'ai toujours pensé que tu étais la seule femme à pouvoir m'égaler, dit-il en souriant. Depuis trois ans, j'ai cherché à t'oublier avec d'autres femmes. Désormais, je n'ai plus besoin d'oublier : tu es là...

Lentement, elle attira le visage de Francis vers le sien et l'embrassa.

Ivre de désir, il explora sa bouche avec gourmandise. Puis il joua avec les seins merveilleux qui se tendaient sous ses doigts et sa langue. Un feu ravageur prenait possession de la jeune femme.

— Je t'en prie, Francis, maintenant !

— Très bien, mon amour, dit-il en caressant son visage avant de la pénétrer d'un seul mouvement.

Il prit autant de plaisir à sentir sa chaleur qu'au cri de bonheur qu'elle poussa.

Elle était entière ! Perdue dans ce merveilleux univers, à la fois consciente et absente, elle murmurait son prénom tandis que les vagues de plaisir l'emportaient. La jouissance de Francis se répandit en elle. Il l'embrassa tendrement.

— Ma douce et belle Cat, murmura-t-il. Tout ira bien maintenant. Nous avons enfin trouvé une maison.

# 47

Les riches patriciens qui habitaient autour d'Amalfi fréquentaient régulièrement la petite église de Santa Maria del Mare. Le quatrième dimanche d'avril 1598, le comte et la comtesse de Bothwell assistèrent à la messe. Alors qu'ils sortaient de l'église, Cat remarqua devant eux une femme superbe et très élégante. Instinctivement, elle comprit qu'il s'agissait de l'ancienne maîtresse de son mari.

— Francisco, appela-t-elle d'une belle voix grave, voilà donc votre nouvelle catin !

Aussitôt, un silence de mort s'abattit sur la petite place de l'église. Tous attendaient l'affrontement. Cat se raidit. Francis se tourna vers Alfredo, comte Di LiCosa.

— Fredo, dit-il, puis-je te présenter mon épouse, Catriona Maria, comtesse de Bothwell ? Monseigneur Pasquale nous a mariés il y a cinq jours.

— Tout le plaisir est pour moi, fit le comte, les yeux rieurs, en s'inclinant sur la main de Cat.

Cat lui sourit, mais le regard noir d'Angela Di LiCosa ne la quittait pas. Avec insolence, Cat la dévisagea de la tête aux pieds.

— Vraiment, mon chéri, lança-t-elle à Francis, tu as fait mieux par le passé.

Aussitôt, la main d'Angela Di LiCosa se leva, menaçante. Cat la saisit au vol.

— Méfiez-vous, madame, siffla-t-elle. Si vous osez lever la main sur moi, vous risquez de la perdre. Je profite aussi de cette occasion pour vous prévenir : oubliez Francis. Il ne vous reviendra pas.

Angela frotta son poignet endolori. Cat décida d'enfoncer le clou :

— N'oubliez pas qu'il a quitté votre maison dès que mon nom a été prononcé. Nous nous sommes mariés le soir même. N'attirez pas la honte sur votre famille. Francis et moi sommes plus liés que vous ne pouvez l'imaginer.

Lui tournant le dos, Cat prit le bras de son mari pour saluer d'autres voisins qui étaient tous enchantés de voir la comtesse Di LiCosa être enfin remise à sa place.

— Je n'aurais jamais cru te voir perdre la face, ma chère, s'amusa Alfredo.

— Tais-toi ! Je vais la tuer ! Non, ce serait trop facile. Je vais la faire souffrir, tellement souffrir qu'elle souhaitera mourir !

Avec des sourires à ses amis, Alfredo obligea sa femme à grimper dans leur carrosse.

— Tu ne feras rien de pareil, entends-tu ? reprit-il. Ta réputation a déjà alerté l'Inquisition.

— Qu'ils m'espionnent donc ! Ils ne trouveront aucune preuve.

— L'Inquisition n'a pas besoin de preuves. Il suffit d'un vague soupçon. Accepte la réalité, ma chère. Francisco s'est amusé avec toi, de même que tu as profité de lui. Il aime profondément sa femme. Laisse-les en paix. Je ne veux pas du comte de Bothwell comme ennemi et si je dois choisir entre vous deux, je n'hésiterai pas à prendre son parti. Lui, au moins, est digne de confiance...

Mais Angela Di LiCosa était très rancunière. D'autre part, bien qu'elle fût plus âgée qu'elle, Cat était resplendissante. Sa peau était parfaite, d'une jolie teinte naturelle, et son corps se devinait jeune et ferme. Angela imagina ce beau visage abîmé, ce corps meurtri. Est-ce que Francisco l'aimerait encore? La réponse la faisait frémir: sans aucun doute, il aimerait même une Cat défigurée!

Au fil des semaines, le désir de vengeance d'Angela grandissait. Tous les aristocrates de la région donnèrent des fêtes en l'honneur des mariés, et Alfredo et elle y étaient toujours conviés. La comtesse de Bothwell était appréciée par les femmes comme par les hommes. On vantait son charme, sa vivacité et sa beauté. Francis restait toujours à ses côtés et l'amour qui se lisait dans leurs regards était digne d'un conte de fées.

Alors Angela Di LiCosa décida de les séparer... à jamais. Elle pensa d'abord à faire assassiner Cat, mais les soupçons se seraient aussitôt portés sur elle. Par ailleurs, le coup serait encore plus cruel s'ils se savaient vivants, mais irrémédiablement éloignés.

Angela élabora un plan à toute épreuve. Personne ne la soupçonnerait. Son frère aîné avait été fait prisonnier par les Turcs à l'âge de dix-huit ans. Lorsqu'il était parti en mer, sa mère turque lui avait donné de précieux conseils:

— Si tu es capturé, n'hésite pas à proclamer ta noblesse. Dis-leur que tu es le fils de la fille de Ferhad Bey, Fatima de Morea. Deviens musulman ainsi que je suis devenue chrétienne et ta fortune sera faite.

Il avait suivi ses recommandations. On lui avait épargné les carrières de marbre et il était entré à l'école des Princes. Au fil des années, il avait gravi les échelons et était devenu l'un des généraux les plus célèbres de l'empire. On l'appelait Cicalazade Pasha. La confiance des Turcs lui étant acquise, il aurait pu s'échapper et rentrer chez lui. Mais il avait choisi de rester. En Italie, il pouvait espérer au mieux hériter du titre de son père et d'un château en ruine qui coûtait une fortune à entretenir.

Aujourd'hui, il possédait un magnifique palais sur le Bosphore et une armée d'esclaves. Il avait épousé la petite-fille de Süleyman le Magnifique et on venait de le nommer grand vizir auprès du cousin de sa femme, le sultan Mehmet. Il disposait d'un vaste harem. Le passe-temps préféré de Cica Pasha était les jolies femmes. A travers le monde, ses marchands d'esclaves recherchaient de belles femmes pour satisfaire ses goûts divers. Il aimait la beauté et la personnalité, n'attachait pas d'importance à la virginité. On vantait le raffinement de son harem dans tout l'Orient.

La comtesse de Bothwell était une femme d'une beauté exceptionnelle, même Angela Di LiCosa l'admettait. Elle était certaine que son frère serait enchanté de l'accueillir dans son harem. Or une flotte turque croisait au large, dont Angela connaissait l'un des capitaines.

On l'appelait Khair-ad-Din. Il avait pour mission de transmettre des messages entre Cica Pasha et sa famille italienne. Angela pouvait facilement le contacter.

Quelques jours plus tard, dans un café de Naples, une paysanne buvait un verre de vin en compagnie d'un marin.

— Dis à Khair-ad-Din que le danger ne me fait pas peur ! Je dois le voir personnellement. A deux kilomètres au sud-est d'Amalfi se trouve une petite crique en forme de demi-lune. J'y serai demain soir une heure après le coucher du soleil. Deux lanternes brûleront sur la plage comme signal.

La nuit suivante, une barque de six esclaves noirs glissa sur le sable de la crique. Un homme immense — vêtu d'un pantalon rouge, d'une chemise noir et rouge, sa taille épaisse ceinte d'un ruban où scintillaient un poignard incrusté de pierres précieuses et un cimeterre — descendit à terre. Il portait des bottes en cuir doré avec des pompons rouges.

Une femme masquée, drapée d'une grande cape, sortit de la pénombre.

— Je suis la comtesse Di LiCosa.

— Retirez le masque. Je veux voir avec qui je parle, grommela Khair-ad-Din. Vous ne ressemblez pas à votre frère, constata-t-il. Alors, que puis-je pour vous ?

— Je désire offrir un cadeau à mon frère.

— Vous m'obligez à quitter mon bateau pour que j'emporte une babiole à mon seigneur Cicalazade ? Vraiment, les femmes !

— C'est un cadeau très particulier, capitaine. Une femme pour son harem. C'est un joyau, une aristocrate à la fois belle et charmante. Si vous l'amenez saine et sauve jusqu'à mon frère, je vous donnerai une bonne récompense et mon frère vous sera très reconnaissant.

— Qui est cette femme, comtesse ?

— Son identité ne vous regarde pas, mais sa villa se trouve de l'autre côté de ce promontoire. La maison a autrefois appartenu à Abdul Mehmet, le marchand. Dans quelques jours, le mari de cette femme sera obligé de s'absenter. Si vous attaquez la maison à l'aube, vous ne rencontrerez aucune résistance. Il n'y a que six domestiques dont cinq femmes. Je présume qu'elle a aussi une servante personnelle. Je me fiche de ce qui arrive aux domestiques, mais je tiens à ce que la femme soit bien traitée.

— Pourquoi ce geste généreux, comtesse ? se méfia le Turc. Est-ce un plan échafaudé entre vous et le mari de cette dame pour vous en débarrasser ?

— Je les hais ! avoua Angela dans un souffle, et la haine défigura ses traits réguliers. Ils m'ont cruellement humiliée, et je veux me venger.

— Et si elle se laisse mourir ?

— Pas elle, déclara Angela avec un rire méchant. Elle survivra, dans l'espoir de revenir auprès de son Francisco adoré...

Khair-ad-Din réfléchit un instant. Cicalazade Pasha serait certainement content s'il lui amenait une nouvelle recrue pour son harem.

— Quand devrons-nous l'enlever ?

— Observez le ciel au-dessus de cette plage les prochaines nuits. Une fusée rouge sera le signal que vous pouvez attaquer à l'aube. Voici une marque de ma gratitude, ajouta-t-elle en lui donnant une bourse.

— *Signora contessa*, murmura-t-il en soupesant l'or, c'est un plaisir de mener des affaires avec vous.

Elle esquissa un sourire glacial puis disparut dans la pénombre. Quelle femme cruelle...

Khair-ad-Din décida de préparer la cabine à côté de la sienne pour la prisonnière et sa servante. Selon son expérience, les femmes supportaient mieux la captivité si on les laissait avec une amie. Si cette pauvre créature n'arrivait pas en bon état jusqu'au vizir, il en subirait les conséquences.

— Il ne faut faire que deux prisonnières, la noble et sa servante, expliqua-t-il à ses hommes. Soyez doux avec elles, ou alors, par Allah, je vous ferai tous castrer ! Pas de viol, compris ? Cette femme est réservée à Cicalazade.

— Et la servante ? interrogea l'un des officiers.

— On verra quand nous serons en chemin. Mais ne perdez pas de temps à la villa.

— Vous ne pouvez pas demander aux hommes de laisser filer des jeunes femmes, mon capitaine. Ils sont si rarement à terre.

— Bien, admit Khair-ad-Din. Que les hommes s'amusent un peu, mais amenez-moi la prisonnière et sa servante personnelle indemnes !

## 48

Assise les jambes croisées dans son lit défait, Cat observait son mari s'habiller. Elle était nue, la bouche boudeuse.

— Pourquoi est-ce que je ne peux pas venir avec toi, Francis ?

— Parce que, ma beauté, ce n'est pas une visite mondaine. Le duc d'Avellino veut que je le débarrasse des bandits qui écument son domaine.

— Je t'ai bien accompagné pendant tes raids en Angleterre.

— C'est vrai, et comme tu étais belle habillée en garçon ! Tout cela me manque, Cat... L'Ermitage, nos collines... Mais nous sommes en Italie, ma chérie. Si tu venais avec moi, on ne me prendrait plus au sérieux comme mercenaire et bien que tu sois une femme riche, je préfère gagner ma vie de mon côté. Nous ne serons pas absents plus de quinze jours. Pourquoi est-ce que tu n'écris pas à Jamie pour lui demander d'envoyer les enfants ? Il serait temps qu'ils rencontrent leur père.

— Est-ce que je te manquerai, Bothwell ? le taquina-t-elle, aguicheuse.

— Coquine ! s'exclama-t-il en lui donnant une gentille fessée. C'est déjà assez difficile de te quitter, alors ne me tente pas.

Ils s'embrassèrent avec passion.

— Cat, oh Cat... Tu me rends fou...

— Va vite jouer à la guerre, mon beau seigneur ! décréta-t-elle en le repoussant doucement.

— Habille-toi, jolie nymphe. Et viens saluer les hommes avant notre départ.

Cat arriva à temps pour entendre Conall se plaindre :

— Je persiste à penser qu'il faut laisser davantage d'hommes ici.

— Et pourquoi donc ? intervint Cat. Je n'ai jamais vu un endroit aussi tranquille.

— Je ne sais pas, murmura Francis. Conall a peut-être raison. Des pirates longent parfois les côtes.

— Il n'y a rien qui puisse attirer des pirates. Ne sois pas stupide. Tu as besoin des hommes.

Echangeant un regard, Francis et Conall haussèrent les épaules.

— J'aimerais tellement que tu puisses venir avec nous, ma chérie, dit Francis, mais nous ne serons pas longs. A bientôt, Catriona.

Il la serra contre lui, ses lèvres saisissant les siennes avec une passion qui attisa le désir de la jeune femme.

— Etes-vous prêt pour aider Avellino ou pour retourner vous coucher, milord ? se moqua Conall.

— Si cet homme n'était pas le meilleur capitaine de toute la chrétienté, je l'étranglerais volontiers, répondit Francis en prenant les rênes de son étalon.

Cat éclata de rire.

— Je t'aime, Francis. Reviens-moi sain et sauf. Et toi, Conall, veille sur lui !

— Mais oui, fit le capitaine, impatient.

En un clin d'œil ils avaient disparu, soulevant un

nuage de poussière derrière eux. Aussitôt, Cat appela le majordome.

— *Signora contessa* ? demanda Paolo.

— Qu'est-ce qui est prévu pour la semaine ?

— Un dîner samedi soir chez le comte Di LiCosa.

— Annulez-le, Paolo. En l'absence du comte, j'ai l'excuse idéale pour éviter cette vipère.

Enchanté parce qu'il considérait la comtesse Di LiCosa comme une disciple du diable, Paolo fit parvenir le refus de sa maîtresse le lendemain. Angela eut un rire joyeux en apprenant la nouvelle. Désormais, elle jouissait d'un parfait alibi. Présente à sa propre fête, elle chargerait un domestique d'envoyer le signal à Khair-ad-Din. Le dimanche, les jardiniers de la comtesse de Bothwell se reposaient, ainsi personne ne remarquerait son absence pendant un jour entier. Entre-temps, Cat serait sur le chemin du harem de Cicalazade. Le rire d'Angela résonna dans toute la villa et les domestiques firent un signe de croix. Quand l'Ange du Diable riait, il fallait se méfier...

Le soir de la fête, la comtesse Di LiCosa se montra la plus charmante des hôtesses. La soirée fut un tel succès qu'elle ne se termina qu'à l'aube, lorsque les derniers invités abrutis de bon vin rejoignirent péniblement leurs lits.

Au-delà des collines embrumées, un cri déchira l'air cristallin du matin. Réveillée par des pas précipités dans le couloir, Cat bondit hors de son lit et regarda par la fenêtre. Horrifiée, elle s'aperçut que le jardin était rempli d'hommes vêtus de pantalons bouffants. Des pirates turcs prenaient d'assaut la maison... La cuisinière et les servantes de cuisine gisaient par terre et des hommes attendaient leur tour pour les violer. Etendu près d'un panier d'herbes fraîchement cueillies, Paolo baignait dans une mare de sang.

— Que le Seigneur ait pitié... murmura Susan alors que la petite May pleurait d'effroi.

— Cachez-vous dans la malle à lingerie, ordonna Cat. Moi, ils ne me toucheront pas. Ils veulent sûrement une rançon. Vite !

May fut dissimulée sous des draps.

— Ne bouge pas avant d'être certaine qu'ils sont tous partis, petite, déclara Susan. Puis réfugie-toi chez le jardinier Carlo en attendant le retour de monsieur le comte.

— Mais, Susan, tu dois te cacher avec moi !

— Il faut que je reste auprès de Lady Cat, mon enfant.

— Ils vont te violer, Susan, dit Cat d'une voix lasse, et je ne pourrai pas les empêcher.

— Je ne suis plus vierge, madame, mais May est encore une jeune fille. Elle en mourrait. D'ailleurs, vous aurez besoin de moi.

Brusquement, un coup d'épaule ouvrit la porte et une douzaine d'hommes entrèrent dans la pièce. Terrifiées, les deux femmes s'accrochèrent l'une à l'autre en hurlant. Un homme d'une stature immense les toisa.

— Comment t'appelles-tu ? demanda-t-il dans un italien guttural à Cat.

— Je suis la comtesse de Bothwell.

— Et elle ?

— Voici ma servante Susan.

— N'aie pas peur, petite, dit le géant. Je suis le capitaine Khair-ad-Din, de la marine impériale du sultan Mehmet. J'ai l'ordre de vous emmener au harem de notre grand vizir, Cicalazade Pasha. Personne ne vous fera de mal.

— Non ! s'écria Cat, hors d'elle.

Trois longues années, elle avait été séparée de

Francis ! Elle avait fui James Stewart et l'Ecosse pour enfin trouver le bonheur, et voilà qu'on venait l'arracher à lui une nouvelle fois...

— Non ! hurla-t-elle et elle s'évanouit quand le géant la prit dans ses bras.

Sans hésiter, Susan emboîta le pas à Khair-ad-Din. Alors qu'ils traversaient les jardins, elle vit les corps des jeunes servantes, les membres écartelés, couverts de sang. Susan remercia le Seigneur d'avoir épargné la petite May. Mais elle avait peur, très peur. Elle avait menti à Cat : elle était vierge comme le jour de sa naissance.

Tandis qu'elle grimpait dans la barque des pirates, Susan repoussa les mains des marins qui la taquinaient en riant. Ils se moquaient d'elle en italien afin qu'elle pût comprendre leurs allusions scabreuses. Les dents serrées, Susan garda la tête haute.

Les deux femmes furent installées dans une cabine confortable. La clé tourna dans la serrure. Susan versa un peu d'eau sur une compresse qu'elle trouva sur la table et tamponna les poignets ainsi que le front de sa maîtresse évanouie. Quelques instants plus tard apparut Khair-ad-Din.

— Comment va la petite ? demanda-t-il gentiment.

— Encore inconsciente, à cause de vous ! rétorqua Susan, furieuse. Vous avez failli la tuer en lui disant qu'elle était destinée à un harem. Quel que soit le montant de la rançon, le comte de Bothwell la paiera.

— Il n'y a pas de rançon. Mes ordres sont de remettre cette femme au grand vizir. C'est un cadeau de sa sœur.

— Quelle sœur ? s'étonna Susan. Comment quelqu'un peut-il disposer d'un autre être humain ? Ma maîtresse est une aristocrate, une cousine du roi d'Ecosse.

— La sœur du grand vizir est la comtesse Di LiCosa.

— Cette vipère jalouse ! Quand je la reverrai, je l'étranglerai de mes propres mains...

— Je te comprends, petite, s'amusa Khair-ad-Din. Mais pourquoi éprouve-t-elle une pareille haine envers ta maîtresse ?

— Elle a jeté son dévolu sur son mari, mais ce dernier ne veut plus en entendre parler.

Le géant hocha la tête et Susan devina qu'il sympathisait.

— Je vous en prie, monsieur ! Mes maîtres sont très fortunés. Ramenez-nous à la maison et vous serez fortement récompensé.

— J'aimerais bien t'aider, ma petite, car je déteste me mêler d'une guerre entre femmes, mais c'est impossible. L'homme à qui est destinée ta maîtresse est un personnage très important. S'il apprenait que j'ai désobéi à sa sœur, il me ferait fouetter à mort ! Je suis sincèrement désolé. Et ce ne sera pas si terrible : Cicalazade Pasha est doux avec les femmes.

— Mais vous ne comprenez pas ! s'écria Susan, paniquée. Lady Cat vient juste de se marier après avoir été séparée de l'homme qu'elle aime depuis des années. Sans lui, elle mourra. Et dès qu'il apprendra qu'elle a été enlevée, il remuera ciel et terre pour la retrouver.

— Ce n'est pas mon problème, petite. Je dois vous livrer saines et sauves à Istanbul. Ta maîtresse est résistante, elle survivra. Regarde, elle va déjà mieux.

— Dieu merci, dit Susan, voyant que les joues de Cat se coloraient un peu et qu'elle respirait normalement.

Toute la journée, Susan la veilla fidèlement. Cat ne se réveilla pas ; le choc avait été trop brutal.

Cette nuit-là, Khair-ad-Din revint à la cabine et sa lourde main s'abattit sur l'épaule de Susan.

— Viens, petite, il est l'heure pour toi de divertir mes officiers.

— Je vous en prie, implora Susan, terrifiée.

— J'aurais pu laisser l'équipage te traiter comme les autres à la villa, rétorqua le géant, mais parce que tu es sa servante, je t'ai réservée pour mes officiers. Ils ne te feront pas de mal, ils ne sont que trois.

Fermement, il la prit par le bras et l'entraîna dans la salle de quart où trois hommes bavardaient à une table, en buvant du café. Khair-ad-Din s'éclipsa aussitôt, refermant la porte derrière lui.

— Tiens, voilà la fille ! fit l'un en apercevant Susan. Viens ici !

Grand, les cheveux noirs avec une longue barbe, l'homme se leva et l'attira à la lumière de la lampe. Susan se raidit et poussa un cri. Le regard du pirate s'adoucit.

— N'aie pas peur, nous allons être amis, d'accord ?

Les deux autres officiers lui adressèrent de larges sourires encourageants.

— Je m'appelle Hussein, et je suis l'officier de Khair-ad-Din. Celui qui a la barbe fournie s'appelle Abdul, il est officier en second et voici notre navigateur, le jeune et imberbe Ibrahim. Donnez-lui du café, vous autres sauvages, cette petite est transie.

S'installant dans un sofa, Hussein assit Susan sur ses genoux. Il déchira sa chemise de nuit et se mit à jouer avec ses seins. Lorsqu'elle cria, il éclata de rire.

— Allons, ma petite, ne sois pas bête. Tu sais bien pourquoi tu es là. Que tu coopères ou non, le résultat sera le même. Ce ne sera pas si terrible. Nous voulons simplement passer un peu de bon temps.

— Je vous en prie, gémit Susan, j'ai tellement peur... Je n'ai jamais...

— Par Allah! s'écria Hussein. Elle est vierge! Sors les dés, Ibrahim. On tire toujours aux dés pour une vierge, expliqua-t-il à Susan.

Il l'obligea à se lever et déchira ce qui restait de la chemise de nuit, avant de lui donner une claque sur la fesse.

— Un joli morceau, messieurs, fit-il amusé. Tout propre, avec des seins qui ressemblent à des melons sous un soleil d'été!

— Allons, jette tes dés! grommela Abdul.

Ibrahim tira un trois et Abdul un huit.

— Essaie de faire mieux, dit-il à Hussein qui obtint un neuf.

— Jouons pendant qu'Hussein s'amuse avec la fille en premier, déclara Ibrahim d'un air philosophe à Abdul.

Aussitôt, Hussein se jeta sur Susan, la forçant à ouvrir la bouche pour recevoir ses baisers fougueux. Ses mains parcouraient son corps innocent, caressant, triturant, pinçant la chair ferme. Désespérée, elle essayait de le repousser.

— J'aime les filles avec du caractère, fit-il, mais tu n'es pas de taille à lutter contre moi!

Honteuse, Susan dut se laisser faire, tandis que les trois hommes abusaient d'elle tour à tour.

Finalement, ils la laissèrent dormir. Mais à l'aube, tout recommença. Sa honte avait disparu, elle leur demanda de l'eau pour se laver. Avec des tapes affectueuses, riant et plaisantant, ils lui apportèrent un broc d'eau, un linge et du savon.

— Et comment vais-je m'habiller, maintenant que vous avez déchiré mon seul vêtement? demanda-t-elle.

— Tu trouveras ce qu'il faut dans la cabine, dit Hussein. Des habits pour ta maîtresse et toi. Tu es une bonne petite. J'espère qu'on ne t'a pas fait trop mal hier soir.

— Non, murmura-t-elle en rougissant.

Dans la cabine, elle versa quelques larmes avant d'ouvrir la malle et d'y trouver des vêtements indécents : pantalons de soie transparents, blouses en organdi, boléros brodés, pantoufles et voiles fins...

— Comment vas-tu ? demanda Cat.

— Ça va, Lady Cat.

— Ils t'ont violée ?

— Oui, dit-elle en s'effondrant près de sa maîtresse.

— Pourquoi m'as-tu menti ? Tu étais vierge, n'est-ce pas ?

— Je ne pouvais vous laisser seule, madame. Ce n'a pas été si terrible, ils n'étaient que trois dont un jeune garçon.

— Je suis désolée, ma pauvre Susan, dit Cat en la berçant contre elle. Je me suis évanouie comme une adolescente. Qu'est-il arrivé ? Qui sont-ils ?

— Tout le monde à la villa est mort excepté May. Une fois qu'ils nous ont trouvées, ils ont heureusement cessé leurs recherches. Ce sont des pirates turcs et ils ont reçu l'ordre de nous emmener à Istanbul. Vous êtes un présent pour le grand vizir, Cicalazade Pasha... de la part de sa sœur, la comtesse Di LiCosa.

— Comment ! Mais c'est absurde... J'espère que Francis va la tuer. Si jamais son frère lui ressemble...

— Khair-ad-Din m'a dit que le vizir était quelqu'un de très important et qu'il n'y aurait pas de demande de rançon.

— Il ne faut pas paniquer, déclara Cat en fermant les yeux pour se ressaisir. J'ai cédé à la peur hier mais c'est la dernière fois. Un jour, je retrouverai Francis et je me vengerai d'Angela Di LiCosa. N'aie pas peur, ma fidèle Susan. Tu m'avais bien dit que tu voulais voyager, non ? ajouta-t-elle, son regard vert pétillant de malice. Imagine quelles histoires tu auras à raconter à tes petits-enfants !

Susan ne put s'empêcher de rire. Décidément, ces Leslie ne se laissaient jamais abattre !

— Habillons-nous vite... Mais retiens bien une chose, Susan, n'aie confiance en personne excepté moi. Ensemble, nous nous montrerons plus rusées que les Turcs !

Heureuse d'avoir réconforté la servante, Cat se demanda si elle connaîtrait jamais une vie ordonnée et sans surprises.

« Une vie sans rebondissements serait probablement ennuyeuse à périr ! » pensa-t-elle avec un soupir.

## SEPTIÈME PARTIE

# LE VIZIR

### 49

Sans perdre de temps, le navire franchit le détroit de Messine et traversa la Méditerranée jusqu'en Crète où les pirates s'approvisionnèrent en eau et en nourriture. Regardant la côte, Cat frémit à la pensée qu'elle suivait les traces de son arrière-grand-mère.

A treize ans, Mam avait-elle eu peur aussi ? Au moins, Cat savait qu'elle ne serait pas montrée nue au marché des esclaves. Mais il ne fallait pas déplaire au grand vizir. Et si jamais il ne l'appréciait pas ? Comment, à plus de trente ans, pouvait-elle rivaliser avec de toutes jeunes filles ?

— Pourquoi ce front soucieux, petite ? demanda Khair-ad-Din qui jouait avec Cat aux échecs. Vas-tu enfin admettre que je suis un meilleur joueur que toi ?

— Non, vieux loup de mer ! s'exclama Cat en riant, mais son visage s'assombrit aussitôt.

— Confie-moi tes soucis. Peut-être puis-je t'aider.

— J'ai peur. Je ne suis pas une vierge innocente mais une femme adulte, j'ai été mariée deux fois et j'ai de nombreux enfants. Que puis-je offrir à Cicalazade Pasha ? Le cadeau de sa sœur le fera rire et il me vendra au premier marchand d'esclaves venu.

— T'es-tu récemment regardée dans un miroir, petite ? Aucun homme vivant, s'il avait le choix entre toi et une petite vierge, ne choisirait cette dernière. Cicalazade Pasha n'hésitera pas non plus. Son harem est célèbre. Le vizir privilégie le charme, l'intelligence et la beauté. Par ailleurs, ma belle, s'il désire te vendre, c'est moi qui t'achèterai !

Le navire traversa la mer Egée, contournant les petites îles grecques. Lorsqu'ils franchirent les Dardanelles et entrèrent dans la mer de Marmara, Cat ressentit une grande peine. Elle savait qu'elle avait désormais quitté son monde.

Déjà, elle s'était familiarisée avec les vêtements turcs et les trouvait confortables. Elle se demandait souvent quel genre d'homme était le grand vizir. Une fois qu'elle l'aurait mis au courant de la situation, peut-être accepterait-il une rançon pour Susan et elle ?

Ils atteignirent Istanbul par une fin d'après-midi, alors que le soleil dardait ses derniers rayons sur la Corne d'Or. Khair-ad-Din envoya aussitôt un messager au palais du grand vizir et dans l'heure qui suivit, des gardes se présentèrent pour emmener les prisonnières dans une litière fermée.

— Je ne te reverrai probablement jamais, petite, dit Khair-ad-Din. Qu'Allah te protège, même si tu joues mieux aux échecs que moi !

Les larmes aux yeux, Cat lui baisa la joue. Il lui tapota gentiment l'épaule et remit les deux femmes à un eunuque noir.

— Je suppose qu'elles ne parlent pas turc, capitaine, dit l'eunuque. Quelle langue barbare dois-je employer?

Tapant du pied, Cat s'adressa à l'insolent dans un turc impeccable :

— Misérable ! Rebut de cochon ! Comment oses-tu parler de moi ainsi ? Dans mon pays, je suis une dame de haute noblesse.

L'eunuque manqua de s'évanouir et Khair-ad-Din éclata de rire.

— La petite dit vrai, Osman, déclara-t-il. Bien qu'elle soit ici contre sa volonté, elle est un cadeau de la part de la sœur de Cicalazade. Sa servante et elle méritent le respect.

Osman dévisagea Cat avec méfiance. Il flairait des problèmes. Son jugement des esclaves était infaillible et celle-ci sentait le soufre.

— Comment se fait-il, madame, que vous connaissiez notre langue? En est-il de même pour votre servante?

— Enfant, j'ai appris beaucoup de langues, répondit Cat, dont la vôtre. Ma servante est en train d'apprendre mais elle est douée.

— Tant mieux, c'est toujours plus facile quand elles nous comprennent, dit l'eunuque au capitaine comme si Cat n'existait pas. Bien, mesdames, si vous voulez bien me suivre. Vos voiles sont-ils attachés? Parfait.

Elles grimpèrent dans la litière dont les rideaux furent aussitôt tirés. Des esclaves les hissèrent sur leurs épaules. Où les emmenait-on? Lorsqu'elles essayèrent d'entrouvrir les rideaux, Osman poussa un juron menaçant.

Le bruit des docks s'estompa, remplacé par ceux de la ville. Sur la rive du Bosphore, non loin du palais impérial, se trouvait le palais du grand vizir. A l'abri de la cour fermée, la litière fut posée à terre.

— Veuillez descendre, madame, dit Osman. Votre servante sera emmenée dans vos appartements. Vous-même devez me suivre chez Hammid, le grand eunuque.

Une esclave noire conduisit Susan, tandis que Cat suivait Osman dans un dédale de couloirs jusqu'à une porte ornée qui s'ouvrait sur une pièce carrée. Assis sur des coussins se trouvait un homme énorme, noir comme la nuit, vêtu de soieries bleues et rouges. Sur la tête il portait un turban argenté au centre duquel brillait un rubis.

— Montrez votre obéissance au grand eunuque, souffla Osman, qui tomba à genoux et inclina la tête.

— Larve ! siffla Cat. Je suis la cousine d'un roi, je ne me prosterne que devant Dieu et mon souverain.

— Bien dit, femme ! s'exclama la montagne de graisse. Mon seigneur Cicalazade aime les femmes d'esprit, surtout si elles connaissent aussi la sagesse.

Sa voix était aigrelette, curieusement aiguë pour un homme de cette taille.

— Attends dehors, Osman ! ordonna-t-il, et l'eunuque s'empressa d'obéir. Je suis Hammid, à la tête de la maisonnée du grand vizir. Comment t'appelles-tu, ma beauté ?

— Lady Catriona Stewart-Hepburn, comtesse de Bothwell, déclara fièrement Cat. Je suis la cousine de Sa Majesté le roi James d'Ecosse qui, à la mort de la reine Elizabeth, sera aussi roi d'Angleterre. Je suis ici contre ma volonté, ayant été enlevée avec ma servante sur ordre de la sœur du vizir. Elle désire mon mari qui l'a repoussée. Pour se venger, elle m'a envoyée chez vous. Mon mari paiera à votre maître n'importe quelle rançon. Il y aura aussi une forte récompense pour vous.

— Le vizir n'a pas l'habitude de rançonner les gens, femme. Comme tu le sais sans doute, ce n'est pas pour cette raison que tu te trouves ici. Si la sœur du vizir avait souhaité obtenir de l'argent, elle se serait débrouillée autrement. Elle a voulu débarrasser ton mari de toi, et en a profité pour rendre un service à son frère.

Sous ses paupières tombantes, il la dévisageait, guettant sa réaction. Il aurait été déçu si elle n'avait pas réagi.

— Je suis une femme mariée ! rétorqua Cat. Je refuse de me soumettre à votre vizir. Je préfère encore mourir !

— Balivernes ! déclara l'eunuque en riant. Tu es la vie même ! Ne profère pas de menaces à la légère. Je connais trop bien les créatures de ton sexe pour savoir quand elles parlent sérieusement ou non.

Il vit briller dans son regard des larmes retenues et fut satisfait qu'elle se montrât aussi courageuse.

— Ne crains rien, femme. Tu auras quelques jours de repos pour te remettre du voyage et t'habituer à nos coutumes. Approche-toi, que je puisse t'examiner.

Elle s'approcha lentement.

— Déshabille-toi, femme.

— Non !

— Je ne cherche pas à t'humilier, dit l'eunuque en soupirant, mais si tu n'obéis pas, j'appellerai Osman qui le fera à ta place.

Un instant, Cat resta immobile, paralysée par la colère. Puis, comprenant la futilité de son refus, elle haussa les épaules et retira son voile ainsi que le boléro en satin. Les doigts tremblants, elle défit les boutons en perle de sa chemise transparente. Enfin, elle ôta les pantoufles et le pantalon de soie.

— Place tes mains derrière la tête. Superbe !

ajouta-t-il en contemplant les seins ronds et leurs aréoles roses. Lâche tes cheveux et tourne-toi.

Les cheveux blonds lui arrivaient presque à la taille. Hammid esquissa un sourire.

— Quand mon maître te verra, femme, il sera perdu. Tu es splendide. Habille-toi, Osman va te conduire dans tes appartements. As-tu faim ? On te servira un souper immédiatement. Ensuite tu prendras un bain, on viendra te masser et tu passeras une bonne nuit. Demain, tu seras une autre femme. Dans trois jours, je t'emmènerai moi-même en ville car j'ai quelque chose à te montrer.

Il frappa des mains et Osman apparut. Après leur départ, Hammid resta un long moment immobile.

— Il me semble, maître, que votre sœur vous a offert un rare présent. Que pensez-vous de cette femme ?

Un homme élancé sortit de sa cachette derrière un paravent.

— Elle est magnifique ! Par Allah, je suis impatient de l'avoir ! Déjà, je l'imagine sous moi, répondant à mon ardeur...

— Doucement, mon seigneur. Elle sera à vous, je vous le promets, mais auparavant je dois gagner sa confiance. C'est un prix qui mérite patience.

— Se soumettra-t-elle, mon ami ? J'ai cru comprendre qu'elle était obstinée.

— Elle se soumettra, seigneur, acquiesça Hammid en souriant. Avez-vous noté ce corps vigoureux ? C'est une femme habituée à l'amour. Elle a été capturée il y a quelques semaines et le capitaine Khair-ad-Din m'a assuré que personne ne l'a touchée pendant le voyage. Bien que son esprit le refuse, son corps est impatient de retrouver un amant. Une ou deux semaines, mon seigneur, et elle sera vôtre !

— Comment allons-nous l'appeler? demanda Cicalazade Pasha.

— Incili, répondit Hammid.

— Incili... la Perle. C'est parfait!

Alors qu'ils parlaient, Cat suivait Osman dans le dédale de corridors, comprenant soudain qu'ils avaient franchi une frontière invisible et qu'ils se trouvaient dans le harem du palais. Il y avait des femmes partout, de toutes les races et de toutes les couleurs. Cat entendait certaines de leurs réflexions mais restait impassible.

— Allah, quelle beauté!

— Je me demande si sa cervelle est aussi fournie que son visage est beau.

— C'est rarement le cas, Feriyke.

— Lateefa piquera une colère royale.

— La pauvre Lateefa...

Il y eut des rires, puis Cat retrouva Susan dans une jolie pièce aérée. Elles tombèrent dans les bras l'une de l'autre.

— J'étais tellement inquiète, dit Susan. Vont-ils demander une rançon?

— Non, il faudra imaginer un autre moyen. Mais le vizir ne me touchera pas pour l'instant.

— Quelle langue parlez-vous? interrogea Osman, fronçant les sourcils. Parlez le turc, ou le français ou l'italien avec votre servante, pour que je puisse vous comprendre.

— Nous parlons le gaélique, la langue de nos ancêtres, expliqua Cat.

— Les esclaves vont apporter votre repas, déclara Osman. Le grand eunuque a ordonné de vous emmener ensuite aux bains. Je reviendrai vous voir demain matin.

On leur présenta de l'agneau dans une sauce aux oignons, deux pains plats, un bol de yaourt, quelques pêches et des amandes sucrées. A boire, on leur proposa du jus de citron. L'esclave qui les servait leur tendit deux bols et deux gobelets, mais aucun ustensile de table. Lorsque Cat en demanda la raison, la jeune fille lui expliqua que les nouvelles captives ne recevaient rien qui pût les inciter au suicide. Elles devaient manger avec leurs doigts, en s'aidant du pain.

Susan et Cat dévorèrent l'excellent repas car elles n'avaient rien avalé depuis le matin. Quand elles eurent terminé, l'esclave leur apporta des bassinets d'eau parfumée et des serviettes.

Une autre esclave, plus âgée, les conduisit ensuite aux bains. Susan dut se débrouiller seule, mais Cat fut confiée aux mains expertes d'une servante qui la lava soigneusement de la tête aux pieds. Puis on appliqua une pâte rose sur les parties poilues de son corps et lorsqu'on la retira une demi-heure plus tard, elle était imberbe. On s'activa sur ses ongles de pieds et de mains. Il aurait été impensable que sa seigneurie fût griffée... Après un bain de vapeur dans une pièce séparée, on la massa sur un banc de marbre.

Détendue, fatiguée, Cat put à peine revenir jusqu'à sa chambre où elle sombra dans un profond sommeil.

Les trois jours suivants furent paisibles. Tous les matins, Osman venait les chercher et les promenait, sévèrement voilées, à travers les jardins du vizir. L'après-midi, Cat était emmenée aux bains. Baignée et massée de crèmes et d'onguents, sa peau devenait de plus en plus douce et sensible au moindre frôlement. Le soir, on lui permettait d'assister à des spectacles de danse. Cat fut intriguée ar les mouvements si sensuels des danseurs.

e quatrième jour, Osman lui ordonna de revêtir tements extérieurs et de le suivre.

— Votre servante restera ici, ajouta-t-il.

— Ne t'inquiète pas, dit Cat en voyant le visage effrayé de Susan.

On la conduisit à une litière imposante où elle s'installa en face d'Hammid.

— Bonjour! s'exclama-t-il gaiement. Ces trois jours de détente t'ont fait du bien. Je ne pensais pas que tu pouvais être encore plus belle, mais c'est le cas.

— Je commençais à m'ennuyer, je n'ai pas l'habitude de ne rien faire. Est-ce ainsi que vos femmes passent leur temps? En attendant d'être appelées dans le lit du maître? Quelle horreur... Où allons-nous?

— Au marché des esclaves. Tu es une femme très déterminée. Je vais te montrer ce qui t'arrivera si tu rejettes mon maître. Sa chambre doit être comme un beau jardin, à la fois paisible et un délice pour les sens. Si tu le repousses, il ordonnera qu'on te vende. Dans ce cas, ta servante et toi serez certainement séparées et il est possible que ta beauté attire l'attention d'un marchand d'Arabie ou d'Afrique. Je ne pense pas que tu aimerais être déshabillée et inspectée en public. Je ne crois pas non plus que tu apprécierais les chefs de tribu. Mais si tu te soumets à mon maître, ta sécurité et ton bien-être seront assurés. C'est à toi de choisir.

— Pourquoi me torturez-vous, Hammid? demanda Cat d'un air candide. Vous savez bien que je suis obligée de me soumettre.

— Tu es intelligente, ma beauté, mais si tu ne donnes que ton corps, mon seigneur Cica le devinera et en sera offensé. Tu dois tout sacrifier: ton corps et ton cœur!

— C'est impossible!

— Tu le dois!

Ils restèrent silencieux jusqu'à ce que les esclaves

déposent la litière par terre. Le grand eunuque descendit le premier, puis aida Cat à se lever.

— Il y a beaucoup de marchés d'esclaves dans la ville, expliqua-t-il. Celui-ci ne présente que des beautés.

Autour d'elle, Cat aperçut des dizaines de femmes. Sur une estrade, une ravissante fille était mise aux enchères. Elle était entièrement nue et les acheteurs n'hésitaient pas à l'inspecter de près. La captive semblait honteuse et effrayée.

On obligea Cat à regarder cet horrible spectacle pendant une heure. Puis Hammid acheta une petite Blanche exquise d'une douzaine d'années.

— Envoyez-la au sérail du sultan avec les compliments du vizir Cicalazade Pasha, dit-il au marchand.

Sur le chemin du retour, Cat rompit le silence :

— Je vais essayer, Hammid, mais je ne promets rien. Ce ne sera pas facile.

— Bien ! Je suis heureux d'avoir correctement jugé ton caractère. N'aie crainte, ma belle. Je te donnerai du temps pour accepter ton statut. Tu seras heureuse. Le vizir est un magnifique amant et il te donnera du plaisir comme aucun autre. C'est un jeune taureau, vigoureux et inépuisable !

Rougissant, Cat baissa les yeux. Cela faisait des semaines qu'elle était séparée de Francis et elle était à bout de nerfs, mais plutôt mourir que de l'avouer à Hammid !

— Je t'ai choisi un nom turc, reprit Hammid qui devinait ses pensées. Tu t'appelleras Incili, la Perle... ta servante sera Mara.

Les jours suivants furent paisibles eux aussi. Bien qu'elle eût le droit de se mêler aux autres femmes du harem, Cat n'avait pas envie de se lier d'amitié. Elle était curieuse de rencontrer l'épouse du vizir, Lateefa, mais elle ne la voyait jamais.

Quinze jours plus tard, Cat revenait des bains quand elle trouva Hammid qui l'attendait.

— Je vais te présenter au vizir ce soir.

— Déjà ?

— C'est un moment propice. Voyons, Incili, tu n'es pas une vierge mais une femme mûre. Ton corps magnifique ne réclame-t-il pas un homme ? Depuis combien de temps ne t'es-tu pas abandonnée à la passion, dans les bras puissants d'un amant ?

— Par pitié, taisez-vous... murmura-t-elle.

— Des vêtements t'attendent. Je viendrai te chercher à huit heures.

A huit heures, Cat attendait, tremblante, dans la chaude nuit d'été. Elle portait une soie transparente d'un lilas pâle. Aux chevilles, son pantalon bouffant était brodé de fils d'or et d'argent, et un ruban semblable ceignait ses hanches. Filé de perles, un minuscule boléro sans manches couvrait à peine sa poitrine. Et elle était bien entendu voilée. Un second voile, plus long, avait été placé sur le premier.

Hammid apparut avec une petite litière. Il la suivit à pied tandis qu'on la portait jusqu'à la chambre du vizir.

— Ce soir, je t'accompagne. N'aie pas peur, Incili. Mon seigneur Cica sera bon.

Une fois arrivé, Hammid l'aida à descendre.

— J'ai amené la femme, Incili, comme mon seigneur me l'avait ordonné, dit l'eunuque en direction d'une haute silhouette dissimulée par la pénombre.

Hammid retira les voiles de la tête et du visage, puis le boléro. Quand les seins de Cat furent dénudés, elle entendit l'inconnu retenir une exclamation. Hammid lui retira ensuite le pantalon. Elle était nue.

— Merci, Hammid. Tu peux partir maintenant.

La porte se referma et Cat resta debout, pétrifiée. Que devait-elle faire ? Puis le vizir s'avança lentement dans la lumière. C'était le plus bel homme que Cat eût jamais vu...

Il était élancé, avec un visage et un torse hâlés par le soleil, mais son pantalon bouffant qu'il portait bas sur les hanches révélait une bande de peau aussi blanche que la sienne. Ses cheveux, noirs, ondulés, étaient coupés court. Surprise, Cat s'aperçut qu'il avait les yeux gris-bleu. Il ne ressemblait en rien à sa sœur Angela. Ses traits étaient ceux d'une statue grecque, avec des pommettes saillantes, un nez droit, des yeux écartés, et une bouche sensuelle. Il arborait une moustache noire impeccablement taillée.

Sans quitter son regard, il tendit la main. Inconsciemment, elle plaça sa main dans la sienne. Son toucher était comme un feu du désert.

— Je n'ai jamais rien possédé d'aussi exquis que toi, Incili.

Sa voix ressemblait à du velours.

— Vous ne me possédez pas encore, seigneur Cicalazade.

Il éclata de rire.

— Ce n'est qu'une question de temps, n'est-ce pas, Incili ?

Enroulant l'un des voiles autour de sa taille, il l'attira à lui. Quand ses seins touchèrent son torse nu, elle commença à trembler, son instinct la prévenant que cet homme ne se laisserait pas facilement manipuler. D'une main, il releva son menton pour la regarder.

— Des yeux verts, Incili. Ils sont magnifiques. Mais tu le sais, n'est-ce pas ?

Son cœur battait la chamade et elle avait perdu l'usage de la parole. Que lui arrivait-il ? Furieuse, elle essaya de se détourner, mais il posa ses lèvres sur les siennes. Une panique incontrôlée s'empara de Cat. Elle se débattit, mais il resserra son étreinte, la forçant à ouvrir les lèvres.

Les yeux hagards, elle détourna la tête, cherchant à prendre de grandes bouffées d'air pour éclaircir ses pensées. Il rit, lui saisit les mains et les plaqua dans son dos, pressant son corps contre le sien. Tandis que sa langue taquine jouait avec ses lèvres, elle sentit naître en elle une chaleur qu'elle connaissait bien. Lentement, elle cessa de lutter et répondit aux douces pressions de sa bouche.

D'une main, il caressa un sein rond.

— Incili... Tu m'excites comme un fou...

Il la guida vers une alcôve où se trouvait un lit. Tombant en arrière sur le matelas, il la tint au-dessus de lui afin que ses seins pendent comme des fruits mûrs. Lorsqu'il lécha les mamelons, des frissons de plaisir parcoururent Cat de la tête aux pieds. La repoussant sur le dos, il prit un sein dans sa bouche, puis commença une lente exploration de son corps magnifique. Elle tremblait de désir. En voyant le grain de beauté situé au-dessus de son intimité, il l'embrassa tendrement, puis guida la main de Cat vers sa virilité.

Pour la première fois de sa vie, il pensait avoir trouvé une femme dont l'appétit sexuel correspondait au sien. Il lui écarta doucement les cuisses. Agenouillé entre ses jambes, il lui saisit les fesses et l'empala.

Le corps de la jeune femme était couvert d'une fine couche de sueur, sa tête s'abattait sur les oreillers. De ses larges mains, il la caressait, lui murmurant des mots tendres. Brusquement, elle ouvrit les yeux et se mit à pleurer.

— Non, exquise Incili, dit-il avec douceur. Je vois l'ombre d'un autre homme dans tes yeux. Je vaincrai cet homme car tu es à moi pour l'éternité ! Rends-toi, mon amour, rends-toi !

— Je ne peux pas, sanglota-t-elle. C'est impossible...

Il ne cessait de la caresser et de déposer des baisers sur son visage et son cou.

— Je ferai en sorte que tu l'oublies, Incili.

Il renoua avec le rythme de la passion, se perdant dans la chaleur douce de cette femme unique. Après qu'ils eurent connu les cimes de la jouissance, il la tint serrée contre lui, berçant ses sanglots jusqu'à ce que, épuisée, elle s'endormît.

Elle dormait comme un enfant, détendue, roulée en boule. Avec un sourire, il se leva et se versa un jus d'orange frais. Allongé sur des coussins, il observa sa magnifique esclave. Hammid avait raison : elle valait la peine de prendre des précautions. Par Allah ! Quel défi ! Il lui suffisait d'ordonner et les femmes de son harem se pliaient à ses exigences. Même son épouse, avec sa fierté princière, ne voulait que son bonheur.

Mais avec Incili, les choses étaient inversées. C'est lui qui devait la conquérir. Il n'aurait de cesse de posséder son corps et son âme. Jamais il n'avait vécu un moment d'extase comme cette nuit. Il frémit à la pensée de ce qu'il éprouverait quand elle se soumettrait entièrement à lui...

## 50

Lorsque Cat se réveilla, elle fut surprise de se retrouver dans son propre lit.

— Comment suis-je revenue ? demanda-t-elle à Susan.

— C'est lui qui vous a portée. Le seigneur Cicalazade en personne. Il a dit que vous aviez l'air si paisible qu'il n'avait pas le cœur de vous réveiller. J'ai eu si peur quand il est entré alors que vous étiez inerte dans ses bras ! Mais il a été très gentil, pas du tout comme le monstre que j'imaginais.

Cat poussa un soupir.

— Ce n'est pas un homme cruel. Mais je ne peux pas accepter cette vie, Susan ! Je veux Francis... Je veux rentrer à la maison... Je veux être libre...

Et elle éclata en sanglots.

Après quelques minutes, Susan envoya chercher l'eunuque Osman.

— Que se passe-t-il, Mara ? demanda-t-il.

— Ma maîtresse n'arrête pas de pleurer, et pourtant j'ai tout fait pour la consoler !

— Pourquoi ces larmes, Incili ? Quelque chose te fait souffrir ?

Cat l'ignora. Frustré, Osman courut prévenir Hammid. Le grand eunuque exigea de rester seul avec elle. Il s'assit sur le bord du lit et attendit en silence. Les sanglots de la jeune femme s'apaisèrent au bout de quelques minutes. Le visage bouffi, elle s'assit et accepta le mouchoir de soie rouge qu'il lui tendait.

— Dis-moi ce qui ne va pas, Incili.

— Rien ne va ! Je n'en peux plus d'être enfermée. Dans mon pays, les femmes peuvent se promener librement. Ici, je suis confinée à ce harem et à une promenade quotidienne dans un jardin clos. J'en ai assez !

Hammid hocha la tête. Les nouvelles captives éprouvaient toujours la même angoisse et il était prêt à faire des concessions pour rasséréner la jeune femme. Depuis des années, il cherchait une femme capable d'avoir une influence bénéfique sur son maître. En Incili, il l'avait trouvée. Elle était non seulement intelligente mais attachée à une certaine éthique. Une beauté douée d'une rare sagesse.

— J'obtiendrai la permission pour que tu te promènes dans le jardin de la princesse Lateefa ! Il est ouvert sur la mer et le ciel. Je suggérerai aussi à notre maître de t'emmener en bateau. D'accord ?

Elle hocha la tête.

— Et plus tard, poursuivit-il, quand tu seras plus tranquille, je te permettrai de visiter les bazars de la ville.

— Oh oui, merci, Hammid !

— Bien. Ta crise de larmes est terminée ?

— Oui.

— J'en suis ravi, dit-il en souriant. Mon seigneur Cica m'a déclaré ce matin que tu l'avais enchanté comme aucune femme. Tu dois le retrouver ce soir.

Puisque Cat n'avait pas le choix, elle acquiesça. A quoi cela aurait-il servi de s'abandonner au désespoir ?

— Je n'ai rien à me mettre, dit-elle au grand eunuque. La plus modeste fille du harem a davantage que moi ! Dois-je me pavaner dans des soieries transparentes du matin au soir ? Si je dois plaire à mon maître Cica, je veux choisir ma garde-robe. Selon mon expérience, il faut plus qu'un talent au lit pour retenir un homme. A moins que cela vous soit égal que Cica Pasha se lasse de moi ?

Hammid était ravi. Si elle n'était pas encore prête à se soumettre totalement, cet intérêt vestimentaire si féminin était un bon présage.

— Je vais envoyer chercher les vendeurs du bazar. Tu choisiras selon tes désirs. Si tu vois des tissus qui te plaisent, commande-les ! Nos couturières t'habilleront. Tu peux aussi acheter des bijoux, du parfum et du maquillage. Quand tu auras fait ton choix, Osman les paiera.

Les vendeurs du bazar apportèrent une multitude de marchandises. Cat s'offrit une douzaine de blouses, des pantalons bouffants avec des boléros assortis et de longs caftans vert, lilas, turquoise, bleu, rose... Plusieurs tissus lui plurent, dont une soie bleu marine brodée d'étoiles argentées, un satin rouge sang et un brocart vert pâle filé d'or.

A la vendeuse de cosmétiques, elle acheta un peu de khôl, refusant la pâte blanche, le henné et le rouge pour colorer les lèvres.

Le vendeur de parfums eut plus de succès, laissant trois flacons à Cat. L'un contenait du musc, l'autre un parfum de fleurs sauvages et le troisième des effluves de verdure.

Sur les plateaux de bijoux, Cat choisit avec soin une douzaine de fins bracelets en or et en argent, des chaînes d'or, des topazes, des aigues-marines. Elle acheta aussi plusieurs colliers de perles roses et blanches. Et des boucles d'oreilles.

Quand Osman se plaignit de son extravagance, elle se tourna vers lui, furieuse.

— Va te lamenter auprès du grand eunuque, larve ! S'il dit non, je lui obéirai.

Avec un soupir, Osman paya les vendeurs enchantés.

Après un repas léger, elle passa deux longues heures dans les bains. Elle se reposa l'après-midi et se restaura de fruits et de yaourt en fin de journée.

Examinant ses achats, elle choisit du vert pâle. Les chevilles du pantalon étaient brodées de fleurs dorées sur un vert plus soutenu. Elle enfila aussi une blouse en soie transparente sur laquelle elle ajusta un boléro frangé de petites perles et brodé de fils d'or. Autour de ses hanches, elle noua un ruban vert et or. Ses pantoufles étaient brodées de fleurs. Sur ses longs cheveux blonds, elle portait un voile transparent. Ses bracelets d'or s'entrechoquaient gaiement et un collier de jade ornait son cou.

— Magnifique, Incili ! s'exclama Hammid en la voyant. Tu as le sens de l'élégance.

Avant de la quitter devant la porte du vizir, il murmura :

— Je te souhaite beaucoup de joie ce soir.

Cica l'attendait et son regard bleu-gris révéla son contentement.

— On m'a dit que tu avais dépensé mon argent, dit-il en retirant le voile.

— Vous avez laissé entendre que vous me trouvez à votre goût, répondit-elle froidement, et pourtant la dernière des filles du harem était mieux habillée que moi.

— Avec ou sans vêtements, tu es la plus belle, Incili.

Avisant un échiquier sur une table basse, Cat s'empressa de lui demander s'il voulait jouer.

— Tu connais les règles ? s'amusa-t-il.

— Mes adversaires à ce jeu prétendent même que je suis redoutable.

Il lui indiqua de s'asseoir sur les coussins en face des pions blancs et choisit pour lui-même ceux en onyx noir.

— Attends ! dit-il soudain. Retire ton boléro et ta blouse, Incili. Puisque tu repousses l'inévitable, je voudrais au moins admirer tes seins.

Elle rougit et il en fut heureux. Gênée, elle fut néanmoins obligée de céder. Elle était sauvage, insaisissable, et il appréciait grandement leur combat. Tôt ou tard, bien sûr, il arriverait à la dompter. A la pensée de Cat le suppliant de lui accorder ses faveurs, une bouffée de désir l'envahit.

Cat jouait avec une détermination qui força l'admiration de son adversaire. Perturbé par sa poitrine magnifique, il faillit perdre. Cat ne manquait pas une occasion pour le distraire. Afin d'équilibrer la partie, il s'assit à côté d'elle et commença à jouer avec ses mamelons qui se durcirent. Sa sensualité éveillée, Cat ne réfléchit pas et bougea sa reine.

— Echec et mat, ma belle ! fit le vizir enchanté, la repoussant sur les coussins. Ne m'en veux pas, douce Incili. Tu es si exquise que je ne résiste pas. Je ne veux pas jouer avec toi. Je veux t'aimer.

— Je ne suis pas une catin, prête à ouvrir les jambes au moindre signal, rétorqua-t-elle furieuse. Je ne me soumettrai pas. Ce sera un viol !

— Très bien, dit-il en riant. Pourquoi pas un viol ?

— Non ! hurla-t-elle alors qu'il retirait son pantalon.

Elle essaya de le griffer mais il était beaucoup trop fort. Quelques instants plus tard, il s'allongeait nu sur elle. Bien qu'elle détournât la tête, il attrapa son visage et la força à l'embrasser.

Il déposa une pluie de baisers sur ses paupières et ses joues baignées de larmes.

— Pourquoi ne pas t'abandonner ? demanda-t-il. Ton corps réclame le mien mais tu me refuses une victoire absolue.

— Je ne vous aime pas, seigneur Cica. J'aime mon mari. Dans mon pays, une femme qui donne son corps à un homme qu'elle n'aime pas est considérée comme la plus basse des créatures.

— Mais moi je t'aime, Incili. N'aie pas l'air sceptique. Je dis la vérité. Si je ne m'intéressais qu'à ton corps, tes sentiments me laisseraient indifférent.

Il la dévisagea de son regard perçant.

— Tu ne reverras jamais ton mari. Tu m'appartiens désormais et je serai patient, parce que je veux que tu m'aimes.

Et ses lèvres sensuelles reprirent les siennes, exigeantes et ardentes.

Impuissante, Cat s'agrippa à lui. Sa langue dessina d'étranges arabesques sur son corps. Puis il descendit le long de son ventre, cherchant sa douce féminité.

Jamais de sa vie Cica Pasha n'avait autant souhaité prolonger sa passion.

Une heure plus tard, alors qu'il reposait près d'elle, il murmura :

— Hammid m'a dit que tu te sens enfermée. Voudrais-tu m'accompagner demain soir ? C'est une nuit de pleine lune et je possède une petite île sur le Bosphore. Il y a là un kiosque avec un toit ouvert sur le ciel. Je t'y emmènerai et je te ferai l'amour sous les étoiles.

Heureusement, le lendemain, il n'eut aucune affaire d'Etat à régler, car Incili occupait toutes ses pensées. Il passa la matinée à organiser l'expédition du soir. Vers midi, il rendit visite à sa femme.

La princesse Lateefa était l'arrière-petite-fille de Sélim Ier. Sa grand-mère avait été la demi-sœur de Süleyman le Magnifique. Elle avait hérité de la beauté de son arrière-grand-mère, Firousi Kadin, et du tempérament égal de sa grand-mère, la sultane Guzel. Ses longs cheveux étaient blonds et ses yeux turquoise. Petite fille, elle avait été mariée à Cicalazade Pasha et leurs enfants étaient maintenant adultes. Elle vivait une vie paisible, entourée de tous les conforts et assurée de l'amitié de son mari. Une fois par semaine, le vendredi, il venait la rejoindre la nuit mais c'était le plus souvent pour dormir car elle n'aimait pas faire l'amour. Puisque son vaste harem assouvissait ses sens, il respectait son désir.

En cette belle matinée, il s'assit avec elle dans un kiosque qui dominait la mer. Il semblait perturbé.

— Depuis que nous sommes ensemble, dit-il, je ne t'ai jamais réclamé une faveur.

— Tu dois avoir quelque chose d'important à me demander, alors, répliqua-t-elle en souriant.

— Comme princesse ottomane, tu n'as jamais eu à redouter l'arrivée d'une autre épouse, car je n'ai pas le droit d'avoir une seconde femme, à moins bien sûr que tu m'en donnes la permission.

— C'est la nouvelle esclave, Incili ? Cela ne te suffit pas de posséder son corps ?

— Non, murmura-t-il. Je veux davantage et je ne crois pas qu'elle se soumettra à moins de devenir ma femme.

— L'a-t-elle demandé ?

— Elle ne connaît pas nos coutumes. Elle n'a sans doute pas pensé que je la voudrais comme épouse. Tu l'aimerais bien, Lateefa.

— C'est ce que m'a dit Hammid, répliqua-t-elle sèchement. J'arrive à peine à y croire, mais on dirait que tu es amoureux. Serait-il possible qu'après ces longues années le grand Cicalazade Pasha soit amoureux ? As-tu enfin succombé à ce tendre sentiment ?

— Ne te moque pas de moi, Lateefa.

— Je ne me moque pas, mon cher Cica ! Mais tu t'es toujours vanté de garder tes émotions pour toi. Aujourd'hui, je vois un homme différent. Très bien, mon seigneur, je te donne la permission de prendre Incili comme deuxième épouse. Quand aura lieu l'heureux événement ?

— Aujourd'hui, avant que je l'emmène à l'île des Mille Fleurs.

— Déjà, mon seigneur ?

— Je souhaite effacer le passé auquel elle s'accroche inutilement. Merci, ma douce colombe, dit-il en lui baisant les mains. Tu as toujours été la plus compréhensive des épouses.

Le regardant s'éloigner, Lateefa secoua la tête. Elle n'avait jamais rencontré Incili, mais elle pressentait qu'en essayant de la posséder, son mari désirait la lune.

## 51

— Tu dois devenir musulmane, Incili, dit Hammid.

— Jamais !

— Ne sois pas naïve, ma belle. Ce n'est qu'une formalité. Six fois par jour, tu dois t'agenouiller en direction de La Mecque et prier. Qui connaîtra ton cœur excepté Dieu ?

Cat réfléchit. Il disait vrai et sans doute sa propre arrière-grand-mère avait pensé la même chose, car elle n'avait pas pu devenir l'épouse favorite d'un sultan sans se convertir à l'Islam. D'ailleurs, il s'agissait de survivre et de s'échapper.

— Très bien, acquiesça-t-elle. Je ferai ce qu'il faut.

Dans l'après-midi, on lui donna un bain de purification puis on l'escorta à la mosquée des femmes près du palais du vizir, où elle répondit comme un automate aux questions que lui posa un muezzin âgé.

Mais elle ignorait, en rentrant au palais, que le vizir avait signé des papiers la prenant comme seconde épouse. Selon la loi musulmane, il n'était pas nécessaire d'obtenir son consentement. Seule la permission du tuteur légal était demandée. Hammid avait joué le rôle du tuteur.

Lorsque tomba la nuit, Cat attendit impatiemment l'arrivée de la litière. Ses courtes excursions lui avaient redonné le goût de la liberté. S'étant pour l'instant résignée à être la captive de Cicalazade Pasha, elle avait décidé de cesser la lutte ouverte. Pour retrouver son mari, elle devait pouvoir communiquer avec la famille Kira d'Istanbul. Elle n'obtiendrait ce privilège qu'en se montrant soumise.

Même sa fidèle Susan ne devait pas se douter de ses véritables intentions. Elle garderait ce secret jusqu'à ce que son plan eût abouti.

— Tu as l'air si sérieuse, Incili, dit Hammid qui la fit sursauter. A quoi penses-tu, ma beauté ? Des pensées graves ne sont pas bonnes pour une femme.

— Tu lis en moi comme dans un livre ouvert, Hammid, répliqua-t-elle en riant. J'étais en train de me dire que tu avais raison. Il vaut mieux accepter mon destin. Après tout, ce n'est pas si terrible. Peut-être qu'avec le temps, j'apprendrai à aimer mon seigneur Cicalazade. Crois-tu que ce sera possible, Hammid ? Le vizir semble éprouver quelque chose pour moi.

Hammid cachait sa joie avec peine. Elle avait pris sa décision au parfait moment.

— Je peux, si tu me fais confiance, apaiser un peu ton anxiété, dit-il avec prudence. Me fais-tu confiance ?

— Je vais essayer.

— C'est une ancienne forme de relaxation qu'on appelle l'hypnose. Je vais te mettre en état de transe et te proposer certaines choses. Quand tu te réveilleras, tu accepteras plus facilement ta situation. N'aie pas peur, car si tu ne désires pas suivre mes suggestions, l'hypnose ne marchera pas.

— C'est d'accord, Hammid. Tu peux commencer.

L'eunuque retira de son cou une chaîne d'or à laquelle pendait une larme de diamant.

— Regarde cette larme, Incili, dit-il en la balançant lentement devant ses yeux. N'est-elle pas belle avec ses couleurs d'arc-en-ciel ?

Sa voix était douce, apaisante. Cat sentit une délicieuse chaleur l'envahir.

— Tu dois te concentrer sur la larme, mon enfant, et bientôt tu commenceras à te détendre.

Le pendentif oscillait lentement. Les yeux de Cat se fermèrent tandis que son corps s'engourdissait.

— Dors-tu, Incili ?

— Oui, Hammid.

Extirpant une épingle de sa poche, l'eunuque la lui enfonça d'un coup sec dans la plante du pied. Elle ne réagit absolument pas.

— Es-tu prête à te soumettre à Cicalazade Pasha, ton maître et ton seigneur ?

— Oui, Hammid. Je ferai de mon mieux pour lui plaire.

— Je suis content de toi, Incili, et je veux que tu sois heureuse. Tu n'as qu'à obéir à ton corps, ma belle. Laisse ton corps magnifique gouverner ton intelligence. Le seigneur Cicalazade t'aime profondément. Tu l'as ému comme aucune autre femme. Veux-tu lui donner la satisfaction de savoir qu'il t'a fait plaisir ?

Un instant, elle resta silencieuse, comme en proie à un combat intérieur.

— Oui, Hammid, murmura-t-elle enfin. Je vais me soumettre à mon seigneur Cica.

— Merci, très chère, dit l'eunuque avec un sourire satisfait. Vous serez tous deux très heureux.

Mais tu ne dois pas mentionner devant le vizir notre conversation.

— Je ne le ferai pas.

— Parfait, Incili. A trois, tu te réveilleras apaisée, et prête à faire le bonheur de ton maître ce soir. Un... deux... trois.

Les yeux de Cat s'ouvrirent.

— C'est fascinant! Je dormais et pourtant je vous entendais très clairement. Je me sens beaucoup mieux. Merci, Hammid.

— Es-tu prête à rejoindre le maître?

— Oui.

— Félicitations pour ton costume.

Cat appréciait les vêtements luxueux et accordait une grande attention à son habillement. Ce soir-là, elle portait de la soie rose pâle, parsemée de fils d'argent. Le ruban à ses hanches et ses pantoufles alternait l'argent et le turquoise. A ses poignets, elle avait enfilé des bracelets en argent et à ses oreilles scintillaient de larges boucles d'oreilles de turquoise travaillée.

Susan avait coiffé les cheveux de Cat d'une nouvelle manière. Ramenée vers l'arrière, l'épaisse toison blonde avait été soigneusement relevée en une longue natte, parsemée de rubans turquoise et de perles fines. Sur son beau visage, Hammid attacha un voile rose transparent.

Elle s'installa confortablement dans la litière, excitée à l'idée de son excursion. Les porteurs traversèrent les corridors du harem, les jardins, jusqu'au ponton en marbre où attendait le navire du vizir.

C'était un bateau gracieux, entièrement doré avec des dessins en laque rouge de chaque côté. Les rames étaient bleues et argent et les esclaves qui les maniaient noirs comme la nuit. Ceux chargés des rames bleues portaient des pantalons assortis et ceux chargés des argent avaient revêtu des pantalons bouffants argent et bleu. Un dais rouge, bleu et argent était retenu par quatre piliers entourés de guirlandes de fleurs. Sous le dais, parmi une foule de coussins multicolores, patientait Cicalazade Pasha.

Hammid aida Cat à monter dans le bateau. S'installant à côté de Cica, elle le salua d'un murmure sensuel :

— Bonsoir, maître.

— Bonsoir, Incili, répondit-il en souriant.

L'embarcation quitta le ponton en direction de la mer Noire. Le soleil n'étant pas encore couché, Cat apercevait les collines verdoyantes qui descendaient jusqu'au Bosphore. Le ciel était un feu d'artifice de rouges, d'ors et de pourpres contre du bleu foncé.

Cat prit une profonde inspiration.

— Ne me dis pas que l'air au-delà de mon jardin est meilleur, ma chérie, la taquina le vizir.

— C'est l'air de la liberté, mon seigneur.

— Ne sois pas si tendue, ma belle colombe captive. Aujourd'hui, j'ai changé ton statut. Ma femme, Lateefa, est une princesse ottomane et je ne peux avoir d'autres épouses sans sa permission.

— Je croyais que les musulmans avaient droit à quatre femmes ?

— Tous excepté ceux qui ont épousé des princesses impériales. Mais cet après-midi, avec la permission de Lateefa, j'ai fait de toi ma seconde épouse.

Voyant la stupéfaction de Cat, il poursuivit :

— Tu te demandes comment cela est possible. Selon la loi musulmane, tu n'avais pas besoin d'être mise au courant et ton accord n'était pas nécessaire. Tu n'es plus une esclave, ma bien-aimée. N'es-tu pas heureuse ?

Le sang tambourinait dans les veines de Cat. Elle s'efforça de maîtriser sa colère.

— Vous me faites un grand honneur, mon seigneur, murmura-t-elle si bas qu'il dut se pencher pour l'entendre.

Par peur de se trahir, elle n'ajouta rien. Mais cela lui suffit. L'attirant dans ses bras, il l'embrassa, caressant son cou gracile et ses seins. Il était certain de l'avoir enfin domptée.

— Ce soir, nous recommencerons tout à zéro, Incili. Le passé est mort, ma beauté. Seuls importent le présent et l'avenir. Regarde ! La lune se lève et l'on aperçoit Vénus, la planète de la déesse de l'Amour. Bientôt, nous serons arrivés à l'île des Mille Fleurs où nous passerons une nuit de délices.

Furieuse, Cat se demanda comment son arrière-grand-mère avait supporté de vivre si longtemps dans cet univers. Pour l'épouser, on n'avait besoin ni de son accord, ni même qu'elle fût au courant ! Elle comprenait pourquoi Hammid avait insisté pour qu'elle se convertît.

Il avait fait semblant d'être son ami, afin de mieux servir son maître. Jamais plus elle ne se fierait à lui. Mais elle ne laisserait pas son indignation la trahir.

— Seigneur Cica, dit-elle doucement, nous approchons, je sens les fleurs.

— Je pourrais rester ici pour toujours, murmura-t-il en fermant les yeux.

— Bientôt, nous serons dans notre chambre nuptiale, seigneur, vous pourrez alors vous rendormir, le taquina-t-elle gaiement.

— Aucun de nous deux ne dormira ce soir, ma femme, répliqua-t-il d'une voix rendue rauque par la passion.

Le bateau accosta et le vizir sauta à quai.

— Nous n'aurons plus besoin de vous jusqu'à

demain matin, dit-il au capitaine des rameurs. Je veux que les esclaves soient confortablement installés mais qu'ils restent enchaînés. La tentation de s'échapper serait trop grande. Je suis désolé, mon amour, mais nous devons marcher.

— Je ne suis pas une de ces beautés orientales trop gâtées, vous savez. Dans mon pays, les femmes marchent à pied et montent à cheval. Guidez-moi, seigneur, je vous suis.

Ils grimpèrent un escalier creusé dans la pierre et il sembla à Cat que l'île n'était qu'un rocher élevé. Mais quand ils arrivèrent en haut, elle fut surprise d'y découvrir un merveilleux jardin et un kiosque en marbre. Dans la lumière limpide de la lune, elle pouvait facilement identifier la plupart des fleurs. Il y avait des roses de Damas, des roses d'Ophir, des bougainvillées, des lis, des fleurs de lune qui embaumaient... Certains arbres étaient chargés de pêches et de poires. Pins et cyprès entouraient de petites fontaines chantantes.

— C'est exquis, dit-elle, sincère. Je n'ai jamais vu un jardin aussi beau.

— C'est moi qui l'ai dessiné et planté, expliqua-t-il fièrement. Comme mon maître, le sultan j'ai appris un métier.

Lui prenant la main, il la guida sur le chemin de gravier blanc qui menait au kiosque, posé au centre d'un plan d'eau ovale.

Rectangulaire, construit en marbre crème, le kiosque comportait un petit porche à piliers. Ils pénétrèrent par une porte en bois cloutée de bronze dans une pièce qui surprit Cat.

En face d'elle, d'immenses fenêtres s'ouvraient sur le plan d'eau, le jardin et la mer scintillante au loin. Sur le sol reposait un riche tapis aux teintes multicolores. Une peinture en soie accrochée au mur représentait un jardin persan. Une table basse ronde avait été installée dans un coin, entourée de coussins. Du plafond en bois pendaient des lampes d'or et d'argent qui brûlaient de l'huile parfumée.

Le plus grand meuble était un lit monumental surélevé au centre de la pièce. De petites tables en ébène, incrustées de mosaïques diverses, l'entouraient, offrant des bols de fruits, d'olives, d'amandes sucrées et des carafes d'un liquide ambré.

— Est-ce que tu aimes, ma douce ? demanda-t-il en lui caressant l'épaule.

— C'est magnifique.

— Regarde au-dessus du lit, dit-il en actionnant un bouton sur le mur.

Stupéfaite, Cat s'aperçut que le plafond se retirait pour révéler un dôme en verre par lequel on découvrait le ciel étoilé.

— Je n'ai jamais rien vu de tel ! s'exclama-t-elle. Comment est-ce que cela fonctionne ?

— Par un procédé trop compliqué pour que ta ravissante petite tête puisse le comprendre, ma colombe, répondit-il en l'embrassant.

Cat maîtrisa une fois de plus sa colère.

— Allons nous étendre, ma chérie.

— Puis-je être votre servante, seigneur ? proposa-t-elle.

Elle l'aida à se dévêtir, ne résistant pas à caresser son torse puissant.

Nu, il s'allongea sur le lit.

— Déshabille-toi pour moi, ordonna-t-il. Et sois gracieuse.

Sans le quitter des yeux, elle retira lentement le boléro sans manches, mais garda la blouse. Elle préféra ôter d'abord la ceinture de soie qu'elle portait sur les hanches, puis ses pantoufles. Lui tournant le dos, elle enleva la blouse. Elle entendait la respiration de son amant s'accélérer. Retirant en dernier son pantalon, elle se retourna.

— Verse-nous deux gobelets de ce liquide, Incili, dit-il avec un sourire.

Elle reconnut l'odeur capiteuse du vin.

— Je croyais que l'alcool était interdit aux musulmans, s'étonna-t-elle.

— Le sultan boit et le mufti a décrété que lorsqu'un sultan y prend plaisir, il est permis à tous de l'imiter et aux poètes de le chanter. En général, je suis les préceptes du Coran : je ne bois pas et ne le permets pas aux gens de ma maisonnée. Mais ce soir, mon amour, c'est notre nuit de noces. Nous boirons ce vin de Chypre à notre bonheur. A toi, Incili, ma femme. Bien que tu sois la seconde, tu es première dans mon cœur.

Cat le laissa boire puis leva son verre.

— A vous, mon seigneur Cica. Tant qu'il plaira à Allah que je sois votre femme, je ferai de mon mieux pour vous plaire.

— Ce n'est pas nécessaire de m'appeler seigneur lorsque nous sommes seuls, ma chérie. Tu m'appelleras Cica, ou mon époux. C'est cela, appelle-moi « mon époux », je ne te l'ai pas encore entendu dire. Allons, Incili !

Silencieuse, Cat songea « Pardonne-moi, Bothwell », avant de murmurer en regardant Cicalazade Pasha dans les yeux :

— Mon époux...

— Tu sens la chaleur envahir ton corps, n'est-ce pas ? N'aie pas peur, Hammid a mis quelque chose dans le vin pour prolonger notre plaisir. Nous nous aimerons toute la nuit.

Effrayée, elle frissonna. Il lui ordonna de s'agenouiller devant lui.

— Goûte-moi, ma douce colombe, comme je te goûterai ensuite.

Elle n'avait pas le choix.

Lorsqu'il la repoussa sur le dos, Cat sentit le désir se propager dans ses veines tel un feu brûlant. Les caresses l'enivraient. Elle s'abandonna entièrement à son toucher, le suppliant de l'aimer.

— Vous êtes fort comme un taureau, mon époux !

— Et toi, tu es la femme du taureau, petite.

Il la pénétra et elle cria de plaisir, les ondes délicieuses s'intensifiant à chaque poussée. Il ne s'arrêta pas, la pénétrant de plus en plus fort, jusqu'à ce qu'elle s'évanouît.

Lorsqu'elle reprit conscience, il l'observait avec inquiétude.

— Tout va bien, Cica, dit-elle en lui caressant la joue.

L'aube pointait quand il cessa de lui faire l'amour.

## 52

Lorsque Francis Stewart-Hepburn atteignit Avellino, il découvrit que les bandits qui mettaient la région à feu et à sang avaient disparu aussi vite qu'ils étaient apparus. Il trouva des fermes incendiées, des tombes fraîches et des femmes effrayées.

Plusieurs jours durant, lui et ses hommes fouillèrent la région. N'ayant trouvé aucune trace des bandits, ils rentrèrent à la villa del Pesce d'Oro mais la maison était vide. Il y avait six nouvelles tombes dans le jardin.

Le jardinier en chef attendait le retour de son maître.

— Paolo, Maria et les servantes, dit-il en indiquant les tombes. La petite May est chez moi. La *signora contessa* et Susan ont été enlevées. Venez, mon seigneur, la petite vous racontera. Par miracle, elle est indemne.

Lorsqu'elle les vit, May se jeta dans les bras de Conall en pleurant.

— Oh, oncle Conall, c'est terrible ! Les pirates ont emmené ma maîtresse et Susan.

— Ressaisis-toi, May, dit fermement Conall, et raconte-nous exactement ce qui s'est passé. Réfléchis, et n'omets aucun détail.

— Susan et moi dormions dans la chambre de la maîtresse pendant votre absence. Dimanche à l'aube, nous avons été réveillées par des cris affreux. Par la fenêtre, on a vu des pirates turcs dans le jardin. Paolo était déjà mort. Ils lui avaient donné un coup sur la tête alors qu'il cueillait des herbes pour les œufs du petit déjeuner. Maria et les filles ont eu la gorge tranchée... après avoir été v...

May n'arrivait pas à prononcer le mot et Francis posa gentiment la main sur son épaule.

— Nous pouvons imaginer, petite. Raconte-nous comment tu as pu t'échapper. Et qu'en est-il de ma femme et de ta sœur ?

— Ma maîtresse nous a ordonné de nous cacher dans la malle à linge, continua May, les larmes dévalant ses joues. Mais Susan a refusé. Elle a dit que rien de grave ne pouvait lui arriver, vu qu'elle n'était plus vierge. C'était un mensonge, mon seigneur ! Susan était aussi vierge que moi !

May éclata en sanglots.

— Elles m'ont cachée dans la malle et m'ont dit de n'en sortir que lorsque tout serait calme. Dissimulée sous les draps, j'ai entendu les pirates enfoncer la porte. Ils n'ont pas fait de mal à la maîtresse ni à Susan, mais ils les ont emmenées.

— Pouvais-tu comprendre ce qu'ils disaient ? interrogea Conall.

— Le capitaine était très poli avec la maîtresse. Il a donné son nom... Ça ressemblait à quelque chose comme « carabine ». Il devait conduire la maîtresse chez le grand vizir, Civa-quelque chose Pasha.

— Vierge Marie ! s'exclama le jardinier. C'est Khair-ad-Din ! Mon seigneur, il est au service de Cicalazade Pasha, le grand vizir de l'Empire ottoman.

— Mais que veut un satané Turc à mon épouse ?

Carlo avait l'air mal à l'aise, mais comment cacher la vérité, aussi terrible fût-elle ?

— Cicalazade n'est qu'à moitié turc. Son père est le comte Di Cicala. Il est aussi le frère aîné de la comtesse Di LiCosa.

— Je vais la tuer, murmura Bothwell d'une voix glaciale.

— Pas si je lui mets la main dessus en premier, siffla Conall, la mâchoire serrée.

Ensemble, ils chevauchèrent jusqu'à la maison du comte Di LiCosa.

Un domestique accourut pour s'occuper de leurs chevaux et un autre les mena au comte Di LiCosa.

— Je veux voir Angela, dit Bothwell sans préambule.

— Trop tard, mon ami. L'Inquisition l'a emmenée. Elle sera brûlée demain sur la place du marché de Naples.

— Elle a envoyé ma femme en esclavage dans le harem de son frère. Je dois lui parler avant qu'elle ne meure !

— Ainsi, c'était cela, soupira Alfredo Di LiCosa. Son serviteur, Barto, a été pris en train de faire des signaux aux pirates turcs. Il l'a dénoncée avant de l'accuser de sorcellerie, déclarant qu'elle s'était emparée de son âme et qu'il était forcé de lui obéir. L'Inquisition en a profité. Angela n'a jamais caché son mépris envers l'Eglise et ils attendaient une occasion comme celle-ci. On aurait dit qu'elle avait perdu la raison ! Elle leur a ri au nez et n'a même pas essayé de se sauver.

— Où la garde-t-on, Alfredo ?

— Dans la prison de l'Inquisition, à Naples. Je vais t'accompagner, Francisco, et nous emmènerons monseigneur Pasquale. Il nous obtiendra les permissions nécessaires.

— Dis-moi, Alfredo, reprit Bothwell. Y a-t-il quelque chose dont Angela ait très peur ? Je dois avoir un moyen de pression pour la faire avouer.

— Elle déteste les serpents. Ils la terrifient.

— Va voir le jardinier, dit Bothwell à Conall.

— D'accord, répondit celui-ci. Je vous retrouverai au croisement de San Genaro sur la route de Naples.

Son capitaine parti, Bothwell se tourna vers le comte.

— Je suis désolé, Alfredo. Je ne veux pas ajouter à ta douleur. Je sais que tu aimes Angela, mais il faut que je retrouve ma femme. A tout prix !

— Tu ne la reverras plus, Francisco. Si Angela l'a envoyée à Cicalazade Pasha, c'est trop tard. Même si tu arrivais jusqu'à Istanbul, elle serait déjà déshonorée ou morte. Résigne-toi, comme moi je me résigne.

— Jamais ! Ça m'est indifférent qu'un autre homme l'ait prise contre son gré. L'essentiel est de la retrouver. Ne me dis pas que c'est impossible, car j'y parviendrai.

Le comte Di LiCosa secoua tristement la tête.

En apprenant l'histoire, monseigneur Pasquale s'empressa de se joindre à eux. Conall les attendait comme prévu, un panier fermé accroché à sa selle. Lorsqu'ils atteignirent Naples, il faisait presque nuit.

A la porte de l'imposante forteresse, l'évêque exigea d'un air autoritaire de parler au gouverneur de la prison. Aussitôt, on leur ouvrit les grilles. Avec beaucoup de précautions, Conall retira le panier du pommeau de sa selle et suivit le garde. L'air empestait la sueur, la pourriture et l'urine. De pauvres diables gémissaient telles des âmes en peine.

— Jésus ! murmura Conall. Nous sommes en enfer...

On les conduisit par un escalier étroit à l'appartement du gouverneur, l'évêque Guido Massini.

— Je connais votre réputation, seigneur, dit-il à Bothwell. Dans votre pays, on a parlé de sorcellerie à votre sujet. Et vous êtes un hérétique, je crois.

— Non, Guido, intervint monseigneur Pasquale. Le comte de Bothwell, ayant compris ses fautes, est revenu dans le giron de la Sainte Eglise. Il a épousé la plus vertueuse des femmes. Ils assistent régulièrement à la messe et pratiquent la charité.

— Je suis soulagé de l'entendre, déclara le gouverneur, un homme au visage joyeux mais au regard sombre et percutant. Que puis-je pour vous ?

— Nous désirons voir la prisonnière Angela Di LiCosa. Elle est responsable de l'enlèvement de la comtesse de Bothwell par des pirates turcs. Avant sa mort demain, nous souhaiterions découvrir quels ordres elle a donnés aux pirates.

— Cette femme est vraiment terrible, s'énerva le gouverneur. Bien sûr que vous pouvez la voir. Mais vous savez, milord, vous aurez peu de chances de reprendre votre épouse aux Infidèles.

— Je le dois ! s'exclama Bothwell.

— Je vous écris le laissez-passer, dit le gouverneur, impressionné par la détermination de l'Ecossais.

— Mon capitaine doit m'accompagner, dit Bothwell, et nous voulons la voir seuls.

— Qu'y a-t-il dans ce panier ? interrogea le gouverneur. Oh et puis non, je préfère ne pas savoir.

Inscrivant le nom d'Angela sur un parchemin, il y ajouta sa signature puis le tendit à Bothwell.

— Revenez prendre un peu de vin avec moi quand vous en aurez fini. Les autres vous attendront ici.

Bothwell et Conall suivirent le garde dans l'escalier.

— Grâce à son mari, elle est décemment logée, expliqua celui-ci. La plupart des sorcières se trouvent au fond de la prison avec les rats.

— Nous devons la voir seuls, déclara froidement Bothwell. Vous patienterez derrière la porte de la cellule. Quoi que vous entendiez, vous ne devrez entrer que lorsque nous vous appellerons.

— Très bien, dit le garde en s'arrêtant devant une porte qu'il ouvrit avec une lourde clé.

Angela Di LiCosa leur tournait le dos et regardait par la fenêtre à barreaux.

— Si vous êtes un autre prêtre, vous pouvez repartir, dit-elle en se retournant lentement. Francisco, *caro* ! Mon amour, tu es là !

Mais son regard radieux changea en voyant le visage fermé de Bothwell.

— Je suis venu parce que j'espère que même toi, tu voudras mourir la conscience en paix. Qu'as-tu fait à ma femme ?

Elle fut saisie d'un rire hystérique. Dehors, le garde se signa.

— Vraiment, Francisco ! s'exclama-t-elle. Tu es incroyable ! Oui, je me suis arrangée pour me débarrasser de ta femme, mais elle doit être née sous une bonne étoile car mon imbécile de serviteur s'est fait prendre. Ainsi, je meurs demain... Hélas, si je ne puis t'avoir, elle ne t'aura pas non plus.

— Où est-elle, Angela ?

Elle le dévisageait d'un air narquois. Saisissant une poignée de ses cheveux d'ébène, il les tira cruellement.

— Je n'ai pas de temps à perdre, Angela. Où est-elle ?

Son regard était de braise mais elle se taisait. D'une main, Bothwell déchira sa robe et, en une seconde, elle fut attachée par les poignets et les pieds sur le matelas en paille.

— Que fais-tu ? s'écria-t-elle. Je vais appeler le garde.

— Il ne viendra pas, Angela. J'ai la permission du gouverneur d'obtenir mes informations par tous les moyens. Alors, qu'as-tu donné comme instructions à tes amis turcs ?

Soulevant la tête, elle lui cracha à la figure. Bothwell fit un signe à Conall qui ouvrit le panier et choisit une grosse vipère verte. Francis l'enroula autour de son bras et lui caressa la tête. Puis il la déposa sur la paille entre les jambes écartées d'Angela.

— Francisco ! hurla-t-elle. Pour l'amour de Dieu, enlève ça !

— Qu'as-tu fait à ma femme ?

Elle se débattait avec les liens, ses yeux noirs exorbités de terreur, mais ne lui répondait toujours pas. Lentement, le serpent se déroula et commença à glisser vers elle. Elle se mit à crier comme une folle.

— C'est la chaleur et la moiteur de ton corps qui l'attirent, Angela. Bientôt, il cherchera l'obscurité de ton ventre, comme beaucoup d'hommes autrefois. Et quand il y sera entré, je prendrai un autre serpent dans le panier, puis un autre... Peux-tu déjà les sentir bouger en toi, Angela? Est-ce agréable, ma chère?

— Je... je l'ai envoyée chez mon frère... Retire cette bête et je te dirai tout. Retire-la!

Bothwell remit la vipère dans le panier.

— J'attends, dit-il.

— Je l'ai offerte en cadeau à mon frère, Cicalazade Pasha, le grand vizir du sultan. C'est un amateur de jolies femmes et ses prouesses sont réputées en Orient. Elle n'est sans doute pas encore arrivée, Francisco, mais cela ne tardera pas. Puis le grand eunuque veillera à ce qu'elle soit baignée et parfumée et il la conduira à mon frère où elle sera dévêtue pour être inspectée. Lorsque le vizir l'aura vue, il prendra son plaisir avec elle.

— Chienne! hurla Bothwell.

Angela éclata d'un rire dément.

— Tu ne la reverras plus! Bientôt, elle sera allongée sous mon frère, le suppliant de lui faire l'amour. On raconte qu'il est comme un taureau. Il saura l'apprivoiser. Penses-y, Francisco, ses cheveux d'or étendus sur les oreillers, ses belles jambes blanches ouvertes pour accueillir son maître. Vivant dans un harem avec cent femmes, elle luttera aussi avidement que les autres pour obtenir ses grâces.

Ces paroles cruelles ravageaient Bothwell dont le visage trahissait la détresse. Il sortit lentement de la cellule. Silencieux, Conall la regarda un long moment avant de murmurer:

— Tu es un monstre. Mais ne crois pas avoir gagné. Nous la ramènerons indemne. Je n'ai pas veillé sur elle depuis son enfance pour qu'elle termine ainsi.

Prenant son couteau, il coupa les liens qui retenaient Angela, puis vida sur elle le panier de serpents. Il sourit en entendant ses cris.

— Fermez à clé, dit-il au garde, et n'ouvrez pas avant demain matin.

Le lendemain, on raconta dans tout Naples que le diable était venu prendre l'âme d'Angela Di LiCosa pendant la nuit, ne laissant derrière lui que son cadavre et une demi-douzaine de serpents verts. Le corps fut néanmoins attaché au bûcher et on le laissa se consumer jusqu'à ce qu'il ne restât que des cendres, au grand soulagement de la foule nombreuse...

## 53

Conall laissa exactement vingt-quatre heures à Francis pour pleurer et s'enivrer. Puis il le traîna à un hammam dans le quartier turc de Naples où deux mastodontes le lavèrent de la tête aux pieds. On le laissa ensuite suer dans une salle de vapeur, avant de le plonger dans de l'eau glacée et de le coucher sur un banc de marbre. Après une heure de sommeil, on le réveilla avec une tasse de café turc brûlant. Il vomit le vin qu'il avait ingurgité et fut enfin rasé et lavé une dernière fois. Conall lui avait apporté des vêtements propres. Ses vieux habits furent brûlés.

Francis était si faible qu'il parvint à peine à grimper sur sa monture, en insultant Conall de son mieux.

— J'ai trouvé une taverne tenue par un Anglais qui sait cuire correctement du bœuf, dit le capitaine en le guidant jusqu'à La Rosa Anglo.

Une table les attendait dans un salon privé. L'aubergiste, qui venait du Nord de l'Angleterre, leur servit d'épaisses tranches de rôti de bœuf baignant dans leur jus, et du Yorkshire pudding pour les accompagner. Sur la table se trouvaient un bol d'artichauts trempés dans du vinaigre, du beurre doux et du pain frais. Les chopes débordaient de bière fraîche, ce qui enchanta Bothwell.

— Mais oui, milord ! s'amusa l'aubergiste. C'est de la vraie ! Je la fabrique moi-même, bien que ce ne soit guère facile dans ce pays.

Francis n'avait pas faim mais les odeurs alléchantes lui creusèrent l'appétit. Repoussant la chaise après le repas, il remercia Conall.

— J'ai pris la liberté de prévenir M. Kira, dit son capitaine. Il nous attend.

— Peut-il nous venir en aide ?

— C'est possible. La banque des Kira a son siège à Istanbul.

Lorsque Bothwell paya, l'aubergiste n'en crut pas ses yeux. Quel pourboire !

A cheval, Francis se dirigea vers le quartier juif de la ville et la maison de Pietro Kira. Conall était content que son maître eût décidé de prendre les choses en main. Des domestiques s'empressèrent de les introduire dans un magnifique salon et de leur apporter du vin et des biscuits.

Vêtu d'une longue tunique noire bordée de fourrure, une chaîne en or avec un pendentif sur la poitrine, Pietro Kira ne tarda pas à les rejoindre.

— Je suis désolé de vous recevoir en de pareilles circonstances, dit-il en serrant la main de Francis. Asseyons-nous et racontez-moi ce que vous savez.

Le comte répéta ce qu'il avait appris de la petite May et d'Angela Di LiCosa.

— Nous avons déjà fait parvenir un message à notre chef de famille à Istanbul, déclara le banquier. Ne craignez rien pour votre épouse, milord. Elle est entourée d'amis et quand l'heure sera venue, ceux-ci entreront en contact avec elle. C'est une femme courageuse et pleine de ressources.

— Je voudrais me rendre à Istanbul aussi vite que possible, monsieur Kira.

— Ce serait une mauvaise idée, milord. En tout cas pour l'instant. Nous devons savoir si la comtesse est bien arrivée et si elle est saine et sauve. Si vous débarquez dans la capitale du sultan en exigeant que l'on vous rende votre femme, cela risque de vous être fatal. Le sultan Mehmet est un homme étrange, à la fois mélancolique et d'une cruauté indescriptible. Il aime beaucoup son vizir. Nous devons être attentifs et très prudents. Quant à la comtesse, elle est en sécurité: il n'est pas dans l'intérêt de Cicalazade Pasha de lui faire du mal.

— Mais quand et comment pourrai-je la récupérer?

— Lorsque nous aurons plus d'informations, nous établirons un plan. Peut-être une rançon? Mais il est plus probable que nous devrons l'enlever. Entre-temps, rentrez chez vous et attendez de mes nouvelles. Vous devez aussi savoir que l'argent de votre femme est à votre disposition. Elle a signé des papiers en ce sens.

— Je ne toucherai pas un penny.

— Il faudra de l'or pour entretenir la maison, milord, intervint doucement Conall. Pourquoi ne pas faire envoyer les factures à *signor* Kira? Après tout, Lady Cat est votre épouse, et elle serait furieuse si je vous laissais mourir de faim.

— Si tu penses que c'est bien ainsi... dit Francis tristement.

Conall s'adressa au banquier:

— Vos messagers sont plus rapides que les nôtres, monsieur. Pourriez-vous informer le jeune comte de Glenkirk que les enfants de la comtesse doivent rester auprès de lui jusqu'à nouvel ordre? Elle lui avait demandé de les envoyer, mais c'est impossible maintenant.

— Je m'en occupe, capitaine, répondit Pietro Kira, réfléchissant déjà au message qu'il enverrait à son oncle à Istanbul.

La famille Kira était originaire d'Istanbul. Autrefois simples marchands juifs, ils étaient devenus l'une des plus puissantes affaires financières en Europe et en Asie, grâce à la célèbre Esther Kira, née en 1490.

Alors qu'elle n'avait que six ans, Esther Kira et son petit frère Joseph s'étaient retrouvés orphelins et avaient été placés chez le frère aîné de leur père. A douze ans, Esther vendait des marchandises précieuses aux riches femmes des harems. A seize ans, elle obtint le droit d'entrer au harem impérial, et la fortune de la famille était assurée lorsqu'elle rencontra à vingt ans la mère de Süleyman le Magnifique, Cyra Hafise. Quand le sultan Süleyman monta sur le trône en 1520, Esther Kira et sa famille furent exemptés du paiement d'impôts à vie pour de mystérieux services rendus.

Esther fut mariée au plus jeune fils de son oncle. Quand son unique beau-frère mourut, ce furent les fils d'Esther qui héritèrent de la banque familiale. C'était d'ailleurs justice puisque les efforts d'Esther avaient permis aux Kira de faire fortune.

Esther Kira était aujourd'hui dans sa cent neuvième année et ne montrait aucun signe de fatigue.

Le chef de la famille Kira était le petit-fils d'Esther, Eli, qui avait cinquante-trois ans. Eli Kira ne comprenait pas ce que voulait de lui son cousin napolitain. Jamais il n'avait contrevenu à la loi. Enlever une femme dans le harem d'un autre était un crime affreux. Néanmoins, il consulta sa grand-mère.

Ses cheveux noirs avaient viré au blanc, mais son regard brillait avec la même perspicacité. Si l'arrière-grand-mère de Cat, Cyra Hafise, avait été encore vivante, elle aurait aisément reconnu son amie Esther.

— Je vais rendre visite à la princesse Lateefa, dit-elle à son petit-fils inquiet. Si cette femme se trouve vraiment dans le harem de Cicalazade Pasha, Lateefa le saura. Et si cette femme ressemble à ma maîtresse Cyra... ajouta-t-elle en riant. Que Dieu ait pitié du pauvre vizir!

Eli Kira n'était pas rassuré, mais il possédait un sens profond de l'honneur et sa famille devait beaucoup à l'aïeule de cette inconnue. Il lui était donc redevable.

Lateefa fut enchantée de voir Esther Kira.

— Cela faisait trop longtemps, dit-elle en ordonnant aux esclaves d'apporter des sorbets et des sucreries qu'adorait la vieille dame.

— Je suis vieille, mon enfant, répondit Esther, et je ne me déplace plus aussi souvent qu'autrefois pour voir mes amies.

— Je suis enchantée que tu sois là, mais je pense qu'il doit y avoir une raison?

— Une nouvelle femme est arrivée au harem de ton mari.

— Il y a beaucoup de nouvelles arrivées, Esther. Chaque semaine.

— Ne jouons pas sur les mots, mon enfant. Tu sais sûrement de qui je veux parler.

— Incili, fit Lateefa à mi-voix. Je suis certaine que tu penses à Incili.

— Que sais-tu de cette femme, princesse?

— Très peu. Elle a été envoyée à mon maître par sa sœur. Il est fou d'elle. Ce n'est pas encore de notoriété publique, mais Cicalazade Pasha, avec ma permission bien entendu, l'a prise comme deuxième épouse.

— Alors ce doit être elle que je cherche! s'exclama Esther, stupéfaite. Peux-tu me la présenter?

— Qui est-elle? Comment es-tu au courant?

Comme elles étaient seules, Esther décida de se confier à la princesse. Elle aurait besoin de son aide.

— Elle est née dans une noble famille en Ecosse. Son premier mari était un grand seigneur, le second l'est encore davantage. Elle est aimée par son propre roi qui a voulu en faire sa maîtresse. Elle est admirée par le roi de France qui aurait été ravi qu'elle restât à sa cour. Mais ce que je vais te dire maintenant doit rester un secret. Même Cicalazade Pasha ne doit pas savoir...

La princesse hocha la tête.

— La seconde épouse de ton mari est l'arrière-petite-fille de Cyra Hafise. Il y a quatre-vingts ans, j'ai réussi à sortir le plus jeune des fils de Cyra et de Sélim I$^{er}$ du sérail. J'ai mis le prince Karim sur un bateau pour l'Ecosse. Il était accompagné par mon frère Joseph. Le petit prince avait alors six ans et il était le seul fils de Sélim mis à part Süleyman, son frère aîné. Cyra craignait qu'à la mort de son mari, quand Süleyman monterait sur le trône, le petit garçon ne fût tué. Certaines personnes ne l'acceptaient pas au palais.

« Cet été-là, une épidémie de peste s'abattit sur la ville et Cyra et moi avons fait croire que l'enfant avait attrapé la maladie. Celui qui repose dans la tombe du prince Karim est un pauvre gosse des rues.

« Voilà pourquoi, ma chère, les Kira ont été exemptés d'impôts quand le sultan Süleyman est monté sur le trône.

Lateefa ne cachait pas son étonnement et Esther éclata de rire.

— Ce n'est pas fini! poursuivit-elle. Si tu ouvres

le tombeau de Cyra Hafise, tu n'y trouveras que des pierres. Par deux fois, la femme préférée de Süleyman, Khurrem — qu'Allah la maudisse ! — avait essayé d'empoisonner Cyra. Celle-ci a fait croire qu'elle était morte et est retournée dans sa patrie. Mais avant cela, elle prévint le sultan Süleyman de se méfier de Khurrem. Il pleura et se lamenta de son départ, mais ne l'écouta pas. Khurrem fut plus tard responsable de la mort des deux fils préférés de Süleyman, les princes Mustafa et Bajazet. Ce qui permit au médiocre Sélim II d'hériter de l'Empire ottoman.

« Sais-tu quand est vraiment décédée Cyra ? Le même jour que le sultan Süleyman. Et Incili est une arrière-petite-fille de Cyra Hafise et de Sélim, une petite-fille du prince Karim, de même que toi tu es une arrière-petite-fille de Sélim.

La vieille dame éclata à nouveau de rire.

— Tu vois, la sultane Lateefa et Incili partagent plus qu'un mari !

— Est-elle au courant de son origine impériale ? demanda la princesse.

— Je ne sais pas, mais c'est fort probable.

— Pourquoi n'a-t-elle pas parlé ?

— Peut-être ignorait-elle comment se servir de cette information ? Elle n'a probablement pas encore décidé comment s'échapper.

— Grands dieux, Esther ! s'exclama Lateefa. Pourquoi voudrait-elle s'échapper ? Mon époux l'adore et elle a tout le luxe imaginable.

— Elle n'a pas sa liberté, mon enfant. Dans son pays, les femmes sont libres d'aller et venir. Quant au luxe, elle y est habituée. Lorsqu'elle a été enlevée, elle venait de se remarier depuis deux mois avec un homme qu'elle aime profondément. Si mon neveu à Naples ne l'avait pas retenu, il serait venu la chercher. Nous devons organiser son évasion, Lateefa.

— Je ne ferai jamais rien qui pourrait heurter mon maître Cica. Il aime Incili comme il n'a jamais aimé personne, même pas moi. Je ne veux pas qu'il souffre.

— Ecoute-moi, mon enfant. Si Incili a hérité un tant soit peu du tempérament de son arrière-grand-mère, elle tentera de s'échapper. Elle préférerait mourir que d'être à jamais séparée de son véritable mari. Cela ne ferait-il pas souffrir Cica davantage ? C'est un homme fier et s'il est ouvertement rejeté par cette femme, il se sentira humilié. D'autre part, si Incili reste, il la placera au-dessus de toi. Elle deviendra la maîtresse de son cœur et de sa maison.

Lateefa semblait très mal à l'aise. Puis elle battit des mains et une esclave apparut.

— Va chercher Incili et dis-lui que la princesse Lateefa a reçu la visite d'une ancienne amie qu'elle voudrait lui présenter.

L'esclave s'empressa d'obéir.

— Je sais que Cica n'acceptera pas de rançon pour elle, poursuivit Lateefa. Je ne l'ai jamais vu aussi bouleversé par une femme.

— Et qu'en pense-t-elle ?

— En public, elle se montre réservée mais obéissante. Je ne sais pas comment elle réagit lorsqu'ils sont seuls. Elle n'a pas cherché à se lier d'amitié et ne se laisse servir que par sa propre servante qui l'a accompagnée. Les autres femmes du harem en sont très jalouses. Elle est magnifiquement belle, Esther. Même moi, je suis un peu jalouse.

— Son arrière-grand-mère était la plus splendide créature que j'aie jamais vue, se rappela Esther Kira. Ses cheveux étaient d'un roux flamboyant et ses yeux verts. Sélim l'adorait et curieusement ses trois autres épouses l'aimaient bien aussi. Ah, mon enfant... c'était le bon temps! Les sultans étaient autrement des hommes très puissants et d'aussi grands guerriers que Cicalazade Pasha. Ce sont des épouses méchantes et des mères sans scrupules qui les ont ruinés!

A cet instant, une porte s'ouvrit pour laisser passer Catriona. Elle inclina poliment la tête devant la princesse.

— Bonjour, princesse Lateefa. Je suis venue à votre demande et je vous remercie de m'accueillir dans vos appartements.

Son regard vert se posa sur Esther et la jeune femme sembla surprise.

— Ce n'est pas possible... murmura-t-elle.

— Mais si! s'amusa Esther. J'ai cent huit ans, arrière-petite-fille de Cyra Hafise. Puisque tu m'as reconnue, elle a dû me décrire à merveille.

— Vous êtes vraiment Esther Kira?

— Oui, mon enfant. Et Lateefa est ta cousine, car vous avez le même arrière-grand-père.

Les jeunes femmes s'observèrent un instant puis Lateefa tendit les mains.

— Viens, Incili, dit-elle. Et soyons amies.

— J'ai eu très peur, avoua Cat en prenant les mains de Lateefa dans les siennes. Mais maintenant, je me sens mieux. Merci à vous.

— Ah, mon enfant, s'émerveilla Esther, comme tu ressembles à Cyra quand tu souris! Mais autrement, je ne t'aurais pas reconnue.

— On dit que je ressemble à la mère de mon arrière-grand-mère.

Elles s'assirent autour d'une table basse.

— Ton mari, ma chère, est toujours sain et sauf à Naples, murmura Esther d'un air conspirateur. Mais il n'a pas été facile de les empêcher, lui et son capitaine, de venir jusqu'ici. Si tu veux bien lui écrire un mot pour le rassurer, je le lui ferai transmettre. Nous devons dénicher un moyen pour te faire échapper.

— Ma servante a été capturée en même temps que moi, Esther, et je ne peux pas l'abandonner.

Brusquement, les portes s'ouvrirent avec fracas et Cicalazade Pasha apparut. Lateefa et Cat se levèrent pour s'incliner.

— Esther Kira, très chère amie ! s'exclama le vizir. On m'a prévenu de ta visite. Quel bon vent t'amène ?

— Je suis venue voir la nouvelle beauté qui a fait fondre votre cœur, mon seigneur. Et la princesse Lateefa a confirmé les rumeurs : vous avez pris une deuxième épouse. J'ai passé un moment délicieux à bavarder avec elles.

Enchanté, le vizir entoura chacune de ses femmes d'un bras.

— Le sultan lui-même serait envieux, n'est-ce pas, Esther ? Ma belle Lateefa n'est-elle pas parfaite ?

La princesse le contemplait avec adoration et Cica eut un regard attendri pour la mère de ses enfants, mais lorsqu'il se tourna vers Cat, la passion se lisait dans ses yeux.

— Et Incili, n'est-elle pas un bijou unique ?

Esther Kira remarqua le sourire forcé de Cat. « Cette femme survivra, songea-t-elle. Nous la ramènerons saine et sauve à son mari. »

— Je dois partir, mes amis, annonça-t-elle alors qu'une esclave l'aidait à se relever. Merci pour tout. Vous laisserez vos femmes venir me voir, n'est-ce pas, mon seigneur ?

— Bien sûr, Esther ! Je suis certain qu'Incili aimerait visiter la ville. Elle déteste rester enfermée, n'est-ce pas, ma colombe ?

— Par moments, mon seigneur, murmura Cat timidement.

— Je dirai à Hammid que vous avez toutes les deux ma permission d'aller en ville quand vous le souhaitez, à condition d'être chaperonnées.

Bien qu'il leur parlât à toutes les deux, il ne voyait qu'Incili.

— Viens, Incili, retirons-nous. Tu m'as fait un grand honneur en venant, dit-il à Esther. Lateefa veillera à ton départ.

Lorsqu'ils furent partis, Lateefa poussa un soupir.

— Il est fou d'elle. Il passera la soirée et la nuit en sa compagnie. Il ne la quittera que si le sultan l'appelle.

— Elle ne l'aime pas, princesse. Elle supporte cette situation en attendant une occasion de s'évader.

— Elle est si belle, gémit Lateefa. Ce n'est guère étonnant que Cica l'aime.

— Voyons ! La beauté est une fleur qui se fane vite, mon enfant. S'il ne l'aime que pour sa beauté, c'est un imbécile ! Allons, je dois partir maintenant. Aide-moi à rejoindre ma litière.

## 54

Lorsqu'ils se retrouvaient seuls dans la chambre à coucher, le grand vizir tenait à ce que sa seconde épouse fût toujours nue. Ses cheveux blonds étaient tressés en une longue natte, où scintillaient des bijoux. Elle avait le droit de porter ses minces bracelets d'or et d'argent aux bras et aux chevilles. Et elle devait se plier au moindre de ses désirs. Cat obéissait sans protester, sachant qu'elle n'avait pas le choix. Montrant un visage doux et avenant, elle dissimulait une rage féroce pour l'humiliation qu'il lui infligeait. C'était terrible d'être plongée dans une époque où les femmes comptaient moins qu'un cheval !

Quand Cicalazade Pasha désirait Incili, aussitôt les autres esclaves quittaient la pièce. Il aimait qu'elle s'occupât de lui lorsqu'il prenait son bain. Elle devait alors le rejoindre dans l'eau tiède et le savonner avec des gestes tendres. Ensuite elle enduisait son corps d'huile parfumée. La séance se terminait toujours de la même façon...

Au lieu d'être flattée par le désir inépuisable du vizir, Cat se sentait désemparée. Elle était furieuse de devoir rester nue, car il était perpétuellement excité. Chaque nuit, il la prenait trois ou quatre fois. Seuls sa volonté de fer et son désir de s'échapper permettaient à Cat de survivre.

Heureusement, elle rencontrait souvent Lateefa. De savoir qu'elles étaient cousines, descendantes de Sélim Ier, et que leurs arrière-grand-mères avaient été amies, réjouissait les jeunes femmes. Lateefa racontait à Cat des histoires au sujet de sa grand-mère Guzel. A l'époque, les femmes et les enfants du prince Sélim habitaient dans un palais dominant le Bosphore qu'on appelait le Sérail de la Lune.

— J'aurais aimé connaître Cyra, déclara un jour Lateefa. Ma grand-mère Guzel et sa sœur, ma tante Hale, parlaient toujours d'elle avec une grande tendresse. Elle les avait traitées comme sa propre fille.

— Je l'ai connue, dit Cat. Quand elle est morte, je n'avais que quatre ans. Je me souviens d'une magnifique vieille dame à l'allure impériale. Dans le hall du château de Glenkirk se trouve un grand portrait, qui a été réalisé juste avant son départ pour la Turquie. J'avais de la peine à croire que la belle jeune fille du tableau et l'élégante vieille dame étaient la même personne...

Les yeux brillants, Lateefa se pencha en avant pour lui murmurer à l'oreille :

— Notre religion interdit de peindre les humains, mais Firousi Kadin était un artiste de talent. Elle a peint plusieurs petits portraits de la famille et à sa mort elle les a donnés à sa fille, ma grand-mère Guzel, qui me les a remis. Je vais te montrer.

Battant des mains, elle ordonna à l'esclave d'apporter la boîte en laque rouge qui se trouvait dans un coffre en cèdre.

Lentement, Lateefa ouvrit la boîte. Elle en retira un morceau de velours qui recouvrait six miniatures ovales représentant quatre femmes et deux hommes. Cat reconnut son arrière-grand-mère et la meilleure amie de celle-ci, Firousi Kadin, à qui Lateefa ressemblait étonnamment.

— Superbe, n'est-ce pas ? s'exclama la princesse. La Chinoise est Zuleika Kadin, la troisième épouse de Sélim I$^{er}$. La fille aux yeux d'or est Sarina Kadin, sa quatrième épouse. Le plus jeune des hommes est le sultan Süleyman, le fils aîné de Cyra. Et l'autre est le sultan Sélim I$^{er}$. Attends, il y a d'autres miniatures.

Fascinée, Cat fut ravie de découvrir le portrait d'un garçon joufflu, qui n'était autre que le prince Karim, son grand-père Charles Leslie, premier comte de Sithean.

— C'est tellement étrange de penser que certaines de ces personnes sont mes ancêtres, dit-elle.

— Tu vois, Incili, ta place est aussi parmi nous.

— Lateefa, soupira Cat, trouvant sa cousine bien naïve. Je ne suis pas une enfant comme l'était Cyra quand elle est arrivée dans ce pays. J'ai un mari pour qui j'ai défié mon roi, et neuf enfants. Je ne peux pas les rayer de mon cœur. Je n'aime pas Cica. J'aime mon véritable époux, le comte de Bothwell. Aide-moi à m'échapper, cousine! Aide-moi à retourner auprès de lui! Qu'éprouverais-tu si tu étais enlevée et si on te forçait à devenir l'épouse d'un autre? Sais-tu que le vizir m'oblige à rester nue en sa présence?

— Je ne le savais pas, Incili, répondit Lateefa en rougissant. Avec moi, il ne s'est jamais montré très sensuel, c'est pourquoi son harem ne me gêne pas. Les autres filles calment son ardeur, et après la naissance de nos enfants, j'ai été plus libre et plus tranquille. De toute façon, je n'apprécie pas les jeux de l'amour. Et toi?

— Seulement avec l'homme que j'aime. Chaque fois que je dois feindre avec Cica, je souffre énormément. Je me sens comme un automate. Je t'en supplie, Lateefa! Allons rendre visite à Esther Kira demain. Je dois partir d'ici, sinon je vais devenir folle. Et vois si Hammid peut trouver de jolies filles pour que Cica me laisse tranquille un moment.

Le lendemain, les deux épouses du vizir se rendirent chez les Kira. Cat écrivit une courte lettre à Francis, l'assurant qu'elle était en bonne santé, qu'elle l'aimait et espérait bientôt le retrouver.

— Avez-vous un plan, Esther? interrogea-t-elle.

— C'est possible, mais ton mari devra venir à Istanbul pour nous aider. Va te promener dans le jardin, mon enfant, dit-elle à Lateefa. Quand Cicalazade Pasha te demandera comment Incili s'est échappée, je préférerais que tu répondes sincèrement que tu n'en sais rien.

La princesse obéit volontiers.

— Je voudrais que ton mari nous rejoigne en empruntant la route par laquelle vous vous enfuirez. Ainsi, il la reconnaîtra facilement. Vos poursuivants ne s'attendront pas à ce que vous partiez par la terre. Et c'est ce que vous ferez, du moins en partie. Vous prendrez un petit bateau et vous traverserez les Dardanelles jusqu'à la mer Egée. Après l'île de Limnos, vous parviendrez en Thessalie. Vous prendrez le fleuve Pénée à son embouchure et le remonterez jusqu'à sa source dans les montagnes. Ensuite, vous marcherez jusqu'au fleuve Aous, où un deuxième bateau vous attendra. Vous naviguerez sur l'Adriatique jusqu'en Italie. Ces deux fleuves traversent des régions presque inhabitées, ainsi vous ne devriez croiser personne. Il y aura certes un danger d'être repris puisque vous serez toujours sur le territoire ottoman. Dans ce cas, vous seriez condamnés à mort.

— Mieux vaut mourir avec Francis que de vivre avec Cicalazade Pasha, dit fermement Cat.

Esther éclata de rire, ravie.

— Je ne pensais jamais rencontrer une autre Cyra Hafise ! Avec quoi vous nourrit-on en Ecosse, pour fabriquer des femmes aussi déterminées ?

— Avec la liberté, Esther, répliqua Cat en souriant. Avec de grandes doses de liberté et d'indépendance. Quand pourrai-je quitter enfin ce pays ?

— Un peu de patience, mon enfant... Nous devons d'abord faire entrer ton mari et son compagnon à Istanbul sans attirer l'attention. Ils se cacheront ici en attendant le moment propice.

— Vous me préviendrez de son arrivée ?

— Non, mon enfant. Si tu le savais, tu ne pourrais plus jouer ton rôle auprès du vizir. Je te contacterai quand tu pourras t'échapper.

— C'est vrai, acquiesça Cat en refoulant ses larmes. Je ne dois pas le mettre en danger. Où habitait mon arrière-grand-mère quand son fils est devenu sultan ?

— Dans l'Eski Serai, le vieux palais. Mais il a été abîmé par un incendie. Personne n'y a habité depuis l'époque de Sélim II. Pourquoi ?

— Ses chambres sont-elles toujours intactes ?

— Oui. A l'annonce de sa mort « officielle », son fils les a fait murer.

— Je voudrais les voir, Esther ! Dans son départ précipité, Cyra Hafise a laissé quelque chose de très précieux derrière elle. Je voudrais le récupérer.

— Je t'y emmènerai moi-même ! décréta Esther, tout excitée. Cela fait cinquante ans que je n'ai pas vu les chambres de Cyra Hafise. Va chercher Lateefa. Sans elle, nous ne parviendrons jamais à nous débarrasser d'Osman. Peut-elle venir avec nous ?

— Seulement si je peux garder ce que je trouverai.

— Elle te donnera son accord.

La princesse fut enchantée à l'idée de découvrir ce palais, qu'elle n'avait encore jamais visité.

Dans la cour, Esther s'installa confortablement dans sa propre litière. Cat attendit dans la seconde que Lateefa eût ordonné à leur chaperon de les attendre.

— Le seigneur Kira nous donne une escorte de douze gardes, dit-elle à l'eunuque. Esther Kira et moi voulons montrer à Incili où habitait mon arrière-grand-mère. Inutile de nous accompagner. Reste en compagnie de ton ami Ali.

Partagé entre son devoir et l'envie de bavarder avec l'eunuque des Kira, l'un de ses meilleurs amis, Osman hésita. Cat descendit alors de la litière et le foudroya du regard par-dessus son voile.

— Insecte ! Comment oses-tu désobéir à ta maîtresse Lateefa ? Si tu ne retournes pas immédiatement dans la maison, je dirai à mon seigneur Cica que tu as été insolent envers sa première épouse. Il te fera fouetter.

Effrayé, l'eunuque prit ses jambes à son cou, ce qui fit rire Lateefa.

— Tu es peut-être née en Ecosse, ma cousine, dit-elle alors qu'elles s'asseyaient dans leur litière, mais il y a de l'ottoman en toi.

— Quand l'ennemi hésite, il ne faut jamais lui donner le temps de reprendre ses esprits. C'est une vieille tactique des Highlands.

Elles traversèrent des rues bruyantes aux parfums colorés, mais les bruits s'estompèrent bientôt et Cat sentit les porteurs peiner dans une montée. Lorsqu'ils s'arrêtèrent, Lateefa ouvrit les rideaux et elles descendirent.

Devant elles se dressaient les ruines calcinées d'un palais qui avait autrefois dominé l'une des sept collines d'Istanbul. A leurs pieds, scintillante en cette fin d'après-midi, s'étalait la Corne d'Or.

— Venez, mes enfants, dit Esther. Je vais vous montrer les chambres où habitait Cyra Hafise.

Deux gardes leur emboîtèrent le pas.

— Ils sont muets, expliqua Esther avec un sourire. Ainsi, ils ne trahiront aucun secret.

Elles s'approchèrent d'une vieille grille rouillée entourée de mauvaises herbes.

— Est-elle fermée ? demanda Lateefa.

— La clé que je possède depuis des années devrait encore fonctionner, déclara la vieille dame.

La grille s'ouvrit en grinçant.

— Attendez-nous ici, ordonna Esther aux muets avant de s'avancer dans ce qui avait été autrefois les jardins de Cyra Hafise.

Les fleurs d'automne et les herbes folles en avaient fait leur domaine. Les jardins avaient été entretenus jusqu'à l'incendie de 1574, mais après vingt-quatre ans d'abandon, les haies avaient poussé sauvagement jusqu'à constituer des murs de verdure de chaque côté d'un sentier. Elles furent surprises de découvrir que les fontaines fonctionnaient encore, remplies de nénuphars et de poissons rouges.

— D'où vient l'eau ? interrogea Cat.

— Elle arrive d'une pompe souterraine. A l'origine, c'était un palais impérial quand Mehmet le Conquérant prit la ville aux Byzantins. Ah, voilà les chambres de Cyra Hafise.

Cat frémit. Jamais, dans ses rêves les plus fous, elle n'avait pensé se retrouver un jour à Istanbul, chez son arrière-grand-mère. Ici, Cyra avait été jeune, belle et aimée d'un puissant sultan. Elle suivit Lateefa tandis qu'Esther ouvrait une porte.

A l'intérieur, pas un bruit mais une multitude de toiles d'araignée. Le passé semblait hanter ces lieux désolés.

Cat chercha le carreau orné d'un chardon dont lui avait parlé son fils. Lorsqu'elle appuya dessus, une cachette se révéla. Elle y enfouit la main et en sortit une bourse de velours abîmé. Triomphante, elle montra le pendentif à la lumière.

— Le reconnaissez-vous, Esther ? demanda-t-elle.

— C'est le pendentif créé par Sélim Ier lors de la naissance de son premier enfant, le sultan Süleyman. Pourquoi ne l'a-t-elle pas emporté ? Elle y tenait plus que tout.

— Dans la précipitation du départ, elle l'a oublié. Mon fils aîné m'en a offert une copie pour le Nouvel An. J'aimerais que tu le gardes pour moi, Esther, et que tu l'envoies à la banque des Kira à Rome.

— Tu es sage de me faire confiance, Incili. Si on trouvait ce pendentif parmi tes affaires, ce serait difficile d'expliquer sa provenance. Je ne pense pas que le vizir te donne assez d'argent de poche pour acheter une telle merveille.

Esther Kira enfouit le pendentif et la bourse dans une poche de ses jupes. Puis Cat remit le carreau en place, songeant qu'elle aurait aimé que Susan l'accompagnât. La grand-mère de Susan, Ruth, n'avait-elle pas passé ses jeunes années dans ce palais ?

Revenues à la maison des Kira, elles embrassèrent tendrement la vieille dame, sous le regard inquiet d'Osman : elles avaient beaucoup tardé.

Le visage boudeur, Cicalazade les attendait.

— Où étiez-vous passées ? interrogea-t-il, furieux. Je suis rentré de chez le sultan et j'ai trouvé ma maison déserte.

— Nous sommes allées rendre visite à Esther Kira, mon seigneur, expliqua Lateefa. Elle nous a emmenées au vieux palais où habitait autrefois la grande Cyra Hafise. Ce fut un après-midi délicieux et nous te remercions de nous avoir donné la permission de sortir.

— J'ai passé l'après-midi tout seul, se plaignit le vizir.

— Mon seigneur Cica, le taquina Lateefa, tu possèdes le plus célèbre harem de l'empire, avec celui de mon cousin le sultan. Tu n'avais que l'embarras du choix pour te divertir.

Sans prévenir, le vizir gifla Lateefa. Abasourdie, la princesse se mit à pleurer. Jamais auparavant il n'avait levé la main sur sa femme. Cat se précipita sur lui et martela sa poitrine de ses poings fermés.

— Ne la touchez pas ! cria-t-elle. Elle ne vous a rien fait ! C'est méchant et injuste !

Effrayée, Lateefa essaya de retenir Cat.

— Non, Incili, il faut supplier notre maître de nous pardonner, dit-elle en s'agenouillant.

Sur sa joue pâle était imprimée la marque rouge des doigts de Cica.

— Jamais ! Il n'a pas le droit de te gifler !

— Il a tous les droits, murmura Lateefa, voyant avec terreur la colère briller dans le regard bleu de son mari. Il est notre seigneur et notre maître. Nous ne sommes rien, Incili.

— Tu penses vraiment ce que tu viens de dire ? demanda Cat, stupéfaite.

Lateefa s'inclina devant le vizir, sa tête touchant la botte qu'il lui tendait.

— Pardonne mon insolence, seigneur, et pardonne à Incili aussi. Elle ne comprend pas encore nos coutumes, mais elle ne voulait pas de mal.

Cica Pasha tapota gentiment la nuque de Lateefa.

— Je lui pardonne grâce à toi, ma chère, dit-il. Mais elle doit être punie, sinon ma maisonnée pensera que je suis un homme faible.

Deux eunuques saisirent Cat par les épaules.

— Préparez-la, ordonna-t-il. Elle sera fouettée.

— Oh, seigneur ! supplia Lateefa en pleurant. Je t'en prie, ne fais pas fouetter mon amie...

— Raccompagne la princesse Lateefa à ses appartements, dit le vizir à un autre eunuque.

Les serviteurs traînèrent Cat au centre de la cour. Ils lui retirèrent son boléro puis l'attachèrent entre deux poteaux. Sa blouse en gaze lui fut arrachée, mettant son dos à nu ainsi que sa magnifique poitrine. Silencieux, le vizir l'observa longuement. Puis, lui saisissant cruellement les cheveux, il siffla entre ses dents serrées :

— La punition sera douce cette fois-ci, Incili, mais ne t'avise pas de me défier une nouvelle fois, en public ou en privé. Je t'adore, ma perle rare, mais je ne te permettrai pas de m'humilier. C'est pourquoi je vais personnellement te punir. Dès que tu me supplieras de te pardonner, j'arrêterai. Sinon, tu recevras vingt coups de fouet.

Avec un rire sonore, il l'embrassa sur la bouche. Mais elle lui mordit la lèvre jusqu'au sang.

— Petite garce ! rugit-il en la relâchant.

La tension était insoutenable et le cœur de Cat battait la chamade, de peur et de colère. Le fouet siffla plusieurs fois alors que le vizir le testait, et l'estomac de la jeune femme se noua. Puis elle entendit un claquement sec et le premier coup s'abattit sur son dos.

Elle réprima un gémissement. Au cinquième coup, elle se mit à crier. Au huitième, elle hurla. La douleur était insupportable, mais elle refusait de l'implorer. Enfin, n'en pouvant plus, elle s'évanouit. Osman lui agita une plume brûlée sous le nez, ce qui la ramena à la réalité.

— Femme misérable ! s'écria-t-il. Tu n'échapperas pas à ta punition !

Se forçant à ouvrir les yeux, elle le défia du regard.

— Tu es un imbécile de la provoquer, Osman, intervint Hammid. Incili n'a pas perdu les faveurs du maître, elle est simplement désobéissante. Soumets-toi, mon enfant...

Le fouet mordit cruellement son dos.

— Jamais ! murmura-t-elle d'une voix à peine audible en s'évanouissant une nouvelle fois.

— Elle vous supplie de lui pardonner, mon seigneur ! déclara Hammid, jetant un regard noir à Osman afin de l'empêcher de le contredire.

— Relâchez-la, ordonna Cicalazade Pasha. Et occupez-vous de son dos. Je la veux dans mon lit cette nuit.

Ils la portèrent jusqu'à sa chambre où l'attendaient Lateefa et une Susan blême. On lui retira doucement le reste de ses vêtements et on l'allongea sur son lit. Son dos était strié de marques rouges.

— Comment a-t-il pu faire une chose pareille ? s'écria Susan. Jamais personne n'a traité ma maîtresse ainsi.

— Ne pleure pas, dit gentiment Lateefa. C'est moins terrible que ça en a l'air. Il n'y aura pas de cicatrices et dans quelques jours elle n'aura même plus mal.

Lateefa nettoya le dos de son amie puis le massa avec une crème vert pâle.

— C'est une crème spéciale qui atténue la douleur, expliqua-t-elle. Veille sur ta maîtresse jusqu'à ce que je revienne.

Lateefa se dépêcha de rejoindre les appartements de son mari.

— Je souhaiterais te parler seule, si tu le veux bien, demanda-t-elle humblement.

Cica renvoya les esclaves.

— Je me suis occupée des blessures d'Incili, mon seigneur. Mais elle sera indisponible pendant deux ou trois jours. Elle est inconsciente et souffre d'un peu de fièvre. Tu l'as cruellement punie, Cica. Si le fouet n'avait pas été doux, tu l'aurais tuée.

— Est-ce qu'elle se remettra ? s'inquiéta-t-il, et le cœur de Lateefa se serra en voyant son angoisse. Je ne voulais pas lui faire de mal, mais elle s'est montrée si insolente ! Elle ne m'a supplié de lui pardonner qu'au bout de onze coups.

— Qu'espérais-tu, Cica ? Ce n'est pas une paysanne. C'est une aristocrate européenne. Elle a l'habitude de dire ce qu'elle pense. J'essaie de lui enseigner nos coutumes, mais ce n'est pas facile. Il faut être patient.

— En tout cas, je suis heureux que vous soyez amies.

— Oui, je l'aime bien. Et maintenant, mon seigneur, donne-lui un peu de temps pour se remettre. Amuse-toi avec ton harem. Tu as ignoré tes maîtresses d'une manière honteuse depuis l'arrivée d'Incili et elles couvent une rébellion. Hammid te le confirmera.

— Très bien, acquiesça-t-il dépité. Je lui donne trois jours. Mais elle reviendra dans mon lit, soumise et obéissante.

— Bien sûr, mon seigneur, dit Lateefa en s'inclinant.

Elle retourna chez Cat.

— Comment se sent-elle ? demanda-t-elle à Susan.

— Elle est toujours inconsciente et elle bouge beaucoup.

— Va te coucher, Mara. Ta maîtresse a été punie parce qu'elle prenait ma défense. C'est moi qui vais veiller sur elle ce soir. Apporte-moi ma broderie avant de te retirer.

## 55

Trois nuits plus tard, son dos presque guéri, Cat se retrouva dans le lit de Cicalazade. Elle se montra boudeuse, défiante, mais le vizir en avait assez des belles femmes soumises qui avaient récemment partagé sa couche, et il choisit d'être amusé plutôt qu'en colère.

L'année 1599 commença, et Cat se demandait tristement si Francis avait ou non rejoint les Kira.

La passion du vizir ne s'apaisait pas, au contraire. Cat ne se révoltait plus, attendant que son destin tournât. Bientôt, elle pourrait s'enfuir. Le printemps arriva et, avec lui, des remous sur la frontière austro-hongroise de l'empire. Le sultan voulait envoyer Cicalazade Pasha sur les lieux.

Mehmet III était un colosse à la peau claire, avec de profonds yeux bruns, des cheveux noirs, une barbe et une moustache. Il pouvait se montrer excessivement gentil ou plus cruel qu'aucun homme au monde. Lors de son accession au trône quatre ans plus tôt, il avait ordonné l'exécution de ses dix-neuf frères, et il avait fait noyer les sept concubines de son père qui avaient le malheur d'être enceintes.

Son appétit sexuel était légendaire. Sa superbe mère vénitienne, Safiye, l'avait toujours encouragé, espérant ainsi garder sa mainmise sur lui.

Mais le sultan était loyal envers ses amis. Voyant l'expression désolée du vizir, il s'inquiéta :

— Que se passe-t-il pour tempérer ton enthousiasme, Cica ? Il y a un an, tu aurais été ravi d'exécuter cette mission.

— Vous allez me considérer comme un imbécile, mon padichah, soupira le vizir, mais j'ai pris une deuxième épouse l'année dernière et je suis triste de la quitter.

— On m'a raconté qu'elle était exquise. Est-ce vrai ?

— Sa beauté est unique, acquiesça Cicalazade.

— Alors emmène-la. Il n'y a rien d'étrange à ce qu'une femme accompagne son maître en campagne.

— Merci, seigneur, mais je préfère décliner cette offre généreuse. Si je l'emmenais, je ne pourrais vous servir de mon mieux.

— Je suis content que tu places nos intérêts avant tes désirs, s'amusa le sultan. Mais dis-moi, laisseras-tu Lateefa et ta nouvelle épouse ensemble ? Elles vont s'entre-tuer pendant ton absence !

— Non, sire. C'est curieux, mais elles sont comme

des sœurs. Il y a quelques mois, j'ai dû réprimander Lateefa et Incili s'est interposée. Je l'ai bien sûr fouettée pour son insolence.

— Tu as eu raison, décréta le sultan. On doit toujours rappeler aux femmes qui est le maître. Réjouis-toi, mon ami ! Tu ne pars que quelques mois et Incili sera particulièrement heureuse à ton retour.

Les deux hommes rirent de bon cœur.

— Si Lateefa et Incili sont amies, ajouta le sultan, pourquoi ne pas les prendre toutes les deux dans ton lit ? C'est délicieux d'avoir deux femmes en même temps.

Se penchant, il murmura quelques détails à l'oreille de son vizir qui parut intrigué.

— J'essaierai ça dès mon retour, padichah. Cela semble très divertissant.

— C'est formidable, je t'assure, déclara le sultan. Bien, je vais donner l'ordre à Yakub Bey de préparer tes troupes. Il sera ton capitaine en second. Emmène ta petite Incili sur ton île quelques jours, mais sois prêt à partir dans une semaine. Qu'Allah t'accompagne !

Cicalazade Pasha revint à son palais en cette fin de matinée.

— Fais transporter Incili sur l'île aux Mille Fleurs, ordonna-t-il à Hammid. Je veux des provisions de fruits, de noix, de café, de sorbets, d'œufs et de sucreries. Un repas chaud doit être livré chaque jour en début de soirée. Je ne veux que deux serviteurs : la servante d'Incili, Mara, et un jeune eunuque.

En milieu d'après-midi, Cat embarqua dans le caïque du vizir. Susan ouvrait de grands yeux.

— Pourquoi sommes-nous emmenées si précipitamment sur l'île ? demanda-t-elle.

— Parce que le vizir est sur le point de s'absenter plusieurs mois, expliqua Cat.

Elle ne confia pas à sa servante qu'elle avait reçu un message d'Esther Kira dans l'après-midi, par l'intermédiaire d'un bijoutier qui visitait le harem. Le message disait : *Trouve une excuse pour demeurer sur l'île quand le vizir partira.*

Par prudence, elle avait aussitôt brûlé le papier, étonnée que les Kira aient été aussi vite au courant des plans du vizir.

Peu habituée à l'Orient, Cat ne connaissait pas l'importance des commérages. Au moment où Cica visitait le sultan, Esther s'était trouvée chez la mère de ce dernier. Après le départ du vizir, Mehmet s'était joint à elles pour le café. Amusé, il avait raconté combien son ami était épris de sa nouvelle femme. Ils avaient ri de bon cœur. De retour chez elle, Esther avait informé Francis Stewart-Hepburn qu'il retrouverait son épouse dans quelques jours.

Le plan était simple. Ils attendraient que le vizir et son armée se soient éloignés de la ville, puis le comte de Bothwell et Conall débarqueraient sur l'île. Il faudrait quelques jours avant que la maisonnée du vizir découvrît l'absence d'Incili et de Mara. A ce moment-là, les fugitifs auraient atteint la mer Egée.

De tout cela, Cat ne savait rien. Une fois sur l'île, elle prit plaisir à montrer les jardins à Susan. Elles n'étaient accompagnées que par un eunuque blanc, Feisal. Cat montra aux serviteurs les deux petites chambres où ils demeureraient.

Dès qu'il arriva, Cicalazade ordonna à Cat de se dévêtir.

— J'ai dépensé une fortune en habits et en bijoux pour vous plaire, mon seigneur Cica, protesta Cat, mais vous ne me laissez jamais les porter.

— Porte-les pour tes amies. J'aime te voir comme Allah t'a créée.

Esquissant une moue boudeuse, elle obéit. Elle retira avec sensualité chaque vêtement, tandis qu'il la dévorait du regard. Susan leur servit le repas chaud. La nourriture était composée de plats aphrodisiaques. Cat frémit, sachant que les trois jours à venir seraient épuisants.

— Tu peux aller te coucher, Mara, ordonna le vizir à la fin du dîner.

— Oui, maître.

— Viens ici, Incili, reprit-il ensuite en l'attirant sur ses genoux. Regarde-moi !

Elle leva ses yeux verts et fut effrayée de voir ses pupilles dilatées. Ayant pris une grande quantité d'aphrodisiaques, il serait insatiable. Lorsqu'elle frissonna, il éclata de rire, lisant dans ses pensées.

— Inutile de nous presser, ma belle, murmura-t-il d'une voix rauque.

Alors qu'il la caressait d'une main experte, elle sentit ses forces la quitter, glissant dans un monde de merveilleuses sensations. Sur elle aussi, les aphrodisiaques faisaient leur effet.

Effrayée, elle tenta de se lever mais il la souleva tendrement et la reposa sur les coussins multicolores, sa peau blanche créant un contraste saisissant avec les velours et les soies sombres. Lorsqu'il retira son pantalon bouffant, le cœur de Cat bondit dans sa poitrine. A genoux, il taquina de sa langue l'intimité de la jeune femme. Satisfait qu'elle eût perdu la tête, il la pénétra enfin. Elle en pleura de soulagement.

Tout son être se révoltait contre ce monstre qui

l'appelait son épouse, mais la traitait comme une bête.

— Ouvre les yeux, Incili.

Elle obéit, mais garda les paupières modestement baissées, de crainte qu'il ne devinât sa peur et son dégoût.

— Il est temps que tu me baignes, Incili.

— Oui, mon seigneur Cica.

Se levant, elle s'approcha de la baignoire, étonnée de tenir encore debout. Elle appela l'eunuque qui apporta de l'eau chaude. Puis elle versa de l'huile parfumée dans le bain et renvoya l'eunuque.

— Votre bain est prêt, seigneur.

Tandis qu'il restait debout, elle nettoya son corps avec de l'eau tiède, le savonna. Avec une brosse dure, elle le frotta de la tête aux pieds, puis le rinça avec un soin extrême.

— Voilà, seigneur. Vous pouvez maintenant vous détendre dans votre bain.

— Merci, ma colombe. Dépêche-toi de te laver et de venir me rejoindre.

Elle se savonna lentement, n'ayant aucune envie de le rejoindre. Sous ses paupières baissées, il la contemplait, devinant ses pensées et s'amusant de sa déconvenue. Il la gardait nue et la forçait à accomplir ces tâches modestes dans l'espoir de la dompter. Le plaisir qu'il tirait de ce rapport de forces dépassait de loin celui que lui offrait la conquête facile d'une douzaine de femmes belles comme le jour.

Enfin, ne pouvant traîner davantage, elle fut obligée de se glisser dans le bain tiède. Aussitôt il l'attira à lui, pressant ses seins délicats contre son torse. Pour la première fois de la soirée, il l'embrassa, l'étouffant presque avec sa langue avide. Il la força à poser les bras autour de ses épaules, et glissa une main sous l'eau pour lui soulever les fesses avant de l'empaler sur sa virilité. Elle gémit de surprise mais il étouffa son cri d'un baiser. Après quelques fortes poussées, il jouit en elle, puis la tint plus tendrement parce qu'elle s'évanouissait à demi.

Enchanté de l'avoir dominée, il sortit du bain et l'aida à se redresser. Affaiblie, endolorie, elle se montra néanmoins obéissante et le sécha avec un linge. Il se coucha sur un banc en marbre et elle massa son corps musclé avec une crème qui sentait les roses sauvages.

Seule la pensée qu'elle serait bientôt libre l'empêchait de se révolter.

Satisfait, il se releva.

— J'ai beaucoup travaillé ce soir et j'ai soif. Va me chercher une limonade, ma colombe.

Les jambes flageolantes, elle traversa la chambre jusqu'à la table où se trouvaient les boissons. Après avoir rempli un gobelet, elle vérifia qu'il ne la regardait pas et, d'un coup d'ongle, ouvrit le compartiment secret de sa bague turquoise. Elle versa un peu de poudre blanche dans le liquide. Esther lui avait donné ce soporifique mais elle n'avait encore jamais osé l'utiliser.

Avec un sourire, elle lui présenta sa boisson. Il but d'un trait, rejeta le gobelet sur le sol puis l'attira à lui.

— Tu es si belle, Incili ! Savais-tu, mon bijou, que je te vénère parmi toutes les filles du harem ? Jamais une simple femelle ne m'a autant enchanté.

Elle appuya la tête contre son épaule musclée afin qu'il ne vît pas son regard.

— Je suis heureuse de vous faire plaisir, mon époux, mentit-elle.

Il lui saisit les seins mais ses mouvements devenaient maladroits. Soudain, elle l'entendit ronfler.

Elle s'écarta doucement, attendant pour voir s'il réagirait à son absence. Mais la drogue avait fait son effet. Le lendemain, elle ajouterait une poudre différente à son café : un antidote aux aphrodisiaques qui lui enlèverait tout désir. Ainsi, elle serait tranquille une partie de la journée.

Se levant du lit défait, elle retourna vers le bain et se lava soigneusement. Le bain était un des seuls aspects de la vie turque qu'elle appréciait. Une fois sèche, elle revêtit une chemise de nuit.

S'étendant à l'extrémité du lit, elle s'enveloppa dans une légère couverture et s'endormit.

A son réveil, le soleil se levait. Cicalazade Pasha était étendu sur le dos comme la veille et ronflait. L'air était frais et Cat enfila un caftan en laine fine. Vérifiant que le vizir dormait toujours, elle prit ses pantoufles fourrées et sortit dans le jardin.

Les premiers rayons du soleil faisaient étinceler les gouttes de rosée tels des diamants. Les tulipes et les narcisses commençaient à parfumer l'air. Une brume argentée flottait au-dessus de la mer et des collines vertes. Pendant quelques instants, Cat se sentit libre. Si elle pouvait supporter les deux jours à venir et convaincre Cica de la laisser sur l'île, les Kira la sauveraient. Ce serait plus facile de s'évader de l'île que du palais. Elle regrettait de ne pas avoir dit au revoir à Lateefa. Quand elle serait en sécurité, elle lui ferait parvenir un message par l'intermédiaire des Kira...

Un sourire éclaira son visage. Cat venait de trouver le moyen de convaincre le vizir de la laisser sur l'île quelques jours. Elle utiliserait sa fierté masculine pour le prendre à son propre piège. Cicalazade s'inquiétait qu'elle ne fût pas enceinte. Il savait qu'elle avait mis neuf bébés au monde et lui-même avait les enfants de Lateefa et quarante autres avec les filles du harem. Il désirait à tout prix un enfant d'Incili et comme il ignorait qu'elle buvait une potion contraceptive, il ne comprenait pas ce qui se passait.

Elle lui dirait qu'elle pensait être enceinte. Feignant une subite et irrésistible envie, elle le supplierait de la laisser encore quelques jours sur l'île. S'il refusait, elle pleurerait toutes les larmes de son corps. Cela ne l'étonnerait pas, puisqu'il considérait les femmes comme des créatures faibles et stupides.

Une brise se leva et Cat frissonna de joie. Elle avait toujours aimé planifier ses batailles. En riant, elle se demanda quel aspect de ses origines primait en ce moment : l'écossais ou le turc ?

## 56

— Pas question ! déclara fermement le vizir. Je ne le permettrai pas, Incili.

— Vous ne m'aimez pas, dit-elle en éclatant en sanglots. Vous m'avez retirée à mon mari et vous me traitez comme un animal. Vous ne pensez jamais à moi ! Si seulement l'enfant et moi étions morts !

— L'enfant ? Quel enfant ?

— Je n'en suis pas certaine, car c'est encore un peu tôt, mais il est fort probable que je sois enceinte, seigneur.

— Un enfant ? murmura-t-il, enchanté. Alors, ma colombe, il n'est pas question que tu restes ici. Je refuse de mettre mon fils en danger.

— Je ne supporterai pas d'être enfermée au harem en ce moment ! cria-t-elle, au bord de l'hystérie.

Puis elle baissa la voix afin de l'obliger à se pencher pour l'entendre, lui offrant une vue imprenable sur sa poitrine. Le parfum exquis qui se dégageait de ces douces collines enchantait le vizir.

— Nous avons passé d'heureux moments ici, mon cher époux. C'est le seul endroit que je ne doive pas partager avec une autre. Il nous reste une merveilleuse journée à vivre ensemble et une nuit. Laissez-moi rêvasser ici encore quelques jours après votre départ. J'ai besoin d'un peu de temps pour être certaine. J'en serais si heureuse. Ne voulez-vous pas que je sois heureuse, mon mari ?

Ses yeux verts se remplirent de larmes et sa bouche se fit boudeuse.

Cica était amusé. Il ne pouvait trouver une excuse valable pour lui interdire son caprice. Après tout, elle avait déjà mis des enfants au monde. Et Cica connaissait les étranges souhaits des femmes enceintes, qui devaient être respectés dans la mesure du possible. Elle serait en sécurité sur cette île en compagnie de sa servante. Il enverrait Osman et une demi-douzaine d'eunuques pour assurer sa protection, bien que personne n'oserait s'attaquer à son île.

— Très bien, déclara-t-il, je te laisserai rester une semaine, mais Osman viendra te protéger.

— Bien sûr, seigneur.

— Et ma récompense, ma colombe ?

Elle l'embrassa avec sensualité, commençant ainsi une nouvelle journée d'amour...

Le lendemain, il partit à bord de son bateau pour donner les ordres nécessaires au palais. Elle lui fit des signes de la main sur le ponton mais dès qu'il eut disparu, elle sauta de joie en s'écriant en gaélique :

— Adieu, vizir ! Adieu pour toujours !

— Qu'y a-t-il, Lady Cat ? s'étonna Susan. Est-ce que vous vous sentez bien ?

— Mieux que jamais, mon amie ! déclara Cat en riant. Maintenant qu'il est parti, je peux t'en parler. Mon bien-aimé Francis et ton oncle Conall ne sont pas loin. Nous allons bientôt être sauvées.

— Dieu soit loué ! soupira Susan.

— Ce ne sera pas facile, attention. Un long et dangereux voyage nous attend. Mais je préfère mourir avec Francis que de terminer ma vie comme la favorite de Cicalazade Pasha.

— Alors vous n'attendez pas d'enfant ? Il m'a dit que je devais prendre grand soin de vous.

— Bien sûr que non ! C'était une excuse pour rester ici. Ce sera plus facile de s'échapper. Mais surtout, pas d'indiscrétions... Osman et d'autres ne vont pas tarder pour aider Feisal à me « protéger ». Il ne faut pas qu'ils soupçonnent quoi que ce soit.

— Est-ce que monsieur le comte va tuer les eunuques ?

— Bien sûr. Autrement, ils donneraient l'alerte.

— Je hais Osman ! Je suis ravie qu'il meure.

— Pourquoi ? Qu'est-ce qu'il t'a fait ?

Elles avaient rejoint le sommet de l'île et s'assirent sur un banc de marbre près de la fontaine aux poissons rouges.

— Les eunuques ne sont pas de vrais hommes, mais il y a plusieurs façons de leur enlever leur virilité. Certains deviennent impuissants, d'autres ne peuvent simplement plus avoir d'enfants. Même si cela leur est interdit, avec l'aide de certaines drogues, ils peuvent faire l'amour. Osman est l'un de ceux-là.

— Et il a jeté son dévolu sur toi ? s'exclama Cat,

furieuse. Il a osé ? Pourquoi me l'avoir caché, Susan ? J'aurais pu l'empêcher.

— Je pensais que vous aviez déjà assez de soucis.

Cat serra sa servante dans ses bras.

— Ah, Susan, quand nous serons libres, je jure que tu ne manqueras plus jamais de rien. Ton arrière-grand-mère et ta grand-mère ont été fidèles à mes ancêtres, comme toi. Je ne l'oublierai pas.

— Nous sommes une famille, Lady Cat, même si vous êtes la maîtresse et moi la servante. Un Leslie n'abandonne pas les siens.

— Tu dis vrai, Susan. Un Leslie n'oublie jamais.

Francis arpentait de long en large sa chambre chez les Kira. Sa femme avait été kidnappée près d'un an auparavant, au début de l'été 1598. A la mi-septembre de la même année, le comte de Bothwell et Conall More avaient entamé un dangereux voyage, naviguant sur un petit bateau de pêche dans la mer Adriatique entre Brindisi et Elyria.

Ils avaient remonté le fleuve Aous jusqu'à son embouchure pendant plusieurs jours. Puis ils avaient caché le bateau dans une grotte. Traversant les montagnes, ils n'avaient heureusement pas eu de neige. En Thessalie, ils avaient rejoint le fleuve Pénée où ils avaient trouvé, comme l'avait promis Pietro Kira, un autre bateau rempli de vivres. Asher Kira, le fils d'Eli, les y attendait.

Asher devait les accompagner jusqu'à Istanbul et leur enseigner les rudiments de la vie quotidienne des Juifs. Bothwell et Conall seraient présentés à la maisonnée comme un lointain cousin et son serviteur, venus étudier les méthodes financières de la maison mère des Kira. Ainsi, les deux hommes pourraient se promener librement dans la ville.

Pour se déguiser, Bothwell s'était laissé pousser une longue barbe rousse et portait un pantalon bouffant, une grande blouse et un turban. Il ressemblait à un citadin turc. Conall, avec sa barbe noire, était encore plus impressionnant.

Après trois mois de voyage, ils étaient arrivés à Istanbul en décembre 1598.

C'était désormais le mois d'avril 1599 et Bothwell cherchait depuis des mois une occasion de délivrer sa femme. En fin d'après-midi, un domestique vint lui dire qu'Esther Kira l'attendait dans le jardin. La vieille dame le fit asseoir à côté d'elle. Bien qu'elle semblât frêle, sa voix n'avait rien perdu de sa force ni de sa détermination.

— Comment allez-vous, mon ami ? demanda-t-elle.

— Je vais bien, madame, mais chaque jour qui passe est un calvaire.

— J'étais au palais ce matin. Le vizir quitte la capitale pour les provinces hongroises dans quelques jours. Je pense que vous allez pouvoir récupérer ce qui vous appartient.

— Comment se porte-t-elle ?

— Bien, mais la vie a été difficile, et les jours à venir le seront encore davantage. Elle sait que le jour approche et elle devra ruser afin qu'il la laisse sur l'île. C'est l'endroit le plus propice pour la sauver. J'ai longuement réfléchi. Il est impossible de la sortir du palais sans alerter les autres et vous faire capturer aussitôt. L'île est le seul endroit où on peut l'enlever et gagner un peu de temps. Je dois malheureusement vous prévenir, mon ami, ajouta-t-elle gentiment. On vous a raconté que le vizir adulait Incili. Mais vous ignorez qu'avec la permission de sa première épouse il en a fait sa femme. Bothwell émit un juron et Esther lui sourit.

— Ainsi, vous n'allez pas simplement reprendre votre femme, vous allez lui voler la sienne !

Tous deux éclatèrent de rire puis se mirent au travail : il fallait planifier l'évasion.

## HUITIÈME PARTIE

# L'ÉVASION

## 57

Elle se débattait sous un voile opaque, cherchant à respirer, griffant la main plaquée sur ses lèvres. Une voix merveilleusement familière lui murmura à l'oreille :

— Doucement, mon amour... C'est moi... Francis.

Elle ouvrit les yeux et découvrit un homme barbu penché sur elle. Il retira sa main. Folle de joie, elle s'exclama à travers ses larmes :

— Tu ressembles à un sultan, Bothwell !

Et elle se jeta dans ses bras.

La serrant contre lui, il lui caressa les cheveux pour l'apaiser.

— Ne puis-je gagner ma vie, madame, sans que vous vous fassiez capturer par des pirates ? la taquina-t-il gentiment.

Elle sanglota de plus belle.

— Allons, ma chérie, tout va bien maintenant. Je suis venu te ramener à la maison. Ne pleure pas, mon amour. Tu as été si courageuse. Esther Kira m'a raconté combien tu avais été forte.

— Est-ce que tu m'aimes ? demanda-t-elle soudain, le visage blême.

Sa détresse évidente le stupéfia.

— Voyons, laisse-moi réfléchir, dit-il en plaisantant. J'ai déjà traversé trois mers et deux détroits. Je dois maintenant faire demi-tour en emmenant deux femmes avec moi. Peut-être ai-je un goût particulièrement développé pour l'aventure ? Enfin, qu'est-ce que tu crois, mon amour... ?

— J'ai été la favorite du vizir. Il m'a fait des choses horribles. Me veux-tu encore ?

— Ma belle Cat, tu es toujours si honnête. Crois-tu que j'ignore ta vie de ces derniers mois ? Angela Di LiCosa a été très claire au sujet de la sensualité de son frère. Si je n'avais voulu qu'un corps dans mon lit, j'aurais pu trouver une autre femme.

Il saisit ses merveilleux cheveux blonds et attira doucement son visage vers le sien. Leurs lèvres s'effleurèrent et il lui sourit.

— Mais alors, mon amour, qui m'aurait insulté en gaélique, qui m'aurait aidé à élever nos enfants, qui m'aurait parlé de l'Ecosse pendant les longues nuits d'hiver ?

Elle se mordit la lèvre et ferma les yeux pour empêcher les larmes de couler à nouveau.

— Oui, Cat, je t'aime. Et maintenant, cessons ces bêtises. Dans moins de deux heures, le soleil va se lever. Il faut nous dépêcher.

— Les gardes ? demanda-t-elle.

— Conall et moi y avons veillé.

— Ils étaient six. Les avez-vous tous tués ?

— Oui.

— Les corps ?

— Ils sont restés sur place.

— Non ! Les vautours viendront les dépecer et les paysans les verront. Quelqu'un aura des soupçons et appellera à l'aide. Mes vivres sont arrivés hier. Personne ne viendra pendant une semaine s'il n'y a rien de suspect. Alourdissez les corps avec des pierres et jetez-les à la mer.

Francis éclata de rire.

— Décidément, mon amour, tu ne cesses de me surprendre ! Voici des vêtements pour le voyage. Habille-toi pendant que Conall et moi nous occupons des cadavres. Susan attend déjà dans le bateau. Retrouve-nous sur le ponton. L'arrière-petit-fils d'Esther, Asher, nous accompagnera une partie du chemin... Mmm, tu es bien mignonne, avec tes jolis seins dénudés. Si seulement nous avions un peu de temps.

En riant, il sortit de la maison. Cat se leva d'un bond. « Je revis ! pensa-t-elle. Une nouvelle fois, j'ai survécu ! »

Dans le paquet, elle trouva de la lingerie féminine, mais la chemise blanche, la veste et le turban appartenaient à un garçon. S'habillant en hâte, elle dissimula ses cheveux sous le turban et aplatit sa poitrine avec un morceau de tissu. Le miroir lui rendit son sourire. Personne ne reconnaîtrait la deuxième épouse du vizir.

Elle jeta un dernier coup d'œil à la chambre mais rien ne la tentait. Elle n'emporterait aucun bijou du vizir. A sa main droite, elle portait le rubis que lui avait offert Patrick Leslie. A la gauche se trouvait la grande émeraude de Francis. Elle n'avait besoin de rien d'autre. En sortant, Cat ne se retourna même pas.

Un cadavre étendu sur le sentier la fit trébucher. C'était Osman. Cat n'éprouva aucun regret. L'enjambant, elle descendit avec précaution jusqu'au ponton où l'attendait le bateau.

Une semaine plus tard, le bateau du vizir accosta sur l'île pour ramener sa femme au palais. Personne n'attendait sur le ponton et quelques minutes plus tard le maître des rameurs gravit l'escalier jusqu'au kiosque. Les jardins et la maison étaient vides. Il appela Osman mais son cri se perdit dans le silence. C'était effrayant... L'île était déserte. Il courut vers l'embarcation et ordonna de rentrer au plus vite au palais.

Il y trouva Hammid avec la sultane Lateefa et se jeta à ses pieds.

— C'est un désastre, Hammid ! Il n'y a personne sur l'île aux Mille Fleurs. Elle est déserte, je l'ai fouillée moi-même.

La princesse vit blêmir Hammid. Elle était sincèrement attristée pour lui, mais soulagée qu'Incili fût partie. Cica Pasha allait tenir Hammid responsable de cette évasion et sa colère serait terrible.

— Je vais sur l'île, dit l'eunuque. Tu te trompes. Il doit bien s'y trouver quelqu'un.

— Personne, même pas un cadavre.

— Change les rameurs ! ordonna Hammid.

Effectivement, l'île était déserte. Et il n'y avait aucun signe de violence. Hammid gravit lentement l'escalier, fouillant le sol de ses yeux. Il n'avait pas plu depuis sept jours, ainsi la pluie ne pouvait avoir effacé d'éventuelles traces de sang. Le kiosque était silencieux. Ouvrant la porte, il contempla la chambre. Le grand lit était défait, l'empreinte de la tête d'Incili creusait encore l'oreiller. S'approchant, il remarqua que sa chemise de nuit était roulée en boule au pied du lit. Rien d'autre n'avait été déplacé. Ses vêtements et ses bijoux étaient à leur place.

Huit personnes avaient disparu comme par enchantement. Mais il était déterminé à élucider ce mystère. Sa tête était en jeu.

Dans les jardins, il contempla le Bosphore. Le

soleil jouait sur les flots bleus, et soudain il les vit. Six taches noires se reflétaient dans l'eau claire. Il se dépêcha de rejoindre le ponton et murmura à l'oreille du maître des rameurs. Un des rameurs reçut l'ordre de plonger dans le Bosphore.

— Qu'y a-t-il dans l'eau ? interrogea Hammid quand le nageur réapparut.

— Des corps, seigneur. Six corps avec les gorges tranchées.

— Retournons au palais, ordonna Hammid en s'affaissant sur les coussins.

Maintenant il savait ce qui était arrivé à Incili. Les eunuques avaient été assassinés et Incili enlevée. Enlevée ? Le kiosque était en ordre... elle n'avait opposé aucune résistance aux assaillants.

Non. Incili s'était échappée. Mais alors qui l'avait aidée ? Coupée du monde, elle avait néanmoins réussi à trouver de l'aide et à s'enfuir. En cherchant bien, un nom lui revenait constamment à l'esprit : Esther Kira. La vénérable grande dame était la seule personne en dehors du palais à avoir rencontré Incili...

Hammid se fit conduire chez son ami et mentor l'eunuque Aga Kislar. Or celui-ci n'appréciait pas l'amitié qui liait sa maîtresse, la sultane Valide Safiye, à Esther Kira. La vieille dame était intime avec la famille des Valide depuis quatre générations et elle était presque une institution. Elle semblait inattaquable, mais si elle était effectivement mêlée à ce scandale, il pourrait enfin se débarrasser d'elle.

L'Aga Kislar en parla à mots choisis au sultan :

— On dirait que la seconde épouse de Cicalazade Pasha a été enlevée de l'île du vizir. Nous pensons connaître certaines des personnes concernées, mais nous avons besoin de votre permission pour mener l'enquête. Voulez-vous signer cet ordre ?

Sans hésiter, Mehmet III apposa son sceau sur les papiers qui donnaient carte blanche à Hammid et Kislar pour poursuivre leurs recherches. A la tête d'une troupe de janissaires, ils se rendirent chez les Kira dans leur maison du ghetto juif.

Eli Kira accueillit les deux hommes et les invita dans son salon, où on leur offrit des rafraîchissements. Le banquier avait deviné qu'il se passait quelque chose de grave. Il patienta un peu, menant une conversation légère, puis se tourna vers Kislar :

— Alors, mon seigneur, pourquoi venez-vous me voir si lourdement accompagné ? Que se passe-t-il ? Y aurait-il des troubles dans la cité dont on ne m'aurait pas parlé ?

— La femme de Cicalazade Pasha a été enlevée.

Le visage du banquier demeura impassible. Pas un muscle ne le trahit. « Ils ne peuvent rien savoir », se rappela-t-il.

— La princesse Lateefa a été enlevée ? s'étonna-t-il.

— Il ne s'agit pas de Lateefa, mais de la nouvelle épouse du vizir, Incili.

— Pourquoi serais-je au courant ? déclara le banquier d'un air hautain. Je ne la connais même pas.

— Vous non, mais votre grand-mère l'a rencontrée. Incili est une étrangère. La seule personne avec qui elle a été en contact en dehors du palais est Esther Kira, et la jeune femme a certainement eu besoin d'aide pour s'enfuir.

— Peut-être a-t-elle soudoyé les eunuques ? rétorqua Eli. Pourquoi pensez-vous que ma grand-mère, qui la connaissait à peine, aurait aidé cette femme ? Où sont vos preuves ? Vous êtes insultant, seigneur Kislar ! Je me plaindrai personnellement auprès du sultan.

Lentement, l'Aga Kislar retira de sa manche un parchemin et le tendit au banquier.

— Si vous prenez le temps de lire ceci, vous verrez que c'est un ordre du sultan me donnant la permission de mener cette enquête comme je l'entends. Le sultan ne veut pas que son ami et conseiller, Cicalazade Pasha, soit malheureux. Et croyez-moi, Eli Kira, le vizir sera très malheureux quand il apprendra que sa femme préférée a disparu.

Sans sourciller, Eli le dévisagea.

— Je ne sais rien de cette histoire, affirma-t-il, et si vous n'avez aucune preuve contre les miens, je vais devoir vous prier de quitter ma maison.

— Non, Eli Kira. J'ai l'intention d'interroger d'autres membres de votre maisonnée. En ce moment, sur mes ordres, mes janissaires pénètrent dans les appartements de vos femmes.

— Comment osez-vous ! s'exclama le banquier, le visage empourpré.

Aussitôt, il s'empressa de rejoindre les appartements où logeaient les femmes de sa famille. Les eunuques le suivirent. Des cris de surprise et de terreur les accueillirent et Kislar fut enchanté d'avoir réussi à effrayer les femmes. Son regard de reptile survola la pièce.

Blême, Maryam Kira serrait contre elle ses deux filles cadettes, Rebecca et Sarah. Sa fille aînée, Debra, le visage blanc, patientait auprès de sa mère. La vieille Esther Kira était assise dans un fauteuil, les yeux plissés d'indignation. La pièce était remplie de jeunes janissaires impressionnants, et plusieurs servantes avaient visiblement été molestées.

Furieux et inquiet à la fois, Eli Kira se tourna vers l'Aga Kislar.

— C'est l'humiliation suprême ! s'écria-t-il. Je vais immédiatement envoyer un messager chez le sultan. Vous m'accusez d'un complot mais vous n'avez aucune preuve. Vous envahissez ma maison, inquiétez mes domestiques et effrayez mes femmes. Donnez-moi une preuve ou sortez d'ici !

— Silence ! déclara la vieille dame. Que se passe-t-il, Aga Kislar ? La sultane Safiye ne sera pas heureuse si je lui raconte cette intrusion déplaisante.

Kislar observa la vieille dame. La haine qu'il éprouvait pour elle était presque palpable.

— Qu'avez-vous fait d'Incili, la femme de Cicalazade Pasha ? demanda-t-il avec un sourire cruel.

— Que lui est-il arrivé ?

— Je ne le sais pas, mais je crois que vous en avez une idée.

— Vous délirez, mon cher.

Kislar continuait de sourire.

— Est-ce toute votre famille, Eli Kira ?

— Non, il manque mes fils.

— Faites les chercher.

Une jeune servante revint quelques minutes plus tard avec quatre des fils.

— Est-ce tout ?

— Il y a aussi Asher et notre cousin John, dit Debra d'un air innocent.

— Où est votre fils, Asher, et qui est ce cousin ? lança l'Aga Kislar.

— Ils se sont absentés pour affaires et ils ne reviendront pas de sitôt.

— Où cela ? Et qui est ce John Kira ?

— Je les ai envoyés à Damas et notre cousin vient d'Europe du Nord.

— De chez notre cousin écossais Benjamin, ajouta Debra.

— Silence, Debra ! gronda Eli. Tu dois te taire en présence de tes aînés.

— Aga Kislar ! s'exclama Hammid. Incili venait d'Ecosse, elle me l'a dit elle-même !

Kislar hocha la tête. Ils étaient sur la bonne piste.

— Ces deux-là ! aboya-t-il en désignant les deux plus jeunes fils. Quel âge ont-ils ?

— Treize et seize ans.

— Un bon âge. Je vais honorer cette maison, Eli Kira. J'accepte ces deux jeunes gens dans le corps des janissaires.

— Non ! s'écria Maryam.

D'une voix ferme, bien que son cœur battît la chamade, le banquier intervint :

— Vous ne pouvez pas faire cela, Aga. Je paie la taxe demandée. Mes fils sont dispensés.

— C'est un honneur que je vous fais, Eli Kira. Vos fils entrent dans un corps d'élite, dévoué au sultan. Vous ne pouvez pas refuser ma générosité sans offenser mon maître. Et je vais même honorer davantage votre famille. Je prends votre fille aînée pour le harem du sultan. Je n'ai jamais vu des yeux aussi beaux. Cette teinte améthyste est unique. Je suis certain qu'après quelques leçons elle saura lui plaire.

— Non ! s'écria Eli Kira. Ma fille est fiancée, elle doit se marier dans deux jours !

— Erreur, mon ami, rétorqua Kislar, esquissant un sourire. Dans trois nuits, je la présenterai au sultan et elle deviendra son nouveau jouet. Peut-être saura-t-elle le captiver. Sinon, elle terminera ses jours dans le palais des Femmes Oubliées.

— Que cherchez-vous ? implora Maryam qui

tomba à ses pieds. Je vous aiderai si possible. Mais ne prenez pas mes enfants, je vous en supplie...

— Maryam, dit Eli, en relevant sa femme éplorée.

— Eli, qu'as-tu fait ? Qu'y a-t-il de si important pour sacrifier David et Lev ? Et pour condamner Debra à une vie de honte et de solitude ? Si tu sais quelque chose, dis-le-lui !

Eli regarda sa grand-mère d'un air désespéré. Que devait-il faire ?

— Je veux rester seule avec l'Aga, Hammid et mon petit-fils qui doit comprendre ce qui se passe, déclara Esther. Ne touchez pas un cheveu de mes arrière-petits-enfants, ou vous aurez de mes nouvelles !

— Que les hommes attendent dehors ! ordonna Kislar. Ne touchez à rien ni à personne.

Bientôt, seuls demeurèrent dans la pièce en désordre la vieille dame, Eli Kira et les deux eunuques.

— Asseyez-vous, dit Esther, c'est une histoire longue et compliquée. Savez-vous quand je suis née ? Le 1er avril de l'an chrétien 1490. J'ai cent neuf ans. De ce que je vais maintenant vous parler, mon pauvre petit-fils ne sait rien, mais puisque mes actions lui ont porté préjudice, il est juste qu'il soit mis au courant.

Le visage impassible, Eli écoutait. Il connaissait tout de ce qui touchait à sa famille, mais il comprenait ce que tentait sa grand-mère : en l'innocentant, elle essayait de sauver ses enfants. Il ressentit une bouffée de tendresse et d'affection pour cette dame qui avait bâti la fortune des Kira.

« Bien, pensa Esther. Il a compris ma tactique. »

— Vos soupçons sont justifiés, Aga Kislar, poursuivit-elle. J'ai en effet aidé Incili à rentrer chez elle. Vous auriez fait de même si vous aviez su qui elle était.

— C'est une aristocrate européenne, dit Hammid.

— C'est une descendante de Cyra Hafise.

— Comment cela ? s'étonna Kislar. Cyra Hafise n'a laissé qu'un fils, le sultan Süleyman, et une fille qui a épousé Ibrahim Pasha. Leurs enfants n'ont jamais quitté ce pays. Votre grand âge vous a rendue sénile, Esther Kira.

— Vous avez un tiers de mon âge, Aga Kislar, mais mon esprit est plus vif que le vôtre. Pendant des années, j'ai été la confidente de Cyra Hafise. Je savais tout d'elle et de sa famille. Elle avait un frère, le comte de Glenkirk. Incili descend de lui, ainsi que son premier mari, qui était aussi comte de Glenkirk. Son fils aîné est le comte actuel. A cause de la gentille attention de Cyra Hafise, la famille Kira gère depuis des décennies l'immense fortune des Leslie de Glenkirk.

« Je doute qu'Incili ait jamais entendu parler de Cyra Hafise, mais j'ai failli m'évanouir quand je l'ai vue la première fois. Elle ressemble étonnamment à mon amie disparue, de même que Lateefa ressemble à son ancêtre, Firousi Kadin.

Elle fit une pause pour voir quel effet son histoire avait sur son auditoire. Dans le regard de son petit-fils brillait une lueur d'admiration. Les deux eunuques étaient suspendus à ses lèvres. Elle réprima un sourire.

— Après avoir parlé avec Incili, continua-t-elle, j'ai su exactement qui elle était. Avec l'aide de Lateefa, j'ai essayé de lui faire accepter cette nouvelle vie. Mais tu sais toi-même, Hammid, combien elle était malheureuse. Puis sont arrivés son second mari et son serviteur pour la délivrer. Je les ai présentés à la maisonnée comme étant notre cousin John Kira et son domestique. Je leur ai secrètement enseigné les coutumes juives pour ne pas éveiller les soupçons.

« Je n'avais d'autre choix que de l'aider. C'est un cousin favori du roi d'Ecosse, qui est l'héritier de la reine d'Angleterre. Le roi d'Ecosse étant fort attaché à son cousin, il se serait certainement plaint à la reine d'Angleterre qui aurait écrit à son amie, la sultane Safiye, qui en aurait parlé à son fils, le sultan.

« Cette histoire aurait créé un terrible scandale. Le meilleur ami du sultan, par ailleurs son grand vizir, retenant contre son gré dans son harem une cousine du roi d'Ecosse ? Vous savez comme ces chrétiens sont tatillons avec la morale. Pensez-vous que le sultan aurait aimé être mêlé à une telle affaire ?

« Incili n'aurait jamais dû être envoyée à Cicalazade Pasha. C'était un coup monté par la sœur du vizir, qui est une femme de mauvaise réputation. Tu le savais, Hammid ! accusa-t-elle. Incili t'avait dit qui elle était et t'avait supplié de demander une rançon. Mais tu as préféré l'utiliser pour assouvir le désir insatiable de ton maître, dans l'espoir d'assurer ton propre avenir. Te rends-tu compte quelle gêne ton ambition aurait pu causer au sultan et au gouvernement ?

Habilement, Esther avait rejeté la responsabilité sur Hammid. Eli était admiratif. Kislar réfléchissait.

— Incili est partie depuis longtemps, poursuivit Esther. Une nouvelle fois, j'ai loyalement servi l'empire. Quand Cicalazade Pasha reviendra, dites-lui qu'Incili a eu une fausse couche et qu'elle en est morte. Elle n'attendait pas d'enfant. C'était une ruse pour rester sur l'île afin que son mari vienne la sauver. Les eunuques sont morts, ils ne trahiront aucun secret. Vos rameurs peuvent être vendus et remplacés, et leur maître écarté. Personne d'autre ne sait qu'Incili a disparu.

— Le sultan sait, rectifia l'Aga Kislar.

— Dites-lui qu'elle est morte et que les eunuques s'étaient cachés par peur. Cette histoire lui importe peu, il l'oubliera rapidement.

— Vous avez raison, Esther Kira, acquiesça Kislar. Vous connaissez bien l'Empire ottoman.

— Cela fait plus de cent ans que j'y vis, rétorqua la vieille dame.

Les hommes se levèrent.

— Pardonnez-moi d'avoir forcé la porte de votre demeure, Eli Kira, dit l'Aga Kislar. Cela ressemblait fort à un crime auquel était mêlée votre famille. J'espère que vous ne jugerez pas nécessaire de vous plaindre au sultan.

— Non, répondit le banquier. C'était un malentendu déplorable. Vous n'avez fait que votre devoir.

Seuls dans la cour, Kislar se tourna vers Hammid.

— Fais comme elle a dit. Si jamais on pose des questions, je t'appuierai.

— Est-ce que tu la crois ?

— Oui et non.

L'Aga monta dans sa litière et donna le signal du départ. Sur le chemin du retour, il prit une décision. Il fallait à tout prix discréditer Esther Kira pour mettre un terme à son influence sur la famille impériale. Et elle devait mourir. Malgré son grand âge, elle représentait un grand danger. La vieille dame était le dernier vestige d'une époque où les sultans ottomans avaient été des hommes puissants qui régnaient seuls, sans l'avis de femmes ou d'eunuques. L'Aga Kislar ne voulait pas voir renaître ce temps-là.

## 58

Le matin ne s'était pas encore levé et la côte de Thessalie restait sombre. Avec l'aube, les sommets enneigés de l'Olympe et de l'Ossa se drapaient de couleurs pourpres. Entre ces géants de la chaîne du Pinde s'étalait la plaine fertile de Thessalie, partagée en deux par le fleuve Pénée qui se jetait dans la mer Egée.

Lors d'une marée, alors que les eaux vertes de la rivière se mélangeaient aux flots turquoise de la mer, une petite barque quitta l'Egée pour le Pénée.

Ils avaient attendu l'accalmie toute la nuit afin de pénétrer sans risque dans la rivière. Aux yeux d'un passant distrait, la barque transportait quatre hommes et une femme, sans doute une famille qui remontait vers Larissa pour vendre ses marchandises.

Jusqu'à maintenant, tout s'était déroulé comme dans un rêve. Depuis leur départ de l'île aux Mille Fleurs, le ciel et la mer s'étaient montrés cléments. Ils avaient traversé la mer de Marmara, contournant l'île du même nom où des esclaves équarrissaient du marbre pour les exportations du sultan. Puis les Dardanelles, la mer Egée... Ils n'avaient croisé que deux autres bateaux et ne s'étaient arrêtés qu'une fois, à Limnos, pour prendre de l'eau fraîche.

Après l'eau bleu et or de la mer, le fleuve apportait un grand changement et Cat fut étonnée par la rude beauté de la nature qui l'entourait. Assise à la proue, elle s'était enroulée dans une cape noire. Sur sa droite, le mont Olympe se terminait par des précipices vertigineux. A sa gauche, le mont Ossa s'élevait tel un colosse au-dessus de la vallée. De magnifiques chevaux broutaient l'herbe riche des prairies.

— Sont-ils sauvages ? demanda-t-elle, car elle ne voyait ni maisons, ni hommes.

— Non, répondit Francis. Ils sont élevés dans cette région depuis la nuit des temps. Nous ne verrons personne jusqu'à Larissa.

Le fleuve se rétrécit pour passer entre deux falaises.

— La vallée de Tempé, expliqua Francis alors qu'ils pénétraient dans un monde clos et lumineux de verdure. La légende dit que Poséidon, le dieu grec de la Mer, l'a créée afin de pouvoir y séduire la ravissante fille du dieu du fleuve.

— Comme c'est joli ! Y est-il parvenu ?

— Je ne sais pas, mais c'est un endroit très romantique. La vallée est aussi reliée au dieu du Soleil, Apollon. Une jeune fille nommée Daphné s'est cachée ici pour fuir les avances du dieu. Apollon voulait Daphné à tout prix et il l'a retrouvée. La jeune fille a appelé Diane, la déesse de la Lune, pour la sauver de l'humiliation, et celle-ci l'a transformée en laurier. Depuis lors, le laurier est consacré à Apollon.

— Si tu avais été Apollon et moi Daphné, jamais je ne me serais enfuie, Francis.

Ils échangèrent un sourire. Hâlée par le voyage en mer, la peau brune de Cat rehaussait l'éclat de ses yeux verts. Débarrassés du turban, ses cheveux blonds avaient encore éclairci et ressemblaient à de l'or fin. Elle était magnifique et ils n'avaient pas fait l'amour depuis des mois. L'endroit aurait été idéal, mais le moment était mal choisi. Devant eux se dressaient les ruines du temple d'Apollon, dominant le fleuve et entourées d'anciens chênes. Francis poussa un long soupir.

— Moi aussi, je regrette qu'on ne puisse s'arrêter, murmura-t-elle, devinant ses pensées.

— Tu es une sorcière, plaisanta-t-il.

— Pas du tout, je suis simplement ta moitié. Rentrerons-nous sains et saufs à la maison ?

— Je te le promets, mon amour.

Alors qu'ils quittaient la vallée de Tempé, la plaine de Thessalie s'étendit devant eux dans toute sa splendeur. Ils aperçurent bientôt les murs de Larissa. Cat cacha ses cheveux sous son turban et Susan dissimula son visage derrière les plis volumineux d'un *feridji* noir, qui ne laissait apparaître que son regard.

Ayant payé la taxe du port, on leur indiqua un emplacement le long d'un ponton près du marché.

— La maison de Saul Kira est assez proche pour s'y rendre à pied, dit Asher. Il est veuf et ses enfants ont quitté la maison. Seule sa vieille sœur veille sur lui. Nous y serons en sécurité.

Ils traversèrent le marché joyeux, au milieu des cris des marchands et des senteurs orientales, jusqu'à une maison jaune.

Saul Kira les accueillit chaleureusement, confiant Cat et Susan aux bons soins de sa sœur Abigail. Celle-ci regarda Cat d'un air curieux, se demandant s'il s'agissait vraiment d'un jeune homme. Lorsque Cat retira son turban, ses cheveux tombèrent en cascade sur ses épaules.

— Que puis-je pour vous ? demanda la vieille dame, rassurée.

— Nous aimerions prendre un bain ! dirent Cat et Susan en chœur.

Une heure plus tard, elles étaient baignées, leurs cheveux nettoyés du sel de la mer. Abigail leur avait donné des vêtements propres.

Tandis que Susan aidait à mettre la table, Cat rejoignit les hommes. Bothwell posa un bras autour de ses épaules.

— J'ai une bonne et une mauvaise nouvelle.

— La bonne d'abord, dit Cat.

— Nous ne sommes pas poursuivis. On a raconté à ton « maître et seigneur » que tu étais décédée lors d'une fausse couche. Mais il faudra continuer à faire attention, et éviter les officiels ottomans qui pourraient poser des questions embarrassantes.

— Dieu soit loué, soupira Cat. Et maintenant, la mauvaise nouvelle ?

— Esther Kira est morte.

— Oh, non ! Mais c'était une très vieille dame, elle avait plus de cent ans. Que Dieu ait son âme, c'était quelqu'un d'exceptionnel.

— Oui, fit Francis.

En fait, Esther n'était pas morte de vieillesse. Il y avait soudain eu une grande fluctuation de la monnaie turque. Des rumeurs avaient circulé en ville et le peuple avait été délibérément monté contre les banquiers. La vieille Esther Kira, revenant du palais où elle avait rendu visite à la mère du sultan, avait été tirée de sa litière et lapidée. Le lendemain, comme par miracle, la monnaie avait repris son cours normal.

Le sultan et sa mère se montrèrent affectés, mais personne ne fut jamais arrêté pour ce meurtre.

En revanche, les Kira avaient compris la leçon. On avait prévenu Asher de continuer jusqu'à Rome et de s'y installer. La branche principale des Kira poursuivait ses activités mais sans ostentation et dépourvue de la protection impériale.

Inutile d'en parler à Cat, pensait Francis, qui ne voulait pas que sa femme eût des remords ou se sentît coupable. Le voyage était loin d'être terminé et elle aurait besoin de tout son courage et de toute son énergie.

Ils ne restèrent pas longtemps à Larissa. Le lendemain, ils remontèrent le fleuve vers Trikka. A leur départ, Saul lâcha un pigeon qui prit la direction d'Istanbul : il préviendrait Eli Kira que son fils aîné était bien arrivé jusqu'à Larissa.

Il leur fallut deux jours pour atteindre Trikka. Feignant d'être des marchands, ils vendirent leurs soieries à un commerçant qui n'en avait jamais vu d'aussi belles. Puis ils remplirent le bateau de nouvelles marchandises. Ils espéraient que personne n'y regarderait de plus près, une grande partie de la cargaison étant composée de pierres.

Après Trikka, le fleuve devint dangereux, avec des tourbillons et des rapides. Bothwell et Asher manœuvraient tour à tour le bateau, tandis que Cat et Susan surveillaient les eaux. Accroché en haut du mat, Conall les prévenait s'il voyait un obstacle.

Ils ne pouvaient plus voyager de nuit. Pour se protéger, ils jetaient l'ancre au milieu du fleuve et l'un d'entre eux montait toujours la garde. La région devenait plus sauvage, avec moins de fermiers et davantage de bandits.

Bientôt, ils ne purent plus continuer sur le Pénée. Ils étaient presque arrivés à la source et il devenait trop étroit et bouillonnant. Ils avaient deux jours de marche à travers la forêt avant d'atteindre l'Illyrie et le fleuve Aous, où Bothwell et Conall avaient dissimulé la barque.

Le petit bateau fut coulé sans laisser de traces. Bothwell ne prenait aucun risque.

Ils traversèrent une grande forêt et Cat s'étonna que Francis retrouvât si facilement le chemin. Le comte de Bothwell expliqua à sa femme qu'à l'aller ils avaient fait de petites entailles profondes dans certains troncs d'arbre pour faciliter leur retour. Près d'un an plus tard, les entailles étaient toujours visibles.

La forêt avec ses chênes, ses pins, ses ormes et ses bouleaux, peuplée d'ours, de loups et de sangliers, leur rappelait celles d'Ecosse.

Chacun portait une petite quantité de nourriture. Ils avaient un peu de farine, des fruits secs, raisins, figues et pêches. Asher transportait un petit carré de feuilles foncées qu'il appelait *té*. Ajouté à de l'eau bouillante, cela faisait une boisson revigorante.

Ils étaient tous armés. Susan avec un poignard, Asher et Cat avec un poignard et un cimeterre. Conall et Bothwell portaient aussi un arc et des flèches.

La première journée, ils marchèrent longtemps avant d'installer leur campement. Conall parvint à tuer deux canards. Susan et Cat les plumèrent et les farcirent avec des fruits secs.

Le lendemain, ils continuèrent leur marche. Vers midi, ils atteignirent la source de l'Aous et une heure plus tard débouchèrent sur une petite route.

— C'est une route qui remonte au temps des Romains, expliqua Francis. L'Illyrie était une des provinces favorites de l'empire. On connaît deux légendes au sujet de son nom. Les Romains disaient que son nom venait d'Illyricus, le fils du cyclope Polyphème et de la nymphe Galatée. Les

Grecs, en revanche, prétendaient qu'Illyricus était le fils de Cadmos et d'Harmonie.

— Pourquoi aimaient-ils cette province? demanda Cat.

— Parce que les Illyriens sont des soldats de grande valeur. Les Romains venaient ici recruter des troupes. Au IIIe siècle, après la première invasion des Barbares, l'Illyrie est devenue le dernier rempart de la culture romaine et occidentale. La plupart des grands empereurs de l'époque étaient des Illyriens, élus sur les champs de bataille par leurs soldats. Aujourd'hui, la province n'est qu'une petite partie du vaste Empire ottoman, mais peu de Turcs s'y sont établis car la population s'est convertie à la religion musulmane dès l'invasion, afin de ne pas perdre le contrôle de leurs terres. Le sultan contrôle attentivement les villes et les plaines, mais ici, dans les montagnes, les tribus jouissent encore de leur ancienne autonomie. Ils paient beaucoup d'impôts pour ce privilège... Il faudra être très prudent dans cette région. Je ne veux pas attirer l'attention.

— Sommes-nous en danger? interrogea Cat.

— Disons que je préfère ne pas croiser de bandits. Je pense que nous sommes en sûreté tant que nous avançons. Comme ils sont superstitieux, ils n'attaquent pas de nuit.

Dans l'après-midi du lendemain, ils atteignirent la grotte où Francis et Conall avaient caché leur bateau. Il s'y trouvait toujours, l'entrée de la grotte ayant été habilement dissimulée par des branchages. Comme les femmes avaient l'air fatigué, Francis décida d'y passer la nuit, afin d'être frais et dispos à l'aube.

— Asher, aide les femmes à installer le campement, dit-il au jeune homme. Conall et moi allons chasser.

Dans la grotte, il y avait moins de chance qu'un intrus aperçût le feu, ou qu'un animal sauvage vînt rôder aux alentours. Susan coupa des roseaux près de la rivière et en fit des torches. Alors qu'Asher allait tenter sa chance à la pêche, Cat permit à Susan de prendre un bain tandis qu'elle terminait de nettoyer la grotte.

Non loin se trouvait une petite plage de sable en forme de demi-lune qui bordait un plan d'eau peu profond. Susan batifolait joyeusement et Cat promit de venir la rejoindre.

Elle fit un feu dans un trou qu'elle avait creusé à cet effet. De chaque côté, des broches en fer avaient été soigneusement plantées dans le sol et le petit chaudron attendait le repas du soir.

Satisfaite d'avoir bien travaillé, Cat était prête pour se baigner. Brusquement, elle entendit Susan pousser un cri de terreur. Sans réfléchir, elle se précipita hors de la grotte et rejoignit la plage. Trop tard, elle comprit son erreur. Ayant oublié de prendre le cimeterre, elle n'avait que son poignard. Il y avait un homme sur la plage et deux autres dans l'eau qui cherchaient à attraper Susan. L'homme sur le sable se tourna vers Cat.

— La sirène a un jeune compagnon, dit l'inconnu en turc.

Heureusement, grâce à son déguisement, il la prit pour un garçon.

C'était des soldats ottomans et non des bandits illyriens.

— Laissez ma sœur tranquille ! s'exclama-t-elle d'une voix grave. Nous sommes des citoyens loyaux du sultan… Qu'Allah lui prête longue vie ! Est-ce ainsi que se comportent ses soldats ? Attaquent-ils les voyageurs innocents ?

Ils eurent l'air surpris et Cat pensa qu'ils allaient les laisser en paix. Puis l'un des hommes sortit de la rivière et s'avança vers elle. Il était immense... Elle rassembla son courage pour ne pas prendre ses jambes à son cou.

— Arrêtez ! cria-t-elle. N'approchez pas ou je vous ouvre le ventre !

— Mon petit coq, s'amusa le géant, je doute que tu sois bien placé pour donner des ordres. Mais tu as éveillé ma curiosité. Tu n'es pas illyrien, alors que fais-tu par ici ?

— Nous sommes de Trikka, répondit Cat, et nous allons visiter notre grand-mère, dont le second mari est illyrien. Nous avons remonté le Pénée avec un ami. Voilà deux jours que nous marchons et la maison de notre grand-mère n'est plus très loin. Ma sœur voulait prendre un bain avant de continuer.

Le géant eut un sourire qui glaça le cœur de Cat.

— Je m'appelle Omar, dit-il, et je suis capitaine. Nous sommes venus récolter les impôts du sultan. Avec les Illyriens, nous sommes obligés de rester polis, pour ne pas créer de remous qui déplairaient à notre souverain. Leurs femmes nous sont interdites et nous ne les molestons pas. Mais ta sœur est très jolie, tu sais. Saisissez la nymphe de la rivière ! ordonna-t-il à ses hommes. Les jeunes gens peuvent être très amusants aussi, ajouta-t-il en se jetant sur Cat.

Le poignard de Cat s'enfonça dans son bras. Omar rugit mais chercha de nouveau à l'attraper. Elle parvint à le blesser en plusieurs endroits, mais il la fit reculer contre les rochers. Un instant, ils restèrent face à face, immobiles. Son cœur battait la chamade et elle haletait de peur. Elle entendait Susan hurler.

Faisant un bond en avant, Cat parvint à enfoncer le poignard dans son épaule. Alors il lui décocha un coup de poing sur la tête qui l'envoya rouler à terre. Son turban se défit.

En silence, le capitaine retira le poignard et épongea le sang. Puis il jeta un coup d'œil à Cat.

— Par Allah ! s'écria-t-il, ravi. Une autre femme ! Une vraie tigresse... Et quelle beauté... ajouta-t-il en scrutant son visage qu'il tenait entre le pouce et l'index.

Impuissante, elle dut le laisser lui retirer tous ses vêtements.

— Qu'Allah soit loué ! déclara Omar en la caressant de ses grosses pattes. Ma fortune est faite. Doucement, ma beauté... Il ne faut pas avoir peur de moi et je te protégerai de mes hommes. Tu vaux trop cher pour être gaspillée. Ils s'amuseront avec l'autre.

Avec horreur, Cat vit que les soldats avaient étendu Susan sur la plage et s'apprêtaient à la violer.

— Viens !

Le géant s'assit et l'attira dans ses bras. Elle se raidit.

— N'aie pas peur, ma merveille. Je ne vais pas te violer, bien que tu tenterais un saint ! J'ai attrapé la fièvre il y a quelques mois et depuis je ne suis plus tout à fait un homme. Mais je connais d'autres moyens pour rendre une fille heureuse. Quand mes soldats dormiront, peut-être pourrons-nous essayer ?

— Qu'allez-vous faire de moi ? demanda Cat en frémissant.

— Mais te vendre, évidemment ! T'es-tu jamais regardée dans un miroir ? Tu vas me rapporter une fortune.

Cat se sentait prise au piège. « Oh non, songea-t-elle, le cauchemar ne va pas recommencer... » Mais elle se ressaisit. Le capitaine ignorait qu'elles ne voyageaient pas seules. Si elle pouvait gagner du temps, les autres les sauveraient.

Le capitaine était peut-être impotent, mais le désir aiguisait son regard. Priant pour que ses compagnons se dépêchent, Cat lança d'une voix cajoleuse :

— Je suis veuve depuis deux ans, capitaine, et mon mari était un homme très simple. Quels sont ces autres moyens pour rendre une fille heureuse ?

Elle baissa modestement les yeux.

— Un joli morceau comme toi, veuve depuis deux ans ? N'as-tu pas eu de prétendants à tes trousses ?

— J'étais en deuil et mon père était mourant. Ma sœur et moi l'avons soigné jusqu'à sa mort.

— Ton mari a dû t'apprendre de jolis tours au lit, non ?

— Oh non, capitaine ! Mon mari était âgé. Il était très riche et mon père a reçu un bon prix pour moi. Mais quand mon pauvre époux est mort, il n'avait malheureusement plus un sou... De mauvais investissements. Si mon cher père ne m'avait acceptée chez lui, j'aurais été à la rue.

— Tu n'es plus vierge, tout de même ?

— Non, une fois par semaine, mon mari venait accomplir son devoir.

— Seulement une fois par semaine ! s'écria Omar en riant. Par Allah, si tu avais été mienne, je t'aurais prise trois fois par nuit ! Dis-moi, ma petite, voudrais-tu que je te rende heureuse ?

Cat cacha son visage dans l'épaule du géant, réprimant l'envie de hurler.

Plus bas sur le fleuve, Asher avait entendu crier Susan et il s'était empressé d'accourir. Mais il ne pouvait lutter seul contre trois hommes. Se faufilant dans les buissons, il partit à la recherche du comte de Bothwell.

Cela lui prit une demi-heure. Il trouva Conall et lui raconta l'histoire. L'Ecossais blêmit. Conall le guida jusqu'à Francis qui devint cramoisi de rage.

— Attendez ! conseilla Conall alors que Francis allait charger comme un taureau. Nous ne pouvons plus rien empêcher maintenant, il faut les reprendre vivantes.

Francis était à bout : sa magnifique Cat souffrait encore ! Le destin les laisserait-il un jour en paix ?

A la tombée de la nuit, ils revinrent au campement. Les trois soldats étaient assis autour d'un feu. Susan avait disparu mais Cat, nue, se trouvait sur les genoux du géant. En se rapprochant, Francis entendit les hommes se disputer :

— Pourquoi on ne s'amuserait pas avec elle, capitaine ? disait l'un des soldats. Parce que vous êtes impotent, vous voulez tout gâcher pour Mustafa et moi !

— Tu as l'autre fille, Issa.

— Elle s'est évanouie. Ce n'est pas amusant de faire l'amour à une fille qui ne bouge pas. Laissez-nous essayer avec Cheveux d'or. Allons, vous partagez toujours tout avec nous.

— Vous êtes des imbéciles ! Cette femme est une véritable beauté. Si vous ne l'abîmez pas, nous en tirerons un bon prix. Ensuite, vous pourrez acheter toutes celles que vous voulez.

Dissimulé derrière les arbres, Francis fut soulagé que Cat n'eût pas été violée. La pauvre Susan avait souffert l'enfer. S'ils sortaient vivants de cette mésaventure, il se promit de veiller sur elle jusqu'à la fin de ses jours.

Il rejoignit Conall et Asher dans une petite clairière.

— Il faut attendre qu'ils dorment. Nous aurons chacun le nôtre, mais je me réserve le capitaine. Crois-tu pouvoir tuer un homme, mon garçon ?

— Oui, dit Asher en hochant la tête. Après avoir vu ce qu'ils ont fait à Susan...

Bientôt, seuls les ronflements des soldats troublèrent le silence. Ils se rapprochèrent prudemment du campement. Le soldat qui devait monter la garde ronflait aussi fort que les autres. Au lieu de dormir l'un contre l'autre, ils s'étaient éparpillés, ce qui facilitait les choses.

Une main ferme sur la bouche pour étouffer le cri, un coup de poignard tranchant la carotide... Les deux soldats moururent sur le coup. Restait le capitaine Omar.

Un cri de guerre écossais déchira la nuit et le capitaine turc se dressa sur ses pieds, terrifié. Ses compagnons étaient morts. Devant lui se tenaient trois hommes, un jeune qui ne présentait aucun danger, et deux vétérans beaucoup plus inquiétants.

— Je suis le capitaine Omar de l'armée du sultan, dit-il. Qui êtes-vous ?

— Mon nom n'a aucune importance, sale porc ! rétorqua Francis. Tu ne vivras pas assez longtemps pour le répéter !

L'insulte était conséquente mais le capitaine parut perplexe.

— Est-ce que je vous connais, seigneur ? Que me voulez-vous ?

Il esquissa un geste.

— Ne bouge pas ! Mon jeune ami tient un pistolet pointé sur toi. Il est prêt à tirer. As-tu déjà vu un homme mourir par balle ? Un pas, et tu mourras dans d'atroces douleurs.

Le géant turc considéra le jeune homme qui tenait une arme étrange et menaçante. Il ne connaissait pas les armes à feu.

— Susan ? demanda Francis à Conall.

— Elle est vivante, milord, annonça Conall, ému jusqu'aux larmes. Il faut être une bête pour faire une chose pareille à une jeune fille...

— Cat ! appela Bothwell.

Elle apparut derrière le capitaine et Francis la drapa de sa cape.

— Asher va vous emmener au bateau, Susan et toi, dès que Conall l'aura mis à flot.

— Et toi ?

— Le capitaine et moi n'avons pas fini.

— Je resterai ici.

— Le danger ne t'a jamais effrayée, n'est-ce pas, mon amour ? fit-il en souriant. Tu peux rester, mais habille-toi.

Alors qu'elle retournait dans la grotte, les autres obligèrent Omar à transporter le bateau jusqu'à la rivière. Asher s'y installa avec la blessée. Susan avait repris conscience et sanglotait. Conall alluma un feu tandis que les deux combattants retiraient leurs chemises et leurs bottes.

— Comprends-moi bien, le Turc, dit Francis. Si je ne te tue pas, mon capitaine le fera. Mais parce que je crois fermement que tout homme condamné a le droit de savoir pourquoi il va mourir, sache que la femme que tu voulais vendre est ma femme, et que la fille que tes hommes ont brutalisée est la nièce de mon capitaine.

Omar écoutait à peine, étudiant son ennemi. Celui-ci était presque aussi grand que lui mais pesait moins lourd. Omar réprima un sourire : il écraserait sans peine ce chien. Quant à son compagnon, il devait s'en débarrasser tout de suite. Vif comme l'éclair, il décocha un coup de poing à Conall qui s'effondra. Cat poussa un cri.

Les deux hommes bougèrent lentement en cercle, évaluant leurs forces. Les lames acérées des poignards brillaient dans la lueur des flammes. Terrifiée, Cat s'agenouilla près de Conall en priant.

Il y eut des éclairs de métal, des traînées de sang. Le temps des insultes était passé et les deux hommes luttaient sans merci. Leurs corps luisaient de sueur. Soudain, le Turc jeta son poignard et écrasa Francis contre sa poitrine. Francis était pris comme dans un étau. Il ne pouvait se débattre et son poignard tomba à terre. Le géant l'étouffait lentement.

— Cat ! articula-t-il avec peine. Au bateau ! Vite !

Il sentit craquer une côte et lutta pour ne pas perdre conscience. Sa fierté écossaise se réveilla. Lui, Francis Stewart-Hepburn, allait mourir entre les mains d'un soldat ignorant ! Il entendit la voix de sa femme et reprit courage. S'il mourait, elle serait condamnée à une vie d'enfer.

Cat ramassa les deux poignards et se jeta sur le dos du Turc, poignardant la montagne de graisse sans parvenir à trouver un point vital. Ses coups portaient à peine, mais comme des piqûres d'insecte, ils devenaient irritants. Omar lâcha sa proie pour se concentrer sur elle.

— Femme ! hurla-t-il, la désarmant en un tour de main.

Il la gifla et Cat tomba à genoux. Omar se tourna alors vers Francis, mais un bruit de tonnerre résonna dans la nuit. Surpris, Omar agrippa son ventre, vit un trou d'où s'échappait un flot de sang.

Ecœurée, Cat s'éloigna à reculons mais Omar se mit à avancer vers elle, ses lèvres murmurant des paroles indistinctes. Derrière lui se tenait

Asher Kira, un pistolet fumant à la main. Francis et Conall étaient étendus par terre sans bouger.
Brusquement, Omar s'écroula mort. Terrifiée à la vue du carnage, Cat perdit la tête et se mit à hurler.

## NEUVIÈME PARTIE

# LA GUÉRISON

## 59

Nichée dans les vertes vallées autour de Rome se trouvait une magnifique villa, d'où l'on pouvait même deviner la mer dans le lointain. Un parc entourait la demeure mais les grilles du portail étaient toujours fermées. On l'appelait la villa Mia et elle avait été construite cent ans auparavant pour une maîtresse du pape Borgia, Alexandre VI. Le parc était un enchantement de verdure, d'oiseaux, de daims et de petits lacs.

La maison appartenait désormais à un étranger, Lord Stuarti. Les gens des environs ne savaient rien de lui. Le nouveau propriétaire avait une troupe d'hommes à sa charge, mais seul le capitaine entrait dans la maison. Les servantes étaient toutes des femmes qui venaient de Rome.

Une rumeur racontait que Lord Stuarti avait une femme, mais on ne la voyait jamais et on savait qu'il rendait parfois visite à l'aubergiste qui était veuve, Giovanna Russo.

Quand les autres femmes du village essayaient de faire parler Giovanna, elle se contentait de répondre :

— C'est un homme bon qui souffre beaucoup. Ne me demandez rien de plus car je ne dirai rien.

C'était étrange, car Giovanna était une personne aimable qui discutait toujours volontiers. Peu à peu, les villageois acceptèrent le mystérieux Lord Stuarti et se désintéressèrent de la villa Mia.

Francis Stewart-Hepburn n'avait jamais eu l'intention de retourner à Naples. La villa del Pesce d'Oro était hantée par trop de fantômes. Ainsi, cette nouvelle villa avait été achetée et l'attendait à son retour. Bothwell avait remercié le Ciel d'avoir un endroit isolé où emmener Cat.

Après la terrible épreuve, elle avait été à l'agonie pendant de longues semaines, et Francis était convaincu qu'elle devait sa survie à la détermination dont il avait fait preuve.

Lors de leur voyage, Cat avait souffert d'une fièvre insidieuse, perdant souvent connaissance. Elle n'avait plus rien mangé, repoussant la nourriture avec dégoût, ce qui était d'ailleurs sa seule réaction. Francis avait eu de la peine à lui faire avaler des liquides. Malgré elle, il l'avait maintenue en vie jusqu'en Italie.

Curieusement, ce fut la maladie de Cat qui sortit Susan de sa léthargie et l'empêcha de s'apitoyer sur elle-même. La jeune femme avait beaucoup souffert, mais moins que sa maîtresse.

Quand ils arrivèrent à la villa Mia, la jeune May les attendait. Celle-ci se montra très dévouée et aida Susan de son mieux pour ramener Cat à la raison.

Depuis la terrible nuit, Cat n'avait pas prononcé un mot et ses grands yeux demeuraient vides. Pourtant, le comte l'aimait toujours autant et avec l'énergie du désespoir continuait à vivre comme si de rien n'était.

Il ne partageait pas son lit, dormant dans une

pièce attenante. Le soir, la porte entre les deux chambres restait ouverte pour qu'il pût l'entendre si elle appelait. Bien qu'elle ne parlât pas, Cat semblait comprendre ce qui se passait autour d'elle. Elle communiquait par signes.

Excepté son mari, Conall et le jeune Asher Kira, aucun homme n'avait le droit d'entrer chez elle. La proximité d'un inconnu la faisait gémir et pleurer.

Lorsqu'elle se promenait dans les jardins de la villa, elle était toujours accompagnée par Susan ou par May et les jardiniers devaient se retirer dès qu'ils l'apercevaient. Cependant, certains l'observaient en cachette.

Le soir venu, dans la taverne de Giovanna Russo, ils vantaient la couleur d'or fin de ses cheveux, ils décrivaient son regard vert, son visage de madone, sa silhouette de jeune fille.

Giovanna remplissait leurs gobelets d'excellent vin et tendait l'oreille. Elle se posait des questions sur la femme de son amant, car il n'en parlait jamais. Mais elle devinait que sa tristesse provenait d'une tragédie qui avait frappé sa femme. Il ne venait voir Giovanna que pour se détendre, mais cela lui suffisait. Il était le meilleur amant qu'elle eût jamais eu : puissant, tendre et attentionné...

Par un bel après-midi, Francis prit Cat par le bras et sortit avec elle dans les jardins ensoleillés.

— Susan me dit que tu manges mieux. C'est bien. Le bon air t'a aussi donné des couleurs.

Elle se tut mais esquissa un sourire. Ils marchèrent en silence puis soudain il la saisit par les épaules :

— Cat, mon amour, je t'en prie, parle-moi ! Je t'aime, ma chérie... plus que jamais. Ne me repousse pas, Cat. Ne m'abandonne pas une nouvelle fois...

— Comment peux-tu m'aimer, Francis? demanda-t-elle d'une voix si faible qu'il crut avoir rêvé.

— Pourquoi ne t'aimerais-je pas, mon amour?

— N'as-tu aucune dignité, Bothwell? railla-t-elle. Je suis salie... à jamais...

— Tu es sale seulement si tu le penses, Cat. Des hommes ont cruellement abusé de ton corps, c'est vrai, mais aucun ne t'a vraiment possédée! Ton âme t'a toujours appartenu.

— Si jamais un homme me touche une nouvelle fois, j'en mourrai, dit-elle d'un ton las. Satisfais-toi de ton aubergiste.

Francis n'était pas surpris.

— Très bien, ma chérie, je ne te ferai plus l'amour. Mais un jour viendra où tu changeras d'avis. J'attendrai, Cat. Entre-temps, parle-moi, je t'en prie. Si Dieu le veut, je me contenterai du son de ta voix pour les années à venir.

— Hypocrite! lança-t-elle, mais ses yeux riaient.

A partir de ce moment-là, sa guérison s'accéléra. Sans lui en parler, Francis avait écrit au comte de Glenkirk afin que celui-ci envoyât leurs enfants. Ils arriveraient pour Noël. Francis se démenait pour obtenir la confiance et l'amour de Cat. Après la messe dans leur chapelle privée, ils se retrouvaient tous les matins dans la chambre de Cat pour prendre le petit déjeuner. Parfois, il revenait déjeuner. Il était toujours présent le soir.

Sans qu'elle le sût, Francis planifiait chaque soirée. Il choisissait les menus exquis, les vins, les fleurs. Il lui faisait plaisir en lui offrant de petits cadeaux — une boîte en perles, un négligé de soie, une cage dorée où chantaient des oiseaux. Elle acceptait chaque présent avec un sourire attendri.

De temps à autre, il croisait un regard ardent de Cat et la nuit il l'entendait qui arpentait sa chambre. Désormais, Francis limitait ses visites à Giovanna. Il laissait Cat tranquille, sachant que ses blessures étaient encore trop vivaces pour supporter une proximité physique. Mais il devinait qu'une femme aussi sensuelle se remettrait un jour.

Le 21 décembre, un carrosse s'avança sur l'allée de gravier blanc qui menait à la villa Mia. Francis entraîna sa femme pour accueillir leurs invités.

— Comment oses-tu ? se plaignit-elle. Je ne veux voir personne.

— Attends un peu, ma chérie, s'amusa-t-il. C'est une surprise.

— Oh, Francis, dit-elle en lui serrant le bras, le cœur battant. Ce sont nos enfants ?

— Oui, ce sont nos enfants.

Le carrosse s'arrêta et un valet de pied ouvrit la porte. Un jeune garçon apparut et Francis en resta bouche bée : l'enfant lui ressemblait comme deux gouttes d'eau.

— Ian ! s'écria Cat en prenant son fils dans ses bras.

— Maman !

Il enfouit son petit visage dans son cou parfumé. Puis il demanda à être reposé à terre et regarda Francis.

— Mon demi-frère, le comte de Glenkirk, m'a expliqué la situation, monsieur, dit-il avec un sérieux de diplomate. Il nous a donné la possibilité de porter le nom Leslie ou le vôtre. Nous aimerions porter le vôtre, père, puisque vous avez eu la bonté de nous reconnaître comme vos enfants.

Bouleversé, le comte de Bothwell sourit à son jeune fils, puis avec un cri de joie il le saisit dans ses bras et le serra de toutes ses forces. Le sourire que lui rendit l'enfant fit fondre son cœur.

— S'il vous plaît, père, veuillez me reposer, murmura Ian d'un air conspirateur. Sinon mes sœurs seront vexées. Elles ont l'habitude d'être choyées, surtout par les hommes.

Enchanté, Francis obéit et se tourna vers sa femme qui s'agenouillait pour embrasser ses filles. La plus grande ressemblait à Cat, avec les mêmes cheveux et les yeux verts. Mais la plus petite était un mélange de ses deux parents : elle avait la chevelure auburn de son père et le regard émeraude de Cat. Celle-ci leur murmura quelques mots et elles regardèrent leur père.

— Papa !

Le cœur de Francis se gonfla de fierté.

Les jours suivants, Cat revint à la vie. Les enfants chassèrent les derniers fantômes. L'air résonnait de cris joyeux.

C'était le premier Noël qu'ils passaient ensemble. Après la messe à la chapelle, Cat et ses filles distribuèrent des cadeaux aux pauvres du village. Les villageoises furent impressionnées par la beauté de cette femme qui parlait si bien leur langue, et enchantées par les deux petites qui préféraient la version italienne de leurs noms et qu'on appelait désormais donna Gianetta et donna Francesca.

Leurs paniers vides, elles s'arrêtèrent à l'auberge où on leur offrit des rafraîchissements. Tandis que les enfants croquaient des bonbons et jouaient avec des chatons, leur mère accepta le verre de vin que lui proposait Giovanna Russo. Les deux femmes s'étudièrent un long moment.

— Si j'avais la chance d'avoir un mari comme Francesco Stuarti, murmura Giovanna, je ne continuerais pas à lui interdire mon lit, *signora contessa*.

— Vous ne comprenez rien ! siffla Cat.

— Je sais que chaque fois qu'il est avec moi, il souhaiterait être avec vous.

— Je ne peux pas, dit Cat, sur le point de fondre en larmes. Vous ne savez pas ce qu'on m'a fait.

Une intuition soudaine éclaira le visage de Giovanna.

— *Dio mio!* Ainsi, d'être une riche aristocrate ne vous a pas protégée non plus... Cela m'est arrivé aussi, *signora*, ajouta-t-elle en lui prenant la main. Pendant la dernière guerre, une troupe de soldats français... Ils utilisaient l'auberge comme quartier général. Ils sont restés une semaine. Je ne crois pas qu'ils m'aient laissée quitter mon lit plus de quelques heures par jour — pour leur faire la cuisine, bien sûr. Ils ont tué mon mari qui cherchait à me défendre. Après leur départ, je ne voulais plus jamais qu'un homme me touche.

— Et pourtant, vous êtes la maîtresse de mon mari.

— C'était l'homme qu'il me fallait, répondit Giovanna en souriant. Il était *simpatico*, et je le désirais. Le comte Francisco ne vous est-il pas *simpatico* aussi ? Et dans votre cœur, est-ce que vous ne le désirez pas ?

Les yeux de Cat s'emplirent de larmes et Giovanna eut ainsi sa réponse.

— Je vais prier pour vous, *signora contessa*.

En se détournant, Giovanna songea qu'elle avait perdu son gentil Francisco à jamais.

## 60

Cat savait qu'elle n'était pas la première femme à avoir souffert à cause des hommes. Mais dans son cœur, il n'y avait eu de place que pour sa propre souffrance. Désormais, elle comprenait qu'il était dangereux de s'y complaire. Et elle s'apercevait qu'elle en avait voulu à Francis, alors qu'il était innocent.

Parfois, elle se disait que s'il n'avait pas été l'amant d'Angela Di LiCosa, elle n'aurait pas été enlevée. Mais il ne servait à rien de ressasser le passé. Si elle laissait leur amour mourir, l'esprit maléfique d'Angela aurait gagné.

Depuis des semaines, elle arpentait sa chambre la nuit. Elle l'aimait, mais pourrait-elle supporter ses caresses ? Elle craignait d'être devenue frigide.

C'était à elle de faire le premier pas. Par respect envers elle, Francis ne prendrait pas l'initiative.

Le 31 décembre, Bothwell partit à Rome pour affaires. Il promit de revenir en fin de journée afin de célébrer ensemble la nouvelle année.

Pendant que les servantes posaient des draps frais sur son lit et que la cuisinière préparait un gros chapon pour leur dîner, Cat passa l'après-midi avec ses enfants. Elle s'étonna car ils racontaient des anecdotes dont ils ne pouvaient pas se souvenir.

— Comment savez-vous toutes ces choses ? demanda-t-elle.

— C'est Bess qui nous les a racontées, maman.

Cat en fut reconnaissante à sa fille aînée. Sans Bess, les petits auraient sûrement oublié leur mère...

Elle surveilla leur bain et resta en leur compagnie pendant qu'ils dînaient. Après le repas, elle leur offrit une boîte de Pinoccati, des bonbons au sucre en forme de diamants. Leur nurse, Lucy Kerre, écouta en souriant les belles légendes d'Ecosse que Cat leur raconta.

Ayant récité leurs prières, elle les borda et déposa un tendre baiser sur leur front. Puis elle se dépêcha de gagner sa chambre pour prendre le bain que Susan et May lui avaient préparé.

— Qu'allez-vous porter, Lady Cat ? demanda May.

— Le négligé vert que m'a offert mon mari. Donnez-moi aussi le parfum de fleurs sauvages que nous avons rapporté d'Ecosse.

« Enfin... pensa Susan. Elle va enfin essayer de renaître. »

Susan sourit gaiement. Elle souhaitait de tout cœur que sa maîtresse trouvât autant de joie qu'elle dans les délices sensuels. Pour la première fois de sa vie, Susan était amoureuse. L'un des hommes d'armes écossais qui les avait accompagnés, Robert Fitz-Gordon, lui avait fait connaître la douceur de l'amour. Ils se marieraient bientôt.

Cat s'enfouit dans le bain. Elle avait remonté ses cheveux sur le haut de sa tête avec des peignes en écaille de tortue. L'eau chaude et le feu qui crépitait dans l'âtre l'emplissaient d'un sentiment de bien-être.

Elle entendit son pas dans le couloir. De la porte, il la contempla longuement.

— Pardon, ma chérie. Je ne savais pas que tu te baignais.

— Francis ! appela-t-elle. Je voudrais que tu restes et que tu me racontes ta journée.

Le cœur de Cat se serra quand elle vit son visage s'épanouir.

— Susan, May, vous pouvez nous laisser, reprit-elle. Veillez à ce que la cuisinière ait préparé le dîner. La soirée vous appartient.

Avec des révérences, les servantes se retirèrent.

— Viens t'asseoir près de moi, Francis. Comment va Asher ?

Il décrivit en détail sa journée en ville. Il essayait de la regarder dans les yeux, mais sa poitrine blanche l'attirait comme un aimant.

— Cat! Je ne suis pas un saint. Je ne peux pas rester ici sans te toucher.

Comme il se levait, elle s'écria :

— Non, Francis ! Ne me quitte pas... Te souviens-tu de la première fois, quand je suis venue vers toi ?

— Oui. Tu souffrais et tu avais chevauché pendant deux jours.

— Une nouvelle fois, je souffre, milord, mais je voudrais être ta femme.

— Est-ce que tu as confiance en moi ?

Elle hocha la tête.

— Alors lève-toi, mon amour.

Lorsqu'elle obéit, l'eau parfumée ruissela sur son corps magnifique. Avec le petit savon blanc, il la savonna tendrement. Tremblante, elle le laissa parcourir ses épaules, son dos, ses fesses. Il passa ensuite l'éponge pour la rincer.

— Retourne-toi, dit-il.

Les yeux baissés, elle lui fit face. Il savonna les seins et sourit quand les mamelons se durcirent. Puis ses doigts effleurèrent son grain de beauté si particulier. Elle cria et agrippa ses poignets. Un long moment, elle resta immobile, avant de le lâcher. Sans un mot, il continua sa charmante besogne.

La soulevant du bain, il l'enveloppa ensuite dans un linge tiède.

— Voilà, ma chérie, ce n'était pas si terrible, n'est-ce pas ?

— Non, murmura-t-elle.

— A ton tour de me laver maintenant, décréta-t-il en se déshabillant. La chevauchée d'aujourd'hui a été longue et poussiéreuse.

L'observant alors qu'il essayait de caler son grand corps dans la baignoire délicate ornée de fleurs peintes, Cat éclata de rire.

— Qu'y a-t-il de si drôle ? demanda-t-il, vexé.

Elle riait si fort qu'elle en avait les larmes aux yeux. Francis était soulagé de l'entendre rire après des mois d'abattement.

— Tu as l'air si ridicule dans ce bain ! s'exclama-t-elle.

— C'est vrai. Je regrette la grande baignoire en chêne de l'Ermitage.

Un instant, ils restèrent silencieux, se souvenant des moments merveilleux qu'ils avaient passés dans son château avant son exil.

Prenant le savon, elle retrouva les contours familiers de ce corps tant aimé.

— Es-tu prête pour aller plus loin ? demanda-t-il tendrement après qu'elle eut fini.

Elle acquiesça. Ils se blottirent dans les draps de soie et il la tint contre lui. Raide comme un piquet de bois, Cat ne commença à se détendre qu'après quelques minutes.

— J'ai tellement peur, murmura-t-elle.

— Je sais, ma chérie, mais souviens-toi que je ne t'ai jamais fait mal.

— Tu me désires ?

— Oui, mon amour.

— Mais tu ne t'imposes pas à moi. Pourquoi ?

— Parce que je t'aime vraiment, Cat. Parce que je sais combien tu as souffert.

Cat se mit à pleurer. Doucement, il l'embrassa sur les lèvres, et peu à peu ses dernières craintes s'évanouirent. Comme par magie, son baiser chassait l'horrible passé.

— Ouvre les yeux. C'est moi, Francis, et je t'aime !

Timidement, elle osa le regarder alors qu'il caressait son corps. Le cœur de Cat battait la chamade. Une vague de désir la submergea soudain. Ainsi, elle éprouvait encore quelque chose après tous ces malheurs...

Il prit un mamelon dans sa bouche et elle s'arqua vers lui en gémissant. Il était si heureux d'enflammer ce corps qu'il adorait. Puis il l'entendit le supplier de l'aimer.

— Ouvre les yeux, Cat, regarde-moi... Quand je te pénètre, je veux que tu saches que c'est moi et non un affreux cauchemar.

— Prends-moi, Francis !

Sans hésiter, il la pénétra.

Un tourbillon l'emporta, alors qu'elle exultait de se retrouver entière, baignée d'amour. Elle entendit vaguement Francis l'appeler. Il lui souriait avec gentillesse.

— Comme tu étais loin, mon amour ! dit-il.

Elle rougit.

— Je t'aime, Francis, mais je t'en supplie, si tu m'aimes aussi, ne me quitte plus jamais, car chaque fois il arrive une catastrophe. Si je ne suis pas enlevée, ni poursuivie par le roi d'Ecosse, je deviens la maîtresse d'Henri IV. N'aie pas l'air si étonné... Ton charmant ami m'a ordonné de lui rendre visite à Fontainebleau.

Se levant du lit, elle enfila le négligé de soie qu'il lui avait offert. Il retint son souffle tant elle était magnifique.

— A chaque fois que je pense être en sûreté, il se passe quelque chose d'affreux. Je veux rester tranquille désormais. Je suis une femme très riche, Francis, et toi tu es un homme très orgueilleux. Nous ne pouvons pas vivre sans mon argent, mais nous pouvons nous dispenser de ta fierté excessive. A cause d'elle, nous avons été séparés plusieurs années et nous avons failli perdre la vie et nos enfants. J'en ai assez ! Si tu refuses ma fortune, mieux vaut que je rentre en Ecosse et que je supplie James de me pardonner. En tant que maîtresse du roi, je serai au moins en sécurité... Ecoute-moi bien, Francis Stewart-Hepburn : je ne serai plus jamais pourchassée, séduite ou violée !

Se couvrant avec un linge, il s'approcha du feu. Les flammes éclairaient les traits graves de son beau visage. Cat tremblait : qu'est-ce qui lui avait pris de lancer cet ultimatum ? Comment allait-il réagir ?

Emue, elle l'entoura de ses bras, appuyant la joue contre son épaule.

— Est-ce que je n'en vaux pas la peine, Francis ? Est-ce si difficile d'accepter mon argent ? Ne partagerais-tu pas ta fortune avec moi ? Je suis lasse, Francis. Je t'aime et je veux rester avec toi.

— Nous ne pourrons jamais plus rentrer à la maison, murmura-t-il.

— Je sais. L'Ecosse va me manquer, mais ma maison est là où tu te trouves. Cela, je l'ai appris pendant ces années où nous avons été séparés.

— Nous pourrions probablement nous habituer à une vie tranquille.

— Je le pense sincèrement.

Il se retourna pour lui faire face.

— Est-ce que tu me quitterais vraiment, Cat ?

— Je t'aime, Francis ! Je ne pourrais jamais te quitter... Je t'ai toujours aimé. Et que Dieu ait pitié de moi car je t'aimerai toujours.

Il poussa un soupir soulagé et elle éclata de rire.

— Aurais-tu douté de moi, Francis ?

— Ma chère épouse, depuis que je te connais, je ne sais jamais comment tu vas réagir. Tu es imprévisible... et irrésistible.

Soudain, des cloches résonnèrent dans le lointain. Toutes les églises des villages et celles de Rome disaient adieu à 1599, au XVIe siècle, et accueillaient joyeusement l'année 1600... une nouvelle époque commençait.

Alors que Francis Stewart-Hepburn se penchait

pour embrasser sa femme, une pensée heureuse lui traversa l'esprit. Ils étaient vainqueurs ! Cat et lui avaient survécu à la cruauté de ce monde. Qu'allaient-ils faire de ce merveilleux siècle qui naissait ?

— Bonne année, ma chérie.

Puis il l'entraîna dans cet univers magique qui n'appartenait qu'à eux et où aucun intrus ne pénétrerait jamais plus.

## ÉPILOGUE

## PRINTEMPS 1601

Au printemps de l'année 1601, Jamie Leslie, cinquième comte de Glenkirk, fut informé qu'un gentleman masqué demandait à être admis en sa présence. Le comte accepta de recevoir l'inconnu, déclarant qu'il ne se connaissait pas d'ennemis, ce qui était vrai. L'actuel comte de Glenkirk se tenait éloigné de la cour, soutenait le roi quand cela était nécessaire, et passait le plus clair de son temps à diriger ses vastes domaines et plusieurs affaires florissantes, tout en profitant de ses deux fils alors que sa femme attendait leur troisième enfant.

Offrant un whisky à l'étranger, il lui demanda s'il voulait bien retirer son masque.

— Oui, répondit une voix familière, et le cinquième comte de Glenkirk se retrouva nez à nez... avec le quatrième comte de Glenkirk. Alors, Jamie, tu n'es pas content de me voir ?

— Père ! s'écria Jamie, ébranlé. Mais tu étais mort ! Ils ont dit que ton bateau n'était jamais arrivé.

— Je t'expliquerai dans une minute, dit Patrick Leslie, mais parle-moi d'abord de ta mère et de la mienne.

Seigneur, pensa Jamie. Son père allait avoir de mauvaises nouvelles.

— Grand-mère Meg est décédée l'hiver dernier.

Elle n'était pas malade et sa mort a été douce. Une nuit, elle s'est endormie et ne s'est pas réveillée.

— Si seulement j'étais revenu un peu plus tôt, déclara tristement Patrick. Et ta mère ? Qu'en est-il de ma femme ?

Jamie hésita. Mais comment cacher la vérité ?

— Elle est partie, père.

— Partie ? Ah oui, bien sûr. Le roi n'a pas dû attendre longtemps avant de la réclamer. Est-elle heureuse à la cour ?

— Elle est en Italie. Elle est devenue l'épouse du comte de Bothwell.

— La traîtresse ! Combien de temps a-t-elle attendu avant de mettre la famille en danger et de rejoindre son amant ?

— Ne parle plus jamais sur ce ton de ma mère ! lança Jamie sèchement, et son père s'aperçut que son fils était devenu un homme. Elle a été dévastée en apprenant la disparition de ton navire. Elle se sentait coupable de ta mort et serait probablement restée ici à te pleurer toute sa vie, s'il n'y avait eu le roi. En apprenant ta disparition, celui-ci t'a aussitôt déclaré légalement mort et m'a nommé cinquième comte de Glenkirk. J'ai dû me marier sans attendre pour assurer l'héritage. On a dit à maman qu'elle pouvait porter le deuil jusqu'au printemps. Ensuite, elle devait se rendre à la cour et devenir la maîtresse officielle du roi.

« Elle l'aurait fait mais j'en ai décidé autrement. Le roi ne savait pas que j'étais au courant de ce qui s'était passé entre vous. Ainsi, je ne pouvais pas connaître les menaces qu'il avait fait peser sur la famille.

« J'ai fait semblant d'être scandalisé quand elle a désobéi aux ordres royaux et s'est enfuie. Je lui ai même écrit une lettre, exigeant son retour. Comme j'étais censé ignorer le drame, je pensais bien que

James ne pourrait se venger sur moi. Et j'ai gagné, père ! J'ai gagné !

— Seigneur, Jamie, dit Patrick d'un ton admiratif. Quelle finesse !

— J'ai planifié tous les détails de l'évasion de maman. Susan et sa jeune sœur l'ont accompagnée. Ainsi que Conall et une cinquantaine de gens de Glenkirk, avides d'aventures.

— Est-elle heureuse, Jamie ?

— Oui, répondit-il, attristé que son père eût laissé échapper une femme aussi exceptionnelle. Elle est très heureuse.

— J'aurais dû la laisser rejoindre Francis dès le début. Quand il s'est exilé. Cat était désespérée. Et si elle n'avait pas été enceinte...

Il se tut un instant, perdu dans ses souvenirs.

— Et mes enfants ? demanda-t-il.

— Maman a tout prévu avant de partir. J'ai épousé Isabelle Gordon. Bess est devenue la femme du frère d'Isabelle, Henry. J'ai deux fils et Bess un fils et une fille. Mon oncle Greyhaven est mort et Colin va épouser sa fille aînée et devenir chevalier de Greyhaven. Robbie épousera au même moment la plus jeune des Greyhaven. Maman lui a laissé un manoir et des revenus pour qu'il soit indépendant. Amanda deviendra la comtesse de Sithean en décembre. Et la petite Morag épousera Malcolm Huntley. Elle aura sa propre maison et une belle dot.

— Ta mère s'est bien débrouillée pour les aînés. Qu'en est-il des plus jeunes ?

— Quand toute cette histoire a été oubliée, j'ai envoyé les petits à leurs parents.

— Ainsi, Ian et Jane étaient bien les enfants de Bothwell.

— Tu l'avais perdue, père. Comment pouvais-je

la condamner alors que tu avais rejeté son amour ? Tu ne peux pas te plaindre aujourd'hui.

— Tu connais toute l'histoire, n'est-ce pas ?

— Oui, bien qu'elle ait passé son temps à te défendre quand elle me l'a racontée. Voilà cinq ans que tu es parti. Pensais-tu vraiment revenir et ne trouver aucun changement ? Où étais-tu tout ce temps ?

Patrick Leslie tendit son verre.

— Donne-moi encore un peu de whisky, mon fils. C'est la seule chose que nous n'avons pas au Nouveau Monde et qui me manque... Mon navire a quitté Leith le 27 mars 1596. Nous avons rapidement traversé la mer du Nord, la Manche, et nous sommes entrés dans l'Atlantique. Pendant quelques semaines, le temps était au beau fixe avec du bon vent. Puis brusquement, un terrible orage a éclaté. Par miracle, nous avons réussi à empêcher le bateau de sombrer. Une vague grande comme une maison a emporté la moitié de l'équipage. J'ai réussi à me cramponner à un cordage.

« Quand l'orage s'est enfin calmé, nous avions beaucoup dérivé. Ce qui restait du bateau était en piteux état. Si nous n'avions pas croisé un galion espagnol, nous serions certainement morts.

« Nous prenant pour des hérétiques, ils ont voulu nous passer au fil de l'épée. Heureusement, mon castillan est encore parfait. J'ai expliqué au capitaine que nous n'étions pas anglais, mais écossais et catholiques. J'ai même mentionné l'oncle Charles, l'abbé.

— Mais où étiez-vous ?

— La tempête nous avait emmenés vers le sud, à la pointe du continent. Les Espagnols l'appellent la Floride. On nous a conduits dans une petite ville nommée St. Augustine où nous sommes restés pendant de longs mois.

« En fait, ils vérifiaient nos identités. Notre cousin James a été mis au courant mais il a demandé aux Espagnols de me garder le plus longtemps possible. Je pense qu'il espérait avoir du temps pour s'occuper de Cat...

« Bien que nous fussions des prisonniers, nous n'avons manqué de rien. J'avais une petite maison pour moi et l'équipage était bien traité. Enfin, j'ai obtenu la permission de visiter le pays avec les Espagnols.

« Ah, mon fils... Quel merveilleux pays ! La terre s'étend à l'infini. Il y a des montagnes, des déserts, des forêts interminables. C'est un pays très riche...

— C'est pour cela que tu n'es pas revenu pendant cinq ans ?

— Le temps passe si vite, murmura Patrick. Si seulement tu pouvais connaître ce pays !

— Peut-être un jour, dit Jamie. Mais alors, pourquoi es-tu à Glenkirk, père ?

— Je n'ai pas l'intention de rester. J'ai goûté à la vraie liberté dans ce pays immense. Je ne tiens pas à moisir dans notre vieille Europe. Là-bas, un homme peut se créer un empire sans être obligé de se plier aux caprices d'un roi. Au Nouveau Monde, les rois n'existent pas ! J'étais revenu pour voir ma mère et Cat. L'une est morte et l'autre partie depuis longtemps.

— Maman mérite de connaître le bonheur avec le comte de Bothwell. Comment lui annoncer que tu es vivant ? Qu'elle est bigame et qu'elle doit une nouvelle fois être arrachée à Bothwell ? Je ne peux pas lui faire ça !

— Alors, laissons cela, Jamie. Le roi m'a déclaré mort il y a quatre ans. Le mariage de ta mère a été légalement dissous. Je suis ici parce que je vous aime tous. Et je devais à Cat de revenir. Si ses sentiments envers moi avaient changé, elle aurait peut-être aimé m'accompagner au Nouveau Monde. Aujourd'hui, j'ai la conscience tranquille. Elle est en sécurité et heureuse. Glenkirk est entre de bonnes mains avec toi et connaît déjà ses héritiers. Mais je souhaiterais voir ma famille, Jamie. Seulement les enfants, Adam et Fiona. Je ne peux pas me couper entièrement de Glenkirk. N'aie crainte, aucun Leslie ne me trahira.

— Où iras-tu ensuite, père ?

Patrick esquissa un sourire.

— En venant, je me suis arrêté chez Benjamin Kira à Edimbourg. Je lui ai apporté des fourrures, de l'argent, de l'or et des bijoux. Je peux continuer à vous fournir ces produits et Benjamin m'assure qu'il trouvera facilement des débouchés. Je suis un homme riche, Jamie. Je n'ai pas besoin de Glenkirk.

Le jeune comte s'en voulut d'être soulagé.

— Mais ne seras-tu pas solitaire, père? s'inquiéta-t-il.

— Toi, les enfants, mes petits-enfants me manqueront, mais quelqu'un à St. Augustine m'attend avec impatience. Une certaine *señorita* Consuela Maria Luisa O'Brien. Elle a dix-huit ans...

« Seigneur, pensa Jamie. Un an de moins que Bess... »

— Elle a des cheveux noirs, une peau transparente, un tempérament de feu hérité de son père irlandais et des yeux de la couleur des mers du Sud. Ils sont si beaux qu'un homme s'y noierait ! Sa mère était une aristocrate espagnole et son père est mon partenaire en affaires. Il sera enchanté de m'avoir comme gendre. Il m'aurait battu à mort si je n'avais pas demandé sa main sur-le-champ.

Le jeune comte éclata de rire.

— Maman disait toujours que tu savais t'y prendre avec les filles.

Un bref instant, le visage de Patrick Leslie se voila de tristesse.

— Nous avons eu de bons moments, Cat et moi, et de si merveilleux enfants. Mais je dois avouer qu'elle s'est montrée hésitante dès le début. S'il n'en avait tenu qu'à elle, peut-être ne m'aurait-elle pas épousé. Sans le savoir, le roi nous a rendu service en nous séparant.

Il leva son verre.

— A Catriona, la comtesse de Bothwell ! Que le Ciel lui donne tout le bonheur qu'elle mérite !

Lentement, Jamie leva son verre à son tour. Avec fierté et tendresse, il regarda son père :

— A la magnifique comtesse de Bothwell ! Que Dieu la bénisse !

*Passion intense*

*Quand l'amour vous plonge dans un monde de sensualité*

**Retrouvez l'autre roman de la collection en magasin :**

**Le 17 février :**

*Offensive de charme* ☙ Erin McCarthy (n° 7897)

Journaliste, Reese part couvrir un mariage people. Le fiancé est un magnat de l'industrie pharmaceutique, aux ambitions peu avouables. Reese, tombée sur des documents appartenant au FBI, est bientôt rattrapée par l'agent fédéral... Auquel, à sa grande surprise, elle succombe et se donne sans hésitation !

**Découvrez la prochaine nouveauté de la collection :**

**Le 17 mars :**

*Secrètes voluptés* ☙ Jade Lee (n° 7950)

À la mort de son père, Lynette fait appel aux services d'une baronne et de son neveu, Adrian, pour l'éduquer et la destiner à un riche mariage. Un sentiment de désir mutuel s'empare de Lynette et d'Adrian, alors même qu'il doit lui enseigner le devoir conjugal...

***Nouveau ! 1 rendez-vous mensuel aux alentours du 15 de chaque mois.***

***Retrouvez également nos autres collections :***

## Romance d'aujourd'hui

**Le 17 mars :**

*Teresa à tout prix* ∞ Deirdre Martin (n° 7948)
Dans le cadre de son travail, Teresa doit réhabiliter un restaurant italien. Michael, le manager, ne l'a pas oubliée depuis leur rencontre lors d'un mariage, deux ans auparavant. Et va tenter de la séduire à tout prix. Mais pour Teresa, pas question de tomber dans les bras d'un macho au sang chaud, si séduisant fût-il !

*Brûlant comme la braise* ∞ Shannon McKenna (n° 7949)
Simon Riley retourne dans la petite ville de son enfance après le suicide de son oncle, et retrouve El, son premier amour, maintenant fiancée à Brad. Il se résigne donc à renoncer à elle. Mais il semblerait que la famille de Brad ait joué un rôle dans la mort de son oncle…

***Nouveau ! 2 titres tous les deux mois***
***aux alentours du 15.***

## Comédie

**Le 3 février :**

*Baby-sitter malgré lui* ∞ Robin Wells (n° 7895)
Quand Holt débarque dans le studio de radio de Stevie pour lui demander de l'épouser, il y a de quoi être dérouté… Elle ne le connaît même pas ! Mais la seule chose capable de calmer le bébé dont Holt vient d'hériter est la voix de Stevie, alors il fallait foncer !

*Liz contre-attaque* ∞ Jane Heller (n° 7896)
Le jour où vous ne reconnaissez plus l'homme de votre vie, celui qui vous avait éblouie, vous vous dites : « Si seulement il changeait ! Si seulement je pouvais le changer ! » Pour sauver mon mariage, j'étais prête à tout. J'ai fait la plus grosse bêtise de ma vie : utiliser une potion magique…

***Nouveau ! 2 titres tous les deux mois***
***aux alentours du 15.***

# SUSPENSE

**Le 3 février :**

*Seule avec mon ennemi* ☙ Karen Robards (n° 3931)
Pour fuir la misère, Maggy avait épousé l'homme le plus puissant de Louisville. Quand le conte de fées tourne au cauchemar, elle se tait… Pour protéger son fils. Mais nul n'échappe à ses souvenirs. Le beau Nick, son amour d'autrefois, est de retour. Que veut-il ? Se venger parce qu'elle l'a abandonné ?

*Terreur au bout du fil* ☙ Holly Lisle (n° 7892)
Phoebe lit les cartes à ses clients par téléphone. Une nuit, la voix de son ex-mari haï, Michael, résonne à son oreille. Impossible : Michael est plongé dans un coma profond. Mais les appels continuent. Une apparition la conduit alors chez le docteur MacKerrie. L'aidera-t-il ?

***Nouveau ! 1 rendez-vous mensuel aux alentours du 1er de chaque mois.***

# MONDES MYSTÉRIEUX

**Le 3 février :**

*Le cercle des immortels - 3 : La fille du shaman* ☙ Sherrilyn Kenyon (n° 7893)
Talon est un vampire qui a vendu son âme pour venger la mort des membres de sa famille. Son job ? Lutter contre les démons qui luttent contre les humains. La superbe Sunshine, elle, n'a rien de démoniaque. Bien au contraire ! Dans la moiteur de La Nouvelle-Orléans, un corps à corps sensuel les accapare…

*L'œil du tigre* ☙ Marjorie M. Liu (n° 7894)
Dela Reese, en Chine pour effectuer des achats de métal, a un pouvoir particulier : celui de travailler cette matière et de ressentir l'histoire de l'arme qu'elle touche. Sur un marché, une vieille femme lui vend une boîte étrange, qui renferme un homme prisonnier.

***Nouveau ! 1 rendez-vous mensuel aux alentours du 1er de chaque mois.***

***Découvrez une série inédite:***

**Le 17 février :**

*Une enquête de Francesca Cahill - 1 : Un odieux chantage* ☙
Brenda Joyce (n° 7899)

New York, 1902. Francesca, issue d'une famille riche, est un peu le mouton noir, tant ses idées sont modernes pour l'époque où elle vit. Lors d'une réception, le fils d'une amie de sa mère est enlevé. Francesca alerte le chef de la police, le séduisant Rick Bragg. Puis enquête elle-même...

***Et toujours la reine du roman sentimental :***

# *Barbara Cartland*

**Le 3 février :**

*Le contrebandier de l'amour* (n° 783) - *Collect'or*
*Voyage en amoureux* (n° 7866)

**Le 17 février :**

*L'amour sans trêve* (n° 2689)

***Nouveau ! 2 rendez-vous mensuels aux alentours du 1er et du 15 de chaque mois.***